王强。著

湖南文艺出版社
HUNAN LITERATURE AND ART PUBLISHING HOUSE

博集天卷
CS-BOOKY

目录
Contents

第一章 换届

一．省委的新安排

五十三岁的管冠南做梦也没有想到，眼看自己就要从闲职一路干到退位的他，居然被省委一纸调令任命为中共沙颍地委副书记、行署专员，未来沙颍撤地建市政府筹备组组长。这个决定实在出乎他的意料，而且来得太突然了。在小道消息满天飞，各个层次都难保官场人事调配秘密的今天，管冠南的这次工作变动事先居然没有任何蛛丝马迹，组织部门也不曾透露出半点风声，更不曾有哪位领导打过招呼、吹个风什么的。如此没有先兆的“重大”人事变动就这样悄无声息地来了。

昨天下午三点半，管冠南刚溜达到办公室，还没来得及坐下，办公桌上的电话就丁零零地响了起来。开始他没有理会，他现在管辖的这个衙门里，一般情况下，下午哪有什么火烧眉毛的急事啊。电话铃执著地响个不停，实在不堪其烦的他不情愿地拎过话筒，就听见一个中气十足的京腔从里面传来：“冠南同志啊，你好大的架子，连我的电话都不接？”啊！原来是省委书记，一丝惶恐袭来，方才随意靠在沙发上的懒散劲儿顷刻全无，管冠南不由自主地把身子坐正。

这几年，每次他要找省委书记或省长汇报点工作，都得反复提前预约多次，才能获得短暂而宝贵的面谈机会。即便是书记、省长们找他，也只是先让秘书打个电话过来。今天，这位博士书记亲自打电话给他，难道是有什么急事？还是出了什么事？他不由得心下一紧，百花公司重组？省会商贸城方案……他脑子里迅速闪过最近省经济研究中心急办的一个个项目。“是冠南同志吗？怎么不说话？”省委书记略有不满。“哦，是我，是我。”他很快恢复了镇静，“我这不是在洗耳恭听嘛。”为了缓和尴尬气氛，他本想同书记幽默两句的，不料，被无可置疑的声音打断了：“四点半，到我办公室来一趟。”“带哪方面材料？”他忙问。“什么都不带。”话音刚落，书记就把电话放下了。

从省经济研究中心到省委办公楼，最多只有十分钟的车程。他看看表，还有三十分钟的时间呢，赶紧把思绪归拢一下，书记到底是因为什么事如此急匆匆地要召见他？他站起身，慢慢地给自己沏了杯茶，借机稳了稳心神，又从兜里摸出“金芒果”点上，伴着升腾而起的青色烟雾，他皱起了眉头：“肯定不是谈研究中心的工作，不然的话，怎么连材料都不让带？”三年前，省经济研究中心的确是一盘散沙，他接手后，调整了处室，明确了责任，要求关键处室眼睛向下，深入农村，深入基层，联系实际，拿出了不少好的建议供省委、省政府决策参考。研究中心的报纸、杂志通过改制、招聘，面貌焕然一新，分别被评为全国社科类优秀报刊。他深吸一口烟，看着徐徐吐出的烟圈在眼前渐渐飘散，思路也一点点发散开来：是宛丘城建的告状吗？可是，那都是四年前的事了，难道还能被翻出来？况且，当初也不过就是违规操作了一下而已，不是早就处理过了吗，行政记过的处分也早已装入了自己的档案。莫非是管城烟厂的事？管城烟厂厂长与他私交甚笃，他们认识多年，直到现在他一直抽着管城烟厂生产的、只会发给内部职工的白盒“金芒果”。虽然烟厂厂长遣儿子、带小蜜、携巨资外逃的因素很复杂，可他离开管城这个县级市市委书记的位置已经十年了。

他在办公室来回踱了几圈，猛然瞥见墙上挂的“天道酬勤”，不禁又想，天道还真不一定酬勤，天事从来高难问，猜不透就算了，顺其自然吧。继而，他又笑自己，什么时候自己变得如此卑下，成了戚戚之人？

四点三十分，管冠南准时赶到省委书记办公室的门口。他轻轻地敲了下虚掩的门，秘书小郭立刻迎了上来，满脸笑容地对他说：“书记要请你打双升呢。”“他有那雅兴？逗你老师开心吧？”小郭曾是平原大学的研究生，他十年前作为兼职教授，给小郭讲过课，彼此还算熟悉。

说笑间，两人已然走进了书记的办公室套间。“冠南同志，请坐。”瞥见两人进来的身影，省委书记慢慢合上了手里的文件夹，微笑着从宽大的老板台后面转过来，拉着管冠南一同坐在沙发上。

“你老家好像是少林寺吧。”省委书记问。

“少林寺东南，离颍河不到两公里。”他惊诧于书记的好记性，记得还是很多年前，他曾对书记笑言，自己是少林寺第十四棍僧，无法无天。

书记接着说：“你那管姓与管城、管仲有什么渊源没有？”

看书记只是拉些家常，管冠南方才一直提着的心稍微松了松。他接过小郭递上的茶杯，又从口袋里掏出烟，向书记让了一根，见书记摆手，自己也不方便在这儿吞云吐雾，就又把烟装回兜里，捧着茶杯，微笑着向书记娓娓道来：“周武王灭商后，封三弟叔鲜于管国，称管叔，管国在平原省会一带。管叔因反对周公旦摄政，与被封于宋国的商纣王之孙武庚和封于蔡国的兄弟蔡叔等联合发动叛乱，被周公镇压了下去。管叔被杀，其子孙便以管为姓。”

他一边说，一边留心观察着书记的脸色。见书记听得津津有味，管冠南不经意间调整了一下坐姿，带着一脸笑意接着说道：“后来，周穆王又有庶子封于管，后代也以管为姓。管仲生活的年代距此不远，应当是周穆王庶子的后人。”

说到这里，他看书记抬眼望墙上的钟表，忙打住话头：“噢，我话多了。”不料书记说：“不多，不多。你知道吗？管仲是生在颍上，颍上是我老家的一个县，应该是我的老乡呢。”

“不，”管冠南认真起来，“颍上有两种说法，一是颍水的上游，二是指颍邑。西周时，颍邑的治属在登封东南，而颍上县是隋朝才设的。”

“哈哈哈。”看着这位老兄脸上那份认真的执拗，省委书记大笑起来。这位中国著名学府的博士生、中国最年轻的省委书记，自然知道管冠南所谈的这些。见已经较真的管冠南一脸严肃的样子，他豁达地说：“连我你也敢争，怪不得人家都说你是‘常有理’呢。”

管冠南闻言，低头微微一笑。书记话锋一转：“冠南同志，你对你最近的工作有什么考虑吗？”

“我觉得现在挺不错的，读点书，写点文章，搞点调研，其乐融融。”不过，那语气里分明流露出几分不得志，即便笑脸如故，也依然能让人隐约看到一丝抱怨。

“哦，看来你对省委三年前把你调回省城还耿耿于怀呀。”管冠南心里的这几分小算盘哪里瞒得过书记的法眼，“我听人说，你在办公室里挂有一副自题联，写着‘粗茶淡饭布衣裳，这点福让老夫享；齐家治国平天下，那些事有后生当’？”

管冠南心里一怔，这是哪路神仙又告御状，书记连这副楹联都知道了？看来以后真得再防一点。他忙解释说：“我办公室还挂着一幅‘天道酬勤’呢。”

“冠南同志，”书记的语气变得严肃起来，“你在宛丘工作的那几年，我刚到省政府工作，对你这个常务副专员的工作还是给予肯定的。虽然你捅了不少娄子，也背了个不大不小的处分，但省委也有难处，你就别计较了，风物长宜放眼量嘛。”

管冠南心里也明白，当年书记对他还是非常关照的。处分是个偶然事件，当时的专员在中央党校学习，他主持行署工作，谁让宛丘的歌舞厅失火烧死烧伤数十人呢。那些随时伺机攻击自己的人正好找到了借口，抓住了把柄，要把自己往狠里整。要不是书记当时极力争取，保护自己，处分可能会更重，就连经济研究中心主持工作的副主任这个位置也是坐不上的。所以，管冠南连忙说：“谁敢计较，不会的，怎么能计较呢？”

省委书记意味深长地望着他，表情严肃地接着说：“冠南同志，你是知道的，沙颍地区在全省人口最多，也最落后。我和几位书记谈了多次，感觉还是你去合适一些。改革开放都这么多年了，沙颍地区本级财政收入才一个多亿，不及南方一个村，人均GDP不足全国平均水平的四分之一，省里压力很大啊。你也知道，周治平是中组部从东北交流过来的后备干部。他做了三年多专员，有一半时间都是在省里、在北京跑钱发工资。四处‘冒烟’，积重难返，也真难为他了。这次省委下决心调你过去任副书记、行署专员，撤地建市政府筹备组组长，是要你同治平同志一起，迅速改变当地的落后局面，赶超全省的平均水平，也帮我们卸些担子啊！”

望着书记热切且不容推诿的眼神，管冠南问道：“省委决定了？”

“刚开过常委会，常委委托我同你谈话。”书记严肃起来，“省委要求你，一、加强班子团结，尤其是同周治平同志的团结，形成合力，减少内耗；二、发扬拼搏精神，大开放，大跨越，尽快构建中原东部中等城市框架；三、减轻农民负担，提高下岗职工的就业率，保持社会稳定。至于以后的具体工作，省委还要部署。你，有什么要求吗？”

沙颍的情况，管冠南何尝不清楚：传统农区，派系纷杂，民风剽悍。古代多农民起义，近代出土匪劣绅，当代诬讼乱告。地厅级干部圈子里流传着两句话：东西南北中，别向沙颍行。近一个时期，外派一、二把手没有在沙颍干满一届的。管冠南也知道，自己没有向省委任何领导汇报过思想，也没有过再出山的要求，好的市哪能轮到他。况且，从一个主持经济研究中心工作的副厅级干部变为一个全省最大地区的专员，不久又要当市长，这在常人看来是多么难以企及的。看来，于情于理是没有价钱可讲了，那就围绕着省委的三条表态吧：“请省委放心，我服从组织决定，一、搞好班子团结，不管是什么情况下，如果班子不团结，责任在我；二、用足用活政策，扩大开放，力争五年大变样；三、依法行政，保证社会稳定和经济发展。”

管冠南看书记一直点头微笑，赶紧趁火候就势说：“不过，先给我一个月时间去沙颍摸底调查一下，到时候提个综合治理方案，咱们省委、省政府可要特批哟。到时候，多给我们沙颍一些优惠政策啊。”

“不会让你乱钻空子的。”书记说，“不过，有些事情好商量。你最近在看什么书？”书记一边说着一边起身站在书架前，管冠南知道一时半会儿恐怕回不去了，连忙给书记和自己的杯子里续上水，作好长谈准备。

这时，秘书小郭走了进来：“书记，快七点了，你不是还要打双升吗？”

“双升就不打了，听说他是个不按牌理出牌的人，又是有名的‘常悔牌’，边看新闻边聊吧。你去食堂安排点吃的，再弄点沙颍大曲，管专员可是管一瓶哟。”

管冠南只好欣然陪同。

看来，答应女儿的事儿又要爽约了。他心中暗暗叹口气，有时候，顾事业真的就顾不了家啊！

二．故人来访

管冠南住在省政府甲院，这会儿，家里四室一厅的房子可谓闹翻了天。女儿管莹刚考过博士研究生，在家等通知，她邀请了五个同学晚上来一起过生日。早晨，她把这个生日派对告诉管冠南，希望管冠南与妈妈一同回避，不料管冠南非要与她一起过。管莹有些出乎意料，在她的记忆中，天天忙碌的父亲从来没有同她一起过过生日，要么是忘记了，要么是顾不上。这三年父亲闲下来了，可她过生日时都是在中央美院。父亲说，让我来感受一下你的另类生日吧，说不定会年轻几岁呢。管莹马上与他约法三章：一、不要看不惯；二、不要把自己当成长辈；三、要尽情融入。管冠南满口答应，并说要给她一个惊喜。

今早，管莹破例没有睡懒觉，订蛋糕、买糖果、煲肉汤、打电话，忙得不亦乐乎，下午六点时，总算把一切收拾得井井有条了。同学们陆续来后，大家一起在偌大的房间里兴奋地漫无边际地神吹胡侃，等着管冠南回来。谁知两个小时眨眼就过去了，还没见管冠南的踪影。管莹几次忍不住想给爸爸打个电话问一下，可又怕打搅爸爸那边的工作，几次拿起话筒，又都放下了。不过，家里倒是连续来了几个找管专员的电话，弄得她开始生气，索性把电话线拽了下来。她招呼同学们："别等了，我们开始吧。"

管冠南这一顿饭吃了两个多小时，他从省委食堂出来时，已经快十点了。他急忙赶回办公室，把放在那儿的一套精装《中外名画鉴赏》取出来。这套画原价一万元，他是用五折的价格淘来的，心中一阵窃喜，嗜画如命的女儿如果见到它，一定会高兴得跳起来的。画集很重，足有二十公斤，在往七楼扛的过程中，竟歇了两次。老了，不中用了，人啊，不服老不行啊。他心里暗想。

打开门后，只见摇曳昏暗的灯光下，几个戴着夸张面具的男女正在狂放的乐曲声中赤着脚蹦跶，他不免怒从心生。不过，想想约法三章，他还是尽量压住火气，低声喊："管莹！"管莹看到爸爸回来，忙一把扯下面具，并打开客厅全部的灯。几个同学也取下面具，尴尬地彼此笑笑，赶紧和管冠南打招呼。

"钟馗到来，百鬼退位。"妻子文珺从卧室出来，一看丈夫的脸色，赶紧打圆场，"看你们闹成什么样子了，快收拾收拾吃饭吧。"她又嗔怪丈夫："明知道莹莹过生日，偏偏这么晚才回来，怎么也不打个电话回来呢，让孩子们担心。"

"哪敢打呀，今天大老板召见，我连手机都关了。"

等管冠南落座后，大家纷纷围坐在他身边。管冠南习惯性地将双腿交叠，从兜里摸出烟点上，目光扫视大家一圈，看孩子们都有了几分拘谨，他淡淡一笑，语气忽而一转，像拉家常一样，慢语轻声地跟大家闲聊开来。

不过，他绝对没有摆出领导训话的架势，倒非常像是一位学长在谆谆教诲晚辈，大家心里听得都热乎乎的："你们将来可都是精英呀，长江后浪推前浪，我们这一代老喽，未来社会的成绩要你们这批年轻人去开创啊。真是羡慕你们……"正说着，门铃声一阵阵急促地响了起来，文珺赶忙站起身去开门。

"冠南啊，这还没上任呢，就把家里电话和手机都关了，不怕脱离群众呀。"伴着一阵爽朗的笑声，两个人影很快就从半开的门角处闪了进来，"哟！在摆家宴呢，也不招呼一声。"

"庭凯兄！哎呀，好久不见了啊！"管冠南见来者是沙颍地区人大工委主任杨庭凯，赶紧站起来寒暄。看到管冠南的目光扫向紧随自己身后的小伙子身上，杨庭凯忙介绍说："治业，这就是管专员，你管叔。冠南，这是我姑爷，姑爷进家，咱讨口酒喝不过分吧。"郑治业也忙凑到跟前，笑着招呼："管叔！"

管莹他们见来了客人，纷纷起身去了别的房间。

"咱俩从党校同学到今天快二十年了，你可是第一次莅临寒舍啊。"管冠南笑着打趣杨庭凯道。

“这次来省城看病，想跟你联系，又怕你灌我酒。哎呀呀，真是不见想见，见了又害怕啊。”杨庭凯摆出一副认真的模样望着管冠南，又用手指点了点自己的姑爷，“就是为了不怕你灌酒，我才把他带来了。这孩子现在担任鹿城县县长职务，刚从丹麦回来。以后，还指望着老兄你提携他哪！”

管冠南的眼神在郑治业脸上停留片刻，带着一丝审视的意味，又仿佛有那么一丝欣赏。总之，在郑治业看来，那眼神里有些意味深长，捉摸不透。

“既然带来了酒搭子，那咱哥俩儿今天就要喝个痛快，不醉不罢休！”管冠南微抬下颌示意文珺，“快准备点下酒菜过来！我们……”

杨庭凯忙打住话头：“别让弟妹忙活了，下酒菜我带来了。治业，把咱下边车里的闷糟鱼、酱蒲菜和卤狗肉拿上来。对了，我还带了几瓶极品沙颖大曲呢，这玩意儿如今比五粮液还贵。对了，听说你今晚同省委书记喝的也是这个？”

管冠南心下一惊，心想这才多大点儿工夫，连同书记喝啥酒这人都能知道，可见此人非同小可，以后自己要多留心了。杨庭凯见管冠南愣神，忙打哈哈说：“没啥，别惊讶，省委招待所所长是我大侄子，我们都会给你保密的。”

保密？这年头，这些事还能捂得住？说不定就在此刻，在沙颖相当一级干部中早就传开了。管冠南暗自思忖，不过，这可不是什么坏事，省委书记请自己吃饭，说明咱和领导关系近，领导看重咱，这里头的意思可就能经得起推敲了，借机震慑一下个别势利小人也无不可。虽然心里已经转了几个弯，管冠南脸上依然带着笑，不动声色地说：“老兄，我这次被组织上派到沙颖工作，实属突然哪，正想多听听你的意见呢。”

“唉！一言难尽哪，这几年沙颖被那伙人折腾得一塌糊涂，综合实力成了全省的锅底。不过，干部倒是出了一批又一批。现如今，当地是数字假、文凭假，连孩子也都变成假的了。”杨庭凯叹息道，“沙颖现在急需你这样的领军人物去开创局面呀！”

“孩子怎么能作假？”管冠南有些惊讶。

“干部百分之九十都生二胎，可上报的一胎率数字是百分之九十五。”杨庭凯正说着，门铃响了，“治业来了，咱们以后再谈这些吧。今天只论友情，不论其他。”

郑治业搬了三个大大的包装箱上来，累得气喘吁吁：“管叔，像你这样级别的干部，咋住七楼呢？搬个东西也不方便。”

“就这还差一点没弄到手呢，副厅级干部挤正厅级别的房，不住高能行吗。”管冠南透着几分无奈，望着他们俩说，“人家可不会考虑文珺有多年的风湿性心脏病。对了，箱子里都装的啥宝贝，快打开看看。”

“你以为是人民币哪，想得美！这是姑爷孝敬我这个病号的，今天，我就借花献给你这个如来佛喽。治业，快打开，让你管叔审查审查。”

打开一看，里面果然是货真价实的闷糟鱼、酱蒲菜和卤狗肉，管冠南的心也就踏实了下来。如今这世道，但凡是送礼的，不亲眼验过，真保不住里面给你装点什么，来个瞒天过海。

大家坐定后，杨庭凯吩咐郑治业：“治业，快斟酒，敬你管叔一杯。”郑治业赶忙起身先后给管冠南、自己的岳父和自己杯子里倒满酒，他举着杯子望向管冠南：“管叔，侄儿敬您一杯。今后，就请管叔多帮助我、指点我，有您的教导，我才能进步啊。”说完，他一仰脖，足足三两倒进了肚里。

好酒量，管冠南心里想，干脆再灌他一杯：“你第一次来，总得两条腿走路吧，再喝一杯！”郑治业连菜也没顾上吃一口，满满一杯就又下了肚，脸色逐渐红润起来。

管冠南道：“刚才听杨主任说，治业到丹麦去了，不会是去游山玩水吧？快，说点异国感受助助兴。”

郑治业脸上泛着红光，望了望自己的泰山大人，又扭头望向管冠南：“叔啊，我们这次到丹麦去，可真不是去旅游的。我是与鹿荣集团的老总一起去进口丹麦种猪。鹿荣集团生产的火腿肠质量近几年呈下滑趋势，都是因为生猪肉质下降。这次引进的一千头种猪，是曾祖代纯种，共有四个品种，而且都是世界上最优质的品种。它们具有肉质好、生长速度快、瘦肉率高的特点。每头种猪离岸价是一万五千元，加上空运等各种费用，每头猪的价值超过两万多元，创下了国家一次性进口种猪规模最大的纪录。”说到这里，他把自己的椅子朝管冠南跟前拉近一点，脸上带着恳求的神色道：“管叔，明天上午这批猪就坐波音747到机场了，我们准备搞个仪式，您参加吧。”说完，又向岳父投来寻求支援的目光。杨庭凯自然也是一脸期待地望着管冠南："冠南，你看，你如果时间上方便的话，就去参加一下吧！孩子们脸上也觉得有光哩。"自然，假如管冠南能到场，不仅是在沙颖官场的初次亮相，也相当于给旁人传达了一个信息：他与郑治业的关系非同寻常。

不过，管冠南还是以早有他事安排为由拒绝了。他还不想这么早地出现在沙颖人的视野里，他需要一个更加合适的时机。杨庭凯他们见管冠南推辞，也就不再勉强，三人继续喝酒闲聊。

因之前与省委书记先喝了一阵，管冠南这时也有了些许酒意。于是，他就势装出几分醉态，问郑治业顺便还到过哪些国家，有什么体会。郑治业不到半小时就喝了近一斤酒，自然头也昏沉起来。他晃着脑袋说，他们还顺便到欧洲几个国家转了转，没有出过国，不多转几个就亏了。欧洲那些国家真是干净、漂亮，半个月皮鞋都没擦过。他去过荷兰，到阿姆斯特丹看了博物馆和凡·高的画。当然，他也到过那个著名的红灯区。说到这里，岳父杨庭凯忙插话制止，并一个劲儿地递眼色，不过，已然处于醉酒状态的郑治业哪儿还有那份理智，趁着酒劲接着显摆："那些个女人哪，蓝眼珠、黑眼珠、白皮肤、黑皮肤的都有。她们打着手势，对中国人说着半生不熟的汉语：放炮！开发票！管叔，你说这是啥话，啧啧，连中国人开发票这套都能扯上。"郑治业一边说一边摇着头，坐在旁边的杨庭凯急得直翻白眼，手心冒汗。

"爸，管叔，我……我……我真没……没进去。不过，我就是……就是好奇，那些外国娘咋恁了解中国国情呢？"

杨庭凯实在是再也看不下去了，腾地一下站了起来，一把拉过郑治业，带着几分歉意冲管冠南尴尬地笑着："对不起，冠南，这孩子喝多了。咱们改天再聊。"说完，拽着郑治业，低声吼了一句："走！"

三．一把手的心思

文玟是同郑治业一起下飞机的，她本想先找个地方好好泡个澡，然后，再寻个好去处安顿一下，赶紧补一觉。不想车刚开到金水路上，郑治业的手机便响个不停。等挂了电话，郑治业扭头对她说："今天放你的单飞，省得你再嫌我烦。""不会吧——"她皱着鼻子，拉长语调，带着几分撒娇的样子扯着郑治业的袖子，"直觉告诉我，这是你老泰山打来的。要不，你接电话时怎么一个劲儿地说好呢。"这个女人，真是聪明！不过，老泰山喝令，不敢不从。他随手从手提包里掏出一沓百元钞票："好啦，宝贝，我先去忙正事。咱们晚上见，你先去安排一下。听话！"文玟接过钱，娇嗔道："去死吧你，哼！"车缓缓靠边停住，文玟撅着小嘴拎包下了车，全然不顾郑治业嬉皮笑脸的模样，砰的一声关上车门，然后，头也不回地扭搭着身子往前走。郑治业在她身后按了几下喇叭，她佯装不理。过了一会儿，她慢慢停住脚步轻轻侧过头，发现郑治业的车早已绝尘而去。哼！这就是男人。

抬手招呼了一辆出租，文玟找了个环境优雅、设施一流的豪华洗浴中心泡澡。干蒸、湿蒸、搓盐浴……等躺在飘满玫瑰的奶色浴液里时，她的心思才算安稳下来。

这一个月的欧洲之行，真是又累又刺激。本来，她和郑治业以及鹿荣集团的董事长郑顺昌一行六人到欧洲是去购买丹麦种猪的。而且，这条线还是她在外贸部工作的朋友牵的，靠着铁哥们的鼎力相助，他们只用了一周时间便谈妥了合作的事情。不过，好容易出趟国，不能白白地跑一回路，怎么也得四处转转不是？当她提议大伙分头到欧洲各国转转时，做东的郑顺昌老板欣然同意。

郑顺昌心里是有自己的打算的，如果自己当县长的侄子能和这位“通天女侠”加深交情，把友谊再往深处延伸一下，那以后自己办点什么事情，不就更顺畅了吗？于是，他大方地塞给郑治业五万欧元，让他务必陪同好文玫。

郑治业拿到钱后，就和文玫单独行动了。风光旖旎的异国情调，加上那种孤男寡女间说不清道不明的暧昧情愫，一直以来对文玫只有贼心没有贼胆的郑治业终于抓住了机会，大施献媚技巧，时不常搞点小情调弄点小浪漫，哄得红颜一笑。反正，半推半就的，两人就交情到床上去了。也因了这份偷欢的刺激，两个人的感情急剧升温，不过，天上人间的神仙日子没逍遥几天，就不得不回国了。

文玫泡完舒服的花瓣养生美颜浴，又点了个昂贵得让人咂舌的特色按摩。反正有人埋单，何乐而不为呢？一想到郑治业把她一人丢在路边，气就不打一处来，男人不能只是索取，金钱上的付出多少能平复女人情感上的失落。

趁着按摩的空儿，她给郑治业打了个电话，让郑治业安排个车一小时后来接她。然后，她舒服地躺下，由着按摩女捏腰捶背。

夜幕中的省会未来大道，车水马龙，流光溢彩。在未来大道北段一家叫“云水涧”的茶馆的日式房间里，新任沙颍地委书记周治平正端着热腾腾的毛尖，眺望着窗外生闷气。按说由专员升任为书记，他该高兴才是，但这会儿他无论如何都高兴不起来。下午四点半，省委的谈话，是由省长和管组织工作的副书记来和他沟通的。而同新任专员管冠南谈话的，竟是省委的一把手！谈完话后，这个一把手竟然还请管冠南吃了饭！他心里清楚，一顿酒席无所谓，关键是待遇不同。你一把手单独交代工作，可以，安排吃饭也应邀请我呀。这事儿虽不大，可是，改日传到沙颍，不知会有多少个版本呢！以后这工作怎么开展？

他隔着茶室的落地窗，隔着璀璨的夜景，望着人声鼎沸的未来大厦，一种无奈和失落感渐渐席卷包围了这位异乡客。热闹中的寂寞是最大的寂寞，人群中的孤独是最深的孤独。

四年前，在东北某市任市长的他正踌躇满志地奔波在白山黑水间，规划实施着发展蓝图时，被中组部一纸调令交流到平原。在沙颍这块古老陌生的土地上，白天前呼后拥，热闹非凡，可每当日暮星稀，尤其是在举目无亲的夜晚，他感到一切都显得陌生，似乎自己就是那水中的飘萍，沟通上、生活上的孤独，促使他炽热的内心时常期盼着语言的交流甚至是野性的呼唤。按捺不住寂寞的他，也有几次差点没把握住自己，险些失身。不过，为了仕途，为了前程，他还是忍了。文玟——这个小妖精，每次都把他弄得火烧火燎的，怕见她又总忍不住想见她。下午给文玟拨了几次电话，都无人接听，本来烦躁的他更焦躁不安了。

他在东北本有家室，当初他娶回家的那可是哈工大的校花啊。妻子为他生下一个宝贝儿子后，为了照顾家庭，放弃了本来非常好的工作机会，到省妇联找了份闲差，相夫教子，一家人其乐融融。前年，黑龙江发大水，一时没有看管好的儿子约几个同学去看百年不遇的洪水，结果失足溺水而亡。这可是他们家的独苗啊，已到知天命年纪的妻子竟因为此事，精神失常了。周治平壮年失子而后嗣无望，当然也是悲痛至极，但是，看到妻子已然在生活打击下跌倒，他无论如何都得撑住啊。

最近，他把妻子接到沙颍这边来了，一是为了更好地照顾妻子，同时，也为了能时时提醒自己，掐断罪恶的念头，千万别在生活作风问题上栽跟头。不过，尽管对妻子悉心照料，她的病还是时好时坏，前一阵又加重了，在家里砸东摔西。万般无奈之下，他只好把她暂时送到省城的安定医院，让妻子接受一下正规治疗。看着妻子穿上白色住院服，和一些同样精神上有问题的患者在那里静静地坐着，时而莫名其妙地又说又笑，他心里像被刀绞一样难受。可是，人生无常，有什么办法呢，人生无常啊！

今天下午，省委找他谈过话后，他本打算去看一下尚在医院治疗中的妻子，但省委的召见形式又使他改变了主意。此刻，他心乱如麻，想一个人清静一下。而且，他知道文玟已从欧洲回到省会了，如果能把她约出来茶聊，无论对此刻的心境还是对以后开展工作都会不错。毕竟，这个和他有几分交情的女人正是管冠南的小姨子，也好趁机打听一下管专员的动向。

周治平打电话时，文玟正收拾从国外带回的物品呢，整整两大箱时装，还有各式各样淘来的宝贝。她嘴里一边哼着曲子，一边拎起这件扯过那件在身上比试。穿衣镜里，尽是她自我欣赏、自我陶醉的表情。

她把手机放在振动上，当发现有周治平的来电后，连忙给他回了过去。周治平告诉她："我在老地方等你。"文玟一听，赶紧换上在巴黎刚买的裘皮大衣，并精细地描画了一下自己的眉眼，确定风情万种呼之欲出的时候，又连忙从箱子里取出那幅齐白石的《不肯伤廉图》，匆匆赶往"云水涧"。

"云水涧"的暖气烧得很热，使文玟显得更加容光焕发。周治平毫不掩饰地上下打量着文玟，这女人，肌肤如玉，美目流盼，一颦一笑间都流露出一种说不出的风韵。而且，紧身薄衫恰到好处地勾勒出充满青春朝气的惹火身材。再加上她此刻的娇媚神态，真是让人忍不住往歪里想。

周治平从文玟身上把目光收回来，低着头一边摆弄茶水，一边轻声感叹："还是洋水滋人哪，你今天真是魅力四射，光彩照人。"文玟没有听清，忙问："什么？"周治平故意笑而不语，半仰着头眯着眼睛笑她。文玟故意装出生气的样子，攥起小拳头一通捶打："你啥时嘴里能吐出象牙？"

一番说闹过后，文玟展开了带来的画卷："这可是我托人从北京买来的，你看看怎么样？"周治平凑过身去，低头辨认着题款："宰相归田，囊中无钱，宁肯为盗，不肯伤廉"，想来应该是真迹，忙打哈哈说："不错。这东西值钱啊！你这是花多少银子淘换来的？""钱？为什么非要有钱才能淘换来。这是我用脸换来的！"文玟嘴角挂着淡淡的笑，摆出一副高傲的姿态，眼睛直勾勾地盯着周治平，等待他的回复。

"哈哈，那就先谢谢你文大小姐喽。"周治平收起画卷，笑着招呼文玟坐好。两人一边品茶，一边东拉西扯了一通她去欧洲的事情。看文玟谈兴正浓，周治平话锋一转，貌似无意地说道："管冠南要去沙颍做专员了……哦，对了，这个人是你姐夫吧？"文玟一愣，脸上的笑顿时僵在了那里。这话题转得也太快了吧，怎么一下子就转到了姐夫身上？看文玟惊讶，周治平忙解释道："今天下午我去省里开会，也是刚刚知道的。而且，听说此人正巧还跟你沾亲。能谈谈他吗？我挺想了解一下管冠南的。"文玟一听这话，立马高兴起来，周治平是书记，管冠南是专员，这么说来，以后她就可以在沙颍通吃喽："太棒啦！"

周治平看她一时间喜形于色，满是期待的眼神，鼓励她赶快说下去。“我姐夫啊，思想上有点天马行空，不受羁绊和约束，但是呢，敢说敢干敢负责，喜欢创新，没有权威意识。原先在宛丘、管城可都是干出过辉煌业绩的！”周治平说：“这些我都知道，不过，听说他不太好相处……不知道传言真不真啊？”文玟摆出一副无所谓的表情，眼睛一翻：“我姐夫这人挺好的，从来没有歪心眼。别听外面那些人胡诌。”

周治平摇着头哈哈笑道：“看看，真是一家人一家亲不是，这还没说什么呢，立马袒护上了。我这是跟你开玩笑呢。其实，管冠南同志到沙颍去工作，我是非常支持非常欢迎的。以后，也请你多费心，沟通一下我们两个人的关系啊！拜托你啦。”

“好说好说，在下一定谨遵周老板的吩咐，做好你和姐夫沟通的纽带和桥梁，哈哈。”看文玟一副大包大揽的样子，周治平悬着的心多少放下了些。

之后，他们又天南海北地神聊了起来。眼见快十一点了，周治平觉得时候不早了，该去看看妻子了，便和文玟告辞，先走了一步。

等周治平的身影一消失，文玟立马打电话给姐姐文珺，求证姐夫升迁的事。文珺埋怨她：“你这个当小姨的，连外甥女的生日都忘了，倒惦记着姐夫的升迁！冠南回来得晚，现在家里客人刚走，我不清楚这事，你同你姐夫说吧。”管冠南接过电话，借着酒意含糊地说：“只是有这个意向，我还没有拿定主意呢，你这都从哪儿听来的啊，别没事瞎传谣言。”文玟一听，急了，忙说：“姐夫，你啥时学会黏糊了？这是你施展才华的最后机会，机不可失时不再来啊。倘若按你的能力，俺觉得当省长也绰绰有余的……”管冠南对小姨子的热切有点不耐烦，又不好发作，便打断她说：“我困了，以后再说吧。”说完就挂了电话。

文玟听到一阵忙音传来，无奈地放下电话，心里骂了句：“犟驴！”

四．好官难当

地委委员、统战部长张明宽的家里，这段时间正闹地震呢。从前年开始，张明宽的高血压、糖尿病、前列腺炎日益加重，春节前一段，头昏、尿频弄得他连上班走路的劲都没有了。他不敢住院，再过一个月撤地建市，五十八岁的他就要退居二线，一住院人家该说他闹情绪了，干了一辈子革命工作，当了半辈子领导，总不能让人家指着脊梁沟骂。可就在这时，儿子张颖提出要结婚，女方的父亲是沙颖大名鼎鼎的上市公司董事长郑顺昌。张颖已经二十六岁了，在地区文化局当创研室主任，是个小有名气的青年作家，按年龄来说，这时结婚也无可非议。家庭和事业，犹如码头和船，有了家，一个人才有依托，事业才会有更好的发展。问题在于这个婚事该怎么操办。他的大女儿张莎是在美国结的婚，自然没有举行什么仪式。这次儿子结婚，张明宽也打算越简单越好，弄两桌饭菜，找几个亲戚吃顿饭，对外封锁消息，不搞仪式。妻子陈茜坚决不同意，她说，仪式不仅要搞，而且还不能潦草从事，要轰轰烈烈，让人家看着，咱也不是任人捏整的软柿子。

妻子的话也是有道理的。张明宽在沙颖当副地级干部已经十多年：副专员、地委秘书长、纪委书记、统战部长。按妻子的话说，官越做越小，不就是他整天板着黑脸、刚直不阿的结果吗？尤其是当统战部长，老百姓不是说，统战统战，开会座谈，清茶一杯，小摊站站，要权没权，要钱没钱。这两年，自己的身体不好，年龄又快到站，门前冷落车马稀，连平时经常光顾的老友，也只是偶尔打个电话问候。

张明宽无比深切地感知着官场险恶，也一点点品味着世态炎凉。他经常劝慰陈茜说：“咱不是一般人，咱大小也是个市委领导，大操大办影响不好。”陈茜一听到这话，脸上顿时闪出一丝嘲讽的笑意：“部长大人，这么多年了，你注意得还不够吗？十年前女儿出国留学的钱可都是我借的，向你伸手要过一分钱了吗？”张明宽苦笑着说：“这么多年我们风雨同舟、磕磕绊绊地走过来，向来配合默契，怎么最近越来越不投机了。你咋整天唠唠叨叨成了小市民？”陈茜一听恼了起来：“我成了小市民？女儿出国，儿子上学，一家子柴米油盐酱醋茶，你管过没有？整天当个甩手掌柜。时代在发展，人情在变化，你就不能与时俱进跟跟潮流？我看你是脑子里进水了。”

张明宽把桌子一拍：“什么？！我脑子里进水了？简直是胡说八道！大操大办符合共产党哪一条纪律，铺张浪费就是时代的潮流？亏你还是正处级的地区妇联主任，简直是个家庭妇女！”见张明宽发了脾气，陈茜的气焰顿时收敛了很多，不过眼泪可是止不住了，她压低声音抽抽噎噎地念叨：“你也看看人家，现在孩子过满月、过百天、过生日、参军、上大学都要摆宴席，更不要说嫁姑娘、娶媳妇了，该请的请，不该请的拐弯抹角也要请。通过宴请，一点点联络感情，加深友谊，壮大势力。人家一个个活得多逍遥。你这都快要退了，还不赶紧给儿子铺点后路。你这一辈子的官，真真就白当了不成？！”

看妻子泪流满面的样子，张明宽压着火气，从嗓子里挤出几句话：“什么后路？还不是借机敛财！你啊，怎么就这点觉悟！”

不过，这以后，陈茜虽然没有再与张明宽明火执仗地正面冲突，但她一直没有放弃自己的努力。她常常在茶余饭后说肉涨价了，油也涨价了，连菜都贵得买不起了；又说妇联副主席换肾，因为拿不出二十万，只有在家等死；还貌似无意地说到，马上要搞住房改革，哪怕住个三室一厅也得十几万；又一脸无奈地说，张明宽的散文集想自费出版，可还差着一万多块钱呢。

这一点点的攻势累积下来，就把张明宽硬起来的心说得软了下来。陈茜见状，忙抓紧火候，趁机说：“你别以为敛财是见不得人的事，其实我只是想凑些整数，把需要办的事办办。人情将来要还的，不管收多少，咱以后慢慢地补上去就得了。再说人家郑顺昌已经放出话来，要好好操办，花钱多少由他出，收钱多少全归咱。人家说这是花钱买吆喝，图个名声，图个阵势。你说你是副地级，你的老同学杨庭凯人家不是正地级吗？十年前嫁女儿，在五家饭店分五次整整请了三百六十桌。你算算，一桌八人，几千人呀，如果一个人拿一千，啧啧，人家得收多少彩礼？现如今，人家的官不照样当得挺滋润？临退二线前还升了个人大常委会主任呢。眼下在沙颖，杨庭凯还不是一跺脚码头乱颤的人物？你参加工作到现在一直廉洁，可有啥用呢？群众会说你老不进步，省委也没有因为你廉洁重用你。你马上就要退了，过了这个村就没有这个店了。”

老妻一番推心置腹的话，句句都打在心坎里，说得张明宽只有叹气的份了。

这天夜里，张明宽夫妇正与儿子商谈婚礼的事时，龙湖县委书记张晓东带着华龙化工集团的老总刘增乾敲开了张明宽的门。一进门，张晓东就嚷道：“二叔，我这一段瞎忙，没顾上看你。春节前，我和刘总到西欧几个国家谈技术合作，春节时又在北京‘跑部’活动，回来后又是马不停蹄地安排县里的一堆杂事，好不容易今天才抽出身来给您老拜个晚年啊，您老可千万不要骂我呀。”

陈茜有几分不高兴地说：“按说没过二月二，晚也不算晚。可初一那天，不至于连打个电话都没有时间吧？”

刘增乾听到陈茜的埋怨，忙插话解释说：“陈姨，你错怪张书记了。大年初一那天，张书记在北京分头组织酒会，来回奔波着同几家外资公司的办事处人员过节。喝得真叫一个累啊，为了把那些洋鬼子伺候舒服了，真是拼着身体上啊。这不，大过年的就住院了，足足打了三天吊针，这才醒过来。都是为了工作，没办法。”

张明宽对这两位真是有股说不出的情绪。平心而论，张晓东聪明，能干，上进心强。这几年风里来雨里去，把龙湖治理得大有起色。但侄子不顾一切求政绩，拼命要往上爬的情绪又让他非常担心。还有这个刘增乾，也是个不简单的人物，小学毕业，靠拾破烂起家，先后办过塑料厂、蓬布厂、塑化厂、化学建材厂，最近又捣腾什么管材，据说在北京的开销是一天一辆桑塔纳的钱，这种烧钱的做法他想想都觉得不寒而栗。侄子天天跟这种人搅和在一起，千万别出什么事。

但人家毕竟是到家给自己拜年的，伸手不打笑脸人。张明宽淡淡地笑了笑，问道："项目进展得怎么样了？"张晓东一听这话，立刻摆出一副志得意满的姿态，朗声说道："大有眉目哇，国家计委已经同意上报国务院了。"

刘增乾也忙插嘴恭维道："这回我可领教张书记的风采了。国家计委一位副主任说，这么大的一个项目，就是你们省长不来，副省长总该来吧，最小也应该是你们的书记、专员，没想到却是个县委书记，这在全国恐怕找不到第二个了。正月初十那天，张书记在计委副主任的家门口冒着大雪整整站了三个小时，终于感动了对方，我们这事儿才有了这么大的进展。"

张明宽笑着点了点头。

张晓东说："听说颖弟要结婚，我这个当哥的来祝贺。"说着，掏出一个牛皮袋往张明宽手里塞，"二叔，这是五万块钱，你别嫌少。这些年，您老的日子我们都看在眼里了，你们节省了半天也没攒下几个钱。不过，千万别像我和莎妹结婚时，就那么简单敷衍地把婚事办了。颖弟可是咱张家子女中最小的一个，咱们一定得办得光彩体面一些。"

张明宽推诿说："晓东，你也是按月拿工资的人，又能有多少钱？不能用你的。再说，人家郑顺昌说费用由他出。"

张晓东说："千万不要让他出，这显得咱们张家太没面子了。二叔，我上大学时的粮票、被子、学费不都是你给准备的吗？没有你哪儿有我的今天，你千万别跟我见外。说实话，这钱啊，还跟增乾有些关系呢。"张晓东一边说，一边扭头笑着望了望刘增乾。张明宽心里一沉，这钱，别是烫手的山芋吧？

刘增乾端详着张明宽的脸色，忙解释道："我和晓东从小就是拜把兄弟。办塑料厂时他就投资了，到现在也没拿过一分钱的红利呢。这点钱，还不够他该分的那份红利的利息呢。您老收好吧，这是晓东的心意。"

张晓东在旁边也开始打边鼓："叔，听说你不主张大操大办，其实，弄热闹点没什么不可以的。周治平的儿子去世，老婆患精神病，各县、各局委哪个没有去？哪个是空手去的？人家现在书记不是照样当得滋润？"

"周治平要升书记？"张明宽有些吃惊。

“下午开的常委会，”张晓东说，“管冠南来当专员，撤地建市政府筹备组长。周治平任书记。”

陈茜在一旁笑了起来：“冠南来当专员？太好了，太好了。”张明宽却是一脸尴尬，一个地区的主要领导变动，他这个地委班子成员竟毫不知情。这点消息还是多亏他下属的县委书记登门造访，才有耳闻。这在官场中，传出去怕被人当笑话讲吧。

“叔，这点钱先作个铺垫，不够的话，我再想办法。总之，俺弟这婚事，咱一定要好好办办。”张晓东把钱塞到陈茜手里，陈茜没有推却，大方地接了过去。

“增乾现在开展的这个项目，还得请二叔同管专员吹吹风，看他能多提供些支持不？下个月到北京去的时候，最好请管专员一同去。”

陈茜听张晓东支吾了半天，才说到正题，忙接过话茬，不以为然地说：“没问题，冠南对你二叔非常尊重。当年不是你二叔在嵩阳当县委书记，管冠南他还当不成副县长呢。”

张晓东和刘增乾一听这话，心下暗喜，又寒暄了几句便起身告辞了。

走在楼梯上，张晓东捅了刘增乾一拳，两人相互交换了个眼神，忍不住朗声笑了起来。张晓东一副志在必得的样子，干咳几声，清了清嗓子道：“赶紧去下一家！”

在去往文冶秋家的路上，张晓东坐在车后座上，闭着眼睛佯装休息，实际上，脑子一刻都不曾闲下来。他大学毕业后，先到乡里当秘书，后来当县委组织部副部长，以后又当乡党委书记、县委办公室主任、团地委书记、县长、县委书记。十八年来，他靠着聪明一步一个台阶，每个台阶最多不到三年。他作为副地级后备干部已经五年，春节前省委组织部考察时，不知道怎么回事，周治平说他不成熟，再加上推荐票仅占中游，结果弄成个未来副市长的差额人选。他因此在心里拧了疙瘩，恨透了周治平，但又无能为力。思来想去，他觉得借助张颖结婚，笼络一批县处级干部是步好棋。

如今的沙颍，红白喜事是干部间沟通感情的重要契机。张明宽还在任上，即使退居二线也会弄个政协主席、副主席，人家不能不给面子。再加上新来的专员管冠南又是张明宽先前一手提拔的，管冠南又是重情谊的人，这种微妙的关系官场中路人皆知。

现在的官场中开始出现二把手现象，因为一把手很容易升官出缺，二把手往往顺理成章地变为一把手。二把手会在这个地方多干几年，这就意味着二把手对下属可以多关照几年，倘若是一把手不高兴的人，往往又会成为二把手的心腹。

今天，张晓东真是硬着头皮来求自己执拗的亲叔叔，别说，看起来叔叔也有点开窍了，没他之前想象的那么难。

文冶秋家在龙湖西岸，紧靠羲皇陵。天黑车少人行稀，张晓东、刘增乾开车不到二十分钟，就赶到了这个宁静的小院。张晓东轻轻推开虚掩着的门，径直走到亮着灯的书房，果然见鹤发童颜的文冶秋正戴着花镜伏案写作。

“文先生——”

文冶秋摘下花镜打量后说：“哦，是父母官啊，稀客呀。”

“真对不住老先生您，我今年春节一直在外，没有来给先生拜年，我在这给您赔罪了。对了，我在北京给您寄的贺年片收到了吗？”

“收到了，收到了，谢谢！”文冶秋笑着招呼两人坐下，心里盘算着，这大半夜的来访，肯定是无事不登三宝殿啊。这俩大忙人，为何而来？

“文老，我这次在北京的琉璃厂，淘到一幅徐悲鸿的画。我眼拙，想请您鉴别一下。若是真的呢，就当是我这个晚辈孝敬您的；若是仿赝，那我就带走，不惹您老笑话了。”张晓东说着，接过刘增乾递过的画，慢慢地展开来。

文冶秋戴上花镜，仔细观察。这幅牧歌图是水墨设色纸本横幅，画上一头卧地水牛，稚童目不转睛地盯着吃草的牛嘴，水牛甩着尾巴津津有味地啃着草尖，远山如画，静溪悠悠，树木郁郁、稻花飘香……

文冶秋不禁感叹道：“好一幅田园牧歌图！”

张晓东说：“文老，要是真的，您就留下吧。”

不料，文冶秋说：“不，这是仿品，只是仿得极像而已，呵呵。”

见刘增乾正在狐疑，张晓东说：“增乾，快把章老的字取来。这个绝对是真的，我看着他写的。”刘增乾忙出门，到汽车里取字画。

章老是省里以写草隶著称的大家，其草隶熔草书隶书于一炉，具有独特的审美价值。而且，章老刚被选为全国书协的副主席，其字在市场上估价甚高。

文冶秋从刘增乾手里接过几幅章老的字，仔细地看后说："真是谢谢你了。这幅字我就从命收下了。不过，我这里也有一幅字，想回赠给你。只是小了些，你别介意啊。"

张晓东接过来一看，原来是书法大家沈鹏的墨迹。他一边不住口地谢文冶秋，一边惊叹姜还是老的辣。弄来弄去，折腾半天，礼没送成，反倒让人家来了个礼尚往来。

张晓东抬眼看了看墙上的挂钟，已然快至午夜时分，忙拉着刘增乾跟文冶秋告辞："文老，耽误您休息了，我们就先告辞了。您有什么事的话，随时招呼我，保证随叫随到。"

刚走出文家小院，刘增乾就埋怨道："怎么，咱花一百万买来的画，怎么会是假的呢？在北京明明请人鉴定过啊。"

张晓东说："这正是文老的高明之处，他是用这种方式拒绝咱们啊。"

"那咱这画不是白买啦？"

张晓东意味深长地说："放心吧，不会的。"

"你怎么不提管专员啊？"

"哈哈哈，"张晓东的鼻子里喷出一股气流，"此处不提胜似提啊。"

五. 出去躲个清静

一大清早，管冠南与文珺交替着接了十几个电话，迎送了六拨客人。

文珺抱怨说："这日子没法安生了，这才有个任命，丁点风声就引来这么多闲人！"

管冠南附和道："省委要求下周一去报到，这还好几天呢。干脆，咱们一家去龙湖，也顺道沾些龙气，去老爷子那静两天吧。"

文珺立刻着手收拾物品，等他们一家三口正准备拎着行李出门时，碰到了匆匆赶来的文玟。

"哟，大专员携夫人欲往何处考察啊？"文玟揶揄道。

"正准备去拜望老丈人呢，"管冠南回敬道，"你不反对吧？"

"这可是正儿八经的衣锦还乡啊，"文玟说，"不嫌弃在下给你们一家当司机吧？"

"哈哈，正愁没处找轿夫呢，你看看，这不送上门来啦，那就劳小姨大驾了。"管莹跑过去抱着文玟的胳膊，两人拉起行李箱就下楼了。

银色丰田驶出省政府甲院，一家人的心一下子踏实安静了下来。

文珺提议道："冠南，咱们先找地儿喝点胡辣汤吧，这一路得两个小时呢。"

在金水路旁边的一个小巷里，他们找到一家胡辣汤店，要了几个茶鸡蛋和几个素包子，还有大碗的胡辣汤。刚喝两口，文玟便嚷起来，说偌大的省会，咋就喝不成正宗的胡辣汤？辣得呛嗓子不说，还加了海带、豆腐干、花生米什么的，不伦不类。

胡辣汤是沙颖的传统风味小吃，明代从京城传入沙颖。它的熬制方法特殊，配以二十八种中药，汤鲜而不腻，口味绵长，温胃健脾，补中益气。此味只有沙颖有，在省城，一块钱一碗能吃上正宗的？

听到小姨子抱怨，管冠南打趣她："那就劳驾你这个策划公司的老总，在省会及至全国开些正宗的胡辣汤店。以后，让你走遍全国尽喝沙颖汤。"

文玟一听，的确是个好主意，便说："好啊，等我有了明确计划，姐夫就找些企业老板支持我一些吧！"

"你啊，怎么绕来绕去都绕到我头上？"

"谁让你是父母官呢？哪个老板敢不给父母官面子！"

管冠南心下一沉，连自己的小姨子现在都马不停蹄地想要背靠自己这棵树乘凉了，旁人恐怕更是迫不及待了吧。

草草吃罢早餐，他们立刻上路了，快速行驶在通往龙湖的高速公路上，车里回荡起悠扬的音乐声。管冠南闭上眼睛试图小睡一下，可他无论如何都睡不着。人有时候真奇怪，明明是有意远离是非纷扰，想寻个清静，结果，心却越发躁动起来。管莹叫他，他假装睡熟，不予理会。车里的音乐声被调小了，她们三个也压低了声音交谈。

管冠南蓦地想起这些年自己一步步走过的路，真是不易啊。当初为了给划为右派的文冶秋治病，差点让他的提干泡汤。时任县革委副主任的张明宽力排众议，才使他"农转非"，成了个吃商品粮的二十五级干部，在公社当司务长。他上任后，连公社院内的扫地、淘厕所、种菜等这些应归勤杂工的活，以及提水倒茶、发会议通知的事都包揽下来了。他把公社食堂的伙食调理得井井有条，账目日清月结、明明白白，自己则天天喝剩汤，吃剩馍，连那些当初反对他提干的人都不得不承认他是个"实干家"。很快，他被提拔为副书记，分管农林水。他干脆住在嵩山上，同几十位回乡知青一干就是六年，绿化了两万多亩荒山。那树坑难挖极了，用锛、用镐、用铲子，挖一个坑就得两天，然后回填土、担水……手磨破了，长血泡，血泡烂了，生新肉，新肉再变成老趼。"文革"结束后，清理"三种人"。当时，那种特殊环境下提拔的干部大多下了台，而他硬是凭着那满脸的沧桑和满手的老趼，成了省里的标兵劳模，当上了公社书记。

自己可是一步步脚踏实地地干起来的啊。没有以前的苦，没有以前卖命似的实干苦干，哪来的今天？哪来的领导的信任和旁人的尊敬？

想到这儿，他又想起一些人，那些在他的仕途中给他机遇、给他支持的人，那可是自己货真价实的贵人啊！当年，要不是时任嵩阳县委书记的张明宽力荐他到中央党校脱产学习两年，自己是不可能有更大的发展空间的。

当年中央党校毕业后，他被安排到毗邻省会的管城县担任县委书记。他大胆地进行了全方位的改革，从改变思想观念入手，先改干部的小农意识、封闭观念，组织数批干部到沿海取经；在体制改革上引进奥运机制，搞乡、村分级竞选，县直竞聘；在经济发展上，他争取做大县城、做强工业、招商引资等措施，实行投资拉动战略，创造了年增长百分之四十的“管城”速度。八年后，管城的经济实力也由原先的全省倒数第八名跃居全省第一。

管城是多么值得留恋的地方！他感叹着，那时候，真是干啥成啥，想啥是啥，在官场上活得风生水起，羡煞旁人啊。后来，他被提拔到宛丘当常务副专员，在他的主持下，当地抓住京九机遇，拉了个百万人的城市框架。可是，时运不济，当时干事情处处掣肘，自己一心想做大做强，可是，在那里的五年，一直是磕磕绊绊，还险些倒下。后来被“闲置”到省经济研究中心，一晃又是几年过去了。

这几年里，清闲得让人发闷的日子几乎磨尽了他的斗志。幸好在他准备就此放弃“进步”的想法时，省里的调令来了。

闲下来的这些日子里，他经常反思自己从政以来的成败得失，为什么在管城就能顺风顺水，而到了宛丘就寸步难行呢？想来想去，他觉得根本原因就是一把手和二把手做事的区别。想做出政绩，想干出一番事业，必须当一把手！这次到沙颍，虽说是行政正职，但在党内还是个副职，该怎么踢这头三脚呢……

一路上，管冠南这心思一刻都不曾停下来。

管冠南一行的到来，让文冶秋颇感意外。往年，女婿都是正月初二来拜年，初五就打道回府了。这正月十四的怎么又匆匆来一趟呢，难道是有什么事儿？

文玟说：“大胆老头，见了父母官为何不拜？”见文冶秋惊愕，文玟忙解释说："爸，冠南哥调来沙颖当专员了！"

文冶秋瞪了文玟一眼，转头问管冠南："真的？"

管冠南点点头："是，任命刚下来。这消息传得太快，就这几天工夫，家里的门槛都快被踢烂了，真是不堪其扰啊。您这安静，我们来躲躲风头，也图个清闲啊。家里不是有地区志和各县的县志吗？正好趁这几天看点书翻点资料。"

文冶秋叹口气："这样说来，我倒是明白了这几天为啥突然来了好几拨人，原来是姑爷升官了啊。唉，我这里也不是净土啊，昨天夜里到今天，这都送走好几拨人了。不过，你把手机关上，我把大门插上，谁来咱也不开门，闹中取静！"

文冶秋的父亲是晚清举人，祖父曾被典入翰林。先前这个院子很大，占地有二三十亩，日本人占领龙湖时毁过，战争时炮火轰过，"文革"时也拆过，后来仅剩下五间正堂。"文革"后落实政策退还文家，文冶秋在北京当部长的大哥出资修缮，倒也整理出一个颇为宁静的四合院。这几年，文冶秋读书之余，栽植了不少奇花异草，文玟又解囊购买珍奇异木，这小院愈发精致起来。即使是严冬，也显得青翠葱郁。管冠南徜徉其间，不禁感叹，倘若自己年迈时，能有这样一处居所来修养身心，该是何等妙事。

虽是翁婿，更兼师徒，举杯共酌间，文冶秋高兴得溢于言表："真是家门有幸啊，冠南主政，给祖上添大彩。干杯！"

管冠南也禁不住感慨起来："其实，最应该感谢的就是爸爸您多年来的教诲啊。我特别清晰地记得，那年上中央党校，是您亲自跑到北京找大伯，替我去……这些我没齿难忘。"

文冶秋摆摆手："沙颖这地方情况复杂，你在这儿干事业，想有一番作为，难啊……"

管冠南说："困难再多也不怕，反正也不想再有什么更大的进步了。我就想把这里当成人生的最后一站，真正施展开自己的抱负和真本事，为自己这一辈子留下点念想。"

从晚饭后开始，管冠南就在书房里足不出户，细细地看起来沙颖地区志和各县地方志。

第二章 换届

六. 秘书长扑了空

行署秘书长范有志这两天像热锅上的蚂蚁，急得抓耳搔腮，上蹿下跳。省委任命新专员的消息，他是前天夜里知道的。他动用了多年来积累的各种关系，初步掌握了管冠南的特点：思想活跃、认识超前、敢作敢为、雷厉风行，生活上不讲究排场。他喜欢哪个牌子的烟，爱喝哪个牌子的酒……这些情况，范有志全都摸透了。多年的仕途历练使他自然明白，秘书长的职责是参谋、协调、上传下达，最重要的是为领导服务。

昨天上午，他带了两箱五粮液、一箱金芒果，去省城拜见管冠南，不料手机关机，家里电话也没有人接，实实在在地吃了个闭门羹。他知道新任专员的应酬多，但总不至于夜不归宿吧。既来之，则安之，吃罢晚饭，他干脆让司机把车开到管冠南的楼下，索性坐在车里守株待兔。

时间一分一秒地过去了，他望着这个大院里的住户衣冠楚楚、一对一对地出去，又看见许多提着大小礼盒的人物走进走出不同的单元，再也沉不住气，开始有些急躁了。

“放段越剧吧。”司机小心地看着他的脸色问。

他在黑暗中点点头。车厢里传出沙颖的越剧大师扮演诸葛亮的唱腔：“老将军你莫要羞愧难当，听山人把情由细细端详。想当年长坂坡你有名上将，一杆枪战曹兵无人阻挡。至如今年纪迈发如霜降，怎比那姜伯约血气方刚。虽说你今天打了败仗，怨山人用兵不当你莫放心上。”

范有志最喜欢这段唱词了，尤其是最近两年。他已经五十六岁了，在办公室工作了三十多年，虽然没有长坂坡救皇子的赫赫功业，但兢兢业业任劳任怨他觉得真是问心无愧。今年撤地建市，能不能在人大、政协弄个副职，他心里没谱，先前周治平似乎暗示过他，但以今天掌握的情况分析，省里更看重的像是管冠南。今晚一定要见到管专员，留个先入为主的印象。再说了，秘书长见专员那可是名正言顺！他吩咐司机，车窗开着点，声音放低点，透透气。

又过了一阵子，这里的居民陆续回来了。有人从车旁走过时，男的说，这辆沙颖的车停在这儿有两三个小时了；女的搭腔道，如今的人可真无聊，管冠南不当专员时，门前冷落车马稀，这省里刚一找他谈话，光今天，沙颖来的车就不下十辆了。听到这些，范有志觉得不能再空等下去了。无奈中他用手机给周治平打了个电话：“周专员，啊，周书记，我是范有志。我想请示一下，明天下午省委领导宣布班子任命情况，你有啥指示？”

周治平说：“会场接待由地委办公室安排，别的事你找管专员吧。”说完挂了电话。范有志觉得周治平可能知道些什么，不然不会是这种不冷不热的腔调，忙吩咐司机，不等了，连夜回沙颖吧。

行署副秘书长杨炳华接到一个电话，是文玫打来的。文玫说：“炳华，管专员现在在龙湖，我把你的情况给他说了，你来一趟吧。”杨炳华看看表，有些担忧地说：“这都快十一点了，深更半夜的，不合适吧？”“他还没吃晚饭呢，来吧，从你那儿赶过来，也就二十分钟的路。”杨炳华说：“我手头有个材料急着要整理出来，我看还是算了吧，谢谢你啊。”说完就挂了电话。他这个副秘书长是管文字工作的，这个理由完全能说得过去，以前他都以有材料为由，拒绝了文玫的邀请。既然新专员要来，说不定需要准备表态讲话呢。他拨通范有志的电话：“范秘书长，你在哪儿呢？见到管专员没有？”正在车上生闷气的范有志说：“没有见到！我现在正往沙颖赶呢。”杨炳华说：“据可靠消息，管专员现在就在龙湖，你直接去他老岳父家吧。”范有志心中一喜，嘴上却淡淡地说：“明天再说吧。你辛苦一下，与秘书科的同志给新专员准备个见面表态的材料吧。”

杨炳华后悔给范有志打了这个电话，真是猪八戒给孙悟空搔痒——自找苦吃。不过，转头想想，这写材料说到底还是自己分内的事，便给秘书科科长打了个电话，穿上短大衣，朝办公室走去。

在沙颍，正月的夜里还是挺冷的。杨炳华在昏黄的路灯下缩着脖子，慢慢地走着，身影一会儿变短，一会儿变长。他望着自己影子的变化，不禁感叹，生命也像这影子，有时长，有时短。人生，不过就是那么回事。压在心底的念头始终没有绕过去，他还是忍不住想起了文玟，回绝文玟是应该的，他觉得这样做很解气。当年，她不是义无反顾地离开自己，抛弃了两人多年的感情吗？那么美好的一段感情，多纯洁多浪漫啊！而且，他们给了彼此最珍贵的东西，在那个年代，大学生偷食禁果是多么大胆的行为啊。本来，他以为，自己一定会和文玟走到一起的，结果呢，在毕业后的去向上，他们发生了分歧。他家住在沙颍的一个小镇上，兄妹四人中，他排行老二，结了婚的大哥抛下两个孩子病故，弟弟又被邻居的手扶拖拉机撞断了腿，小弟为他辍学在家。父亲跪着求他说，为了这个家，你必须回沙颍工作。望着母亲无望的眼神和父亲跪求在地的苍凉情形，他感到强烈的刺激和震撼，于是下定决心绝不离开沙颍。文玟呢，发誓要过奢华享受的都市生活。虽然她因为杨炳华曾经动摇过，但是，一个人已经被欲望占据的时候，怎么会轻易放弃自己对物质的追求呢？离校那天，她用哭、用甜言蜜语、用丰满的身体去劝说、去哀求，都没有打动他。他带着对家庭、对家乡的挚爱，带着一丁点对城市生活的畏惧，回到沙颍小镇，当了一名团委书记。

初恋虽然常常是无果之花，但它是回味无穷的甜蜜。文玟是他的初恋，有时，他偶尔也后悔自己年轻时的任性，不该那样义无反顾。不过，文玟后来的表现实在令他难以接受，本来在省电视台做文艺节目主持人做得好好的，突然停薪留职应聘到那个“野太阳”集团，他写信劝她要慎重。她回信说：“人生是个环形的跑道，直道后是弯道，弯道后是直道，终点是没有的，因为它是封闭的。许多人知道这个道理，但是，他们怕走不出来，望而却步，所以，永远当不了冠军。”他回味她信里的话，觉得对自己非常有启示，人生，拼搏，拼搏，人生。看来，两个人的差距越来越大了。再以后，她给他的信变得越来越少，因为她担任了“野太阳”集团的公关部经理，与那个北京的智业公司策划出了一个震惊全国的野太阳神话。再以后，她自作主张，流掉了他们偶合的小生命。之后，听说她要与野太阳集团的副总，也就是那个风流倜傥的男人结婚……

他想着走着，不经意间已到了办公室门口。秘书科科长和两个秘书忙站起来打招呼。

科长说："杨秘书长，其实你不用专程跑过来。这种表态讲话咱电脑有存的备份，到时候掐头去尾修改一下，套用个名称就可以了。"

确实是这样，所谓的公文写作，其实就是空话套话连篇，修改下时间、地点、人称就"全活儿"了，而且，场面上的话，说来说去没啥区别。

杨炳华自然明白这些，不过，他跑过来还有一个目的，就是想给自己一个借口，稳稳心神——文玫的电话让他一时间爱恨交织，心潮澎湃，正好过来和他们几个在办公室热闹一下。

他们几个活都干得漂亮，根本用不着杨炳华插手，因此，杨炳华就分头安排道："抓点紧，完了送到我办公室来。"说完，他走进隔壁自己的办公室，倒了杯水，随便拿起一本书，没翻两页，就看不下去了，继续回忆起他和文玫的往事。那时听到有关文玫的种种消息后，他压抑着自己，把那股爱、怨、恨交织的情绪都投入工作中，很快就当上了副乡长，而且，又把散见于报纸杂志上的文章出了个集子。有次行署的老专员到乡里检查工作，正巧书记、乡长没在家，县长指定他汇报。他抓住机会，好好表现了一把，得到了老专员的肯定，借此向上爬了一个台阶，调到行署办公室，当上了秘书科科长。在老专员退二线的时候，他又当上了办公室副主任，同时娶了老专员在地区医院当医生的女儿。这一年，他才二十六岁。他这一干就是十年，由副主任变为副秘书长，但仍是副处级。他知道，自己的升迁成于老泰山，也败于老泰山，有谁在台上掌权时没有得罪几个人呢？如今，自己的靠山下台了，想继续乘着电梯直线进步，是不可能的了。

好在他看得很开，心里也没太拧巴，没有太多抱怨。当然，还有一个很重要的原因，就是自己的家庭确实比较温馨幸福，也着实安慰了他仕途不顺的烦躁心绪。

他很满意自己的妻子。她没有干部子弟的娇气、跋扈，逢年过节回老家的礼物都是她准备的，每月的赡养费也都是她张罗着寄的，家里的大小难事也是她出面解决的。有这样的妻子，是他杨炳华的福气啊。

当年，“野太阳”昙花一现，文玟不得已又回到了省电视台，主持人自然是干不成了，就当了外勤记者。几年的商海沉浮，使她更加成熟。她私下注册了家广告公司，靠着自身的种种资源优势和手段，做成功了不少业务。刚开张时，文玟找过他，他也帮旧情人促成了几单生意。文玟给他提成时，他谢绝了。这两年，她的广告公司变为经济管理咨询公司，业务越做越大，不过，她再也没找过他，倒是常在电话里同他叙旧。

仕途上停滞不前的时候，他想过利用文玟跟周治平的关系，让这个旧情人去为自己说句话。其实，提拔一个官员，可能就是某位领导一句话的事儿，可是，挣扎了半天，他还是张不开这个口。文玟和周治平的关系，他也有所耳闻，每次听到心里都疙疙瘩瘩的不舒服。他至今都不明白，按说，文玟也是“圣斗士”级别的剩女了，为啥还不结婚？

秘书科科长与两个秘书拿着材料，端着电火锅，拎着几袋羊肉、青菜、花生米、猪头肉推门而入：“秘书长，我们蹭你的好酒来了！”

“写好了吗？”杨炳华问。

“当然了，估计你一个字也改不了了。”

“那就好，你们几个办事，我放心！”

说着，几个人齐动手，把屋里整个弄成了一个火锅店的场景，收拾停当后，就拉开架势准备开吃了。杨炳华把放在办公室的几瓶好酒从柜子里搬出来，又从办公桌抽屉里拿出几盒好烟，分给大家。如今，哪个领导的办公室里没有点这些别人孝敬的东西呢。大家心照不宣地笑了笑，就都接过揣兜里了。

酒过三巡，秘书科科长问杨炳华：“你说，新专员会按咱们的稿子照本宣科吗？”

杨炳华心里明白，新专员是肯定不会用的，这些人都是在官场混迹多年的老手，来几句表态发言还不是轻而易举的事儿。照本宣科岂不掉底子？但他却说：“你看你问的这问题，我怎么会知道呢？我连新专员长啥样都不知道！人家肚子里有什么算盘，咱哪能听到？又没长顺风耳！”

秘书科科长说：“管他呢！咱喝咱的酒，哥几个喝痛快了是真的。不过，酒桌上没笑话，可是衬托不出气氛啊！来来来，你们谁先开始，说个段子听听？”

见大家都望着自己乐，科长咕咚一杯酒下肚，涨红了脸说：“那我就先讲个唐伯虎的故事给大家助助兴吧。”

他干咳几声，仰着头眯缝着眼睛，拉开架势开讲：“话说，唐伯虎与祝枝山是好朋友，唐伯虎非常喜欢和祝枝山谈论有关泡妞的事。唐伯虎有八个老婆，所以引为自豪，常说天下没有他搞不定的女人。祝枝山半信半疑，他告诉唐伯虎，后山住着一个寡妇，守寡三年，把贞节视做生命，只养一只猫相依为命。如果你能搞定这个女子，那我祝枝山对你五体投地。唐伯虎想了想，便叫祝枝山过几天来听消息。过了两天，下起倾盆大雨。半夜，唐伯虎爬上后山，到了寡妇门口，敲了敲门，问道，能不能让我避避雨。寡妇一听是江南才子唐伯虎的声音，忙开门让他进屋。唐伯虎进了门，连连道谢，接着又问，能不能将湿衣服脱了。寡妇一看他身上的衣服还在滴水，忙帮唐伯虎把衣服脱下放在炕上烘干。这时，唐伯虎又问，大嫂，我口渴了，能不能把瓢借我用用，让我喝口水。寡妇忙给唐伯虎端水。唐伯虎喝完水，看看天很晚了，就说，大嫂能否让我在客房过一夜。寡妇想了想，见屋外雨正大，就领着唐伯虎到了客房。唐伯虎进了客房倒头便睡。第二天天亮，唐伯虎起得早，悄悄走进院子，见那只与寡妇相依为命的猫正在院子里伸着懒腰，忙一把抓住，把猫身上的毛拔了一大片，然后也没有同寡妇打招呼就回了家。过了几天，唐伯虎和祝枝山正在下棋，那个寡妇闯进来大骂：唐伯虎啊唐伯虎，你是个浑蛋！你号称江南文人、一代才子，却干出这等龌龊事来。那天我看你可怜，好心开门让你进来，你要避雨我让你避，你要脱衣我让你脱衣，你要瓢我给你瓢，你要过夜，我让你过夜。你说你，为啥临走时把我的猫毛给拔了？祝枝山在一旁听得目瞪口呆，从此也就唯唐伯虎马首是瞻了，哈哈！”

众人听完，想着这笑话虽有隐讳，却仍然是带色到极致，忍不住大笑着连说好。

一时间把气氛搞得很热烈。和科长坐正对面的一位秘书，也顿时来了兴致，嚷嚷道：“我讲个外国的笑话给大伙助助兴吧。话说，一天，克林顿的妻子希拉里见到了上帝，她发现上帝的客厅里挂着许多表，而且这些表有的走得快，有时走得慢。她不解地问上帝的仆人：为什么这么多表时间走得不一样呢？仆人回答说：这些表代表着人的生命，世界上每个人都有一块这样的表。如果他的外遇多，他的表就走得快；如果没有外遇，他的表就走得慢。希拉里听完，环视四周后又问：为什么没有我丈夫的表？他可是我们美国的前总统啊，表应该大些，在更显眼的地方才是。上帝的仆人说：你丈夫的表被上帝拿到办公室当电风扇去了。希拉里顿时僵在了那里。”

大家听后，拍手叫绝。一时间，酒桌上的气氛达到了高潮。大家你一个段子，我一个笑话，说得不亦乐乎。

眨眼间，几瓶酒就见底了，大家都有了几分醉意。科长说，我比杨秘书长少一个“副”，多一个“科”，啥时能把“科”去掉就好了。两个秘书忙凑过来说，那赶紧把“科”给我们吧。杨炳华也仰头感叹道，进步哇进步，哪有不想进步的啊！当孙子的滋味哪有那么好受啊！什么时候能熬出来，什么时候能见天日啊？

几个人都醉得一塌糊涂了，东倒西歪地躺在杨炳华的办公室里，他们谁也没有发现范有志是什么时候进来的。范有志斜着眼睛扫了一下屋里的景象，鼻子里不屑地哼了几声，拿起来放在桌上的新专员的表态讲话稿就走了。

七．新官上任麻烦多

清早一起床，管冠南便习惯性地打开了手机，说是关机图清静，真的把手机关了，心里真是感觉不踏实。今天一开机，就发现有几十个未接电话。他看着那些陌生的号码沉思一阵，就跟家人打了声招呼，出去晨跑了。没多大一会儿，文珺就打电话过来："快回来吧，家里来客人了。"

范有志七点钟从家里出发，掐着点在七点半的时候，准时赶到了文冶秋家。他没有带烟和酒，仅是拿了些宣纸和砚台。这送礼可是有讲究的，里面学问大得很。一定要看对方是什么人，有哪些爱好，投其所好，送礼才能送出情谊、送出交情来。

文冶秋退休前在沙颍地区文管会，是沙颍当地小有名气的文人，范有志自然认识。落座后，范有志忙说："我这一阵瞎忙，没有过来时时求教文老。这次给您捎来几令宣纸、两方砚台。提前声明啊，我可不是来行贿的，咱是正儿八经来换字的。"

文冶秋哪里不清楚这些人心里的小九九，忙笑着说："秀才人情纸半张，你既是来求老夫的拙字，就是不带这些东西来，我也会给你的，难得你喜欢啊。"

文冶秋坚持要看看他带来的是什么砚台，范有志答复说，砚是端砚，是他弟弟春节前从广东带回来的。弟弟部队转业后，到深圳发展，现在生意做得很大。回来的时候，就顺道捎回来几个砚台，不是什么值钱的东西。

这些话怎么骗得了文冶秋，这端砚实在是名贵品种，可不是寻常人能用得上的。

文冶秋说："快拿过来，赶快让我们大家一睹芳容，饱饱眼福。"

范有志慢慢打开包装精致的红木盒，一边小心翼翼地捧出砚台，一边打着哈哈说："这一方叫'山色空濛'，这个叫'夏荷莲莲'。现代工艺，不值钱的。"文珺也凑上来说："让我也开开眼。"

文冶秋仔细端详，只见那方"山色空濛"的砚上，依纹雕有山、岩八座，树数十株，行人三个。在朦胧中，山、岩、人、树浑然一体，巧夺天工。砚上方，七只石眼雕成七颗星，寓含北斗之意。那个"夏荷莲莲"更是生动，在一块绿与白的端石上，依色质雕出两枝风荷、两朵莲花、一只凝视莲蓬的小雀。风中的荷叶透出背白，馋雀欲啄莲子。左上方，几块洁白的鱼脑冻像水珠在滚动，整个结构显得动静交融，栩栩如生。这两方砚，可是砚品中难得的上上品啊，这东西可不是轻易能买来的。

"这两方砚台，花了不少银子吧？"文冶秋目不转睛地望着范有志问。

范有志敷衍说："我可是真不懂，也不知道他花了多少钱拿回来的。估计也就几百块钱的东西吧，我也用不上。再说，放在我那儿只能占地方，您经常写字，就留下吧。这才是物归原主呢。"

文冶秋见推辞不掉，就说："我这里有几方黄河澄泥砚，送给你吧，算是交换。你要是不要，就把带来的端砚带走。"

范有志见推辞不过，就接过两方黄河澄泥砚，叫司机放到门外的车里。这时，管冠南正巧回来了。

文冶秋介绍说："冠南，你不认识吧，这是咱地区有名的大笔杆子，行署的范秘书长。"还没等管冠南搭腔，范有志忙跑过去自我介绍说："我叫范有志，我这一大早来，一是来接您，二是给您送下午的讲话材料。"

管冠南客气地笑笑，握着范有志的手说："谢谢你们啦。估计你还没吃早饭吧，快来，我们一起搭伙啦。"

早饭比较简单，四菜一汤，因为范有志和司机来，管冠南叫文珺再加两个菜。吃饭间，管冠南顺口问了问行署办公室的干部情况。范有志立即作了详细说明，并在汇报过程中，时不时于不显山不露水的语气中，及时穿插了对新领导的诸多奉承。范有志一边看着管冠南的脸色，一边接着说道："办公室的同志工作起来都非常努力，尽职尽责，只是行署办公室的干部流动太慢了。地委办每次调整都能出一两个书记、县长，行署办公室好几年都没动过了，副秘书长们有怨气……"

管冠南沉思了片刻，很认真地对范有志说："同志们的处境和想进步的愿望，我都能理解，这样，你回头给副秘书长们交个底，只要工作干得出色，我管冠南一定会对得起大家。"范有志一听，难掩满脸喜色，赶紧道谢："管专员，你在全省都是大名鼎鼎啊。我们这几天议论说，你一调来，咱沙颖就有希望了。这话可不是奉承您，我说的都是心里话啊。"

吃完饭，管冠南对文冶秋说："爸，文珺说这两天她的心脏病又犯了，让她们几个回省城吧。我也去忙工作了。"于是，一家人便告别了文冶秋，也暂别了闲居几日的小院，都上车走了。

临行时，文冶秋递给管冠南一封信，让他上车后再读。路上，管冠南把家书打开，发现都是老人对自己即将赴任的嘱托。在特定的时代条件下，少数官员的权利"寻租"应运而生，"五十八岁"现象比比皆是。管冠南也知道，随着市场经济的发育，社会成员逐渐形成了一种强烈的经济意识，强烈的利益冲动刺激着人们的神经，在消费和利益驱动方面出现了一种反弹过度的现象，社会各阶层不同程度地患上"饥饿综合征"。老人对自己的担心是有道理的。就怕自己一旦把持不住心里的底线，滑向不可知的深渊啊！

范有志见后座上的管冠南一边读信，一边沉思，没敢打扰。又过了会儿，他回头看见管冠南在观察窗外，才说："管专员，马上就要到市区了。咱这市区有沙河、颍河两条河交汇，像汉水与长江在武汉一样。新中国成立前，因水陆交通方便，号称'小武汉'呢。"管冠南说："我从小就听人说'沙颖街，两瓣子，坑了好多牛贩子'。"范有志听完此话有些不悦，哪有新上任的父母官如此出言不逊地揭沙颖的短的？但他又不能反驳，心想，这位新专员口无遮拦，日后需小心才是。

进入市区后，道路坑洼不平，人车混行，虽然司机不停地按喇叭，但车仍然开得很慢。管冠南心中不悦地把街两边的小楼同管城县进行比较，觉得眼前这街道还比不上十年前的管城县，这就是有千万人口的行署所在地？！

在省城，他就听说沙颖有三大怪："汽车没有行人快，茅台卖得比油快，干部大多生二胎。"后两怪不知真假，这慢得乌龟爬一样的车速，弄得一向性急的他直想发火。过了一会儿，车还是没前行多少。管冠南实在忍不住了，他告诉范有志要下去走走，让范有志先去处理其他的事；十一点的时候，召集各部门负责人一起到沙颖宾馆等着迎接宣布班子的省委书记一行。范有志望着管冠南那不容商议的表情，又问了句："还有啥别的安排不？"管冠南想了想说："你通知文副专员十一点前赶到给我安排的房间吧。"说完径直下了车，朝对面的一个农贸市场走去。

走到市场门口，只见一个黑瘦的二十多岁的青年蹲在地上，守着几个埙在叫卖。管冠南看这年轻人的气质不像是做小买卖的，就上前搭讪道："这是埙？我来试试看。"他拿过来放在嘴里一吹，却不响，便问："咋不响？"小伙子笑了笑说："是这样吹的。"说着拿起一个埙放在嘴上，立即发出了独特的哀婉舒缓的声音。"能吹一曲吗？"管冠南又问。看看一脸认真的管冠南，小伙子不好意思地低头一笑，说道："那就献丑了，来一段《春江花月夜》吧。"小伙子认真地吹起来，埙声中，围观过来的人们似乎都感受到了苍茫的江水在月下低声呜咽、雾霭笼罩一切、秋风肃杀的情景。吹毕，周围立即掌声一片，管冠南也禁不住使劲鼓起掌来。他蹲下身子，和小伙子慢慢拉起了家常。这才知道他叫管宗玄，还是个大学生呢，专业学的是矿业，家住鹿城颍水镇，从小就喜欢音乐。因家在农村生活困难，为了供他上学，更加聪慧的妹妹退了学，一家人挣钱专供他一人。毕业后，他先后当过化验员、业务员、保安员，因为工作和自己对音乐的爱好完全不搭边，所以，这些工作都没做多长时间。后来，听说银川那边工作机会多，他就只身闯西北。到了那边才发现，工作也不好找。正当他带的银子全都花完，陷入弹尽粮绝的窘境时，他意外地碰到了一个制埙的作坊。说来也巧，作坊的主人也姓管，对方收留了他。他在那里一干就是三年，不仅学会了制作埙的全过程，而且还懂得了更多古代乐器的知识。去年十月，他在师傅的督促下回到自己的家乡，克服重重困难，终于在中原地区制成了独特的埙。没想到，在沙颖这块土地上，居然没有人懂得欣赏，摆了十天摊子，一共才卖出去六个埙。

管冠南低头沉思了一会儿，靠近管宗玄，轻声说："我呢，在沙颖这地方说话还管点用。你今后要是遇到什么问题，或者是想继续在沙颖发展，可以找我。我把手机号留给你。对了，我也姓管，呵呵，五百年前，咱们兴许是一家呢。"管宗玄看这人不像是说假话，而且，从衣着相貌、言谈举止等方面观察，这人真像是有些来头呢。他一见对方把电话号码都留给自己了，心下顿时涌起一阵感动。

文珈两天前就知道管冠南要到沙颖来做专员了，但她感到奇怪的是，管冠南居然没有给她打电话。第一天文珈还满怀希望地等待，第二天她实在忍不住了，就给管冠南打了过去，谁知总是关机。上午十点，她正在计生委听汇报，接到秘书长范有志的电话后，便匆匆赶到管冠南将要下榻的沙颖宾馆一号楼303套间。抬腕看看表才十点，她觉得好笑，真是皇帝不急太监急。她见茶几上摆满各种水果，便打开电视，拿起两颗荔枝剥着吃起来。

文珈是文冶秋的侄女，文珺的堂妹。她的父亲文冶春一九三八年高中一毕业就到了延安，一直随着中央到西柏坡，后来进了中南海。她是父亲的小女儿，一九五五年生在红墙内，她父亲没有过大的起落，因而她一直在顺境中生活。小学、初中、高中、当兵、上大学，然后分配在国家部委。从科员做起，科长、副处长、处长、副司长，做了两年司长后，去年被中组部安排到沙颖代职当副专员。她到沙颖一年多了，觉得好像过了几个世纪。起初，刚坐在主席台上时，她感到过新鲜刺激，但紧接着就觉得无聊了。听别人讲着与自己无关的话而不能动弹，常令她如坐针毡。走路有人跟着拎包，吃饭有人陪着欢笑，看起来的舒服自在其实是愈加不舒服不自由。在这里，她分管文化、教育、卫生、计划生育、广播电视等几个部门，在工作中基本上是听不到真话的。大家场面上的奉承让她觉得真是累啊，别人糊弄她，她呢，也无力改变更无心改变这一切，彼此就这么耗着。

有时候，她甚至后悔自己不应来这里代职。前几天省里召开计划生育会，省长、副省长点名批评沙颖。有几次在省会，她遇到管冠南向他求教时，不料被管冠南一句不在其位难谋其政挡了回去，她气得牙根直疼。

这官场，她真是有几分厌倦了，简直就是耗费自己的生命！

管冠南是十点五十分走到沙颖宾馆总服务台的。他刚想向服务员询问时，范有志不知从哪个角落蹦了出来："管专员，你安排在303房间了，文专员正在上面等你呢。"在电梯里，范有志说："地委办公室通知，省委书记大约十一点五十才能到。周书记说，十一点半来看您。"管冠南一边应着，一边走进303房间。他下意识地环顾四周，发觉这房间里的设施装修真是一点不比省城差。

文珈站起来打趣说："我是该叫姐夫呢，还是该叫专员呢？"管冠南说："随便吧，我又不能一分为二。"文珈嘻嘻笑着捶了管冠南一拳头。范有志见状忙说："你们谈，我先到下面去看看。"于是，很快躲了出去，将门悄悄关上了。

管冠南问："你同小柯的事处理好没有？"

文珈饶有兴味地盯着绕着管冠南转了一圈，然后，一屁股重重坐到沙发上："解脱了！春节前就签好了离婚协议。"

"那你将来有啥打算？"管冠南看着这个已经快奔50岁的小姨子如此轻描淡写地说起自己的婚姻变故，不免有几分担忧。

文珈风轻云淡地说："切，我早就习惯了现在这种平静如水的生活。工作之余，读读书，上网聊聊天，也挺有意思的。"

毕竟是她自己的私事，管冠南也不好多说，于是就转移话题，说到工作的事情："你在沙颖一年多，对沙颖有啥感觉？"

文珈本想报复他一下那次请教遭拒的一箭之仇，但看到管冠南一副认真的样子，又觉得不适宜开玩笑，便把自己的真实感受和盘托出。最后她说："这个周治平真有意思，总是说事缓则圆。等两年过去，我政绩一无所有，咋向中组部交代？总不能在述职上写上陪某某吃过几次饭，上网聊了两年天吧！"

管冠南听她抱怨下面官员不作为、混日子时，已是满腹怒气；又听文珈说到现如今大家在工作上是彼此糊弄，更觉得情况复杂。他一脸严肃地对文珈说："你好好准备一下，明天我准备召集个专员办公会，你把分管的口里需要解决的问题提出来，这种风气哪里是做事情的架势？！"

十一点三十分，周治平领着赵副书记、吴副书记、郑副书记走了进来。周治平率先作出姿态，朗声笑着招呼管冠南："冠南，欢迎你来沙颖主持工作啊。有你加入，我们几个信心更足了。"

管冠南说："我新来乍到，希望能得到诸位的指导关照。"

周治平说："本来这两天想同你聊聊，又觉得是星期天，有心让你休息休息。这两天在龙湖感觉如何？张晓东这家伙劝酒可是很有一套的哦。"周治平今早才听说管冠南这两天在龙湖，心里顿时不满。不管咋说，龙湖是沙颖的地盘，到沙颍了都不跟一把手通个气，于情于理是说不过去的。

管冠南听这话心里也是一怔，怎么，这两天的行踪他全都知道？继而又想，无所谓，省委还没到沙颖宣布班子呢，也没有必要向你汇报行踪吧。于是，管冠南讪讪地笑了一下解释道："女儿快开学了，非要来看看姥爷，我只好陪行了。不过，还真没见到张晓东，不知道这猴崽子跑哪儿去了。"周治平才不相信张晓东没去拜见管冠南呢，那个人精会放过这个机会？见管冠南这样说了，也就作罢，便一一介绍赵副书记、吴副书记、郑副书记，然后说："在家的地委委员和副专员都在楼下大厅等着呢，中午吃饭时再介绍吧，来日方长嘛。"

这时，曲颖匆匆跑过来，径直来到周治平身边，对他耳语几句。只听周治平说："我不见。文专员，这块儿归你管，你马上下去处理一下，绝不能让他们闹而优则利。"文珈望望周治平，又望望管冠南，无奈地走出房间。管冠南忙问："咋回事？""乡级卫生院来了百十个退休职工，要落实待遇。"周治平对管冠南说，然后又对郑副书记说："你给公安局打个电话，做好疏导工作，必要时采取果断措施，一定要绝对保证在省委书记来之前做好工作！"

管冠南一见这个阵势，心想，这么多人来上访，处理不好会出乱子的。而且，今天是自己上任履职第一天，省委领导很快就到了，局面弄糟了，大家的脸面都保不住。如果自己亲自出马，先把局面震慑住，一是解决了当下燃眉之急，给这些人个下马威，让他们知道我也不是吃素的，另外，借此树立一下自己的威信。想到这儿，他冲大家一摆手，说道："还是我去吧，今天就算是正式履任了。"

管冠南扭身走了出去，主抓这方面工作的郑副书记忙跟着他一同下楼了。

周治平不屑地撇了撇嘴，心里越发不舒服了。

此时，大厅里已然乱成了一锅粥，百十号看起来有些苍老却仍不失斯文气的戴眼镜的男男女女，使劲扯着嗓子嚷着：“我们要饭吃！”“活命钱都让你们这些当官的弄哪儿去了？”此起彼伏的高声大嗓，把文珈的声音压得似有若无。管冠南站在那里，观察片刻，转身来到一块显眼的地方，亮开嗓门大喊一声：“同志们——，大家静一静！”大厅里顿时鸦雀无声。

“我叫管冠南，是新来的沙颖行署专员，你们要不要解决问题？要解决的话，现在就跟我到宾馆会议室去。”说完径直转身往楼梯口走，郑副书记也抬高嗓门跟大家说：“请大家到六楼会议室去。”上访的老人们犹疑了片刻，嚷着“去就去”，于是，跟着他们一起上了六楼。宾馆的保安和闻讯赶来的警察也匆匆上了楼。

管冠南在会议室正位上落座，然后召集大家坐下。他看见门口如临大敌的警察，喝道：“谁叫你们来的，快撤！”然后站起身来，从服务员手中拿起水瓶，给坐在自己身旁的老者倒水。大家都使劲盯着管冠南，上访这么多次了，第一回见到这阵势，一时间都有些蒙，不知道他们葫芦里卖的什么药。

管冠南环顾四周，仔细看着这群有些吃惊甚至脸上隐隐流露出些许怯弱的老人，温和地说：“各位前辈，各位先生，我今天刚到沙颖赴任，就遇见了你们，咱们是有缘哪。我的爱人也是咱们沙颖人，我的岳父和你们年纪差不多，在这里，我作为晚辈，给你们拜个晚年。”他说着就站了起来，给大家深深地鞠了一躬。“你们冒着风寒大正月地来到这儿，肯定是有不少苦处，要不然，你们这些要面子的老先生是肯定不会来麻烦政府的。过去政府没有为大家服务好，我在这里代表行署向大家检讨，我再给各位先生鞠个躬。”他刚要站起鞠躬，便被座位左右的两位老者按下，只好接着说：“我新来乍到，今天不可能给大家一个十分圆满的答复。但是，我很想听大家说说，我们一起沟通一下，让我也知道一下你们的苦处，回头我保证给大家解决问题！谁先说？”

坐在左首的老者说：“听了管专员的话，俺们心里立刻就舒服多啦。每次俺们来，政府就像打发要饭的、对付闹事的一样没给过好脸色啊。这是第一次，我们感到政府是真心想听听我们的难处啊……”他这一席话，让一屋子的上访者连连点头表示赞同。

大家你一言我一语地说开了，原来都是因为退休金的问题。前几年大家还能领一千元，这几年是连年下降，眼看连买菜的钱都不够了。当地的乡镇推说是财政没钱，可是老百姓眼看着乡长、书记的座驾换了一辆又一辆，越来越高级。而这些退休的老人连锅都揭不开了，能不急吗？

管冠南一边听，一边认真地把大家反映的情况记下来。

就在管冠南接见上访人员的时候，省委书记、省委组织部长一行来到沙颍宾馆。省委书记同周治平等人见面后问："怎么，管冠南还没有到？"

周治平赶紧说："早到了，现在正与文珈专员谈工作呢，我们也不好去打扰……"

省委书记说："让他们先谈吧，人家还是亲戚呢。你们吩咐一下，快把饭安排好，我们吃过饭还要赶路呢，别让他们胡折腾摆排场，简单准备一下就行。"

周治平问："原定的您不是要参加见面会吗？怎么这么急？而且，您看我们这边上上下下都已经通知下去了……"

省委书记说："情况有变，计划赶不上变化嘛。见面会就请组织部长代劳了。"

周治平一看局面，心想，省委书记不在正好，管冠南那边还不知道把上访的事处理成什么样呢，留着这尊佛照顾得不周到了，也是个问题。于是，他又装出一副无奈的表情说："好吧，既然您那边忙，我们就只好另作安排了。"

等管冠南把一众上访的老者送出宾馆后，有工作人员赶紧跑过来告诉他，省委书记他们已经在餐厅等他了。管冠南立即赶了过去。

周治平本来安排的饭局是——中午陪省委书记和组织部长吃饭的就是他和管冠南及三位副书记。不想，落座后，省委书记说："文珈也算一个吧，你们把她招呼来。"于是，工作人员又跑出去把文珈请了进来。

省委书记一看到文珈推门闪了进来，立即笑着摆手道："来来来，文珈，你是中直领导，坐我身边吧，这样我离中央近些。"文珈因和省委书记是大学同届同学，又是来代职的干部，就大方地坐在省委书记的旁边，说："你是中委，坐你身边，我离中央近些。"气氛立即热烈起来。

省委书记说："我在下面是从来不喝酒的，你们都知道吧？不过呢，今天情况特殊，我也喝一点，算是给治平、冠南你们新地委班子的鼓劲酒吧。我呢，要送你们三句话，就是精诚团结、加快发展、促进稳定。来，干杯！”一阵碰杯声后，省委书记说：“冠南，听说你在管城当县委书记时，每次开大会你都在茶杯里放酒，会完酒干，是否杜撰？”管冠南说：“不是这回事，那次我患重感冒，浑身发冷，县里机构改革动员会又是我主讲，没办法我就弄了杯酒上去。可也真怪，话讲完，酒喝完，病也好了。”省委书记笑道：“这么说，酒广告上还得加上一条——包治重感冒啊。”大家又是一阵大笑。

推杯换盏间，酒宴即将结束，省委书记面色沉重地说：“驿城市的艾滋病患者有几百人到北京上访，惊动了上头，我得抓紧赶过去。你们沙颍因卖血出现的艾滋病患者也不少啊，治平、冠南，你们要尽快拿出措施安定民心，别再给省委添乱啊！现在这些上访工作一定要处理好，而且，在发现苗头的时候就要处理好，不能影响和谐稳定的局面！这是硬任务，你们一定要把这方面工作尽快抓起来。”

周治平立即表态：“放心吧，书记！我们肯定会处理好的！绝不给省里添麻烦！”

省委书记点点头：“撤地建市的方案要进一步完善，五年规划要更宏伟，别误了三月初首届党代会、人代会。”

周治平不容管冠南答话，又抢过话头说：“我们保证让省委满意。”

省委书记又说：“你们的计划生育工作不容乐观呀！”

周治平说：“等党代会后，我们统筹解决。”

八．和他共事要小心

下午三点，沙颖地区四大班子领导准时集合在地委小会议室。组织部长宣读了省委关于沙颖党政班子的调整决定，肯定了前届班子的成绩，提出了省委对新班子的要求。之后，周治平和管冠南依次作了表态发言，紧接着，几个主要领导按程序都表了态，见面会就算结束了。

省委组织部长看时间刚五点，便提出到下边走走，透透新鲜空气。周治平说，管专员刚来，先休息吧，我同汪部长陪同就行了。

下楼梯时，张明宽走到管冠南身边，小声说："冠南，晚上到家吃饭吧。"管冠南也轻声回应道："人家部长还没有走，恐怕不行吧？""晚点吧，猪头肉、花生米。"管冠南一咧嘴，笑着接道："咸毛蛋、炒豆腐渣？"两人相视一笑。

管冠南和常务副专员李瘦石一起到了行署办公室，然后又在范有志的陪同下一起来到自己的办公室。他里里外外看了一遍，发现整个布局非常对自己的脾气，办公室的相关硬件配置自己也非常满意。看来这个范有志没少花心思啊，自己的兴趣爱好什么的，这位秘书长心里基本有数了。管冠南笑着称赞范有志说："不错，不错，真是辛苦你了。工作做得很细很到位啊。谢谢你！"范有志嘴上谦让着，心里却乐开了花。

李瘦石问："按惯例，今晚应该是几个副专员在一起给你接风，但组织部长没走，是不是改天？"

管冠南一摆手："有羊不愁赶不上山！咱们一起去看看办公室的同志们吧，他们比咱们辛苦。"

管冠南用了近一个小时的时间，同行署办公室的副秘书长、副主任、科长、科员们都见了面，说了些客气话。

等回到办公室后，他才感到真的是有些累了，他坐下来，赶紧点了根烟，深深地吸了一口，顿感五体通泰，心旷神怡，还是烟好啊！自己这么多年就没离开过烟，解乏去烦，精力不济的时候，抽根烟，提神醒脑，精神百倍。他抽过烟屁股，抽过豆叶、野麻叶，那呛人的涩味令他难以忘怀。烟雾弥漫中，他开始回味今天的见面会，思索自己哪些地方做得不够到位，每个人的谈话表情。如今，表面的工作背后时常暗藏玄机，看似温柔的故乡，不留神就会缠上刺人的荆棘，踏上血肉横飞的地雷，不战战兢兢、如履薄冰行吗？

歇了一会儿，感觉缓过劲来了，他打开电脑刚浏览完时事要闻，便发现登录的 QQ 上有人要求加他聊天。对方名为小龙女，是个他先前陌生的号码，看注册信息，对方显示是十六岁。

嗬，看起来无聊的人还真是多啊，索性自己和她逗逗闷子。于是，你一言我一句的八卦开来，完全没了平时说话时的谨慎小心，简直就是兴之所至言之所至，像一个老顽童一样，和对方天南海北胡吹乱侃着，这种谈话真舒服真畅快啊。多少年了，自己已然忘了这样真性情的去说去笑了。聊了一会儿，他果断地把对方拉入了黑名单。他为自己的恶作剧惬意，同时，感觉身心舒畅了许多，无名的烦恼灰飞烟灭。他看看表，已经七点半了，怎么周治平还没有打电话邀陪吃饭？

这时候，副书记郑守京推门进来："管专员，你果然在这里！张部长猜得真准！走，喝酒去！"郑守京说着拉起管冠南的胳膊就往外走。管冠南一想，肯定是张明宽的主意，也就不再推辞，随他一起上了车。郑守京和管冠南十年前就是老搭档，当初在省委党校学习时，两人也是同班同学。如今，管冠南调到这儿来任职，郑守京自然是喜出望外，赶紧过来。

到了张明宽家刚坐下，管冠南的手机便响了，他打开一接，周治平的声音就传了过来："管专员，叫你久等了。我同部长到下面去转了转，部长执意要喝正宗的胡辣汤。你也来镇上吧，咱们一块儿喝两碗。”管冠南看看表，已经八点了，心想，这个时候还让我跑几十公里去喝碗胡辣汤，真能做的出来啊。你拉拢和领导的关系也就罢了，何苦现在还跑过来打趣我？管冠南不露声色地答道：“我就不去了吧，我夜里还要看些文件，替我向部长敬几杯酒吧，上午有书记在，咱们怠慢他了。”周治平在电话里又大声说道：“那也好，冠南啊，明天本来计划的是县处级干部见面会。你看咱是不是不弄这形式主义了，我的意思是你可以分头开几个座谈会，然后呢去下面挨个转转，这一转大家不就熟悉了吗？”

管冠南心想，既然你都决定了，还摆出一副征求意见的姿态干吗？心里虽然越发不痛快了，嘴上却淡淡地答复道：“嗯，我也是这么个意思。回头，我安排一下工作，多到下面跑跑吧！”

“你需要同部长再说几句吗？”周治平扯着嗓门在那边喊着。

“呃……”

不容管冠南把话说完，周治平就大声答复道：“好，那就这样吧。”

挂掉电话，管冠南的脸色已然不好看了。郑守京小心地探问：“是周书记打的？”

管冠南闷声答道：“是。”

“是不是叫你到乡里陪吃饭？”

“是。”

“是不是明天的见面会取消了？”

“是。”管冠南转而醒过神来，不解其意地佯怒道，“你郑守京搞什么名堂？我是犯人吗？”

郑守京哈哈大笑，望着张明宽说：“张部长，你真神啊！”

管冠南一时间如坠五里雾中。正要问他究竟时，张晓东提着几个食品袋走了过来：“现在吃毛蛋的人真多，我整整等了半个小时才买来这些。”他说着，把双手伸向管冠南：“管专员，还认识不？我叫张晓东。”“龙湖县委书记，算是我半个父母官。”管冠南心不在焉地答复着张晓东，看郑守京和张明宽鬼鬼祟祟的一直眉来眼去，心里越发着急想问个明白，无奈有张晓东在场，又不便开口。

管冠南这顿饭吃得实在是食不甘味，张明宽自然都看在眼里了，却佯装不知，一副没心没肺的样子和大家一起打着哈哈，使劲烘托着酒桌的气氛。喝到一半的时候，张晓东的手机响了，他接听后一个劲儿地说知道了，眼睛却望着几个人滴溜儿乱转。挂掉电话，张晓东急急地问："怎么明天的县处级干部见面会取消了，这不正常呀。"管冠南沉声说道："这事儿我已经知道了。"看张晓东还要追问，张明宽赶紧使了个眼色，笑着打圆场道："别管这些了，咱们继续喝，等会儿吃你嫂子包的素饺子。"

酒足饭饱，临出门时，张明宽小声对管冠南说："防人之心不可无，对他，"张明宽伸出大拇指说："你以后和他共事要小心点。"

九．祸不单行

周治平陪组织部长喝过胡辣汤后，部长说："这里离省城比沙颖近些，我直接回去了，客走主人安。"周治平见组织部长执意要走，就安排镇党委书记给部长捎了几箱胡辣汤作料，便分手了。他见时间不到九点，便对秘书说："通知文联、社联的主席，还有招商办主任九点半到我办公室，原定的小会不变。"

秘书知道周治平有夜里办公的习惯，他常常在夜里召开些小规模的会议。按周治平的话说，是夜深人静思路清，因而也落了个兢兢业业工作的好名声。秘书忙掏出手机，分头打电话通知。

在黄淮平原上夜里行车是一种享受，路两边的杨树像仪仗队一般整齐地护卫着车来人往。周治平透过车窗，隐约可见杨树外一座座塑料大棚，那是他精心推出的万亩韭菜、万亩芹菜、万亩辣椒等一系列万字号反季蔬菜大棚。下午，他还拉组织部长深入地头棚间，查看蔬菜长势，并详细介绍说，这是他搞的双强百村试点，也就是在沙颖地区选择致富能力强的人，组织强有力的村支部营造一百个种、养、加的专业村，由此带动辐射全区，力争三年，使全区每个村都形成自己的特色，实现传统农区的农业现代化。部长听后很高兴，说，大胆搞吧，认真总结经验，以后在全省推广。晚上，吃饭间，部长悄悄地告诉他，等撤地建市后，他还有好事。他想继续追问，但是一瞅部长那天机不可泄露的神色，便打住了。他一扫这几天来压抑着的不愉快，赶紧说了些感谢和表忠心的话。

其实，做地委书记是他意料之中的事。毕竟，十几年前他就已经到厅级位置了，加之自己又是中组部重点培养的干部，另外，他的岳父也是当年的省部级干部，现在虽然退下来了，但余威仍在，其好友故旧在中央工作的人也不少。省委找他谈话的第二天，他就回了沙颍，当时，刚出院的地委组织部长汪金生对他说，管冠南不是好对付的，请他注意。他虽以为所言甚是，但没有明确表示什么。今天的两件事让他不能不有所警惕，本来上午乡镇卫生院的上访他就很生气了，但出面解决问题的不应该是名虽正言却不顺的管冠南，而且不应该在那个时间、那个地点代表行署检什么讨，因为此时的行署专员还是我周治平。下午的表态讲话就更离谱了，简直就是作秀，收买人心。为了避免县处级见面再出现这种情况，他灵机一动，取消了这个会议，出乎意料地是，被省委组织部长以为是改变作风的好举措。他也知道，省委组织部对管冠南到沙颍任职有争议，今天撇开管冠南吃饭，部长也是满意的，这就足够了！

周治平想调整一下坐姿时，司机突然来了个急刹车，他的头撞到车厢顶上了。他刚想发火，就听见司机说："有情况。"他朝前一看，见前面堵了长长一溜车。司机和秘书急忙下车查看。他也下了车，在路边伸伸筋骨。秘书回来说，是一辆外地拉煤的超重车压断了公路上的小桥，司机受了重伤。他忙说："快，用我的车转头把伤员拉到就近的县医院，咱们搭个便车回去就行了。"说完径直朝前走去，秘书赶忙跟着。

周治平回到办公室，已经是九点四十五分了。他刚坐定，秘书就领着文联主席、社联主席、招商办主任走了进来。

周治平满脸带笑地跟大家解释道："路上遇到点事儿，耽误了大家十五分钟，很对不起啊。这么晚了，把大家请来，是为了继续研究一下关于如何借助羲皇文化振兴当地经济的问题。现在，各地都在争夺传统文化资源。咱们也要抓紧时机，看看如何把老祖宗留给我们的文化资源变活变通，这无论是对历史、对现实，还是对后人都有重要意义。所以，希望大家畅所欲言，各自谈谈你们的看法。"

大家你一言我一语说开了，总体设想基本是应该将当地文化结合目前热点时局，举办研讨会、招商会、文化艺术交流会，以此为契机，形成招商平台，吸引外资，促进全区经济的腾飞。而且，他们都一致建议地委、行署尽快成立一个机构，制定一个切实可行的计划，尽快行动起来。

周治平早就有这个意向了，看大家渐渐说到正路，就点头补充道："伏羲是我们中华民族的老祖宗，而这个老祖宗又在沙颍。我的想法就是借这张牌，打造沙颍在全国甚至全世界的金字招牌，作为我们撤地建市后的重头戏，使我们的沙颍插上腾飞的翅膀。"他安排说："小郭，你明天与统战部李部长安排一下，由他牵头，扩大到文化、教育、民族宗教等有关方面的负责人，继续座谈，形成个纪要，供地委研究。今天的会就暂时开到这儿吧，辛苦大家啦。"

人们陆续离开后，秘书小郭在收拾办公室的卫生时，办公桌上的电话响了。这么晚了，谁还来电话？周治平满腹狐疑地接过一听，脸色顿时凝重起来。他挂掉电话后，对小郭说："咱们马上到省城去！"

小郭看看表，已经十一点了，忙问："现在？"

"对，现在！"

"那明天的座谈会还开吗？"

周治平略微沉吟片刻说："照常开。对了，你现在立刻通知公安局局长、郑副书记、李副专员、信访办主任，立即到我办公室来。"

在小郭打电话的空当，他躺在宽大的皮转椅上闭了会儿眼睛。刚才的电话是文玟打来的。她听省电视台的朋友说，沙颍去了几十个人到省委上访，反映农村基金会的事，因与维持秩序的警察发生了冲突，有一个鹿城籍的老太婆在省委大门口喝农药当场死亡。陪同中央领导回省城的省委书记听到消息后，怒不可遏，气愤地大叫，叫周治平来！

文玟一听到消息，赶紧给他打电话通通气。

今儿这是怎么了？什么倒霉的事儿都让自己赶上了？！今天一天工夫两次上访，幸亏上午被管冠南拦截疏通。现在时兴的提法是稳定压倒一切，建设和谐社会。信访、社会治安、计划生育、拆迁安置这几项工作都是可以一票否决的。鹿城的县委书记身体不好，县长郑治业顾头不顾尾，看来政治上还是嫩啊。无论如何，这种集体上访都应该发现苗头，及时做工作，防微杜渐呀。这么一闹，说不定中央领导也会知道的，这后果……他实在不愿想下去了。他抓起电话，马上给文玟打电话，要她稳住她那个电视台的朋友，别让那些记者再捅什么娄子。电话通了，没人接，他无奈地又放下话筒。

周治平打电话时，文玟和那个电视台的记者刚刚上床，正在激情燃烧呢，根本顾不上手机响不响的。文玟对这个年轻小白脸很是欣赏，同他一起做爱的感受也相当舒服。

这边，在周治平着急得直转圈的时候，李副专员、公安局牛局长和信访办张主任急三火四地赶到了办公室。

牛局长赶紧汇报情况说："周书记，我刚才接到省厅的通知，说鹿城已经组织了好几百群众，准备到省城去闹事呢。"

周治平问秘书小郭："郑书记呢？"

小郭回答说："手机关机了，家里没人接电话。有人说，晚上他与管专员在一起吃的饭……"李副专员问："是不是先同管专员通个气？"周治平一摆手："算了，别扫人家的酒兴，让人家笑话。这样，李专员紧急通知鹿城县委、县政府，不惜一切代价做好善后工作，同时立即赶到鹿城县，把责任落实到每个县委常委、副县长头上。牛局长通知各县公安局，严把沙颍通向省城的路口，对有上访迹象的人严加盘查，把人留在沙颍。我现在连夜到省城去，你们有什么情况马上告诉我！"

路上，周治平给文玟打电话，请她在"港九"吃晚茶。文玟接罢电话，拍了拍身边的男人："起来吧，晚上有夜宵。"

十．去省里邀功了？

早上吃罢饭，管冠南刚坐到办公室，范有志就走进来请示道："管专员，有两个事要请示一下：一是近段的工作安排，二是您的秘书和司机的问题。"

管冠南低头想了一下，笑着说："我是这么考虑的啊，这几天每天上午，由八个副专员分头与分管的局委来汇报，每天下午到基层走一走。在这个基础上再开个专员办公会，统一一下认识，然后部署工作。要注意与地委办公室联系，避免发生冲突，如果有什么需要磨合的地方，当天的汇报或下基层就改在晚上。另外，你说的秘书和司机是怎么回事？"范有志说："咱们沙颍有个习惯，领导的秘书和司机都先自己挑选。"

管冠南无所谓地说："不必了，我没有挑人的习惯。这样，让搞文字的副秘书长多跟一下就行了；至于司机呢，在司机班里挑一个就可以了，要求是一要能喝酒，二要精力好不怕吃苦。"

范有志都记到本子上了，正转身要走，管冠南问道："李专员呢？"

范有志说："昨夜同周书记到省城去了。"他见管冠南脸上已然不大高兴，就没有再说下去。管冠南说："你通知文专员和她分管的局委，九点钟到会议室汇报。"范有志应声走了出去。

管冠南拿起桌上的报纸，心里有点恼火，这个常务副专员，居然同周治平连夜到省城，放下行署的正事不说，连个招呼也不打，分明是不把他放在眼里，此风不可长。怪不得周治平原先定好的见面会不开呢，原来是为了进省城。他翻着报纸，突然见《沙颍日报》的头版醒目地印着几个大字："货车断桥重伤，书记步行救人"，介绍的就是周治平救人的事迹。管冠南困惑起来：既然是夜里救人，何必如此张扬，为何又到省城，区区小事，还值得到省里去邀功？

张明宽很早就来到了自己的办公室。他看了看墙上的钟，还不到八点，心想，这两年多自己上班都没有正点过，今天撞到鬼了？其实，他是有点兴奋，昨天夜里管冠南喝酒走了以后，他接到女儿张莎打来的电话。女儿告诉他，自己研制的治疗艾滋病的新药已在美国通过了临床试验，同时也争取到了联合国卫生组织为数不小的项目资金。她作为联合国卫生组织的项目官员，准备回国考察联合建厂。张明宽一听，心里高兴得不得了，忙告诉她，管冠南已经调到沙颍当专员了，过几天撤地建市，他就是第一任市长，项目如果能投在沙颍，再好不过了。

张莎也高兴得直说："我和小颍通电话的时候，听他说了。他不是最近要娶郑顺昌的姑娘吗？我争取回去参加他们的婚礼，这几年你身体不好，受了不少窝囊气，咱们也风光风光。"

这会儿，他想起来了，他来这么早，是为了找有关沙颍艾滋病的内部情况通报，同时是想把女儿回来投资的事尽快告诉管冠南。

这时，周治平的秘书小郭走了进来："张部长，周书记安排，今天九点请你主持一个座谈会。"张明宽一愣："嗯？"小郭说："是文化、广播等几个单位参加的，座谈羲皇文化，筹备羲皇文化节的事。"说完，小郭就离开了。

张明宽心里不高兴起来，让主持召开会议，事先内容一点都不知道，叫秘书通知一下就算了，刚当书记就这么盛气凌人？我这个常委虽然分管统战，可在常委中排名是第一的！他越想越气，就这样生着闷气一直坐到九点一刻，也没人叫他去主持会议。又过了半个小时，小郭才打电话过来说，科教文卫口的头儿都被管专员叫到行署去了，会是不是改在下午？张明宽没好气地说，随便，便气呼呼地离开办公室，喊着司机径直到地区医院看病去了。

九点钟，在行署的小会议室，管冠南见人已经到齐，便对文珈说："开始吧。"文珈说："管专员昨天就任，今天就听我们科教文卫口的汇报，可见管专员对我们科教文卫口工作非常重视。过去，我们这些花钱单位，领导总是躲犹不及。希望同志们畅所欲言，把基本情况，尤其是存在的问题讲清摆透，便于领导掌握情况，更好地促进我们事业的发展。”管冠南翻着桌上的材料说：“看来诸位是有备而来的，基本情况就不谈了吧，主要谈存在问题和今后打算吧。以后我们就要在一个锅里抡勺子了，都别藏着掖着。谁先谈？”大家面面相觑，谁都不想第一个发言，文珈点名道：“教育摊子大，欧阳主任先说吧。”

教委主任欧阳胤看推不过去了，就正了正身子，坦言道：“我区的教育在地委行署的正确领导下，取得很大的成绩。别的我不多说，大学升学总数为全省第一，北大、清华等重点院校的升学率在全省名列前茅。但我区教育存在的问题也很多，主要表现在：一、教育设施落后，全区近五千所农村小学，有危房近四万间，每间改造按五千元计算，需款两亿元；二、教师外流严重，合格率不高，其中高中教师合格率为百分之三十八，初中教师合格率为百分之四十二，小学教师合格率为百分之六十五；教师外流的原因是待遇差，工资不能及时兑现，生活后顾之忧太多；三、学生辍学率高，高中为百分之二十，初中为百分之三十三，小学近百分之十五；四、中小学欠债严重，据不完全统计，全区各级各类学校欠外债近三亿元。我们的下步打算，汇报材料上都有……”欧阳胤一边说一边看管冠南的脸色，一说到缺钱这个话题，就看到管冠南已经面露难色了，于是连忙把话打住，“当然了，虽然眼前有这么多困难，但是我们依然有决心有信心把工作做好。”

这时，机要秘书走了进来，把文件夹递给范有志。范有志正翻阅时，管冠南的手机响了，是周治平打来的。周治平说省里有个急事，你马上来一趟吧，带着行署的公章和一位搞文字的副秘书长。管冠南刚放下手机，范有志就把文件递上来了，他一看是省政府的内部参阅，标题是“沙颍基金会激起民怨，民膏数十亿黑洞难填”。

管冠南一下子就愣住了，缓过神来赶紧说：“同志们，今天的会开不成了，我马上要到省城去一下。本来我有些想法想同大家交流交流的，看来今天没有时间了。我只想给大家出个题目，就是如何用足用活政策，创新我们的本职工作，请大家思考，我们以后再找机会座谈。”说完就与文珈、范有志离开了办公室，来参加会议的局长们都傻了眼，怎么刚开了个头，主题都没进入就散会了呢？这位新专员办事真是够不靠谱的。

在去办公室的路上，管冠南对范有志说，通知在家的四大班子成员，马上到地委会议室开会。

由于事发突然，四大班子领导聚齐已快十一点。管冠南借机从范有志和其他人那里弄清了农村基金会的来龙去脉。在会上，他叫赵副书记传达省政府内参，然后讲了三条意见：一、各乡镇农村合作基金会的资金一律冻结；二、四大班子领导按过去分工联系的市县，做好清查核实工作；三、各市县委、政府一把手实行严格的责任制，耐心细致地做好群众工作，绝不允许任何县市再出现赴省赴京上访事件。

散会后，管冠南带着行署的公章和副秘书长杨炳华正要走时，范有志说，管专员，我弟弟要回深圳，乘您的便车到省城坐飞机吧，我不再给他派车了。管冠南点头同意，然后，几人坐上奥迪车，风驰电掣地朝省城赶去。

路上，范有国递给管冠南一张名片，说："管专员，请多多关照。"管冠南接过一看，上面印有"深圳华运房地产集团董事长"字样，心中已然有数，这是特意安排的，根本不是什么顺便蹭车。因为心里惦记着上访的事，他简单地同范有国聊了一下，明白对方是有心要在沙颖搞房地产开发，便不再言语了。

换届

第三章

十一．上访的事儿闹大了

周治平一行夜里急匆匆地赶到省城时，已经快凌晨两点了。到了“港九”，他找到了吃晚茶的文玟和那位记者，又把事情的原委核对了一遍，说了些感谢的话后，便匆匆拉着市公安局长离席了。周治平与牛局长赶到省信访局时，接待大厅里上访的人们正东倒西歪地睡着。保安告诉他们，喝农药死去的人现在在省人民医院太平间。他们连忙赶到省人民医院，看鹿城县县长郑治业正和一帮干部模样的人劝解着死者家属。牛局长拉拉周治平：“周书记，先让他们做工作吧，现在都三点多了，休息一会儿吧。”周治平这时候也冷静下来了，心想，没错，总得给自己留个退路吧，于是，便悄悄地同牛局长退身出来，一起到平原宾馆开了两个房间。

周治平躺在床上，翻来覆去睡不着，虽然已经吃了两片安定了，但依然睡意全无。四年前，他刚到沙颍工作时，有关农村合作基金的事已经开始萌动，外地一些地方把吸收农户存款，用来兴办集体经济、发展乡镇企业，作为经验进行总结。他鉴于农民贷款难的实际情况，觉得是件好事，就以行署办公室的名义发了个文件，介绍推广了这个做法。于是，农村合作基金组织由乡镇政府牵头，在沙颍如火如荼地发展起来。乡镇干部哪里有金融管理经验？再加上个别人以权谋私，很快，农民存入的钱便无法兑付。累积到前几天，整个沙颍无法兑付的款项已高达三十个亿。近一个时期，省会连续出现过联发、百花等高达数十亿的非法集资案，省委、省政府的门经常被围得水泄不通，弄得省委、省政府领导焦头烂额，好不容易才平息了这些事情。如今，沙颍的事又闹得这么大，他真是坐卧不宁啊。他打开手机，拨通了郑治业：“治业呀，你还在省人民医院？辛苦了。要耐心做好群众工作，不惜一切代价，把人尽快弄回沙颍火化，有啥新情况随时给我打电话。”说完，他关了手机，躺在床上胡思乱想着，不知过了多久，才迷迷糊糊地睡了过去。

周治平一觉醒来，已是上午九点半。他赶忙起床，在外间等候多时的牛局长、郑治业忙站起来。周治平一摆手说声“坐吧”，便径直走到卫生间去洗漱了。

周治平从洗手间走出来的时候，郑治业已经把服务员送来的早点摆放在茶几上了。望着郑治业布满血丝的眼睛，周治平心里真是有些心痛，就柔声招呼说：“一起吃点吧。”吃饭间，郑治业告诉周治平，上访的群众工作已基本做好，人已经接走了。对方的条件很苛刻，丧葬费要五十万，基金会的欠款两万八加利息三万六，合起来五十三万六一分不少下午六点兑现，不然就把人拉到县政府。周治平无奈地说：“给他们吧。”郑治业又说，鹿城上访的老百姓要求，三日内归还全部本息，不然再到省里死几个。

周治平一惊，拿筷子的手禁不住抖了一下：“你们鹿城总共收了多少钱？”

郑治业如实说：“三亿六。”

“眼下县财政能挤出来多少？”周治平心里已经捏了一把汗。

郑治业满脸愁容，叹着气说：“两千万元吧。”

完了完了，周治平心里暗自叫苦不迭，这件事如今正中“多米诺”效应，一旦政府赔付，会引发连锁反应，但要不赔付，肯定会出现更大更猛烈的恶性事件。

他一点胃口都没有了，心里像坠着铅一样，压得胸口疼。他决定立即去找省长、省委书记，无论如何要依靠省委、省政府的力量渡过眼下这个难关。周治平把牛局长和郑治业先打发回去安顿地方上的事情，自己亲自跑去找省领导了。

在宾馆大厅里，周治平给省委书记的秘书小郭打电话，请书记给他一个见面时间。不料，省委书记在电话里直接就拒绝了，说他今天没有时间，想借钱找省长；并让他通知管冠南来，管冠南磨钱、借钱比他在行。他听完，二话没说就给管冠南打了电话。然后，正犹疑是等管冠南一起去见省长还是自己去时，看见文玟匆匆赶来。

周治平有些吃惊："这么早，你到宾馆有何贵干？"

文玟说："还不是鹿城的事，上次进的丹麦种猪，财政厅答应补助五百万，现在还没有到账。今天上午，省财政厅长在这儿见北京来的客人，我这就来堵门子啦。"周治平说，那就先到我房间等吧。

刚进房间，文玟便贴身靠着周治平坐下了。周治平心里装着事，实在没兴致同她打趣，便说："我到省政府去汇报工作，你中午见到财政厅厅长后尽量留住他，中午我和管专员请他吃饭，你先在这里休息吧。"

文玟看周治平今天态度寡淡，心里明白上访的事给了他很大压力，也就不计较他对自己的冷淡了。

见已经快十一点了，文玟忙给财政厅长打电话，她用一种完全不像四十岁女人的娇滴滴的声音说："佟厅长，您好，听不出来了？贵人多健忘啊，我是文玟，想起来了吗？我求您一件事，是沙颍的书记、专员，他们中午想请您吃饭，您可要给我面子哟。有安排也不行。那就晚一点吧，在平原宾馆，我马上订房间，一言为定哟。"放下电话后，她又忙着给餐厅打电话订台，然后赶紧拨管冠南的手机，不料对方关机。

中午，周治平与文玟在餐厅里等了近一个小时，佟厅长和管冠南还没有到。周治平想，佟厅长倒好说，人家陪北京来的客人，事先说好晚一点。管冠南无论如何应该到了呀，沙颍到省城不到两个小时的路程，现在已经三个多小时了。上午省长对借钱的事很干脆，说花钱买平安，无论如何都不能出事；但又说佟厅长是个铁算盘，又喜欢喝几杯，叫他与管冠南一定要把他拿下，不然他拖个把月二十天的就够你们受的了。

周治平实在等得不耐烦了，掏出手机正要给管冠南打电话，佟厅长连声道歉着推门进来了。周治平忙上前握手道："治平无能，净给财神爷找麻烦。"

佟厅长说："哪里哪里，都是为党国效劳嘛。"说完，环视房间，又问，"冠南呢？"周治平说："在路上呢，不等了。"酒过三巡，佟厅长打趣周治平说："周书记，我刚才已喝了一场。这样，你喝一杯，我借给你一个亿，如何？"周治平望着足有三两的玻璃杯说："一言为定？""一言为定！"佟厅长坚决地说。

周治平拿过三个酒杯斟满，举杯站起，连饮三杯。他摇晃着又要斟酒时，佟厅长忙拦下说："吃菜，吃菜。"原来省长交代只借给沙颖三个亿，再喝下去，他拿不出钱来了。

这时，管冠南与杨炳华走了进来。周治平直着舌头说："管专员，你来得正好。一杯酒一个亿，我喝了三杯了，你再喝三杯。咱们弄回六个亿去！"管冠南在路上已听说省里只给了三个亿，觉得佟厅长对周治平喝酒下手太狠，就赔着笑脸说："老领导，我是副书记，喝一杯多给五千万吧。"说完举杯便喝，待喝到第二杯时，佟厅长抓着杯说："我喝，我喝，你们千万不要再喝了……"

这时只听"扑通"一声，周治平倒在地上了。佟厅长立马傻了眼，管冠南忙指挥道："文玟、炳华，快把周书记送医院！"文玟与杨炳华忙架着周治平往外走。管冠南对佟厅长说："老领导，这一杯一个亿，把周书记喝成这样，传出去在全国都是新闻呀。"佟厅长连连点头："那是，那是。"管冠南顺水推舟道："你只要借给我五个亿，我保证一句也不外传。"佟厅长此时已骑虎难下，只好硬着头皮说："好，下午带着公章，咱们到厅里签借款协议吧。"

文玟和杨炳华心急火燎地把周治平送到省人民医院急救中心。医生一检查，发现是酒精中毒，忙打吊针抢救。安排妥当后，已近下午三点，文玟一想此时饭店已经关门，便对杨炳华说："走，到我家随便吃点。"见杨炳华犹疑，又说："家里就我一个人，怎么，还担心有人吃你不成？"

一进门，文玟把手提袋往沙发上一扔，便从背后紧紧地抱住了杨炳华，嘴里喃喃地说："华，我想你，想死我了……"杨炳华被这突如其来的举动惊得一愣，想推开却发现双臂无力，只感到身上阵阵燥热。"文玟，别这样，别……"许久，文玟才放开杨炳华，说："你先歇歇吧，我弄些菜，很快的。"一会儿工夫，像变戏法似的，文玟就弄了四菜一汤端上了餐桌。

"炳华，"文玟情意绵绵地说，"今天是我的生日。"

杨炳华讷讷地"哦"了一声说："看我这记性，我真忘了呢，今天连个蛋糕都没买，你在路上咋不提醒一下？"

"我还怕你不来呢？"文玟直勾勾地盯着满脸绯红的杨炳华说，"来，为我的生日，也为我们的重逢，干杯！”

“干杯！祝你生日快乐。”杨炳华忙说。

两个人心思各异地吃着饭，文玫不时地把菜夹到杨炳华嘴边，就像当初两个人谈恋爱一样。杨炳华不好意思地配合着，文玫的小腿一下子跷到他腿上：“炳华，你是我的第一个男人……”杨炳华一下子再也控制不住了，站起身抱起文玫双双跌倒在沙发上。等两个人都平静下来，文玫问：“她好吗？”杨炳华知道她问的是他妻子，就淡淡地回答说：“不错，很会过日子的一个女人。”文玫柔滑的手指在杨炳华胸前画着圈说：“这就好，你别担心，我不会破坏你的家庭的，我在乎的只是曾经拥有。只要你不时想着我就行了。”这时，杨炳华的手机响了，他一打开，就传来管冠南的声音：“你马上带着公章到财政厅来。”

十二．要钱不要命了

在财政厅签完借款协议，管冠南问佟厅长，晚上要不要去“天天渔港”吃海鲜。佟厅长吓得直摆手：“冠南，你饶了我吧，我可再没有钱往沙颖砸了。”管冠南哈哈笑着说：“谁不知道你老兄是铁算盘，省长答应给的三个亿是你必须给的，这一个亿你说是预支的扶贫款，万一有闪失，你不是要我的命？”佟厅长假装出一副恍然大悟的表情，笑着说：“你我心知肚明就行。算了吧，我请你们，难得你回来一趟。”管冠南连说：“谢谢，谢谢，下次再宰你老兄。文玫说的事办了没有？”佟厅长说：“早就办了。”管冠南说：“那好，下次让文玫请佟厅长到西餐馆开洋荤吧，我作陪。”管冠南一行在轻松的嬉笑间，与佟厅长分了手。

范有国在平原宾馆非常焦急，最近几年来，对故乡的省会，他越来越陌生了，这几年，他每次都是匆匆地来，匆匆地去，越来越觉得故乡已成他乡。

他待在宾馆就是想等管冠南忙完后，和这位父母官吃顿交情饭，以后也好在沙颍开展业务工作。他从哥哥范有志那儿要到了文玫的电话，通过文玫约好了和管冠南的饭局。

“有国，”管冠南推门进来，“让你久等了，走，我们去萧记吃。”一句“有国”喊得范有国心中一热，这么多年来，除了哥哥，再没人这么亲切地叫过他名字了。

“萧记？”

“对，萧记，平原第一名吃，”管冠南说，“保准一吃不忘。”

在路上，管冠南告诉范有国，这萧记是家百年老店，它经营的三鲜烩面、羊肉灌汤包是平原一绝。南来北往的人都说，不吃萧记面，白来平原转。

文玫捂着嘴笑着喊：“范董，别听我哥瞎吹。这萧记便宜，他这个专员抠门，不想出血才领你去那儿的，哈哈。”

管冠南一脸认真的表情说：“外行了不是，家乡人要吃家乡饭，家乡饭要吃家乡的好饭，用家乡最好的饭招待家乡人，岂不美哉？”大家又是一阵哄笑。

范有国问：“管专员属啥？”

“属龙。”管冠南回答说。

范有国又问：“咱们同庚，您几月？”

管冠南回答：“二月。”

范有国一拍大腿：“长我三月。以后，就尊您为兄，您不介意吧？”

管冠南哈哈笑着说：“攀上你这个亿万富翁老弟，管某人求之不得呀。”

萧记烩面馆环境一般，人气挺旺，楼上的雅间早已坐满，他们等了十来分钟才等到一桌撤席的。管冠南说，快坐吧，再谦虚恐怕还得等半小时。然后又对服务生说：“牛腱、羊脸、小黄瓜、油炸花生米、两瓶沙颖大曲，快点。”说完指了指吃得津津有味的人们，问范有国：“老弟，感觉如何？”范有国环顾四周后，连连点头说：“光看他们的吃相，我就感觉真是饿了。”

饭桌上，范有国关切地问：“上访的事处理好了？”

管冠南说：“还算不错，省里借了点钱，先补一下漏洞。”

“缺口还大不大？”范有国又问。

“不小，按省政府首期赔付的要求，还差好几个亿呢。”管冠南说。

范有国思考了一下说：“这样吧，我这一阵资金比较宽松，先借给你们两个亿，不够以后再说。”管冠南一听这话，高兴得直拍大腿：“太好了，老弟，我敬你一杯！”说着端起一杯酒一饮而尽。范有国观察管冠南说话办事，心里想，这两个亿肯定不会借错。

周治平醒来的时候，已是华灯初上，省人民医院新盖的高干病房，里面的设施还透着“新”气。中午酒后的那个瞬间，死亡已经送来了“特快专递”的签证。他后悔不该喝那么多酒，自己差一点没了小命，不就为了那为人作嫁的几个亿吗，值吗？！这两年的家庭变故，他越来越感觉到，太执著地活着，就像没有真正的活过，没有看透人生，关键是一个“破”字。破是一个从零到零的过程，当你还没有看到朝阳，天际已出现了夕阳，当你正觉得青春年少，老年在不知不觉中已经敲门。生命的诞生与死亡，就是生命的必然流程，人不可执著于某一个流程，因为执著就是贪恋，当你离开时，意味着生命的大幕从此落下。你的角色演完了，新的演员正急切地等待着上台，重要的是要微笑着、尊严地、满足地谢幕，以后的日子不再注视舞台，要回归自我与安详。把活着的每一天，都看成是生命的节日，快乐地活着。他觉得，尽管平时这样想，也试图这样做，但做得不老到，那种建功立业的急切、那种不甘心谢幕的情绪时时支配左右着他的言行。他觉得自己已经五十岁了，五十岁应该是一个心静如水、云淡风轻的境界，如同站在山顶观赏万种风景一般的超然，应该有一种出世的品格了。

正想着，手机响了，是组织部长汪金生打来的。他说他现在所联系的鹿城县，上午管冠南安排地区四个班子领导下乡了。周治平说自己不知道这事。汪金生喊道：“这不正常啊，这么大的事，管冠南也不打个招呼？”周治平淡淡地说：“大概是事出有因吧，我现在在省医院躺着呢。”汪金生忙问：“重不重，需要不需要我去看看？”周治平说：“不用。”汪金生说：“那你可得多休息几天，这基金会的事像一摊臭狗屎，你别沾，让管冠南沾吧。”周治平一听觉得也是，就顺着话头说，现在身体实在撑不住，得在医院多观察两天。汪金生说：“我这两天抽空去看你，再把换届前需提拔调整的干部名单送上请你定夺。”周治平点头答应了。

管冠南那边同范有国吃完饭，就请文玫代为安排了个高档场所请范有国去喝喝茶，唱唱歌，潇洒潇洒，自己转身去医院看周治平了。见到周治平，管冠南笑着打趣他要钱不要命，并告诉他，佟厅长已经把四个亿的借款合同签了。周治平一脸愁容地说：“缺口还很大呀，咱们上哪再弄四个亿去！”管冠南问：“财政还能挤多少钱？”周治平说：“财政、计划、城建、土地所有部门加起来，能弄一个亿就不错。”管冠南说：“那用行政手段再收回一点。”周治平叹口气：“只有如此了，但不能太过，别按下葫芦浮起瓢。”管冠南又问起周治平的身体情况，周治平借机说："医生说我的肝上有些毛病，让住院观察几天，家里的事拜托你了。有事咱们电话联系。"

清晨，文珺在鸟的鸣叫中醒来。苏醒是一个缓慢的过程，这几年省会讲究绿化，这省政府甲院也因为绿化引来许许多多的鸟鸣。那几只机敏、活泼的小麻雀睁着黑黑的小眼睛在她的窗前东张西望，不知疲倦地唱着一支又一支的歌。她已经提前退了休，是一个生活在家里的女人。家是她的寺庙，是她心中的龙湖，是她灵魂的栖息地，无论外面有多大诱惑，她始终没有把自己投入拥挤的跑道。然而这几天，也就是管冠南到沙颖当专员的这几天，电话以及来人打断了她的宁静，本来她的心脏就不好，这几天弄得她欲睡不能，欲起无力。昨晚丈夫轻轻地回来，又轻轻地在书房里睡去，半夜时她给丈夫倒了一杯水，深情地看了看熟睡的丈夫，才安心地回到卧室睡去。

朦胧中，她似乎感到丈夫走进卧室，停立了片刻又离开了家。她知道，一直想干大事的丈夫这几年憋在一个研究机构，现在像一头被困的公狮终于回归了山林，她想帮他却无能为力，现在丈夫可以伸开拳脚施展才干了，她为丈夫高兴。但她最终企盼的是丈夫能与她一样，每天能安安静静地在自己的房间里，沏上一杯淡淡的绿茶，摒弃世俗的烦恼，做些自己喜欢做的事情，如读点书、作点画之类。她不理解，丈夫为什么不能选择这种简朴、悠闲的生活，为了提升或为了所谓的辉煌而忍受上司的指责或者面对一群群尔虞我诈的人呢？所谓成功、富贵，那是外在的荣耀，就像一件时尚的衣服，那是给人看的，真正的快乐来自心灵的自由与真实的宁静，不让身体和精神都在化装中忍受磨难。

如果仅仅是管冠南也就罢了，几十年的风雨同舟，他们早就因一个眼神、一个动作而不用语言就足以了解对方。她不解的是，女儿管莹这几天吵着非要到南方去，或者出国。本来已经读罢硕士研究生，还读什么博士？省文联已经答应接收她到美协驻会。处理些杂务，搞些创作是多好的事。一小女孩家，出什么国，到什么南方？那南方喧嚣浮躁，物欲横流，哪里是小女孩的天堂？她说服不了新词一串串的女儿，本来想让管冠南回来帮帮她，哪知管冠南却像住旅社一样，天一亮就拔腿走人了。就是住店也得办个手续，打个招呼呀。她生着闷气，起了床，开始收拾本来就很干净的家。

文玫今天破例没有睡懒觉，昨天夜里，她与杨炳华陪范有国先到歌厅唱了两个多小时的歌，然后又吃了两个小时的晚茶，吃得范有国下定了在沙颖投资十个亿的决心。同时，他还打算让文玫来做沙颖项目的总监，并约定今天一早就到商店买些礼物，到管冠南家去一趟，认认门，文玫没有理由不答应。她匆匆起来，赶到平原宾馆。范有国告诉她，管冠南与杨炳华一早就离开了，咱们简单吃点，抓紧到丹尼斯商场吧。

平常，文玫是非常喜欢逛商场的。她觉得琳琅满目的商品会给她刺激，给她新的感受。这会儿，她没有了闲情逸致，因为范有国像个忠仆似的，只要她脚步一停，就问她是否看上了什么心仪的物件。无奈，她只好直奔卖服装的楼层，给大姐和外甥女各买了一套衣服。

看到小姨与一个阔老板模样的人走进来，管莹欢快地迎向小姨。小姨说给她买了套衣服，她高兴地亲了一口文玫。因为她知道，小姨买的衣服都是名牌。文玫笑着对范有国说："范总，别见笑，我姐姐就这么一个宝贝女儿，娇得很哪。"范有国说："我能理解，我的女儿也是这样。"文玫这才把范总介绍给姐姐和管莹，说："范总是沙颖人，在深圳发展得挺不错。"管莹一听范有国在深圳，便来了兴趣，忙问："我这学美术的，在深圳发展怎么样？"范有国说："深圳是个有本事就可以吃得开的地方，有一定技能再一包装，很快就能打响。"管莹忙到房间把自己的作品、获奖证书、硕士毕业证都抱了出来，说："范总，您看。"范有国一看，对文珺、文玫说："把孩子交给我吧，我一定能让她产生轰动。"文珺心里十分高兴，因为在她看来，女儿是她的一个不断升值的股票，虽然她从未企望过从女儿那里享受金钱与物质，但只要女儿能成功，能带给她荣誉和骄傲就够了。女儿对她任性、孝与不孝，她都是不在乎的。她觉得，女儿不仅是她生命的延续，而且是她事业的延续，当初自己不就是个小学美术教师吗？她还觉得，女儿是她生命的旗帜、青春的梦想。这些，自然是她余下光阴的支撑。

周治平的夫人尉悦缠绵病榻的日子已持续两年。从熟悉的东北到这人生地不熟的平原，她觉得一切都变了。她已经许久没有见到过家人了，而在这里，她又没有一个朋友。当初，作为一个女人，她什么都有了。年少时，她有一个权倾一方的父亲，然后又有了一个才华横溢而又仕途无量的丈夫，加上一个聪慧的儿子，那时多幸福啊。现在，一切都变了。父亲退居二线了，儿子淹死了，自己随丈夫来到这个鬼地方，内心本已凄凉，加上祸不单行，自己还时不常犯病。丈夫虽然隔三差五地来看她，却常常是来去匆匆。她觉得，生命的河水即将流尽。她站在苍凉的沙滩上，发现自己精心设计的人生，对家庭的希冀，对儿子渗透骨髓的爱，都成了空。人生的历程是从零到零，她想把这个发现告诉周治平，可每次拨周治平的手机，出现的都是冷冰冰的“您所拨的电话已经关机”的声音。她像头发怒的母狮，把手机狠狠地摔在地上……

管冠南一早就接到郑治业的电话，说有上千人围着鹿城县政府，并把尸体抬到县政府会议室了。在劝阻过程中，工作人员与老百姓再次发生了肢体冲突，县政府各个办公室的玻璃都被砸了，有的人还在办公桌上拉屎拉尿，局面难以控制。这突如其来的消息弄得管冠南的头顿时大了起来，他没有同妻子告别便匆匆离开了家。在车上，他通知公安和武警立即赶到鹿城，并指示四大班子领导抓紧赶到鹿城。

管冠南原以为自己满可以一边搞调研，听汇报，从容地理清沙颖的工作思路，然后扎扎实实地做上几件实实在在的事。现在看来没有那么轻巧。这里在贫困、落后的表象背后，潜伏着更大的危机。如果没有人为的因素，老百姓断然不敢这么胆大包天地占领县政府！这可是要坐牢判刑的事啊。怎么才能化解这种已经非常对立的事实和情绪，并因势利导解决这一非常棘手的基金会事件呢？他冥思苦想着，可是，始终没有想出一个合理的方案。虽然他接到电话后已作了安排，但那毕竟只是一个临时措施，公安和武警也不能把成千的人一一抓走啊。他拨着周治平的手机号码，想征求一下周治平的意见，可听到的是对方已经关机的回音。这种特殊情况下，他怎么能关机呢？是周治平已经知道了消息有意关机，还是周治平本来就关机了呢？这会儿，他觉得不管周治平到底怎么想，自己都已经被迫站到了风口浪尖，没有了回避的余地。他对司机喊道：“开快点！”

路上，杨庭凯打来电话汇报说，在家的各部门负责人差不多都聚齐了，武警、公安也已经到位。现在大家主要有两种意见：一个是主张抓人，这个意见目前占上风，大家看到县政府是这个局面，觉得应该立即抓人严惩，不然执政党的权威何在？持这个观点的是以汪金生为首的一伙人，因为汪是联系鹿城县的主要地委领导。也有消息说，这个事就坏在汪金生那里，昨天夜里汪金生在县招待所里同人喝酒说，死人也没办法，钱完全兑付也不可能，哪有这么多钱。这话不知怎么传到老百姓耳朵里了，所以天没亮老百姓就赶到县城来闹事。另一种观点是与老百姓对话解决，但不知道有没有作用。群众情绪现在非常激烈，简直就是一触即发，说不定会弄出什么事来。

管冠南试探道："那老兄的意见呢？"杨庭凯说："我的意见是对话解决，这么多群众，我们怎么下得去手？况且，这都是我们沙颍的老百姓啊。真的闹僵了，捅出更大的娄子，恐怕就弄成全国负面典型了。"管冠南长出一口气说："我也是这么个想法啊。你让郑治业通知鹿城副科以上的干部，马上集中在一个地方，都骑自行车去，不准开车。等地委统一意见后，给他们开个动员会，由你主讲，每人分配一至两个劝遣任务。赶快解决问题，这么拖着，迟早是要出大麻烦的！"

管冠南一路催促，司机开着车飞也似的一路冲回沙颍。在鹿荣宾馆的会议室，管冠南环视了一下四大班子成员说："同志们，前天上午的紧急会议以后，大家分头做了大量的工作。今天事情突然，只好召集大家辛苦赶来，目的在于尽快平息这场突发事件，进一步解决农村基金会的问题。会议的开法，我想一是听取鹿荣县委、县政府的汇报，二是在此基础上，大家议一议处理意见。现在请鹿荣的郑治业同志汇报吧。"

郑治业耷拉着脑袋，蔫了吧唧地说："我们工作没做好，给各位领导惹麻烦了，在这里我先检讨。自前天进省上访事件发生后，县委、县政府非常重视，县里的主要负责人都到省城去了，进行了一天一夜耐心细致的工作，总算把人劝回来了。死者叫吕二羊，今天六十二岁，丈夫于二十年前病故。她独自抚养儿子到大学毕业，欠了不少外债。儿子毕业后没有找到工作，在外地流浪打工。前年她听说基金会存款利息高时，就谎称为儿子说媳妇，借了亲戚朋友两万八千元钱，都存入了基金会。儿子去年秋天回来了，仍没有工作，且身无分文，亲戚朋友叫她还钱。她感到无奈和绝望，就在省委门前喝农药死了。这件事发生以后，有些别有用心的人说是某位领导造成的，这简直是无稽之谈，有意中伤领导！这完全是我们县委、县政府工作不力造成的，在这里，我愿意接受地委、行署给予的任何处分。"

管冠南厉声说："现在不是说处分的时候，是谁的责任谁也跑不了！大家议议吧。"与会者议论纷纷，说来说去，还是杨庭凯电话里说的那两种意见，只是主张抓人的也没有明显看出是占了上风的。这时候，大家都盯着管冠南，看他表态。管冠南说："抓人，简单，下个命令就行了。可这件事的主谋是谁，是谁在背后推波助澜，你们弄清了吗？如果还没有搞清的话，总不能把这一千多人都抓了吧。我觉得我们现在应该采取疏导的办法来做化解工作，只要我们心里装着人民群众，我相信人民群众最终会理解我们的。这样，赵书记、郑书记、吴书记、李专员，你们同杨主任一起参加鹿城县科级干部会，赵书记主持，杨主任主讲，把化解遣送任务分到每个科级干部头上，其他的领导同志与我一起去县政府对话。去县政府的同志要作好挨打的准备，谁不愿去就算了。"

自然没有人说不愿意去。郑书记说："我是管政法的，我跟管专员一块去吧。"管冠南想了想说："也好。通知电视台也一起去！"

县政府门前的气氛果然紧张，县政府外一里多地的街道，早已被围观的群众围得水泄不通。在警察的护卫下，管冠南一行好不容易才从人缝中钻到县政府大门前。门口的警察、武警林立，一个个真枪实弹如临大敌。县政府院子里，一群吹"响器"的丧葬班子正如丧考妣般地吹奏着，使整个气氛更加慌乱不安。管冠南拿着一部对讲机，朝院子边走边喊："乡亲们，我是管冠南，是咱们沙颖地区行署的专员，我是受地委、行署的委托来看你们的。"院子里的音乐戛然而止，办公楼前上访的人群开始蠕动。

管冠南接着说："你们这里谁是领头的？领头的走过来，咱们谈谈。"

大家吵嚷着："我们没有头儿"，"我们都是自发的"，"要抓就把我们都抓走吧！"……

管冠南说："我们不是来抓人的，我们是来解决问题的。你们中间有没有共产党员，是共产党员的给我站出来！"有十几个人犹疑着走到了前边。管冠南又说："有没有在职的村干部，是村干部的也给我站出来。"又有十几个人嚷着说，站就站怕啥？说着也站在了前边。跟着管冠南过来的几个办公室秘书，忙用相机和小本记录了下来。这时候，平静下来的人群中传来一阵低低的埙声。管冠南听后一愣。一个站出来的党员看管冠南发愣的神情，解释说："人家娘死了，吹吹埙也犯法？”管冠南说：“不犯法，当然不犯法。快，你们，快把他给我请过来。”身边的几个工作人员快步走上了办公楼。

管冠南转身面向上访群众，语重心长地劝解说：“乡亲们，同志们，你们知道你们现在的行为意味着什么吗？你们这是在用武力占领县政府，看看，还砸了玻璃，这在任何时候都是犯罪的，是要坐大牢的。当然，事出有因，你们的这些行动是我们的一些同志工作没做好造成的。在这里，我代表地委、行署，也代表县委、县政府向你们赔情鞠躬。”

这时，被工作人员从楼上带下来的小伙子一路号哭着来到管冠南身边。小伙子一见到管冠南，扑通一声跪在了地上。

管冠南也愣了，这不是自己在菜市场门口碰到的管宗玄吗？

管冠南忙蹲下身子，把管宗玄拉起来。管宗玄哭诉说：“专员啊，你不能怪乡亲们哪，大家都是被逼无奈。您不知道，那些钱都被当官的糟蹋了呀！他们把钱都贷给了自己的亲朋好友，穷人、老百姓谁也贷不到一分钱，这本钱都是老百姓的血汗钱呀。”

管冠南看着泣不成声的管宗玄，心中一阵难过，他拍了拍管宗玄的肩，冲着人群高声喊道：“乡亲们，这笔账我们一定要算，这个钱我们一定要还！请大家相信我，给我二十天的时间，到时我一分不欠地还给大家。要是还不上，我管冠南提着脑袋来见大伙！”在大家的愕然中，管冠南拉着管宗玄喊：“这院子里还有没有姓管的，有姓管的或者姓管的亲属都给我一块儿抬着人回去安葬。”他说着，把管宗玄头上的白布扯下，系到自己腰间，说：“走，回家去，让老人入土为安。”又对众人喝道：“谁要继续闹事，公安局给我好好登记，我不光不还钱，我还要抓人！”说罢，同管宗玄一起抬着吕二羊的尸体，在唢呐声中，大步往外走去。门外，人们自动让出了一条道。

踉跄中，管冠南大脑中一度出现了幻觉：他似乎是抬着自己死去的父亲，又似乎是抬着曾经饿死的母亲，或者是用板车拉着文冶秋到省城看病……

踉跄中，吕二羊的尸体被抬到了墓地。管冠南长跪不起，泪流满面……

十三．万事开头难

一夜间，有关周治平和新到任的管冠南的事就出现了几个版本。拿周治平的病来说吧，现如今坊间流传的说法就好几个：一说周治平在省委谈话要他当书记的那天晚上，他与情人在省城茶馆里喝茶，被老婆发现了，结果老婆喝药要自杀，周治平也气得住了院。还有的说，周治平的病是被财政厅长气的，周治平的情人与财政厅长的情人是一个人，财政厅长从深圳拉了一个高手把周治平喝得入了院，现在情场、酒场花招多着呢，酒里藏玄机。更有甚者，造谣管冠南为啥安葬喝药的农妇，说那个农妇是管冠南父亲的情人，父亲临死时有交代，叫管冠南无论如何都要找到她这个后妈；又说那死的农妇是管冠南发迹前的情人，连生下的孩子都与管冠南一样，听说管冠南来做专员，那个曾经抛弃管冠南的女人感到无地自容，就到省委门前自尽了，管冠南后来良心发现，便上演了抬尸一幕。这话传得活灵活现，张明宽听后，觉得此风不可长，便一早找到管冠南，要求管冠南在会上辟谣，煞煞这股歪风，不然在沙颍会蹲不下去的。

管冠南听后微微一笑说，谣言止于智者，这没有什么可以解释的，别因为这些事影响了咱们的主题，集中收欠！如果不把收欠的问题解决好，咱们还真蹲不下去呢。张明宽也觉得管冠南说得有道理，便在这个问题上没有多言语，就把女儿张莎要回来投资的事给管冠南说了一遍。管冠南一听，立即喜上眉梢地说："这是大好事啊，老领导你可要趁热打铁，无论如何要把项目拉到咱沙颍，就算拉老弟一把了。”张明宽说：“老弟放心吧，我就是拼上老命，也得站好最后一班岗，再给你当几天马夫。”管冠南感激地点点头，就把自己有关基金会清欠的打算谈了一下。张明宽听后想了一下说：“好是好，就怕矫枉过正会得罪一批人。”管冠南说：“不要紧的，老领导你想，这鹿城的事一出，哪个县委、县政府敢不把这个事当成头等大事！乡镇都被基金会弄得焦头烂额了，他们巴不得借地委、行署的东风解决遗留问题。况且，有些事是前任留下来的，与其他们天天东躲西藏擦屁股，不如痛痛快快地干一仗。省委、省政府也支持咱们抓一下，这叫做顺天理、应民意，机会可遇不可求。说不定我这么一折腾，就把局面打开了。”张明宽一看管冠南主意已定，就叮嘱他一定要注意工作方式方法。管冠南点点头，心里却想，这是一次干部大练兵，是骡子是马牵出来遛遛，搞不好的，坚决撸他几个下来。

各县、市书记、县长、地直单位一把手会议八点半在鹿荣宾馆召开，会议由地委副书记赵玉龙主持。第一项是看录像，即鹿荣县政府被砸的情况，管冠南在县政府对话的情形，管冠南抬尸安葬的过程。大家神情肃穆，整个会场没有一丝声音。第二项是各县市汇报这两天的工作情况，尤其是清欠的数字，因为鹿城是第一个发言的，而且是郑治业发的言，其他各县原定是县委书记的发言都变成了县长发言。第三项是由管纪检的副书记吴晓莉宣读地委、行署关于清欠工作的决定，大意是清理农村合作基金的旧欠，已成为迫在眉睫的中心工作，它将影响沙颖的政治稳定、经济发展、社会安定的和谐局面。地委、行署决定：组织万人队伍，由地委领导带队，市直各局委包县包乡，在半个月时间内完成全区的清欠任务。

会议最后，在一阵热烈的掌声中，管冠南作了总结发言：“没有想到我是在这个时候、在这里同大家集体见面，也没有想到第一次见面就给大家布置工作，压任务。但现在形势严峻，地委、行署以及我本人都出于无奈，很对不起大家。我这里强调四点，一是要从讲政治的高度抓好这项工作，二是要从讲稳定的角度抓好此项工作，三是要从为人民服务的强烈责任心抓好此项工作，四是要从沙颖长治久安的发展大局上抓好此项工作。我们这次行动，只要不打人不骂人，别的什么行动都可以采取。我们不关人，但我们可以开会，开那些大笔一挥几万、几十万的局长、乡长、书记、科长、股长的会。只要你是共产党员，是国家干部，是吃国家皇粮的，我就可以无限期地开你的会，必要时采取‘双规’，对个别造成较大损失的人先抓起来，震慑一些抱有侥幸心理的人。同志们，这是一场硬仗，任务我们已经分解下去。大家这多么年的努力、奋斗，能当上县长、县委书记、局长也不容易。但我说清楚，你哪个县、哪个局这次任务完不成，我要摘你们的乌纱帽！我管冠南能披麻戴孝给死去的农妇当儿子，我就不相信治不了你们当中将来可能完不成的渎职者。现在想当书记、县长、局长的人多得很！完了，谢谢大家！”

大家愣住了，半晌，才传来很稀疏的掌声。主持会议的赵玉龙又强调了几句，会议便结束了。管冠南看看表，才十点多，就对杨庭凯说：“时间还早，咱们到沙颍酒厂看看吧。”

在路上，管冠南拨周治平的电话，通了没人接。管冠南从昨天下午到今天连续给他打了不下十次电话，每次都是关机。他刚把手机放兜里，电话就来了，他听到张晓东的声音从话筒传来：“管专员，今天你在会上讲得太好啦，像这样抓工作，咱们沙颍希望很大。我有个建议，让地委、行署的两办加强督查，一个星期以后对动作小的县市处理一下，各县肯定能完成任务。”人有时就是很怪，听着顺耳的话，管冠南似乎忘记了对周治平不接电话和关机的不快，便问道：“你在哪里？”“在回龙湖的路上。要是过去在县里开会，还会给鹿城省这顿饭？我得赶快回去抓落实。您还有啥指示？”管冠南说：“该说的都在会上说了，希望龙湖的措施和效果大些，在全区带个好头，争取一个星期后在龙湖召开现场会介绍经验啊。”

杨庭凯本想试探一下管冠南对郑治业的态度，见管冠南只字未提鹿城，便把到嘴边的话又咽回了肚里。管冠南告诉杨庭凯，他昨天夜里在鹿荣宾馆收到一个反映问题的材料，是有关沙颍酒厂的。沙颍酒厂的问题成在销售上，也毁在销售环节上。十年前，酒厂以三千万高的天价，在中央电视台的黄金时间播发广告，一时间，“东西南北行，好酒是沙颍”响遍大江南北，沙颍大曲产量由一万多吨迅速飙升到三万吨。这时，鹿城村村庄庄开始做酒，冒充沙颍大曲，沙颍大曲的产量锐减，又下降到了一万多吨。他们痛定思痛，便用人海战术迅速铺市，在全国各地建立了近百家营销公司，销售量迅速升到了三万多吨。但货款却收不上来，资金被严重占压，连银行的利息都还不了，现在银行都不愿同他们打交道。

县城离酒厂所在地鹿集只有二十分钟的路程，说话间已到厂门口。厂长杨斌正领着一班人在门口恭候。管冠南一行下了车，经介绍寒暄后，随着杨斌走进厂区。

这就是曾经在长城内外、大江南北家喻户晓、妇孺皆知的大酒厂啊！昔日炫目的光芒，如今被衰败所掩映，生产车间没有机器响，高大的烟囱没有冒烟，办公楼大多门窗紧闭，只有树边的落叶厚厚地积了一层。听着杨斌的汇报和叫苦，管冠南问："既然没有生产，那市场为啥还有大量销售？"杨斌说："真人不说假话，这酒是买外地的中档酒回来勾兑的，眼下在啃沙颍大曲的牌子。"管冠南问："你现在最大的困难是什么？""资金，现在要是有流动资金，就能活起来。"杨斌小声回答。

管冠南一边走一边想，资金是重要因素，但不是唯一的因素，你当初不是资金多得用不完吗？恐怕与体制、管理机制分不开。当初建立那么多的销售公司，为啥只有奖励机制，而没有约束机制？从而造成货款大量流失。想到这儿，管冠南问："现在的货款还有多少没有回收？"杨斌说："有三四个亿。这都是我来之前欠下的。"杨庭凯忙插嘴道："在此之前，他是地区经贸委副主任。"管冠南对杨炳华说："你记住，通知经贸委，让他们统计一下全区预算内企业外欠货款的数字，三天内送到我办公室。今天，我看了这个厂以后，真是感到痛心啊。这些年来，我喝酒一直喝咱们的沙颍大曲，因为它绵甜净口，也因为它价格适中。真没想到，现在的沙颍大曲竟是冒牌货。杨斌，你现在不要幻想找我能给你协调多少资金，如果体制不理顺，多少钱也填不满企业巨大的窟窿。从现在起，你要抓两件事：一是抓货款回收；二是吸引民间资本，进行股份制改造，建立一个崭新的现代企业制度，从根本上扭转目前的这种局面。"杨庭凯也忙帮衬道："杨斌，你要按管专员的指示，争取半月内把落实管专员指示的具体措施拿出来，找管专员汇报。"不料，管冠南说："半个月时间长了，一个星期吧。"杨斌连说"是、是"。

本来管冠南想在酒厂吃顿便饭，现在也没了心情，便告了别，同杨庭凯上车回城。杨庭凯见管冠南有些不愉快，便说："咱们沙颖好多过去很好的企业都陷入了这个误区，要是几年前就搞企业的制度改革就好了。其实，杨斌是个很能干的人，在大学里学经济管理。他上任后，酒厂已经在走下坡路。中层干部都是原厂长的人，他曾在全国各地招聘优秀管理人才，结果新将军同老元帅闹对立，弄得更糟。他也曾试图搞股份制改造，因为包袱过重，地委、行署怕麻烦，银行怕风险而搁置。现在的企业难哪！"

管冠南知道，杨斌是杨庭凯的侄子，也是杨庭凯最为看重的晚辈。当初为了能让杨斌到这个享受副地级待遇的企业里任职，杨庭凯几乎使尽了浑身解数，调动了一切可以调动的关系。可惜千般算计也赶不上市场变化，这个老道失算了。他正想同杨庭凯开个玩笑时，手机响了。

电话是周治平打来的。周治平说："冠南，我刚才到卫生间了，没有听到你的电话。这两天我家里出了点事，尉悦病又犯了，很重。她爸爸在北京给她联系了一家疗养院，要我一起去。我已向省委请了假，准备去陪几天。刚才金生同志给我打了电话，说了有关清欠工作的安排，很好，我完全同意。只是金生同志好像有些压力，这个同志还是不错的，过去在一起有些磕磕绊绊是难免的，在一起共事嘛，不能计较太多。另外，金生同志提出换届的干部问题，我看可以先考核吧，等我回来咱们商量。你看行不？"周治平的这番话让他只有说行，一切人家都说得在理，说得那么平静，语气是在同你商量。人家妻子有病，你有天大的事能说什么？人家要走，而且已经向省委请了假，你有什么不同意的？人家的岳父好歹也享受过副部级待遇，你能扛得过吗？

杨庭凯看管冠南又沉了脸，忙搭腔说："郑顺昌中午安排了便饭，还有张明宽参加，我们一起去吧。"管冠南点点头。

十四．要想富，动干部

管冠南正在鹿荣宾馆与杨庭凯、郑顺昌、张明宽吃饭间，文珈打来电话，说文珞从广州回北京路过中原，回来看看二叔，问他有时间见见不？管冠南赶紧拨通文珞的电话说："老兄，欢迎你归来。别急着走啊，我要好好陪你几天。"

管冠南看着桌上几个人盯着他，觉得没有什么可隐藏的，就说，是文家老大回来了，这几年把北京房地产界搅得天翻地覆，我想让他在沙颖撒几把碎银子扶贫呢。杨庭凯说，那可不敢怠慢。郑顺昌也说，要给我留个机会，沾点京气，让咱们火腿肠更香些。

管冠南告诉他们，这个文珞可不是凡人，他是"文革"后的第一届研究生，早在上山下乡时就入了党。他受过正统教育，熟悉党的历史，深谙正统意识形态及其语言方式，以至在言行中总要露出那个时代的特征，喜欢用那个时代的警句、口号，喜欢从哲学的角度思考问题，话常说得高屋建瓴，富有哲理。文珞毕业后留在中央党校教书，他阴差阳错地成了文珞的学生。管冠南感叹道："我可从他那里学到不少东西啊，时间不早了，以后再聊吧。"

管冠南坐在车上，闭着眼思考如何拉文珞在沙颍下水。他知道，他的这位老师、这位堂妻兄可不像一般的暴发户那么容易对付，人家对沙颍的州官才不会顶礼膜拜呢。文珞多大的官没见过呀！什么才是这位小老师的软肋呢？他思索着，比较着与文珞的交往过程，寻找着文珞的特点。他终于想起来了，这就是理想、责任、牺牲精神、以天下为己任的“领袖精神”情结，抓住他的这个东西，不信留不住他。

文珞这次回来，其实是有想法的，现在北京发展太快，项目也越来越难做，必须另辟蹊径，也正好趁这个机会，和管冠南多聊聊。

管冠南一行刚回到县委招待所，文珈和文珞便前后脚走进房间。管冠南连忙站起：“小文老师，有失远迎，下官怠慢，罪该万死。”文珞打趣道：“尔等公务在身，何罪之有？文某闲云游鹤，省亲故里，倒是给父母官添乱了。”因有外人在场，管冠南觉得不必再这样贫嘴，便说：“这次多住几天吧。这位是龙湖县委书记张晓东。”张晓东说：“我和文董早就认识了，我们龙林的项目都是文董牵的线。有二十多个亿呢。”管冠南说：“什么，我怎么不知道？”文珞说：“还不是晓东保密工作做得好。据可靠消息，最近高层要研究的项目中，就有这个龙林。”张晓东说：“咱沙颍的项目上国家级的，只有这一个，不管成败，填补了历史的空白。”管冠南说：“怎么不讲成败，一定要成功，不能失败。治平书记要到北京，让他在北京盯着点。”张晓东说：“你千万不能惊动周书记，他要知道，事情非砸不可。”管冠南说：“为什么？”张晓东说：“一开始这个项目是由地区计委跑的，因难度较大，计委不愿跑了。我和龙林的老总死马当做活马医，去了北京几趟。周书记说我不干正事，地区计委弄不来的项目，你张晓东和一个个体户就能弄成？现在结果快出来了，他能不眼绿？”管冠南觉得再这样议论下去不好，便对文珞说：“这次回来，对沙颍印象如何？”文珞说：“不敢恭维，整个一个平原大集。”管冠南说：“一张白纸？”文珞说：“你是想让我说好写最新最美的文字、好画最新最美的图画是吧？别圈我了，资本可是有趋利性的，哪儿投资环境好，哪儿赚大钱，资本就往哪里流动。”管冠南说：“我要是给你打造资本洼地，提供优惠政策，创造优美的环境呢？我相信你的资本不会冷藏起来。不能人一阔，脸就变。”文珞说：“你还没说我数典忘祖呢。我可向你声明，我只是回家转转。”文珈说：“你们在一起，怎么总像乌眼鸡似的，唇枪舌剑的。”大家哈哈笑成一团。

晚饭后，管冠南对杨炳华说，安排地区电视台全天候播放鹿城县政府被砸的录像；播地委、行署清欠的决定；再配些访谈录，把声势造大些，安排半个月时间。

汪金生那天在鹿城喝酒后随便说的话，引起县政府被老百姓抢占。事情出现后，他知道自己捅了个大马蜂窝，管冠南昨天上午的态度，让他感到不寒而栗。昨天他急忙给周治平打了个电话，得知管冠南没有向省委、省政府汇报，心里才好受一些。从周治平的话音里，他听得出周治平对处理鹿城事件事先没得到汇报，有些微词；便说换届前的干部调整问题，没想到周治平满口答应，并嘱咐他要按程序尽快操作。现在想来，他有些后悔，管冠南现在一心一意抓清欠，要抽干部下去考核，能不引起管冠南的不满？可细想起来也没啥，一把手有安排，就是你管冠南也不能不听吧。但愿周治平别向管冠南把自己卖了就行，如果说出是自己提出来的，那在管冠南那里自己就走了一步臭棋。

汪金生与管冠南的隔阂由来已久。早在管城时，管冠南做县委书记，汪金生做县委副书记。管冠南的一些怪招，弄得汪金生和一部分中层干部手足无措，虽然一开始他没有参与中层干部的告状，但谁都知道他是支持至少是同情那批中层干部的。后来愈告愈烈，管冠南在常委会上大骂班子里有内奸时，他忍着没有当面顶撞，但常委们都知道管冠南骂的是他。管冠南升任宛丘地区常务副专员后，他接任了管城县委书记，自然将管冠南的几个“铁杆”拿掉，换上了与自己走得近的人。他虽然没有直接听到管冠南说什么，但知道这个仇已经结上。他更没想到冤家路窄，管冠南又成为沙颍副书记、行署专员，而且据说很快又能接任书记。若此，他只能到省城做个副厅长终此余生了。先安排干部调整工作，以后听天由命吧。想到这儿，他立马打电话让几位副部长到他办公室开个部长办公会，把考核干部的事定下来。

沙颍官场里有一句话：要想富，动干部。几个副部长一听说商量考核干部，很快就统一了思想。现在问题在于，赶在换届前这不到一个月的时间内，要考核大批干部，仅靠组织部这几十个人根本不行，需要从有关局委抽调一批懂组织工作的干部，而各局委今天都要派人到县乡清欠，有人建议请示管冠南。汪金生说，还是请示周书记吧，干部是咱们这边管，咱们抓紧把名单拉出来，我送给周书记阅批。另外起草一份传真，发到各县市、地直各局委，请他们作好有关准备。

这几天，市社科联主席胡玮着实兴奋了几天。那天夜里，地委书记周治平把他们几个叫过去谈羲皇文化，想策划一个在省内、甚至全国都有影响的大活动，他感到这下有了用武之地。他大学毕业后，先在地委办公室工作，做了三年科员，又给上上任地委书记做了三年秘书，然后在鹿城做了两年县委副书记；老书记临走前，给他解决了正处级，虽然是无职无权的地区社联，但那年他仅三十岁，这在全区是最年轻的正处级，比团地委书记还小两岁。哪知这社联一蹲就是八年，他由开始的高兴，到后悔，到沮丧。整天同社科界的一些学究打交道，受累受气不说，连正经吃顿饭都无法报销，同样是正处级干部，他像矮了别人一头似的。这两年，他依仗着老书记的几个嫡系还在重要部门的面子，帮别人做成了几次事，但这终究不是长久之计。搞一个大型的文化节，那些重要部门的头头都只是挂名，自己全身心投入，可以名利双收。到时候周治平一高兴，会放他下去，弄个书记、县长干干。如果弄成个实职，自己的老婆就不会再翻脸了。昨天上午，他听了管冠南的讲话更加振奋，觉得管冠南是个能干事、敢干事的人，说不定在这次清欠中就会处理几个书记、县长。现在书记、县长缺位三个，五十二岁以上的四个，如果在此期间能补缺，这比搞什么文化节更直接，更加现实。他知道，这种事关键是一把手，但刚调来的二把手分量也很重，毕竟管冠南在人生地不熟的地方很超脱，不像周治平已经在沙颖干了四年。刚才他给文玟打了个电话，文玟说一定帮忙，叫他找文珞，文珞在管冠南面前说话更有用。文珞现在在沙颍老家，估计会住几天。他与文珞不熟，但文冶秋他很熟悉，老人家对他的印象也相当好，他决定到龙湖去，朝拜老先生。

周治平接到汪金生的电话后，心里有些不愉快。按照惯例，你组织部该怎么进行工作就怎么进行工作，连个名单也要送过来，是不是有些小题大做？他回答得很干脆，该抽谁抽谁，全区的工作都要抓，不能只顾一点不及其余。本来他想今天就与妻子到北京，可医院的主治医生说，三天以后等妻子的病稳定后再说。他已经把要去北京的情况向管冠南通报过了，再回沙颍还不知管冠南有啥想法呢。而且，考核干部的事定下来，自己能回避不失为一种好的选择，都说地委书记位高权重，这会儿谁了解他的苦衷！

这时，门铃声响起，他刚说完“请进”，就看到文玟拎着一个花篮闪身进来。原来，文玟是要拉他出去吃饭。周治平一想到医院里单调的饭菜，就暗笑这个女人可真是贴心，便点头答应和她出去了。

这是文玟精心设计的一个饭局。这几天，郑治业一直打电话找文玟，非要见她不可。其实，欧洲那次文玟觉得有些荒唐，对郑治业的品位、档次，她压根就没有看上，那只是抱着饿了糖也能充饥的状态应时之作。后来她又想，自己在购买丹麦猪上捞了近二百万的好处，以后还能用得上他。鹿城出了这么大的事，郑治业再三低三下四地求自己，再不帮忙真有点说不过去了。于是，她把午饭订在了越秀酒店，安排郑治业到时候见一见周治平。

当周治平问吃饭的还有谁时，文玟就打哈哈说，是电视台的两位美女主持，因为仰慕周治平，所以非要一起吃顿饭。

周治平问：“安排的哪个地方？”

“越秀。”

“还是换个地方吧。”周治平说，“那地方太显眼。”

“你们这些做领导的都是想吃怕烫。我都订过了。”

周治平坚持说：“换地方，要不我就不参加。”

文玟看周治平不像开玩笑，忙上前赔笑说：“换就换呗，到‘黄河渔村’，在船上吃饭总行吧？”见周治平点头答应，文玟忙打电话通知了其他几位。

周治平坐上文玟的丰田车，问：“这辆车几年了！”文玟答道：“三年多啦，早想换，没有人赞助。”周治平说：“你给沙颖拉来一个亿投资，我奖你辆百万以内的跑车。”文玟说：“一言为定。”周治平说：“你还想让我给你打欠条不成？”文玟说：“我要是给你弄十个八个亿，也都按这个比例吧。”周治平说：“完全可以。”文玟心想，这顿饭没白吃，同范有国的合作一成功，一期工程就是十个亿，今天得想办法让他签个字。

“黄河渔村”是这几年黄河的渔民为创收而新创的新景观，在这里可以坐在游船上吃黄河鲤鱼、野鸭、大雁等黄河特产，价格不太贵，情调也不错。文玟上船后，熟练地点着菜，倒是周治平显得有些生分。因为天有些冷，又不是星期天，十几条船上仅有两三拨人，显得很冷清，这倒正合周治平的意。不大一会儿，两个美女主持也开车过来了。文玟介绍说：“高露，主持新闻；李茜，主持艺术人生。”周治平把手伸上去说：“幸会，幸会。”李茜说：“周书记，你是东北人不怕冷，我们可受不了哇。”文玟说：“急什么，待三杯酒一喝保准你脱大衣。”高露说：“其实咱们茜小姐心里热着呢。”李茜瞥了高露一眼，对文玟说：“文姐你看，她又打趣我！”本来，周治平觉得文玟就够光彩照人了，但与这两个青春四射的女孩一比，文玟就有些黯然了。看着三个如花美女，周治平豪爽地说：“今天大家尽兴玩，我埋单。”

说话间，渔民把红烧黄河鲤鱼、清炒黄河大虾、清炖黄河鲇鱼、红烧大雁腿、葱爆野鸭、油炸花生米端了上来。这时，文玟又从提包里掏出两瓶“大高粱”说：“此情此景，我们还是喝东北酒吧。”周治平一时来了兴致，说：“好，我敬三位小姐一杯！”说着，端起一杯酒一饮而尽。高露侧着身子问：“周书记，听说东北的姑娘漂亮，真的吗？”周治平眯着眼，嘿嘿笑着说：“漂亮是漂亮，但比不上你们仨。”李茜和高露一听，脸上立刻笑成了花。文玟不经意地撇了撇嘴，心想，男人真是一个德行，见到漂亮女人，心思立马就飞了。

趁吃得高兴时，文玟对李茜、高露说：“你们不是社交面广吗？周书记说了，谁要能为沙颖拉到投资，有百分之一的提成呢！”李茜问：“是吗，周书记？”周治平哈哈笑着点点头。文玟忙抓紧时机说：“那你写个字据吧，她俩路子广着呢。”周治平已经喝得头有些晕了，就晃着头说：“拿纸笔来，我写。”文玟把早已准备好的笔和本子递上，只见周治平飞快地写着：凡为我沙颖引资成功者，从市财政拿百分之一作为中介信息服务费，并潇洒地落下“周治平”三个龙飞凤舞的字。文玟顿时眉眼里都是笑了。

待郑治业赶到这条船上时，大家都醉了。

管冠南晚上陪文珞吃过晚饭后，同他谈了一个夜晚，一是为了交心，另外，也是为了说服文珞来投资。文珞当然明白管冠南的心思，故意佯装不知，和他天南海北地侃了一晚上，忍着肚子笑出内伤的样子，看着管冠南一脸认真地谈设想谈未来。

第二天，文珞去景区逛游了，管冠南立马奔回沙颖。他刚进办公室，就看到秘书送来了一大堆文件、上访信件。群众来信多数是反映清欠的，来信中既有对地委、行署组织清欠的褒扬，又有反映基金会在资金使用上的问题，诸如干部挪用、吃喝花销、以权谋私等，他依次在信上签署了自己的意见。

这些来信中，管宗玄的信让他最为感动。管宗玄说，他很感谢管专员对他家事情的处理，他准备用退还的本息办一个生产坝的作坊。至于县政府赔偿的几十万元，说自己不能要，因为政府也很困难；如果政府非要给，那他就作为向政府的借款，将来一定要还。他还希望管冠南在适当的时候到他们坝厂视察，表示一定化悲痛为力量，用一技之长为家乡建设出力。看到这儿，管冠南为之动容，多么好的青年啊，在遭受了这么大的不幸后，还有这样的高风亮节！多么好的沙颖人民啊，他们不迁怒，不贰过，默默地奉献自己。管冠南在这封来信上写道："请四大班子成员传阅，并请办公室加按语以工作信息名义发至各县市。只要我们牢记党的宗旨，全心全意为人民服务，人民就不会忘记我们。"

十五．住院这步棋走错了

管冠南吃过晚饭，来到办公室等着开碰头会。他打开电视机，正巧新闻里报道的是鹿荣从丹麦进口种猪的事，记者正采访郑治业。郑治业在电视里说，他们采取公司加农户的做法，大力发展养殖业，力争三年内建立良种猪场二十个，带动全县一百万人致富，促进全县经济的腾飞。管冠南想，这良种猪肯定不错，但一下子引进这么多行吗？万一水土不服，这洋宝贝死了，可是个大包袱啊。对，晚上郑治业来汇报时给他提个醒。

这时，范有志敲门进来说："管专员，汇报的人差不多到齐了。"管冠南平常最讨厌人们说"差不多"这种含糊其辞的字眼，脸色顿时有些阴沉，一边默默地收拾笔记本，一边说"知道了"。范有志不明就里，赶紧汇报好消息说："有国的两个亿今天下午到账了。省财政厅的四亿五千万，鲍局长说明天上午到账。"管冠南一听，立刻高兴起来，心想救命钱终于到了啊。

书记、县长们正在会议室聊天打趣，大家三三两两议论得兴高采烈。张晓东凑到郑治业跟前："听说有份内参奏了鹿荣集团一本？"郑治业小声说："可不是，烂眼子容易遭灰，我托几个人做工作了，现在还没有摆平呢。"张晓东说："你跟周书记一块儿到北京去，啥事摆不平！"郑治业："这几天清欠，哪敢动呀。"正议论着，见管冠南走进来，大家忙站起来打招呼。管冠南见与会成员基本到齐了，便说："现在开会！晚到的不来的，办公室人员给登记一下，回头严肃处理！”县长、书记们交换了个眼神，屋子里顿时安静得连呼吸声都清晰可闻了。

会议主要是听取各县汇报目前的清欠情况，听完汇报，管冠南对目前的工作又作出了具体指示，态度之坚决、手段之强硬，让下面的各级干部心里不觉敲起了鼓。

周治平觉得自己住院这步棋真的是走错了。自从汪金生把安排考核的事传出来后，他所住的病房来人络绎不绝，送钱的，送鲜花的，送古玩字画的，弄得连护士都侧目相对。因为住院，他的手机不敢关，作为一个大地区的第一把手，身边又没有工作班子，万一有突发事件怎么办？况且管冠南又在领着一班人清欠，这本身就是容易出事的工作。他不赞成管冠南的清欠办法，但实在又想不出更好的方式。来的人不知道这清欠的主意是管冠南拿的，一个个恭维地委、行署的思路清晰，工作力度大，新班子定能带领沙颍地区更快地腾飞云云。他十分不悦，又不能不应酬、不点头称是。他有时有些后悔，觉得不应该住院，他这一住院，管冠南在他离开的这段时间里一定会夺个头彩。真应该先开个党政干部大会，把近期的工作思路在会上说清楚，然后自己再放心地离开。时至今日，来不及了，他陷入深深的懊悔中。

左思右想后，他觉得只有抓紧羲皇文化节的事，才能打赢下一个回合。他拿起手机，拨通了张明宽的电话：“明宽啊，这次到省会太匆忙，有件事还需要老兄牵头，就是筹备中华姓氏文化节的事。先由市委统战部牵头，以后规格再提升，这可是件大事。你想，纵观中华民族五千年的文明史，不管换了多少朝代，改了多少年号，中国的姓氏都一直延续着，从来就没有间断过。因此说，我们这个活动关系重大。我们不仅搞姓氏文化节，还要搞经贸洽谈会、亲情报告会、楹联大展等一系列活动，由统战出面，搭建招商平台。我这几天可能要到北京，时间一个星期吧。一周内，希望你能把方案拿出来交给市委、市政府。”电话打完，周治平长长地叹了一口气。这时，手机又响了，是省委组织部副部长打来的，说的是他一个同学在龙湖做副县长，最近调整能不能调个县长，最次也要考虑安排个县委副书记。他满口答应，先然后关了手机。他想，这个副县长人挺老实，水平一般，年龄也近五十了，能保留一届副县长就不错了，还变什么岗？但他不能不答应。答应下来缓一缓，以后找个理由解释一下，对人对己都留个余地，免得将来见面不好看。说不定，这位副部长也是被同学缠得没有办法才给他打的应景电话呢。不过，他觉得自己明天无论如何都要到北京去了，再等下去，说不定还会有多少人到这病房，也说不定会得罪哪路神仙呢。

第四章 换届

十六．想调到省会或北京

中午吃饭时，文珈悄悄告诉管冠南，说文珞已经有心在沙颖投资了。管冠南一听，高兴得立即放下碗筷，拨打文珞的手机，约他饭后在龙湖见面。都安排妥当后，管冠南一下子胃口大开，觉得饭菜比平时香了很多。他一边吃饭，一边关切地问起乡镇卫生院上访事件的后续处理情况。文珈告诉他，问题已经落实了，处理意见大家都很满意。管冠南又叮嘱文珈，要抓紧时间把各级医疗组织改革的事列入议事日程，先拿出方案，等开完人代会后马上试点实施。文珈一边点头，一边忧心忡忡地说："下一步文化系统可能也要闹事了……大家都看到甜头了，会哭的孩子有奶吃，闹一闹，政府就给解决很多问题。开了这个头，以后，估计闹事的不仅不会少，反倒会更多……"管冠南方才的兴奋劲立刻全无，闷着头吃完饭，立刻叫司机备车赶着去见文珞。

文珞告诉管冠南，在沙颖考察的这几天，他坚定了在这儿投资的决心，决定把房地产项目挪到沙颖，再弄些钱搞点公益事业，争取在这儿来个名利双收。管冠南大喜过望，忙问他具体想投资房地产的哪个领域。文珞说："会展中心、写字楼和别墅群都会有，只是需要的土地是个不小的数目，首期至少得上千亩，你这个地方官可得多给我些关照啊！"管冠南低头沉思了一下说："上千亩土地的审批可能有些麻烦。不过，我倒是知道有一块风水宝地，目前还没有开发，我现在就领你去看一下，你看看能行不？"说完，拉着文珞直奔颖湾村。路上，管冠南给张晓东打了个电话，让他赶紧过去候着。

路上，管冠南告诉文珞，这个颍湾村地处沙河、颍河之间，低洼易涝。这个村里的土地大多是联产以后开荒开出来的，不是可耕地，每年只能收一季庄稼。全村的大多数农民都到外省承包土地了，家里只剩下“三八六一九九部队”。“三八”者妇女也，“六一”者儿童也，“九九”者老人也。这个村的耕地加宅基地总共有两千多亩，而且，农民对这里的土地不金贵，开发的成本很低。

车到颍湾村时，张晓东早已在那里守候了。他笑嘻嘻地迎过来说：“文总，好眼光啊！我们这块地可是名副其实的聚宝盆啊，听说您有意开发这儿？”文珞笑着说：“还没决定呢，是冠南非让我来看看。不会是你们事前串通好的，给我设圈套吧？”

管冠南忙严肃起来，认真地说：“串通是有的，但绝不是什么陷阱和圈套。你是专家，可以围绕这块地界转一转看一看，这确实是块好地。这里既没有平原上的坟头，也没有需要改造的高岗，更没有需要大土方填平的洼地。像这样的地块，可遇不可求。”

文珞心里也觉得眼前的这块地确实充满了商机，只要在沙河、颍河上各修一座桥，这块低洼的土地便有着无限的升值空间。他心里快速盘算着，这两座桥修下来大约需要三千万，这两千多亩地拿下来也不是个小数目啊。他试探着问张晓东：“这离市区有些远呢，虽然你俩说得天花乱坠的，不过，啧啧，这块地应该是政府早就想打发出去的吧？”张晓东忙说：“这里的确是比市区便宜很多。每平方米的价格差了十多倍。不过，政府是真的有心好好开发利用一下这块风水宝地，这可是战略性资源部署啊。”张晓东一边说，一边拿眼神瞟着管冠南，看管冠南赞许地点了点头，继续接着向文珞介绍道：“这块地未来的开发潜力非常大，政府已经定下来是十万元每亩，机不可失啊，文总。”文珞干了多年的房地产，围着这块地转了一圈，心中早就有数了，把这块地收入囊中是迟早的事。不过，他表面上不露声色地说：“我考虑一下吧，如果能支援一下你们的经济开发，我是很乐意出份力的啊。”管冠南忙安排张晓东跟进后面的事情，让他多和文董协商，争取把这个财神爷的项目赶快敲定下来。

张晓东陪文珞到沙颍宾馆后，管冠南回到了办公室。他刚坐下，就看到桌上放着一份内参，粗粗的黑体字赫然写着："鹿荣集团出现八亿资金黑洞"。他惊呆了，仔细看时，只见一组组数字，把黑洞的形成、原因、现状叙述得清清楚楚。他坐不下去了，忙拿起电话，叫来了范有志。

"这是怎么回事？"管冠南敲着桌上的材料问道。

范有志瞥了一眼内参，叹了一口气说："这鹿荣该败啦，表面上是资金问题，实际上到处都是窟窿。它们的债权有十个亿，三年以上的就有近三个亿，未经报账的准备金有八千万。别的不说，光没有入账的小汽车就有六百辆，现在沙颍市区跑的小汽车，十辆中就有一辆是鹿荣的。由于资金短缺，引发了长期以来的三角债问题爆发，遭到了肉类供应商的诉讼。鹿城市政府把鹿荣当成摇钱树，没钱就去鹿荣拿，最近搞什么公司加农户引进丹麦曾祖代猪，一下子就花了两千万。在管理上也是跑冒滴漏不断，不少人把水、电、气接到鹿荣集团的线路上，每年支付外接的水、电、气费用就高达三千万元。用人更是随意性大，只要是郑顺昌满意的，别管是有文凭的、没文凭的，有能力的、没能力的，只要郑老爷子给人事部门放句话，你就等着拿工资了。再加上原先建厂占用地招收的是农民工，这些人的素质可想而知。我们邻市有个生产火腿肠的企业在全国各地开连锁店，开得很成功。鹿荣则开一个垮一个，去年开的二百家连锁店，赢利的不到二十家，这二十家的负责人都是同郑老爷子关系不怎么密切的。"

管冠南拧紧眉头："郑顺昌本人怎么样？"

范有志说："要说他本人的为人没什么说的。二十年前，他把一个不足二百人的小厂发展成拥有员工两万人、固定资产四十亿的企业，实属不易。鹿城市的财政有三分之二是从鹿荣集团拿走的。鹿城的GDP总值一半以上来自鹿荣集团。郑老爷子做事严于律己，宽以待人，与他打交道，他总是在不太违背原则的情况下让对方占便宜。但是他的管理手段实在过时，具有典型的家长式、家族式的味道。投起资来经常是熊瞎子掰棒子，掰一个扔一个，讲究表面的轰轰烈烈，不讲求实际效益。因此，鹿荣的经营绩效每况愈下。现在他已经六十一岁了，怕是心力也有些不济了吧。"

管冠南此刻心中五味杂陈，刚刚还为文珞来沙颍投资的事有些眉目高兴了一会儿，立马又蹦出来一件让人闹心的事情。这沙颍的烂摊子什么时候能收拾得像模像样呢？刚才听完范有志的介绍，他觉得应该抓紧采取行动，无论如何都不能让鹿荣出现崩盘，不然在全国股市造成的影响绝不会小于基金会的清欠。他安排范有志明天同相关负责人一起到鹿荣现场办公，赶快把棘手的问题解决一下。范有志出去了，望着关紧的门，管冠南把头重重地往沙发背椅上一靠，将腿跷到旁边的矮桌上，真是累啊。

刚闭眼休息了不到五分钟，电话又响了，原来是张明宽特意告诉他，明天上午张颖要回来了，并且带回来一个比较大的医药项目。管冠南一听，立刻高兴地告诉张明宽，他明天上午到鹿荣集团开完现场办公会后，下午就要见张颖，和他具体聊一聊项目的事情。挂掉电话，管冠南心里莫名的觉得空落落的，半天才想起，很久没有给家里打电话了。刚到沙颍才多久，就已经忙得顾不了家了，他暗笑自己，沙颍的千头万绪尚且没有理顺，已经快把自己的大本营抛到脑后了。忙拎过话筒拨通了文珺的电话……

文玫回沙颍已经两天了，这两天她一改过去抛头露面的习惯，天天开着车在市区独往独来，除与范有志见了一次面要了一些资料外，她谁都没有找过。沙颍市区不大，她一天能转五六圈，当跑来跑去终于为范有国选准了几个地方时，她这才松了一口气。

她也见了文珞，知道文珞想在沙颍投资，但她和这位哥哥是话不投机，总觉得这位哥哥身上贵族气多一些，相形之下，她有些自卑。文珞有邀她加盟的意思，她推说忙，婉言谢绝了。她觉得要挣钱就挣别人的钱，在自己人的锅里捞肉吃实在没意思。

周治平到北京已经四天了。这几天，他天天在疗养院陪尉悦。这尉悦真怪，每当发病时，一转到北京这边的疗养院来，情况立刻明显好转。今天下午，她又同几个病友到减肥中心折腾了一下午，到了病房，非要周治平摸摸她的腹部有没有变化。其实，尉悦的身材是标准的“魔鬼身材”，根本不像快五十岁的人。周治平忙一脸笑着望着妻子说：“离碗口粗还有一段距离呢。”尉悦搂着他的脖子说：“只要你陪着我，只要你喜欢，我天天练，非练到碗口粗不可。”周治平望着妻子苍白的脸，无奈地笑了笑。

前天晚上，他同岳父谈了近两个小时。他把在沙颖的工作情况实话实说，那里民风淳厚，但干事业非常难，他现在还不适应，加上尉悦身体不好，他想调到省会或北京工作。岳父想了想，说：“一个人要想成就一番事业，需要在基层锤炼，而且基层经验对于从政会终生受益。尉悦身体不好，可以让她留在北京，花些钱找个保姆就行了。你争取在基层扑下身子干出些成绩。”周治平见调动工作的想法得不到岳父的支持，不免有些丧气。

组织部长汪金生给周治平打了两次电话，说全区已抽调了一百多名干部分赴地直科单位及各市县，估计考核工作十天就可以结束，问他还有没有需要特意安排的人。他告诉汪金生，现在考核的是第一批，第二批的考核对象等他回去同管冠南商量后再说。他不想在干部使用上与管冠南弄得太僵。汪金生还把管冠南这一段的情况向他汇报了，说管冠南我行我素，重大事件处理事先不商量，不打招呼，讲话很随意，而且还经常要撤干部的职。汪金生再三要求周治平赶快回来，不然局面可能大乱。周治平当然也从别的渠道知道了管冠南的一些情况，他的确对管冠南的一些方法、提法不敢苟同，但就沙颖的情况来说，他觉得也应该让管冠南冲击一下。不过，他又想，不管怎么样，你管冠南也该在电话中多沟通情况，总不能这样自以为是吧。

刚挂掉汪金生抱怨连天的电话，李瘦石又打过电话来，紧急汇报管冠南要到鹿荣集团现场办公的事情，问他是否知道。周治平心下一惊，忙问出了什么事。李瘦石告诉他，新华社发了篇内参，说鹿荣集团出现了八个亿的资金黑洞。周治平不屑地冷笑了一声，心想鹿荣的问题大部分干部心里有数，绝非一两次办公会能解决的。周治平告诉李瘦石，让他去吧，鹿荣的问题用行政手段不好解决，让他了解一下也好。

十七．鹿荣集团的危机

车到鹿城时，范有志对管冠南说，三年前，外地来鹿城批发火腿肠的车能排三公里长。这会儿，只能零星见到。行至鹿荣大街口，管冠南就望见郑顺昌和一帮人已恭候在那里了。郑顺昌强装着笑脸迎过来低声说："我们工作没做好，给领导添麻烦了。"管冠南安慰他道："胜败乃兵家常事，你心态要调整好啊。走，到会议室详谈吧。"在大家的簇拥下，他们来到三楼小会议室。

郑顺昌先汇报说，去年以来，鹿荣集团的经营出现危机，作为肉制品加工业，最大的原因是原材料上涨，生猪的价格在每公斤八元以上，鸡、鸭、牛、羊都较前年上涨百分之二十以上，运输成本、水电费用一直攀升，这些是造成鹿荣现状的主要因素。当然，受此影响的企业不在少数，仅山东就有二十多家企业时开时停。对于全国肉制品行业来说，生产成本的压力是一种普遍问题，原材料上涨需要较多的流动资金，但我国实行宏观调控，压缩信贷规模，我们去年分别将公司股票两个亿、一个亿、五千万到工行、光大、交通三家行进行质押贷款，除交行给了两个亿以外，别的银行分文未给。为此，公司董事会多次召集会议，研究对策。我们准备通过内部创新、节约费用等手段消化原料成本上升造成的不利影响，进一步拓宽国外市场，尽最大可能出口创汇，弥补国内市场的亏损压力。因为，我们从一个资料得知，日本的鸡肉制品每吨已上涨到四千美元，如果今年能实现四十万吨的出口量的话，我们仅此一项销售额折合人民币就上百亿，利润再加上国家退税，少说也在十五亿以上。

会议上开始了交头接耳，大家小声议论着。管冠南听完郑顺昌汇报，本来心里就有些堵，现在看大家都一副叽叽咕咕的样子，更是有些窝火："发表意见的同志声音都大一些，让大家都听听。希望大家献计献策，为鹿荣集团的发展出谋划策啊。"

他鼓励的眼神扫视了会场一圈，大家就放开胆量了。有的说，郑董说的是实情，现在原材料涨价太厉害，像我们沙颍这样没煤、少电、无矿产资源的地方，做大做强工业实在太难。有的抱怨说，银行现在同地方不一心，对企业尤其是地方企业支持力度不够，你不需要钱时，他求上门来，你用钱时，他溜之大吉，同地方政府、同企业没有一点感情；而且，地方政府对他们没有一点约束力。更有人直接尖锐地指出，造成鹿荣如今困境的根本问题就是体制问题，虽然鹿荣集团是上市公司，但这种股份制不是真正意义的股份制，最大的股东鹿城市政府从公司抽血，大量占有公司资金，把公司作为提款机，这对资金本来就短缺的鹿荣公司来说，实在是火上浇油……总之，建议是一条都没有，抱怨倒是有一大堆，而且，一旦有人开了头，大家的发言积极性就都调动起来了。整整一个小时，几乎每个人都在谈问题、说难处诉苦，把管冠南的头说得大了整整一圈。

如果不是亲自到鹿荣，不开这个办公会，可能这些具体难缠的问题管冠南还不会了解到。听着大伙的抱怨甚至尖锐的批评，他猛然意识到鹿荣的问题实在是太多太深太难，想理顺出一条发展的路子，一时半会儿是不可能有明确结果的。于是，他临时调整了自己的工作思路，说道："今天到鹿荣来，就是为了全面了解一下情况，有些问题还需要等周书记从北京回来后再研究定夺。在这里，我只讲几点个人看法，供鹿荣集团和同志们参考：第一，深化改革，使鹿荣成为真正意义的现代股份制公司。第二，断肢保体。要把企业社会化的功能，内部福利性的幼儿园、医院、学校、体育中心等转让出去，推向社会，推向市场，使之自谋生路。第三，加强内部管理。最后一点，也是最重要的一点，就是探求债转股的路子。现在鹿荣集团欠外债三十多个亿，绝大多数是银行的。要做好这几路银行神仙的工作，力争把这个资本运作的事做好。现在行署对银行没有太大的约束力，我们必须找省政府甚至国家有关部门。如果能把这件事做好，再加上在管理上下工夫，我相信，我们年内就一定能走出困境。以上几点是我的初步想法，请鹿荣集团、鹿城县政府及在座的各有关部门抓紧研究，等周书记回来后地委认真研究。走出困境是我们目前唯一的选择，鹿荣集团无论如何都要千方百计开工，保持职工的工资和生活稳定，绝不能出现大的不安定因素和行为。”办公会草草结束，管冠南的情绪不免有些低落。

他猛然想到前几天收到的管宗玄的信，就招呼郑治业他们一起到管宗玄的坩场去看看。于是，大家坐上车浩浩荡荡地朝沙颍河边的颍河镇驶去。

坩场建在村外一个废弃的砖瓦场里，几座小土窑正冒着烟。正在忙活的管宗玄一看管冠南带着一帮人过来了，忙丢下手中的铁铲，抹了抹脸上的煤灰，迎上前去。管冠南拍着管宗玄的肩：“咋样，生产顺利不？”管宗玄满脸含笑地说：“顺利，乡、村两级都很支持，解决了土地、房子问题。我堂姐也从省会回来给我帮忙，现在已经开始生产了。我领大伙参观一下吧。”

管宗玄领着心事重重的管冠南参观了一圈，小伙子的热情和干事业的执著极具感染力，管冠南压抑的心情多少有些好转。

十八．后院起火

晚上，杨炳华回到家时，看见妻子吴萍在沙发上直愣愣地呆坐着，脸上还有哭过的痕迹。杨炳华不知道妻子怎么了，试探着轻轻地问："孩子呢？"吴萍没有吭声，杨炳华心里更纳闷了，就又追问了一句。吴萍没有好气地说："上姥姥家了。"愣了一会儿，吴萍说："如果我死了，你一定很高兴吧？"杨炳华丈二和尚摸不着头脑："怎么回事？莫名其妙！"吴萍冷冷地看着他说："我要是死了，就没人挡你道了。你可以同文玟旧梦重圆，省得碍事……"杨炳华猛地愣住了，过了好一会儿才回过味来，一定是吴萍在他下县时打开过他的电脑，看到了他写的日记。他通常会把日常生活中的点滴小事记录下来，想必是妻子看到了他记录的与文玟相会的情形，以至于醋意大发吧。他脑子里快速地转了一下，心里安慰自己道，还好，没有把关键情节写进去，只是浅浅地写了见面思念之类的。不过，他一定得做出某种姿态来，否则，妻子是不会放过他的。想到这儿，他大吼道："你为什么翻看我的东西，你知不知道你这样很没有身份，没有教养！"吴萍猛地站起来，抓住杨炳华用的木鱼石茶杯朝地下狠狠一摔："你能做、能写，我就不能看？你如果光明正大，没干偷鸡摸狗的事情，怎么会怕看！"杨炳华愤愤地说："你有一点修养吗？偷看别人的东西，还不知臊？而且，我明确告诉你，我什么事儿都没有！你别胡乱栽赃！""我臊？我没修养？我栽赃？你一个高粱棵儿里的泥腿子能有今天，靠的是谁？好啊，如今讲起修养了，说说看，你在外面和那个骚女人鬼混是个什么修养？！你……”吴萍伏在沙发上大哭起来。杨炳华本来就心虚，但是，如果此刻服了软，恐怕一辈子都休想再翻身。他“哼”了一声，走进书房，顺手把门插上，一下子躺在小床上。说到底，自己确实背叛了婚姻，对不住妻子。可是，她又没有抓住真凭实据，这时候，能混过去就一定要混过去，而且，一定要做得理直气壮才行。

客厅里，哭过一阵的吴萍像只发怒的母狮，她把客厅里除了电视机以外能摔的东西都摔了。她开始摔东西时，内心其实非常希望杨炳华能赶快出来制止一下，然后跟自己道个歉，说清他和文玟其实什么都没有发生就好了。可是，杨炳华连点动静都没有，自己索性就摔下去了，而且，心里越来越气！把客厅的东西摔完后，她又怒气冲冲地跑到卧室，首先就把婚纱照给砸了，然后，又拿起剪刀把自己给杨炳华买的衣服都剪了，“我省吃省喝，就是为了让你人模狗样地出去找女人是吧！”她把衣柜里所有给杨炳华买的名贵西装都剪成了碎条，最后她实在是悲愤交加，一点力气都没有了，瘫倒在床上，点上杨炳华放在桌头柜的烟吸了起来。这么多年，为了这个男人为了这个家，自己一心操持，所有的心思、精力都付出了，最美好的青春也给了这个男人。可现实呢，那个小狐狸精说不要他就一脚踢开，钩钩小手他就能爬过去。为这样的男人，付出这么多值吗？！

杨炳华一直竖着耳朵听外面的声音，他想，这时候去劝，不但没有效果，可能还会火上浇油，还是等她安静了再说吧。躺着想着心事，杨炳华差点昏昏沉沉地睡过去。过了好久，听外面一点动静都没有了，他推开门走出去，眼前的情形还是吓了他一跳：客厅里杯盘狼藉，像被打劫过一样。他推开卧室的门，一下子被屋里的烟雾呛得直咳嗽，只见吴萍眼睛红肿着，脸色铁青地躺在床上，烟蒂横七竖八地扔了一地，还有被剪成碎条的衣服……杨炳华知道，她的气还没有完全消，伫立了片刻，转身又回到书房的小床上躺下了。

一夜无话。第二天杨炳华上班时，给妻子留了一张纸条：“萍，我去上班了。我知道你很生气，但是，请相信我，真的没有什么，我只是和她见了次面而已。如果你不高兴，我以后绝对不会再去见她。另外，我明白我对这个家庭的责任和义务，明白你的爱，也一直感激你的付出。如果我确实有做得不合适的地方，请原谅我，给我机会吧。”

十九．周治平要去党校进修了

张明宽一上班就赶到管冠南的办公室。

“听说市委组织部这一段共考核了近三百名干部，拟任二百来人呢，这事儿是你安排的？”

“没有啊，现在各单位的领导干部指数都超编呢，我正千方百计地想调整裁员呢，你从哪儿听来的小道消息啊？”

张明宽拧紧眉头说：“我知道了，又是周治平的道道！这个周治平也真是，这么大的事情怎么事先也不与你沟通，简直是目中无人！”

管冠南一愣，知道这事儿并非空穴来风，沉思了一下闷声说：“不沟通说明人家暂时不愿拿到桌面上，他总不至于不开书记办公会、地委会吧。”

张明宽看管冠南一副不紧不慢的神情，心想真是皇帝不急太监急，赶紧提醒他说：“这件事你要顶住。你刚来，对干部不了解，别让他们通过这次调整都安成自己的人。另外，周治平这一段在北京也不知搞什么名堂呢。你可以借机向省委汇报一下工作，顺便打探一下周治平的动静。”

管冠南想想有道理，就叮嘱张明宽以后多长眼睛，多留心看下面还有什么动静，随时跟他沟通情况。随后，他联系了省里的几个朋友，先是侧面打听了一下省里对他这段时间工作的评价，得知头儿们都比较满意时，他才放心地要通了省委书记的电话。

近半小时的通话结束后，他悬着的心终于放下了。看来，省委对他的工作是高度肯定的，这比什么都重要，这样就可以放开手脚干事情了。不过，省委书记还告诉他，省委打算让周治平在沙颍党代会后，到中央党校学习进修一年。看来，周治平这趟跑北京有成果啊！哼，人家去学习讨清闲咱不羡慕，这不正好让我施展开拳脚大干一场吗！想到这儿，管冠南心里反倒淡定了好多。另外，省里已经决定这次换届把张明宽调到政协主席的位置上，解决他的正厅待遇，一会儿得告诉他这个好消息。

管冠南刚想给张明宽打个电话告诉他这个好消息，范有志捧着一摞文件推门进来了："管专员，各县的清欠进度都整理出来了，共收回了二十八点七亿。"管冠南一听，心中大喜："好！明天上午开庆功会，你好好准备一下。表彰会后再鼓把劲，完成省里的要求没有问题。"

范有志嘿嘿地笑着说："有国的借款这次帮了很大的忙啊，先期的偿付款基本上都是这点钱应的急。"

管冠南望着范有志低眉顺眼的样子，心想这个人确实帮了自己很大的忙啊，而且，自打上任以来，范有志的协助工作做得都挺不错的，于是招呼范有志坐下，问："这次换届调整，你有什么想法呢？"

"呃？"范有志脑子飞速地旋转开来，"您看着安排吧。反正，人大、政协什么的都行。"

"人大和政协位置的确不错，但是工作任务少，很难做出成绩啊。你还年轻，而且，我觉得你未来的潜力还很大，进步空间也大。"管冠南一边说，一边观察着范有志滴溜儿乱转的眼睛，"地区职业技术学院是副地级单位，而且，是个干实事的地方，这几年省里非常重视职业技术院校的发展建设，我的想法是你不妨到那里去试一试。不过，这个情况你先考虑一下，过两天再回复我也行。"

范有志心里暗叹一声，进人大和政协的愿望看来是彻底打水漂了，这几天自己忙前跑后地伺候这位专员，看来走后门的希望彻底"歇菜"了。跟着这么一位一心想干实事、大事的领导，自己不上前线看来是不行了。

范有志心中虽然百转千回，但脸上依然挂着笑，点头说："谢谢专员。"

周治平到中央党校学习的事已经确定下来了，关键问题是在学习之前有撤地建市的会议要开，而且不能出现任何问题。即便是到党校后，他也是在职市委书记，一旦工作上出现问题，他作为一把手肯定要首当其冲地负责任。即便不会处理他，但对于将来的升迁也是一点好处都没有的。这段时间，管冠南工作上大张旗鼓，但有些做法实在是旁门左道，一个行署专员，无论如何都不能给上访对象抬棺材呀。还有什么不喜欢“万亩工程”这类的话，这些表态都非常不负责任，“专业村”也好，形象工程也好，这些都是党和政府在农村的一些政治举措。昨天，汪金生电话里还说，管冠南对调整干部有异议，这就更不应该了。正确路线确定之后，干部是决定因素，换届前不调整怎么行！想到这儿，他有些愤愤然，这么多天来，管冠南只打过一个电话。如果将来自己到党校去学习，估计他甚至会一个电话也不打、什么也不沟通就擅作主张。想到这里，他决计要离京回沙颖一趟，把事情安排清楚，自己才能安心去学习。另外，他准备抽时间去拜见一下文冶春老部长，谈谈工作，也侧面说说管冠南，让文老部长给管冠南带些自己不便说的话。

张晓东从省里打探到，这次撤地建市中没有提拔自己的份儿，也听说开完党代会后，周治平要到中央党校去学习。他半信半疑，散会后在行署办公室等候管冠南，想验证一下消息的准确性。

过了半小时，管冠南从外面匆匆赶回来，一看到张晓东，他有些吃惊：“什么事儿？”

“听说周书记党代会后到中央党校去学习？”张晓东小心翼翼地望着管冠南的脸色问道。

“是！”

“这次调整，我没动？”张晓东仰着脸，手做了个向上提的动作。

“新市委、市政府两套班子人员已经定下来了，人大、政协没有最后定。你的年龄有优势，在龙湖再干两年吧。撤地建市后，龙湖和现在的沙颖小市将成为两个区，沙颖的区委书记由现在的市委常委兼任，龙湖的区委书记你先干着，争取到年底推荐你进市委常委。”

张晓东一听，原来传闻非虚，心里立刻不忿了，脸色也有些不自然了。他吞吞吐吐地，想说什么又有些犹豫。

管冠南看在眼里，有些生气："什么事？有事就说！"

"我可是听说了，龙湖的区委书记准备让曲颖当呢？"张晓东说。

"曲颖？谁说的？"

"绝对不是空穴来风，组织部好像已经拿了意见，单等周书记回来拍板呢。"

管冠南警觉起来，思考了片刻后说："别道听途说，好好干你的工作，有我呢。那个曲颖是怎么回事？"

张晓东想，这次升迁让周治平折腾得彻底没戏了，还不如趁机另站队呢。眼前这个专员接触时间虽然不长，但看上去还是能够倚靠的。他心一横，跟管冠南兜底道："这个曲颖可是咱们沙颖的名人啊，从沙颖宾馆的服务员干起，领班、大堂经理、总经理助理、副总经理、市政府接待办主任、市委副秘书长兼总经理，两年一个台阶，愣是一步都没落下。她是杨庭凯的妻侄女，据说与周书记还上过床呢。"

管冠南忙打断他："后边的话你别胡说，不是闹着玩的。"

张晓东一脸严肃地说："管专员，其实这段时间以来，您在工作上的种种举措都让人很敬佩、折服，但大家还眯着一只眼在看，人们说，搞政治你不是周治平的对手。这次干部调整都是周治平和汪金生一手操作的，你一定要有自己的观点啊，别让周和汪的算盘打得太如意了。另外，管专员，对文玟，您也要小心。"

管冠南心里大吃一惊，忙说："为什么？"

张晓东说："她同周治平走得很近，前阵子在省会，文玟找了两个女记者，她们在黄河的游船上把周治平灌得一塌糊涂，听说周治平还许了文玟很多好处呢。"

管冠南点点头："我知道了。另外，昨天我接到文珞打来的电话，说已经准备了十个亿的资金，准备上沙颖湾那个项目。先期工作你们抓紧做，他可能一个星期后回来。当然，不能因为文珞是我的亲戚，就把咱们的条件降得太低，违反国家规定，尤其是给农民的补偿、安置问题，无论如何要做好。"

张晓东满口答应："这个大财神我们请都请不来，咋能叫煮熟的鸭子再飞走，我就是用万能胶也得把他粘着。一旦成功，这在全沙颖就是个亮点啊。"

周治平乘坐的飞机是下午五点到省会机场的。汪金生和曲颖四点半就赶到机场迎接了。一见面，汪金生忙说："周书记，你可回来了，再不回来，我们就找不到北啦。"曲颖凑过去，接过周治平的旅行箱，低声问："家里还好吗？"周治平点点头："还可以。你脸色怎么这么不好，病了？"曲颖低着头没说话，但心里还是热乎乎的。

汪金生知道曲颖不是外人，就在车上把干部考核的情况和部长办公会的意见向周治平作了汇报。周治平对汪金生这么不分场合地办事非常不满意，有司机，有曲颖，他怎么表态，他不愿意在这两人面前表明态度，总得有个距离吧。距离才分得清高尊卑下，距离才能产生等级、产生神秘呢。汪金生见周治平没吭声，就反应过来自己有点太心急了，说话不注意，犯了个场合的忌。他思忖了一下，想打破这种僵局，便说："周书记，你不知道，这几天，沙颍传了个管专员和文专员的笑话，可有意思了。"周治平也觉得自己刚才有些严肃了，便笑笑说："你讲讲。"汪金生说："管专员吃饭比较怪，喜欢吃什么臭豆腐、咸毛蛋之类的，文专员喜欢吃面包、喝牛奶。一天早晨吃饭，文专员劝管专员吃面包、喝牛奶，管专员劝文专员吃臭豆腐、咸毛蛋，相持不下，最后文专员吃了管专员的毛蛋，管专员喝了文专员的牛奶。管专员对文专员说，你的奶还真香；文专员对管专员说，你的毛蛋真臭。"车里顿时一阵笑声，周治平也觉得有趣，随着笑了起来。不过，他转脸冲着汪金生说："他们是亲戚，这种玩笑还是少传得好。"

过了一会儿，汪金生貌似无意地说："这个管专员真是怪，鹿荣的问题内参登过以后，他去开了个现场办公会，居然安排政研室和体改办弄了一个更为翔实的材料上报，情况写得比内参上还糟。另外，张明宽的女儿张莎现在在联合国工作，他竟然安排张莎去艾滋病村搞什么调查。这下，沙颍的坏名不仅广播国内，还要漂洋过海呢。周书记，这事你说啥也要制止一下才行啊，不然以后咱们沙颍的人出去会抬不起头的。"

周治平的心立刻提了起来，他是一个爱名声如同孔雀爱护羽毛一样的人。他想，无论如何都不能无动于衷了，一个地方的名声是他这位一把手的形象，谁也不能拿这个东西做文章。

提起张明宽，周治平的气更是不打一处来。他临行时安排由张明宽牵头筹备羲皇文化节，听秘书小郭说，他居然连一个会都没有召开过。树形象的事不干，自毁长城倒积极，真不知道他安的什么心。他有些后悔，今天省委书记征求自己的意见，问让张明宽担任政协主席，他有意见没有，他没有明确反对。他觉得对老同志应该放一马，不想好心没有好报。考虑到管冠南与张明宽的老关系，他觉得那个文化节的事怕是指望不上张明宽了。周治平想到这儿，立马对汪金生说："撤地建市以后，新市委的一个重大举措就是要搞一个全国性的大型文化节，树形象，招商引资，让沙颍在全国叫响。我考虑，由我牵头，你主抓，咱们全力以赴把这项工作做好。你的副书记任命最近就要下，但组织部长就不能再兼了。"汪金生一听，感到半喜半忧：喜的是能做副书记，干上两年回省直，弄个正厅级没多大问题；但不兼组织部长他感到遗憾，一个不管组织的副书记，是个有职无权的角色。但他又不能表明态度，便说："谢谢周书记，我知道你没少操心，你放心，我一定跟着你好好干，尽心尽力把工作做好。"

二十．换届，就是换干部

黑色的奥迪 A8 一开进沙颖市区，周治平心里的感受一下子变得非常舒坦。他拉下窗帘，透过车窗，眼飞到外边的街道上，路两旁的店铺，是那么熟悉、那么亲切。他目不转睛地打量着那些素不相识又匆匆而过的行人，那些匆匆而来又匆匆而去的各色车辆，不知从哪里油然而生一种权威感。他拿出手机拨通了地委副书记赵玉龙的电话，说他已经回来了，让赵玉龙马上到他办公室，同汪部长一起谈谈调整干部的事。

赵玉龙接电话的时候，正在张明宽办公室坐着。他和张明宽一样，也对这个时候调整干部有些想法，尤其是他所掌握和了解的干部情况与汪金生有很大分歧。周治平想调整干部是直接安排汪金生办的，事先没有开过书记办公会，更没有提前征求过他这个主管书记的意见，这已经让他很不愉快了。无论是按程序还是省里的意见，现在都不是调人的时候。省委组织部的意见是沙颍一、二把手刚换，干部先稳一阵子，最好是在今后的工作中发现和使用干部。

在地委组织部，他这个主管书记一直插不上手，因为汪金生把得太死、太牢，汪金生不允许任何一位副部长越过自己找任何一位领导单独汇报工作。赵玉龙想把自己的意见告诉管冠南，但又觉得有些唐突，他想请张明宽传个话。所以，才大晚上的留在张明宽的办公室商量这件事。

张明宽听明白赵玉龙的意思后说："话我可以带到，但事情还是由你向他说为好，估计管冠南很想听听你的意见。”

赵玉龙挂了电话后，叹息道：“明宽，你是老同志了，你说我该咋办？现如今，我是老鼠钻风箱，两头受气。”

张明宽出主意道：“应付一下算了，反正周治平要去学习，往后缓吧。周治平不是经常说事缓则圆吗？”

赵玉龙摇着头走后，张明宽立即给管冠南打了个电话，说了赵玉龙的态度。他建议管冠南赶紧找郑守京沟通一下，提前通通风。无论怎样，提拔干部都不能组织部长一个人说了算。书记办公会一旦顶住，就开不成常委会了。

最后，张明宽提醒道：“如果你觉得方便的话，不妨直接找大老板说一下你的意思。”管冠南说：“郑守京这儿我会好好跟他沟通，至于省委那边，我暂不考虑，省委书记也不是专门为咱们服务的啊。”

在周治平办公室，汪金生他们正汇报这次考核干部的具体情况，赵玉龙猛地推门进来了，见状愣了一下说：“我等一会儿再来吧。”周治平抬起手招呼他坐下：“你也听听吧，听完后，我们召开个书记办公会议一下。”赵玉龙无奈，只好贴着门口坐定，但心里很不是滋味，因为整个考核情况他都没有听汇报，这汪金生怎么一竿子就捅到周治平这里了？正坐立难安之际，张明宽打电话过来说，管冠南让他过去一趟。赵玉龙赶紧关上手机，对周治平说：“我家那口子在医院叫我呢，我去去就来。”没等周治平回话，人便离开了屋子。周治平望着他离开的背影，有些愤然。

周治平在党代会后要离开沙颍的事，在一定级别的干部中已无密可保。郑守京在管冠南的办公室非常利索地说：“冠南，你是专员，我听你的。这次，不干活光跑官的人无论如何都不能让他占便宜。我听说，这次的考核对象中，一半是汪金生的，一小半是杨庭凯的，一小半是曲颖的。这可怎么行，政府就是这几个人的政府吗？！”

管冠南有些不解：“杨庭凯怎么也和周治平近？”

郑守京解释说：“咱们沙颍的干部与杨庭凯没关系的人不多，因为这次杨庭凯的人少，他的意见还挺大呢。沙颍还有个不正常现象，人大常委会主任和政协主席都列席书记办公会，别的地市是列席常委会。”管冠南一听，心想这事儿好办，回头单独找杨庭凯聊聊就是了，这个问题，沟通一下还是能解决的。正说着，赵玉龙推门进来了。郑守京一看，忙说："你们谈，我先走一步了。"说完同管冠南会意地点了点头，又同赵玉龙紧紧地握了握手，就离开了。如今，这几个人真正是站在一条战线上的战友了。

管冠南和赵玉龙谈得很愉快，在这次干部调整问题上达到了高度的一致。这样，管冠南心里就有数了，对这次换届调整也就放心了大半。

周治平等到八点钟，见赵玉龙走后一直没有来，心里已经很不高兴了，但是，他绝对不会打电话催赵玉龙，就想看看他到底会不会自己回来，看看他的态度和立场到底是什么样的。汪金生心里跟明镜似的，早就看懂了周治平的心思，便说："让曲颖安排饭吧，我们吃着看看新闻。"周治平点点头，随后一行人来到沙颖宾馆贵宾餐厅。

吃饭间，曲颖见周治平有些闷闷不乐的样子，便使出浑身解数逗乐子，说些听到的政治笑话、带点色的笑话。看周治平还是那个郁郁寡欢的样子，曲颖脑筋一转，对周治平说："我这几天到鹿城，找到一个易经专家，挺灵的，把我的前半生看得很准。他有个绝招，在桌下握手发功，能把握预测未来，我也学了一下，不知灵不灵。周书记，你试试吧。"周治平知道她的小心思，也不好驳她面子，就顺着她的意说："试试就试试。"曲颖在桌下用自己湿热的手紧紧握着周治平的手，好一会儿才用手指在他手心挠了几下，挠得周治平心里痒痒的，忍不住笑了起来。曲颖说："周书记，挺灵吧，你不奖励我和汪部长一杯酒？"周治平哈哈笑着说："奖，奖，来干杯！"

这时，电视里正巧播出省里的时事焦点，只听见主持人说："鹿荣集团八亿资金黑洞的背后……"周治平愣了一下，脸色风云突变，把酒杯往桌上狠狠一摔："去叫地委办公室和宣传部的人来，马上给我查，到底是谁往上捅的！"

上午九点，书记办公会准时召开，负责作会议记录的曲颖准时出现在小会议室里。周治平对管冠南耳语了几句后说："开会吧。今天是我们沙颖班子调整后的第一次书记办公会。按说应该早开，但由于我个人的特殊情况，推迟到现在。今天议题有三个：一是省委已经批复了党代会、人代会、政协会在这个月的十八号前开完。今天已经七号了，我们的准备时间只有两天了，因为有选举任务，人代会的会期不能少于七天。二是要调整一部分干部，以便更好地开展工作。三是集中精力树形象，促稳定。对这三件大事大家可以议一下，然后我们落实一下分工，把这几个会开好。”

管冠南随后说：“周书记所说的三个议题都是大事，我来沙颖的时间不长，情况不很了解，尤其是调整干部，我就不多说了。三个会议都很重要，是咱们沙颖政治生活中的大事，一定要开好。”

随后，管冠南针对三个议题分别提出了自己的看法，很显然，有些执政理念和周治平是有区别的。如今，这些矛盾都已经摆在桌面上来谈了。比如曝光鹿荣集团的事，管冠南认为就应该这样做，这样才会促使企业早点进行彻底改革，真正救活企业。至于调整干部的问题，现在的重中之重是撤地建市，不着急立马选调干部。这些话题已经针锋相对了，与会的几位心中各自有着自己的算盘，眼下，亮明态度就已经开始站队了。

赵玉龙发言道：“我赞成管专员的意见。我分管组织，知道目前全区的干部现状，我们现在的干部不仅需要调整，而且需要大调整。”说到这儿，赵玉龙停了一下，望了望正襟危坐的管冠南和轻轻点着头的周治平，继续说：“我们的干部年龄结构太不合理了，急需提拔一大批中青年干部，尤其是青年干部，不然与其他地市相比，我们沙颖的干部将少出一代人。但是，我们现在不能动。动少会乱，大动不会乱，等党代会以后，我们把工作压给他们，让他们在工作中优胜劣汰，年底大规模调整。同时，我们要建立干部能上能下的机制，在一个无标准的干部升迁规则里，只能助长跑官要官的现象发生，这样选不出真正有才华的人才。再说，省委要求我们目前的中心任务是集中精力开好会，稳定干部队伍……”周治平脸色阴沉着使劲咳嗽了几声，赵玉龙用眼角瞥了一下他的脸色，便把话题刹住了，“这是我个人的意见，大家再议。”

郑守京接过话头说：“我同意管专员和玉龙书记的意见，撤地建市是我们目前工作的重中之重，一切都要为它让路，在这几个会议前制定出正确的政治路线、政治纲领是当务之急。调整人的事缓缓也没啥，反正都是咱们的干部，短时期内好的变不坏，肉烂在锅里，谁也抢不走。至于说树形象、促稳定的事，我觉得对个别企业曝曝光也没啥。那个鹿荣集团，把谁放在眼里？除了地区的一、二把手，他们眼里有谁？这次正好是整顿他们的时候，还真得感谢省电视台，摸摸老虎屁股让它跳几下，以后就会老实些。”

郑副书记刚说完，分管纪检、群团宣传和办公室的吴晓莉也讲了几句，大意是同意大家的意见，认为先把撤地建市的事情做好再说。

周治平听着他们的发言，心里很不好受，自己离开才短短几天，风就倒向了管冠南。他觉得，再坚持下去也不会有好结果。反正风放出去了，干部暂不调整是因为撤地建市的时间紧，调整少了有些干部摆不平，也会得罪人的。但会议的倾向引起了他的高度警惕，他在做专员时，几个副书记并没有和自己保持高度一致，现在他们却像已经串通过一样，步调如此一致。

周治平抬手看看表，已经十二点半了，忙借机说：“就先开到这儿吧，下午大家再分头讨论，写出研究报告，并连夜形成修改意见，报上来审批。散会吧。”他挥了挥手让大家走，但他一动不动稳稳当当地坐着，没有丝毫要离开的意思。

众人你看看我我看看你，磨蹭了一会儿，就依次离开了。等会议室就剩下周治平和曲颖时，周治平突然攥紧拳头，猛地砸了一下会议桌，把压抑着的沮丧和失意发泄了出来，这是他从政多年来从没遇到过的。今天，他觉得自己很憋屈、很窝囊。曲颖见状，凑过来低声说：“先去吃饭吧，身体要紧。”周治平一抬手制止了她：“你去忙吧，让我冷静一下。对了，给我拿根烟。”曲颖拉开小包，掏出一包精致的女式烟，连同打火机一同放下，默默地离开了。

烟雾缭绕中，周治平思绪翻飞。在沙颖，从来没有过周治平的时代，但是，可能会出现管冠南时代。世间的万物都会随着时间而改变，他需要观察，需要保持某种状态的平衡。守候打破平衡的时机，这是高明政治家的惯常做法：顺势而为。

第五章 换届

二十一. 快到手的肉可不能扔

文玫这几天又围着沙颍市区转了几圈，她感到，无论从哪个角度讲，沿沙颍河开发都是最有价值的。沙颍河南是回民居住区，再朝南是沙颍的一些党政部门以及老商业区；而在沙颍河北的这一段，有水利学校、市党校、师院和职业技术学院。沙颍河南北只有两座桥，相距有七八公里，给河北岸的学校带来很多不便。沿河南北岸是宽宽的河堤，杂草丛生，非常荒芜，这一带的治安环境非常差。几个学校都准备朝沙颍河南岸的开发区迁移，这里的地价相当低。她把了解的情况都拍成录像传给范有国后，范有国高兴地直夸她有商业头脑，并派公司副总方娜先赶过来，提前考察投资的事情。

随后，范有国亲自赶来，同文玫、方娜一起沿着颍河北段，把那条长达十公里的河堤北岸步行了一趟。从一个职业房地产商的角度来看，他认为眼前的机遇远远比文玫、方娜汇报的情况要好，要赶紧把这块地拿下来，否则夜长梦多。

文玫给管冠南打了几次电话，都是关机。范有国见状，忙说："没事，还不是十万火急，回头咱们亲自去拜访一趟管专员吧。"范有国私下里给哥哥范有志通了电话，得知领导们都在开书记办公会，这才放下心来，约文玫和方娜一起去逛一逛玩一玩。

仲春三月的沙颍，桃树的枝条上已经初现嫩红的花蕾，给春天带来一种别样的清新。范有国斜躺在车里，望着车外的景象，心情一点点地舒畅开来，在深圳，机会多，竞争自然也激烈，而且利润率也较以前小了很多。在他看来，眼下的沙颖，可以说处处有黄金，地价、劳动力……最主要的是地方政府发展经济上的压力，这些因素加起来，简直就是给范有国的天赐良机啊。他望着春天的沙颖河，似乎感到他生命中新的春天已来临。他兴奋地同文玟、方娜在河堤上走走停停，指点着河、堤、路、空地，构思着未来的前景。经验告诉他，这十公里的河堤整固硬化，大约需要两个亿，但从河边到河堤的平均一百五十米，就能出来两万亩可利用作为花园景观的土地。他不用拿一分钱便唾手可得，也就等于整固河堤的两个亿换来两万亩地。沿河堤北征用五十米，大约可征六千亩地，每亩地只要不超过五万元，有三个亿足矣。这样河堤为路、河岸边到河堤栽树栽花搞绿化，堤北这五十米宽搞商住楼，再投入五个亿就可以启动。操作得好的话，收入将不少于二十个亿，当年轻轻松松可挣回五个亿以上。用这五个亿在沙颖搞个标志性建筑，诸如会展中心、五星级宾馆、办个学校什么的，也算是给沙颖留下个可以载入史册的东西。真是越想越美，越想越得意，范有国脚下就像踩着风一样，整个人都轻飘飘了。

这时，文玟的电话响了，是管冠南打来的。文玟告诉管冠南，范董回来了，正在沙颖河岸看地。管冠南忙拨通范有国的电话，两人寒暄一阵后，范有国说，他对这块地很满意，决心也下了，希望专员能拨冗相见。管冠南爽快地说，只要你下决心了就好，我马上带有关部门的负责人过去，咱们就在河堤开现场办公会。

挂掉电话，不到半小时工夫，管冠南就领着一众负责人赶了过来。范有国不由得暗自惊叹，管冠南干事情居然如此雷厉风行，心中对这位专员多了几分钦佩之情。

范有国把他的想法向大家介绍了一遍，最后说："我估算了一下，一期工程投资大概需要十个亿，二期工程包括会展中心大约十五个亿。今年可以完成一期工程，三年内可把二期工程全部完成。项目名称我初步考虑了一下，叫做'沙颖明城'，不知专员意下如何？"

管冠南听着，心里暗自窃喜，嘴里却说："不错不错，还是听听各部门负责领导的意见吧。"这堤外荒地是背河洼地，属于四荒之列。各部门本来都急于出手，如今听到这么大手笔的操作和项目规划，各个都喜上眉梢，恨不得早点动工，各家都能分到一些好处，于是纷纷表示了赞同。

管冠南见各部门意见基本一致，都是赞成尽快开发及早动工，就总结道："那我就先代表地委、行署感谢范总了，你们这样的企业才是沙颍经济振兴的中坚力量啊。我现在可以负责任地说，以后我们必然要像爱护自己的眼睛一样爱护即将诞生的'沙颍明城'，各有关部门都会创造条件、优化环境，支持、帮助我们沙颍的第一个重大外来投资项目。而且，我们会尽快以行署的名义成立一个领导小组，我任组长，今天来的各位同志都是该组成员。咱们要明确责任、任务，只准成功，不许失败，不获全胜，绝不收兵！至于土地价格问题以及有关协议，请专门机构负责人和范总具体洽谈，原则就是'与取结合，互惠互利'！"

下午，管冠南在办公室聚精会神地修改着《政府工作报告》时，市建设投资公司的总经理沙碧君敲门进来："管专员，这几天鹿荣的股票已连续出了三个跌停板，价格三块一毛多，可以进吗？"管冠南低头沉思了一下问："现在组织了多少资金？"沙碧君说："差不多有十六个亿吧。"管冠南皱着眉头想了想说："再缓几天吧，我们的资金链不能断，万一断了可能前功尽弃。最近，我已经同意检察院批捕鹿荣两个渎职的副总，你可以找媒体把消息放出风去。等股票跌至两块五左右时再进，到时候我们把成本降在五元左右控盘。记着，此事万不可泄密，更不能让资金链出现任何问题啊。"沙碧君点点头，然后压低声音说："管专员，您也组织点资金吧，我给您找人做几把。"管冠南脸色一变，盯着沙碧君说："胡闹！我们这是冒着巨大的政治风险在为企业做事，为沙颍做事！这是谋私利的时候吗？！"沙碧君被管冠南盯着大气不敢出，唯唯诺诺地说："管专员，我……我实在是出于好意，我……我错了。不过，请你放心，我肯定能把这事儿做好！不会让您失望的。"管冠南点点头，沙碧君赶忙溜了出去。

沙碧君走后，管冠南独自愣了好一会儿，他也有些后怕，万一此事出了纰漏，将来肯定是严重违纪行为。不过，真的不能退啊！沙颍太穷了，地区本级财政收入仅仅一个多亿，干部要发工资，教师要吃饭，城市要发展，社会要稳定，到哪里能弄到钱啊。这快到手的肉可不能扔啊！

二十二．二把手太一意孤行了

周治平这几天在生闷气，一个投资十多亿的项目居然不同他这个地委书记商量就拍板了，这摆明了是对他这个地委书记的小视。虽然他知道管冠南做得有道理，但作为二把手，实在不该这样一意孤行。一想到管冠南，他就感到愤愤然，反正自己马上就要去学习了，就让他折腾吧，当务之急是开好撤地建市的几个会议。其实，这段时间不光周治平忙，管冠南也忙，整个沙颖地区有头有脸的人都在忙。整整半个月，撤地建市终于圆满成功了。周治平当选为中共沙颖市委第一任书记，管冠南当选为沙颖市人民政府第一任市长，杨庭凯当选为人大常委会主任，张明宽当选为政协主席。汪金生的市委副书记落选了，但仍任市委常委、组织部长。

周治平终于舒了一口气，这十来天，党代会、人代会、政协会总算开完了，没出什么乱了，省委满意，基层似乎更满意。唯一不满意的是汪金生没有选上副书记，不过，这以后还有机会。中央党校的通知书已经发到手了，他准备在临走前开个四大家联席会，把分工安排一下，最主要的是要把文化节的事认真部署一下，一定要在全省乃至全国造成影响。不过，对这件事，管冠南好像不怎么热心，他觉得有必要同管冠南沟通一下，便直接到市政府去找管冠南了。

走到门口，他习惯性地拧了下门把手，又立刻停下来，这样推门而入不好吧。他停了下，随后又抬手在门上轻轻地敲了两下，随着管冠南的一声“请进”，他推门走了进来。管冠南看到他有些意外，忙站起来说："周书记，有事你叫我就行，怎么也不打个招呼，就亲自跑来了呢。"周治平摆摆手，两人都坐定后说："我早就应该来看看你了，这段时间忙，也没抽出时间。我马上要走了，有些工作咱们在一起沟通一下。"管冠南忙说："这一段我也是忙于应付，向你汇报得少，但总感觉你就在我身边，你这一走，我心里还真有些空荡荡的。"周治平觉得管冠南这话说得倒是挺中听，看着也蛮真诚的样子，心里也就舒服了一些："几个会已经开过了，关键是抓落实，不知你有啥想法？"管冠南说："我想，现在要紧的是摆上几件工作，打些做形象的歼灭战，转变干部作风。我有这样几个想法，正好跟你汇报下：我想整个四月份我们抓住一个中心，城镇美化；整个五月份呢，项目推进；六月再进行计划生育落实。这三个月中，市一级在月初开一个动员会，然后检查落实，在这些突击工作中，严格要求，锻炼干部，使之跟上市委市政府的工作节拍。七月份你放暑假，到那时咱们再商量下一步的工作。"

周治平见管冠南考虑得周密严谨，而且充分尊重了自己的意见，还用请示汇报这样的语气沟通，心里顿时感觉舒服了很多，他点点头说："你的这些想法很好，我完全同意。下午我们开个四大家联席会，把工分一下。另外，还有一件大事，就是筹备首届姓氏文化节，利用羲皇把我们沙颍推出去，招商引资。这项工作你没来之前，我已经有过初步安排，我走后，你要牵头把这件工作做好。"管冠南本就对办什么文化节没有好感，觉得是劳民伤财，没有真正的实际意义，但这会儿他又不好意思推辞，便说："还是你牵头吧，我干些实际工作。同时，把文化节与旅游业好好结合一下。"周治平觉得也不错，就说："这是个好主意，我们沙颍的旅游，古、厚，但缺乏新颖，没有好好地规划，实际挖掘起来呢，潜力巨大。而且，文化节会衍生出许多副产品，我们力争今年秋季成功地举办中华姓氏文化节，招商引资，抓大旅游。"

下午的四大家班子会开得很顺利。开完后，管冠南按惯例给周治平安排了一场践行酒。大家伙你敬我让，把周治平灌得一塌糊涂，最后由汪金生和曲颖把周治平送回房间。管冠南心里明镜似的，知道大家是想尽快灌倒周治平，与自己一起开怀畅叙的。他心里很高兴，频频与大家举杯。微醉间，文珞打来电话，问他是否想炒鹿荣的股份。管冠南顿时酒意全无，忙拿起电话跑到卫生间低声问："你从哪儿听来的风声？"文珞忙说："你放心，我会给你保密的，我知道该咋做。"

汪金生和曲颖把周治平扶到床上，周治平和衣躺下了。汪金生望着不省人事的周治平，对曲颖说："这帮人真是太不像话了，哪能这么灌老板。"曲颖愤愤然："他们巴不得周书记早走呢。"汪金生说："不能让他们太得意了。你往外边传些消息，就说考核的干部等周书记暑假回来才能定，人事问题还是周书记说了算。"曲颖点点头，汪金生又嘱咐道："你在这儿负责照顾好周书记，我回去听听他们都说些啥。"曲颖点点头，汪金生望了他们一眼，急匆匆跑回去了。

醉得一塌糊涂的周治平难受地撕抓着胸脯，刚挣扎着趴到床边就猛地吐了起来。一时间，整个屋里都弥漫着一股难闻的酒味。曲颖心疼地把周治平的头放在腿上，端着杯水说："快漱漱口，对，再喝两口压压。"周治平喝了两口水，平静了下来。曲颖抱着他的头慢慢放回到枕上，然后到卫生间拿来毛巾，擦拭着周治平吐在床上、衣服上的秽物。把屋里都收拾停当后，她搬了把椅子坐在床边，仅仅开着床灯，借着柔和的灯光，她认真打量着睡去的周治平。这是她深爱的却又注定不会有结局的男人啊。

周治平又呕吐起来，曲颖忙托起他的头，帮他拍着背。好一阵，周治平才缓过气来，喃喃地叫道："悦，睡吧，我不行了。"曲颖心里一阵冰凉，昏昏然的他想的是另一个女人，那个属于他自己的女人。干脆就坡下驴吧，她说："平，我是悦，睡吧，睡吧。"她就势关掉床灯，迎向他伸来的双臂。周治平紧紧地把她揽在怀里，双手不停地抚摸着，她在他的爱抚中脱掉他的衣服，同时也慢慢地脱掉自己的衣服。他吻着她，觉得她身上很温暖，他感到她如玉一样的肌肤驱赶着自己体内燃烧的酒精。她浑身散发出的淡淡清香撩得他浑身燥热气血沸腾，那是许久都没有的感觉了，就像是重新感受到了生命的春天在萌动！他拂着她的长发，捏着她的耳垂，抚着她的脖颈，最后，停留在她那对饱满的乳房上，轻轻地揉着捏着，嘴里还喃喃地说着："悦，别怕，别怕，你会好起来的。"说着又将嘴伸向她的乳房，他感觉到她柔软丰挺的双乳像两朵花蕊在他的唇间绽放……曲颖听到周治平一直叫着"悦、悦"，感觉自己全身都在发凉，血液也都有些凝固，但是身体还是尽可能迎合着他。

事毕，周治平沉沉地睡了过去。曲颖在黑暗中默默地流着眼泪。过了许久，周治平一阵内急醒了过来，突然发现曲颖裸身躺在自己身边，酒一下子就醒了，连声说："对不起，对不起。"曲颖望着他，幽幽地说："没什么，其实我明白你的心，也理解你的难处。我只是太爱你了，真的非常非常爱，我愿意为你做一切事情……"周治平一把搂过她，抱得紧紧的。

按照昨天的安排，今天吃罢早饭后，管冠南率众人与周治平告别，然后，管冠南负责牵头召开电视电话会。谁知一大帮人从七点等到快九点了，还不见周治平的踪影。无奈之际，管冠南只好招呼大伙先开会，然后，边开会边等周治平。众人尽管满腹狐疑，可也不方便多发议论，只好自个儿揣着一份猜测跟着管冠南去了电视电话会议室。

周治平从睡梦中醒来时，已经九点一刻了。他揉了揉眼，知道自己不是在做梦，便摇了摇曲颖："快起来，晚了！"曲颖闭着眼搂着他的脖子撒娇："亲爱的，再睡一会儿吧。反正也是晚了，不如再睡一会儿呢。"她说着，手开始不老实地在周治平身上游荡，周治平被她撩动得膨胀起来，又翻身趴在了她身上……等两个人都瘫软下来，周治平叹着气说："下午还要回省城呢，赶快起床吧，再耽误就更晚了。"曲颖说："一会儿我去送你，不会误点的，别担心。另外，你要表现得大大方方的，这样他们才不敢嚼舌头呢。"

收拾完毕后，已近十一点了。他俩提着行李走到一楼大厅时，早坐在那里的文玫站起身走过来说："周书记，我正等乘你的便车回省城呢，现在走吗？"周治平看到文玫，一愣，文玫忙解释说："我的车有了点小毛病，正修呢。"说着，她望了一眼曲颖："美女，方便吗？"曲颖忙笑着说："咋不方便，周书记巴不得有位美女记者作陪呢。"文玫挑着眉毛，望了望他俩说："你俩还没吃饭吧，简单吃点再走，路上舒服些。"这两人本来心中就有鬼，这下就都没了言语。文玫证实了心中的预料，忙打岔说："我也没吃早饭呢，现在饿得难受，咱们赶快找地儿吃饭去吧。"

二十三．谁让你们大操大办婚礼了

沙颖市最好的酒店就是御花园，老板是郑顺昌的大侄子郑治民。这个地方位于沙颖公园的西北角，两面临主干路，背靠景色宜人的沙颖公园。据说十年前初建的时候，一些市民曾上书反对，终因郑顺昌找了位退至二线的老领导题词而顺理成章，加之那时全国大上特上项目的形势，不少人觉得这个御花园是沙颖形象的一个亮点。十年来，这里吃、住、玩、洗一条龙服务，火得偌大的停车场常常没有泊车位。有人估计，郑顺昌每年的收入不少于九位数。

张颖和郑怡的婚礼今天中午在这里举行。刚到十点，这里便人流如织、热闹非凡了，到十一点时，这段路的交通已经开始阻塞。郑顺昌一看急得没了主意，路这么堵，管冠南他们怎么过来啊？他忙给张明宽打电话求助，张明宽一听也没好气，说，我也没有办法，谁让你们非这么大操大办不可呢。郑顺昌心里把张明宽狠狠地骂了一遍，但是，结婚的大喜日子，还是得赶快解决问题。郑治业在旁边听了，给郑顺昌出主意说，在沙颖宾馆订两桌吧，免得管市长看到这阵势后不高兴，惹出麻烦。郑顺昌想想也是，便安排在宾馆临时定了两桌酒席，想着等仪式结束后，让张颖和郑怡再去宾馆敬酒。

张明宽结束了电话会，就急急忙忙朝御花园赶。他虽然不主张大操大办，但是心里也明白，亲家这是在给自己脸上添彩，更何况今天还有管冠南参加婚礼，自己得赶紧赶过去。可是，他的车堵在离御花园不到五百米的地方寸步难行，他急得直跺脚，可车子就是堵着纹丝不动。没办法，他只好让司机等着，自己推开车门下来步行。

张明宽的身影刚一出现，郑治业立即迎上，引着他穿过人群，来到郑顺昌身边。张明宽留意扫了一圈来参加婚礼的人，发现落座的几乎全是近二十年来在沙颖政坛叱咤风云的人物。他心里清楚，这些人可不是给他张某人的面子，人家肯来，因为他们全是郑顺昌势力圈里的人。这些人几乎都从郑顺昌这里得到过好处。如今，这满满三百桌的宴席，就是郑顺昌这么多年来，在沙颖积攒下来的人脉财富！

御花园的酒宴渐进尾声时，张颖和郑怡在张明宽、郑顺昌的带领下，急匆匆来到沙颖宾馆，给管冠南他们敬酒。郑顺昌趁机坐在管冠南身边说："管专员，鹿荣给您添麻烦了。"管冠南淡然一笑："我们也正在给鹿荣想办法。不过，今天是人家喜庆的日子，咱们不说这些，喝酒！喝痛快！"

张明宽给儿子大办宴席的事在沙颖市的影响太大。上午酒宴刚结束，下午，以讹传讹的版本就有了多个：一说张明宽家包了沙颖宾馆，管冠南作为干爹，在那里坐镇指挥，县市的大员们都在那里。郑顺昌则包了御花园，使交通堵塞了三个小时，两下合起来共五百桌。一说，张、郑两家每家包了两家宾馆，每家请了五百桌，合计共一千桌，按每桌八个人计算，参加婚礼的有八千人，每人送一千元，就是八百万。还有的说得更玄，那天中午没有参加成的人又集中了三百桌，在御花园招待，还有几百人来晚了没有参加。

这次婚礼没有宴请的客人之一就是汪金生，汪金生本来就对张明宽有气，加上坊间一再流传婚宴的奢华气派和参加者的身份及名单，他听了更是火冒三丈。他叮嘱在省城的曲颖把消息往老领导那里透露透露，同时，准备一些材料往中纪委、省委、省政府那里投投。曲颖在电话里很爽快地就答应了，但后来一想，写写匿名信还可以，到处搜集材料散播消息太过张扬了，怕对自己不利，于是，她开始极尽所能地写起了匿名信。哼哼，这就足够让管冠南和张明宽喝一壶了。昨天夜里，她主动出击，和周治平发生了关系，现在，她更应该为了这个男人去扫清障碍了。如果自己帮周治平把那几个对手整垮了，他一定会高兴的。为了这个男人，为了自己爱的这个男人，她愿意去做一切！

张明宽在床上已经睡了一天，倒不是儿子张颖结婚累的，而是被儿子结婚的场面气的。他压根不知道，前前后后共招待了四百八十桌客人，按最保守的数字应该有三千五百人参加婚礼。多年官场积累的政治经验告诉他，如果这件事处理不好，他的政治生命必将终结。虽然他不主张大操大办，为这还与儿子、女儿、老婆、亲家差一点闹翻，但他毕竟参加了婚礼，这是事实，不容辩驳。沙颖官场很复杂，这些年来，他谨小慎微，保持着中立，没有也不敢参与帮派团伙，弄得各个派系都不同他多交往，按沙颖的说法是“都不带他玩”，他为此落了个清闲自在。再说，这件事肯定也会牵扯到管冠南的，因为管冠南经常开玩笑让儿子喊他干爹，虽然没有举行什么仪式，但肯定有人在这方面做文章。管冠南是个一心工作、奋勇向前的人，他不会设防，也没有打算设防。如果管冠南因此遭遇政治阻击，那他不就成了千古罪人？手里拿着这点彩礼，简直就是握着烫手的煤球啊！他越想越怕，一骨碌从床上爬起来，叫过自己的老婆，把担心的事儿说了。她开始不以为然，不过，见张明宽一脸郑重其事的样子，再加上他说得那么严重，也开始担心起来：“那你说咱咋办呢，钱都收了，酒桌也摆了，这事儿都已经这样了……”“退钱！你和张颖逐人去退，我们千万不要为了这点小钱，把自己的政治生命和冠南的都搭进去！”

市文化局创研室主任张颖驾着新婚妻子郑怡的红色宝马跑了两天，把分给他俩的须退彩礼的人家跑了一遍，好说歹说，退回的不到五分之一。就这五分之一的人，留下退回的钱，又补送上其他祝贺的物品，有的价值还超过当初送的钱数。那些不收退礼的人，都白纸黑字写着收到退礼的条子。

郑怡坐在副驾驶的位置上，听着电台的流行音乐，凝视着疲惫的丈夫：“你看，咱们这两天忙乎个啥，累个臭死，钱也没退掉，做了物理学上的无用功。”张颖说：“傻了吧，我们有大把条子，可以抵挡任何‘飞毛腿’导弹。搞政治要双保险，政治是婊子，翻云覆雨，处处是险滩陷阱，你个黄毛丫头不懂的。”郑怡举起拳头：“再说，小心我晚上收拾你。”张颖一脸坏笑：“这几天累了，晚上就别收拾我了。咱们到御花园喝茶吧，顺便问问大哥把饭店善后的事安排得怎么样了，别留下后遗症。”

周治平到中央党校后，渐渐步入正常的学习生活。他恢复了多年的长跑习惯，每天跑上五千米，然后洗漱、吃早餐、上课、讨论。他觉得这种闲适的生活很适合他，但昨天夜里曲颖的一个电话打乱了他暂时的平静。曲颖说，昨天管冠南到蔡城去，可能路况差一些，他气得恼羞成怒，把沙河驿的党委书记停了职，还在县委门前把蔡城的四大班子骂了一通，县委的周艾云书记正准备和四大家集体辞职呢。周治平一惊："有这么严重？"曲颖说："你可以打电话问人大杨主任，他比较了解。现在周艾云书记在我这里，让他给你汇报吧。"周艾云接过电话就开始诉苦："周书记，你这一走，俺们在县里没法干下去了，干也不行，不干也不行，左右为难，天天担惊受怕搞工作，俺都不想干了……"周治平不明个中原委，便好言安抚一通，让他趁星期天到北京来亲自汇报。周艾云连声答应下来。曲颖送走周艾云，马上又给周治平拨过电话去了："书记大人，乐不思蜀了吧，别忘了沙颖还有个等你想你的人呢……"周治平嘿嘿一笑："你是不是往我的包里塞钱了？"曲颖说："亏你还记得。这钱是给你应酬用的，在北京简单吃顿饭就要万儿八千的，这十万块钱，不多。"周治平语气轻轻、有些温柔地说："在学校吃饭挺便宜的，再说，没事我请什么客啊。"曲颖提醒他："你可别傻啊，赶紧趁这个机会为将来铺铺路，该花钱的地方就要舍得花。你放心，有我呢！"周治平心中一阵感动。

管冠南刚坐定翻看办公桌上的文件，电话就响了。"是管冠南同志吗？"管冠南一听，是省委书记，立马精神起来："是。"书记问："你那边的工作现在开展得怎么样啊？"管冠南把近期的工作情况简单汇报完，又谈了谈对下步工作的想法。书记肯定了他这段时间的工作，又把省里的部分工作意图向管冠南通报后，说道："你是不是有个干儿子最近结婚？"管冠南一愣，心想这又是哪里出娄子了，怎么这事儿都能传到上面去？脑子一边飞速转着，一边老老实实地回复说："哪来的什么干儿子，是张明宽的儿子张颖前几天刚结婚，我也参加了婚礼。好像只在沙颖宾馆安排了一桌，也没太多人参加……"书记打断他说："你是真不知道还是跟我插科打诨呢？告诉你吧，郑顺昌和张明宽的孩子结婚，共摆了四百多桌，造成沙颖市区整整两个小时交通堵塞，都被举报到中纪委了。明天省纪委就派人下去查，郑顺昌先‘双规’。张明宽是个老实人，等查清后再作结论。你不要有啥顾虑，至少我还是相信你的，继续放开胆子干工作吧。”管冠南忙说：“郑顺昌是上市公司董事长，‘双规’恐怕影响企业。”书记说：“别再护短了，这事没有商量余地。”说完，就挂了电话。管冠南立即拨通张明宽的电话，让他赶快来办公室谈事情。半小时后，张明宽风尘仆仆地赶了过来：“你这个大市长半夜着急找我干什么啊？是不是睡不着了想喝两盅？”管冠南说：“老兄，别开玩笑了，出事了！”张明宽一看管冠南如此严肃，紧张起来：“怎么了？”管冠南把省委书记的话转告了张明宽，然后说：“老兄，你是知道组织原则的，我相信你会正确对待。”张明宽愣着神说：“这事我事先就不同意！可他们……唉，我当初也没想到会有这么多人啊。事后我觉得不妥，就让张颖把属于我这边收的礼都退了，收条张颖都交给我了。”管冠南说：“这事不仅仅是针对你和郑顺昌的，这是摆明了有人给我们下套子！不过，苍蝇不叮无缝的蛋，如果我们不摆宴席，那就是狗咬刺猬——无处下口。现在倒好，把柄握在人家手里了。”张明宽说：“这只是表象，沙颍这地方‘人穷讼状飞，池浅王八多’。我觉得咱们背后有双黑手，不仅要盯防，更要揪出这个人来！咱们不光要前门打虎，更要后门拒狼！”管冠南点点头：“等省纪委查过以后，我到省里找书记说明情况。不过，郑顺昌有可能保不住了。”张明宽叹口气说：“必要时，丢卒保车也是一步棋啊。”

夜里淅淅沥沥地下了半夜小雨，管冠南六点起来时，天气已经放晴。在雨后初春的晨光里，管冠南上了车，要去蔡城召开现场办公会。昨夜没有休息好，这时，他有些困，是那种眼睛发涩但还清醒的困。他半开后车窗，闭上眼睛，让空气里那久违而熟悉的味道，吹拂自己的困意。他想着省委书记的电话，如果是一般问题，省委书记不会在夜间打电话过来，尤其是那句“至少我还是相信你的”，分量很重。如果不是告状引起上边的高度重视和分歧，省委书记不会说这样的话。他知道，对自己的任命，省委书记承担着巨大的压力，这一次一定会给省委书记添麻烦的，别的事千万不能再捅娄子了。想到这里，管冠南给沙碧君打了个电话，询问他有关股票的情况。沙碧君汇报说，开头进得比较顺利，在三元左右吃了大约一亿股。这几天不知为啥，一个劲儿有大单买入，现在都蹿到四元了，估计另外有机构资金进入。管冠南皱着眉头想了一会儿说：“有一个消息，你想办法散播出去，就说郑顺昌因为大操大办女儿的婚礼被省纪委‘双规’了，突出‘双规’就行，原因模糊一些。这样的话，估计股票就会跌至三元以下，再吃进一个亿的时候，均价不会超过三块五，两亿股均价不超过七个亿。然后发几个利好消息，再拿六个亿拉抬，股票均价会在五元多一些，这样两个月内可轻松拿五六个亿。另外，保密工作一定要做好，不能出现任何问题，知道吗？！”挂了电话，管冠南心情多少有些好转，这六个亿真是能帮不少忙啊，得启动沙颖多少个企业，修多少条道路啊……

二十四．停职反省

车到蔡城后，一群人在县委招待所吃了简单的早餐。陪同吃饭的是县长程果，始终没见县委书记周艾云。管冠南问：周艾云到哪儿去了？下面人回应说病了，正在市医院住院。管冠南鼻子里哼哼了两声，就召集大家说：“在巡视蔡城市容市貌前，我先给大家通报一件事，昨天夜里，我接到省委书记的电话了，郑顺昌同志被‘双规’了！这件事大家清楚就行了，先不要往外传。我们这个现场会是先看后开，我们也要拿出省委的决心，一个干部，不管他有过多少贡献，只吃老本，不作新贡献，我们都要把他坚决拿下。”说完，他悄声安排让杨炳华给市医院的院长打电话，询问周艾云犯了什么病，在哪个病房住。

蔡城县的综合整治工作这几天没有一点进展，这次看的情况与管冠南上次看的差不多。管冠南看后，气不打一处来。他叫来市检察长，询问举报周艾云受贿的事查得怎么样了。检察长告诉管冠南，经查有受贿嫌疑。杨炳华这时又凑过来耳语说，医院院长查了，周艾云根本没有在市医院住院。管冠南把程果叫来，严厉地问道：“周艾云到底在哪里，犯了什么病？你给我说清楚！”在管冠南的逼问下，程果瞒不下去了，只好说：“他到北京去看周治平书记了。”管冠南问了周艾云的手机号，拨通后说：“我是管冠南，你在哪儿？”周艾云一副病怏怏的口气：“我感冒了，不舒服，正在市医院输液。”“哪个市医院？”“咱沙颍市医院。”管冠南忍着一腔怒火说：“我正好来市医院看病号，你在哪间病房，我顺便去看看你。”周艾云一下慌了神：“别、别，管市长，我这小病哪能劳你大驾？”管冠南终于吼了起来：“别骗了，我看你的精神病大着呢！”说完就挂了电话，安排杨炳华：“通知市委常委，现在开个会，其他同志先休息一下。”说完，把自己的想法告诉了市委副书记赵玉龙、郑守京和吴晓莉。

在这个临时常委会上，管冠南让市检察长通报了有关周艾云的受贿情况，又让程果汇报了这一段时间蔡城的工作情况，然后请大家发言。赵副书记说：“周艾云的受贿情况我事先不知道，如果是真实的话，那就不是小问题了，不光要开除党籍，而且要开除公职。在没有定案之前，我建议让周艾云停职反省。”郑副书记说：“市委、市政府部署的工作，各县市区必须认真落实。不干工作，说假话，欺骗组织，欺骗领导。周艾云离开工作岗位，连我这个分包联系蔡城工作的市委负责人都不知道，可见这个人的道德品质、政治品质差到何等地步。我建议，停职是轻的，必须‘双规’！”汪金生说：“看一个人不能光看一时一事，再说有些问题现在还没有弄清，不宜定性太早，有关人事问题，最好是先征求一下周治平书记的意见。”常委们一一发言，大多数人同意周艾云停职反省，立案审查。管冠南看大家意见比较集中，就总结说：“同志们，今天在这里我们开这个会，研究周艾云同志的问题，是不得已而为之。本来我是想让他戴错立功，然后与治平书记商量后再定，现在看来，时间来不及了。今天的会议结果由我向治平书记通报。我提议：一、周艾云同志停职反省，立案审查；二、蔡城县委、县政府向市委、市政府写出深刻的检查，拿出整改意见；三、由程果同志主持蔡城全面工作；四、市委成立工作组，由市委副书记郑守京任组长，团市委书记任副组长，指导、帮助、督促蔡城县委、县政府的工作。大家表决吧。”八个常委，六票同意两票弃权，多数通过。

会议快结束的时候，管冠南请大家留步，沉思了一会儿，望了望在场的人，严肃地说：“同志们，今天市委常委对蔡城县委、对周艾云同志拿出这个意见，我作为主持沙颍全面工作的市委副书记、市长，是很痛心的，我不愿看到现在这个结果，但又不能不采取组织措施。我觉得周艾云同志的错误是严重的，至于其错误程度，将来由纪检、监察部门和司法部门作结论。我觉得这个人的政治品质、道德品质是恶劣的。我不反对同志们办公事到北京顺便看看周治平同志，但我不允许背着我说谎话去看周治平同志。任何县里的主要负责人离开沙颖超过一天，都必须同我打招呼。我不允许这种无组织无纪律的现象继续存在。我说周艾云的人品有问题，是他居然对我撒谎，这是什么作风？卑鄙下作！据我了解，今天还有几个市直的局委一把手没有到会。市纪检会要查一查，这些人是到哪儿去了，是到北京、上海，还是省城？为什么去的？去干什么？统统要给我说清楚！我们沙颖的经济战场上，绝不能有逃兵！这次我们安排的城镇综合整治活动，是对我们干部作风的一次大检阅。在这项工作中，龙湖区做得就很好，他们一边加大城镇建设力度，整体提升城镇品位；一边抓环境整治，着力优化环境。大家可以去看一看，比一比，有些县市要好好地学一学。同时，我希望大家要正确对待市委、市政府这一班人，我们不仅会处理干部，也会提拔重用干部。而且下一步落实下半年工作时，我们会制定奖励措施。只要你这个县市区完成了市委、市政府定的任务，我们就会重奖，奖金的数量会出乎大家意料。大家都是明白人，响鼓不用重锤，我就讲这么多。”

散会后，管冠南又把郑守京和杨庭凯留下，共同参加了蔡城县委、政府两套班子成员的表态，然后又重讲了几点意见。快十二点时才结束了会议，他给周治平打通了电话，向周治平通报了对周艾云的看法和市常委会的处理意见。本来周治平对这个先斩后奏是很有意见的，但听说周艾云有受贿的事实后，说了句“既然常委同志多数同意，那就这么定吧”。然后，周治平又将话题转到将要筹办的文化节上：“我反复考虑，这个节要办。羲皇文化节，外地好像已经有了，咱们这个就定为中华姓氏文化节吧。咱们省别的市都有自己的文化节，比如茶叶节、苹果节、武术节等，我们已经迟了。这是展示沙颖形象的最好机遇，在文化节期间，我们要举行公祭大典、全国楹联大展、姓氏文化论坛、经贸洽谈会等。咱们以此为契机，创造文明城市、卫生城市，努力扩大开放，开展经济交流，多吸引外资，整个把沙颖经济搞活，利在当代、功在千秋啊。而且，这段时间我已经向全国文联、工商联、侨联和国家旅游局的有关领导谈了我的观点和想法，他们都很支持，而且大家一致同意把中华姓氏文化节的主题定为‘万姓同根，万宗同源，寻根同源，合作发展，让世界了解沙颖，让沙颖走向世界’。对这件事，你和在家的同志们一定当做头等大事，亲自挂帅，抓紧抓好，力争在今年重阳节时隆重召开。我听说龙湖提出了以实际行动迎接文化节的召开，这很好嘛。你要好好总结。”

周治平终于放下了电话，管冠南长长地出了一口气。这位书记大人真的是迷上文化节了，自己也确实该重视一下了，不过，用周治平提议的这个形式，装点自己的内容也是不错的。他想了想，又拨通了周治平的电话说：“周书记，为了统一市委、市政府的思想，我建议你把所有的想法和创意以公开信的形式写出来，效果肯定会很好的。”周治平爽快地答应了。

二十五．被隔离了

第二天早饭后，管冠南刚到办公室坐下不久，就不断有人跑过来。昨天夜里，他办公室的灯一亮，就开始接待这些主动汇报工作的。他算了算，共十二拨。这些人走后，他才发现办公桌上已经堆满了鼓鼓囊囊的装着汇报材料的大信封。今天早晨他打开后，发现里面除了汇报材料外，还装有大量购物券、现金等。他数了数现金，竟然有七十五万之多。这是他从政多年来都没有过的，这都变成什么世道了！他觉得应该把这些人叫来训一顿，把钱退回去，但又觉得这样做打击面太大，而且，很可能会影响今后各方面的工作。思来想去，他觉得这些人的钱反正来路也不正，干脆把这些受之有愧、用之为难的钱拿到教育部门去。想到这儿，他就吩咐杨炳华去找沙颖职专的负责人过来。

杨炳华刚出门，就在办公室门外碰到了龚颖华。杨炳华一努嘴："就老板一个人，快去吧。"龚颖华走进去说："管市长，我这里有一封信。"管冠南正为借汇报工作而送礼的人生气，见龚颖华又拿着鼓鼓囊囊的一个信封进来，没好气地问："你是谁，干啥的？"龚颖华说："我叫龚颖华，在市社联工作，文珞董事长有封信让我带给您。"管冠南接过信一看，见文珞在一张纸上写着："冠南，龚颖华同志所写的《沙颖乡镇体制改革浅议》我已粗览，感觉写得不错，这个人很有些思想，现荐上请面谈，可能对你的乡镇改革思路有所启发。"看完信后，管冠南的眉头舒展了，忙招呼道："请坐，你先喝点水，我先看看你的稿子。"管冠南边看边点头，果然是人才啊。他看完后忙问："颖华同志，你原来是干什么的，怎么对这个事情感兴趣？"龚颖华说："我从省农大毕业后，就一直在乡里工作，做过两个乡的党委书记。后来，我在乡里试图改革，但一改到谁的切身利益，谁就搬出后台，县委书记、县长、常委、副县长、有关局委的头头都找上来了，连本来支持我搞改革的领导都打了退堂鼓。后来我写信反映情况，汇报自己的工作思路，恳求上级帮助，结果一再触礁，得罪领导，最后把我发配到社科联这个没多少事干的地方。管市长，我是个农民的儿子，我看到农民的苦、农村的难，心里天天在滴血！我今年三十六岁，天天像头掉到井里的水牛，有力无处使啊。"管冠南问："你老家是哪个县？"龚颖华说："蔡城。"管冠南说："这样吧，我向市委郑副书记打个招呼，你参加市委驻蔡城的工作组。蔡城的沙河驿缺个党委书记，你去拼杀一阵吧。我希望你能够靠自己的智慧和经验，搞好我们沙颖乡镇体制改革的试点。"

送走龚颖华后，沙颖职专的负责人李瑛进来了。管冠南让杨炳华关上门，悄悄跟两人交代说："我想给职专捐点钱，我知道你们最近经费紧张。我这里有七十五万现金，你打个收条就拿走，赶紧去建新校舍，别影响秋季招生。至于钱的来路，你们就不用问了。炳华啊，你也证明一下。你们要记着，这件事除了我们三人，对谁也不要讲。"

之后的几天里，管冠南同各部门成员座谈，探讨对下一步工作的看法。由于管冠南采取的方式灵活，或下乡、或转大街、或陪客、或喝茶，大家的气氛非常融洽，很有些知无不言、言无不尽的味道。在统一思想的前提下，他决定下午召开个四大家班子会，进一步统一认识，把五月份作为项目建设年的启动月，同意筹备中华姓氏文化节，这个事要不布置下去，将来会很被动。想到这里，他把文化节需办的大事列了几条，在笔记本上写着：中华姓氏文化节，一、经贸洽谈会；二、农产品展览会；三、海内外恳亲会；四、旅游推介会；五、伏羲文化研究会；六、楹联大赛会；七、族谱展览会；八、民俗文化专家论坛；九、公祭大典……

正冥思苦想着，沙碧君推门进来了。让座后，管冠南问："股票情况咋样了？"沙碧君说："前几天把郑顺昌'双规'的消息公开后，鹿荣股份一下子跌到了两块三毛七。昨天我试探性地吃进了两千万，现在的价位是两块五毛四。我准备再吃进十来天。省纪委查得怎么样了？十天后能不能结案？”管冠南说：“他们再有一个星期就行了。只是郑顺昌可能干不成了，你觉得沙颖的处级干部中谁接任最好？”沙碧君想了片刻说：“要说合适，郑治业比较合适，一是正处级；二是郑顺昌的侄子，内部利于稳定；三是市直的一些老同志也能接受。但不知杨庭凯是啥意见，他愿不愿意让他这个宝贝女婿弃政从商。”管冠南点点头说：“这是一个思路，我想想吧。”

下午的四大家班子会定在三点钟，自管冠南执政以来，大家开会都比较积极准时了，不到两点半，人就都到齐了。

会议开始后，管冠南首先发言说：“今天我们这个会议有两个议题，第一个是关于筹备中华姓氏文化节；第二个是把五月份作为项目建设年的启动月。关于第一个议题，周治平书记已经给市委、市政府写信了，我也批转大家传阅了。大家议一议吧。”最后，经过讨论，决定成立一个“首届中华姓氏文化节筹委会”，由周治平任主任，管冠南、赵玉龙、郑守京、杨庭凯、张明宽担任副主任。

周艾云是同曲颖一起到北京看周治平的。去党校前，周艾云先去了在北京做副部级官员的表叔那里，红着眼圈说起了自己的挨整经过，说自己如何清白，如何干实事，装得十分无辜。这个表叔当初上大学时几乎都是靠的周家的接济，所以关系自然不一般，表叔答应他陪周治平一块儿吃饭。第二天晚上，周艾云表叔出面，在香格里拉宴请周治平。本来周治平不想去，但架不住对方副部级的牌子啊。晚上，酒饭吃得都很矜持。副部长说：“艾云这个人书生味浓，真正适合他的是教育，你们沙颖不是有个师专吗？”周治平说：“师专的事归省里管，如果想到市职业技术学院，市里的意见算数些。”一听这话，周艾云明白了，自己可能会时来运转，到职业技术学院是副厅级，他忙站起来给表叔和周治平敬酒。谈笑间，大家说了些沙颖的旧事，表叔说他还有事，先走了一步。

周治平送走那位副部长后，也说自己有事，但周艾云苦苦相劝，只好又坐了下来。其实，曲颖看得出来，周治平是假意的，就悄悄地给周艾云使了个眼色。周艾云心领神会，拉着周治平一脸诚恳地说：“周书记，按年龄咱们差不离，按地位，你是我长辈。我这一生多亏遇到您这个知音，你就是我的再生父母哇。你这一学习，管冠南可把我整惨啦。”曲颖忙劝说：“艾云书记，你别太伤感，周书记不是答应你了吗？”周艾云想想也是，更殷勤地向周治平敬起酒来。

一直喝到后半夜，周艾云才走。周治平搂着曲颖来到她在北京的住处，两人躺在床上，周治平仔细看着曲颖，这女人真是越看越耐看。他摸着她柔滑的身体问道：“这次来，向管冠南请假没有？”曲颖说：“我一个副秘书长，给秘书长请假就行了，轮不上向他请假。”说着，起身从床头柜上的鳄鱼小包内拿出一张纸和一张卡，说：“有十几个人想来北京看你呢，又怕管冠南怀疑，就托我来当代表，我把钱存在离党校不远的交行，这是卡和那十几个人的名单。”周治平问：“多少？”曲颖漫不经心地说：“二三十万吧。先拿着花，不够我再想办法。”周治平想起曲颖之前送的十万元还没动，就说：“先放你那儿吧，我还有。不过，你不该要他们的钱。”曲颖说：“这些钱算什么，管冠南最近拉了两个大项目，听说给对方让利都在九位数以上，光回扣一辈子都吃不完。”周治平“哦”了一声说：“说说看。”“他拉的两个项目都是搞房地产的，一个叫文珞，文珈的哥；一个叫范有国，范有志的哥。”“范有志的哥？”“那个范有志，白跟了你几年，你也没安排人家。现在管冠南一来，人家就当上了市政协副主席，趾高气扬起来了，哼！一副小人得志的样子。”周治平没有再说话，闭着眼在思索什么。曲颖觉得可能是自己哪句话说错了，便忙改口说：“治平，咱不管他，良辰美景，咱们别错过。”说着紧紧地搂住了周治平。正值如狼似虎年龄的曲颖好久没见过男人，而周治平又很久没有与患病的妻子同床了，两人干柴烈火，再加上酒精作用，这一夜，他们的激情一直燃烧到天近拂晓才睡去。

他们做梦也没有想到，这一睡竟睡出事来。早晨七点钟，周治平起身穿衣，对着正酣睡的曲颖亲了亲，说：“宝贝，你再睡会儿，我要去上课了。”曲颖双手捧着他的脸，磨蹭一会儿说：“去吧，路上小心。”谁知周治平一出电梯门，便被两个警察拦住：“对不起，这座楼的人一个也不准出去。”周治平只得转身又乘电梯上到十八楼。曲颖惊愕中给周治平开了门。周治平惊魂未定，忙拉着曲颖从窗口往下看，只见整幢楼都被包围了，外边还停着警车，警车边拉起了警戒线隔离带。各个出口都有民警把守。他俩正在发愣时，一名警察拿着电子喇叭喊道：

"各位居民请注意，昨天夜里十二楼发现了一个甲型 H1N1 流感病人。奉市政府的指示，本楼全部隔离，两个星期内不准进出。请大家理解、配合。"周治平和曲颖这下蒙了：这可咋办？

过了一会儿，周治平回过神儿来，便给党校的班主任打电话，说是家里妻子患病了，需请一天假，班主任答应了。而曲颖这会儿还没缓过劲，她坐在沙发上，依偎着周治平。周治平觉得她在发抖，便说："颖，别怕，别怕，有我呢。"曲颖听着，心里感动发热，渐渐地，过度紧张的精神松弛下来。他揽住她，双手揉搓着她白皙的手，她顺势很软绵地靠着，额头慢慢地蹭着他的脸。周治平说："反正走不成了，咱们再睡一会儿吧，我很困。"曲颖说："我也是，上床吧。"他们牵着手，上了床。他用自己的大手捏着她的手，将自己的五指插到她的指缝里，小心地抚慰。两个人慢慢地沉沉地睡去。

一阵敲门声把他们从梦中惊醒，曲颖马上穿衣起床，小声安抚着周治平："不要紧张，我去应付他们。"她出去时顺手带上了卧室的门。周治平哪里还敢安睡，忙穿衣躲到门后窃听。客厅里，曲颖正同两个穿白大褂、戴口罩的人说话。他们自我介绍说，他们是负责管理这幢楼的，来给各户发消毒液和体温计，同时还有口罩、喷壶、一次性封闭式垃圾袋等。他们告诉她，隔离期间，居民不准外出，亲友也不准探望，所需的日常用品和食品每天登记，由他们统一购买。每天上午和下午要单独统计一次体温，如果超过 38℃，立即打电话上报，并把便民服务卡递给她。他们刚走两步，又回头交代消毒液的稀释密度，每天要通风，要用肥皂洗手之类，认真交代后才离开。

曲颖关上门，周治平走出卧室，笑道："这一隔离，我们就在这儿度蜜月了。"曲颖说："这是上帝的精心安排。"曲颖还有些庆幸，觉得这突如其来的甲型 H1N1 流感给她带来了兴奋和好玩的感受。她看了看表，已经快下午一点了。她打开冰箱，昨天她已经把里边塞得满满的，看来吃一个星期没问题。她麻利地进厨房，准备做几个拿手菜给周治平吃。

第六章 换届

二十六．累倒在工作一线

上午九点，管冠南和沙颖在家的四大家班子成员依次登上临时主席台，主持会议的赵副书记宣布了大会议程：一、由市委副书记郑守京宣读中共沙颖市委、市政府《关于战胜甲型 H1N1 流感，强力启动项目建设月的决定》；二、由市政府副市长文珈宣读《沙颖市招商引资的奖惩意见》；三、由深圳华运房地产集团董事长范有国发言；四、由龙湖区委书记张晓东代表县市发言；五、为“沙颖苑”一期工程奠基；六、请市委副书记、市长管冠南讲话。

会议依次进行，整整半天工夫，会议才结束，各县市区的负责人都回去了。管冠南带领四大家班子成员和有关局委，在范有国的带领下参观了设在临时建筑房的“沙颖明城”模型。范有国介绍说：“当初在设计临街的商住楼的时候，我在深圳找了六家设计公司，设计方案争论很大。那些热衷于品牌设计的设计师，有的从生态角度，有的从环境角度，拿出了美国设计方案、贝尔高林环境设计理念、欧洲汤森模式、超五星模式等。最后，我选定了平原古建建筑研究院的方案，弄成了仿明建筑。现在中国的商业街，宋代有、清代有，只有仿明代的不多，咱们这个十里长街一建，在全国规模最大。明代的建筑特点是简约、明快。”管冠南问：“深圳商业街的一楼门面五年前多少钱一平方米？”范有志想了想说：“一万四千元。”管冠南又问：“一万元以下是哪一年的价？”范有志说：“十年前。”管冠南说：“这就好。我想，只要商品房价不超过一万元一平方，也就是说，十年前的深圳房产价格，销路是不成问题的。这总共能建十万平方米吧？”“光底楼就十二万平方。”管冠南说：“范董，祝贺你！我引资，你发财。”范有国说：“赚的钱我一分也不会带出沙颖的。”管冠南安排跟在后边的市广播局长：“你们要把这个模型录下来，在电视上播放，发动群众预定，争取把‘沙颖苑’炒起来。”说完，他又对范有国说：“他们可不能白干呀，市电视台的电视转播发射塔功率太低，范董要出血呀。”范有国说：“好说，三百万够吧，不够就再加两百万。”广播电视局长忙说：“五百万够了。”郑守京用手指捣了捣身边的范有志说：“还是管市长厉害，一句话就敲了你老弟五百万的竹杠。”范有志说：“应该的，赚的钱又带不到棺材里。”范有国中午要留管冠南一行吃饭，管冠南说：“给你省点吧，留着将来捐希望工程。”

管冠南走后，文玟埋怨范有国不该那么大方，一张口就是五百万。范有国说，只要电视台连续播放今天的现场实况，再花五百万也值。我估计，咱们这楼不等盖成就被人抢售光了。那时，我们的利润至少可以达到五个亿。文玟看他坚定的神情，知道这位地产大鳄的判断不会错。她盘算，自己的百分之十就是五千万呀，她奋斗了三十多年也没弄到五千万元！这时，她的手机响了。杨炳华告诉她，管市长好像很生气，叫她马上到他办公室。她对范有国说：“冠南哥叫我去一趟他的办公室。”范有国说：“快去吧。”

一路上，文玟开着车，心里直犯嘀咕，这两个月来，管冠南是知道她在沙颖的，但中间没有太多的接触，生气之说为何？虽然在龙湖老家也曾见到过两次，却从来没有谈过什么事，思来想去，她想不出所以然来。快到市政府门前时，她接到文珞的电话，约她中午一块吃饭，说他下午要赶回北京，有些事情要当面谈。她答应了文珞，并说，今天真奇怪，姐夫市长一召见，老总大哥也召见，真是撞到鬼了。

一到管冠南办公室，便碰到管冠南黑着脸：“关上门，坐下吧。”她感到莫名其妙，不情愿地坐下了。管冠南问：“你和杨炳华是怎么回事？”文玟猜想管冠南可能听到什么了，便低下头说：“没有什么事啊。”管冠南火了：“没有什么事？！你还敢说没有什么事？！这是杨炳华的妻子吴萍写给我的信，你给我说清楚到底是咋回事？”文玟望着摊在桌上的厚厚的几页信纸，理直气壮地说：“冠南哥，我一直把你当做我的亲哥哥一样看待。今天，我就跟你说说知心话。我在大学里是同杨炳华谈过恋爱，后来因为种种原因没有结合在一起，但是，我们就不能做朋友了吗？就不能有任何往来了吗？她吴萍有什么权利干涉别人的正常交往，有什么证据告我的状？你要给我主持公道！”管冠南看着文玟噙着泪水的双眼，心里软了下来：“我是说要你注意影响，现在你的身份与过去不一样了，盯着我们的人太多，稍不注意就会谣言四起。你找杨炳华说一下，无论如何让他做好他妻子的工作，千万不要造成不良影响。我找杨炳华谈话不妥，要不就不找你了。”文玟听着管冠南的话，看着管冠南的表情，知道他也承受了不少压力，知道他对自己的父亲、姐姐和她自己是非常尊敬和疼爱的，就说：“我听你的。检查站的事，我去主动检讨。”管冠南说：“有人给我的信阳毛尖，还剩下一斤，这两天得闲，你掂回家送给父亲吧，他老人家爱喝茶。”文玟用餐巾纸擦干眼泪，默然离开了管冠南的办公室。管冠南望着文玟离去的背影，长长地叹了口气。

文珞在一个名叫“信阳甲鱼村”的饭店里，好不容易才等到了闷闷不乐的文玟。文珞开玩笑地说：“谁这么大的胆子，敢惹我文家的小公主生气？”文玟说：“没事，大哥，让您久等了。”文珞点了两个凉菜、两个信阳炖菜、两只卤水小甲鱼、两瓶啤酒后说：“小妹，别生气了，笑一笑，十年少，再生气当心没人娶你了。”文玟苦笑了一下：“不要正好，难得自在。”文珞说：“你不告诉我，我也能猜出来，是冠南批评你了吧？那天你在锦凤山庄，我和冠南都看见了。小妹，你以后真得注意点影响。”文玟这才觉得，管冠南还是给自己留了面子的，没有向她提及自己和郑治业在锦凤山庄的事。文珞见菜已端上，给文玟和自己倒了杯啤酒，对文玟说：“过去的事，别计较了，以后小心些。我今天请你来，是想问你现在手头有多少钱？”文玟说：“钱有一点，与你相比，九牛一毛。怎么，你钱上有难处？”文珞低声说：“我不需要。你要有剩余的钱，抓紧买鹿荣股份的股票，我让你抛你再抛。记着，千万不要告诉任何人。”文玟点头答应，两人碰了一下杯子，抿了一口。文玟问：“大哥，现在移民手续好办不？”

这一个星期，管冠南和文珈大多数时间吃住在沙颍宾馆。自从甲型 H1N1 流感在沙颍紧张起来后，沙颍宾馆几乎没有人住，管冠南干脆把沙颍防甲型 H1N1 流感指挥的大本营安在这里，从有关部门抽调的人员在这里轮流值班也很方便。

下午三点，文珈和市卫生局局长谢岐山来到管冠南的临时办公室，向管冠南汇报了三件事，一是近期民工返乡多，从疫区回来的人隔离有困难；二是检查站人员有懈怠情绪，天气炎热，生活没有保障；三是全县市区涌现出不少防甲型 H1N1 流感的先进典型，还有两个已经因公殉职。管冠南说，咱们沙颖在外打工的大约有两百万人，其中在广东、北京等重点疫区的将近八十万，现在已返回二十万人。可以利用各村的小学校舍，先让学生放假，在家里复习，这样一可以解决隔离室不足的问题，二可以减少学生感染疾病的概率。同时，要阻止在外务工人员返乡。具体办法，初步想动员全市社会各界，给在外务工人员写一封信、打一个电话报平安，阻止他们返乡，同时排查夏收、夏种的困难户，然后准备帮扶，解除外出务工人员的后顾之忧。第二个问题很好解决，财政拿一点，然后动员全市的干部职工捐一些，原则上地厅级干部三百元、县处级干部二百五十元、乡科级干部二百元，其他干部职工自愿。一定要注意认真动员，不准分指标，尤其对那些生活有困难的职工，不仅不让他们捐，而且要拿出来一部分捐款给他们，市里晚八点开电视电话会，先给各县带头。第三件事很重要，实践证明，我们的党员、我们的干部在关键时刻是能发挥模范带头作用的。我们要以市委、市政府的名义大力表彰他们，号召全市人民万众一心，众志成城，团结互助，同舟共济，共同战胜甲型 H1N1 流感；号召广大共产党员牢记党的宗旨，冲锋在前，忘我工作，时刻把人民群众的安危放在前面。这个材料抓紧整理，表彰抓紧进行，用典型引路，推动我们的工作。

文珈一开始听了卫生局长的汇报，感到手足无措，听管冠南这一安排，她茅塞顿开。她又想了一下，说："我们需要到殉职的干部家里慰问一下吧？"管冠南说："应该，通知在家的四大班子领导都去。卫生局准备四千块钱，每户两千元。另外，文玟那天与检查站发生冲突的事发个通报，文玟已经同意去检查站道歉了。对了，两个殉职的干部是哪里的？"文珈说："一个是蔡城县沙河驿的村支书，一个是市防疫站的副站长。"管冠南说："先远后进，马上出发。"

车到沙河驿，管冠南发现，路被填平了，是用砖渣填的。前边不远，有个卫生防疫检查站。管冠南一行下车后，只见戴着白口罩的龚颖华迎了上来。管冠南问："上任了吗？"龚颖华说："来了一个星期了。"管冠南说："好，路平了，有进步。你那个殉职的支部书记是哪村的？”龚颖华说：“红花村的，叫赵建华。”管冠南说：“来，上我的车，咱们去看看。”在车上，龚颖华介绍说：“我来到以后，借着防甲型H1N1流感处理了几个乡村干部，统一了思想，现在大家的精神状态很好。”管冠南问：“这个赵建华平常表现咋样？”龚颖华说：“表现很好，是个农村致富带头人，自己办了个养鸡场，还有一个三十亩地的苗圃场。他这个村是艾滋区重点村，他收养了四个艾滋病孤儿。他本人连续五年没领村里一分钱工资。”“他是咋死的？”龚颖华说：“甲型H1N1流感以来，各村设置检查站。他不让老百姓值班，天天和几个村干部守候在路口，每天都给在外边务工人员打电话劝告不要返回。本来他的血压就高，昨天上午突然倒地，没有救过来。我到这个乡没几天，他给我提了不少好建议呢。”

车离村口五百米的地方，管冠南一行下了车。在龚颖华的引导下，一行人肃穆地走着，谁也没有多言语。赵建华的家在村子最东头，老远就看见一群吹响器的班子吹奏着平原东部人们熟悉的哀乐。在一排排柏枝扎的花圈丛中，赵建华静静地躺在那里。望着赵建华黝黑的面庞，管冠南流泪了，周围的亲友哭声更高。管冠南一行人默默地对着赵建华的遗体三鞠躬后，紧紧握着赵建华妻子的手说：“要节哀，注意身体。”然后把市卫生局局长准备的两千元塞到她手里说：“有啥困难只管提，我们会想办法解决的。”赵妻摇着头说：“没有，没有，感谢领导关怀。”

离开赵家后，管冠南让龚颖华找来村干部和群众代表，同他们座谈赵建华的事迹。谈完后，管冠南安排道：“赵建华同志的遗体告别仪式由蔡城县委、县政府主持召开，在家的市里四大家领导全部参加，市委宣传部连夜整理赵建华的事迹材料，准备上报；市委组织部立即起草追认赵建华同志为‘模范共产党员’的决定，晚上在电视电话会上宣布。”

管冠南一行离开沙河驿，又到市防疫站慰问副站长王松年的家属以后，已是晚上七点四十分。他们没有来得及吃饭，就匆匆赶到市电信局电视电话会议室。大家商量，由赵玉龙主持会议，文珈传达表彰决定，管冠南安排工作。这时，管冠南的胃病犯了，胃疼得钻心，他按照自己原来的方法掐“合谷”穴，但是，掐了一会儿一点也不管用。张明宽看到他脸色发白、额头渗汗的样子，知道他老毛病又犯了，便悄声问道：“能不能坚持？要不你先休息，换个人讲话？”管冠南摇摇头说："我能坚持，开始吧。"他说着，端起茶杯，喝了一口热茶。

文珈传达了市委、市政府的表彰决定后，参加会议的四大家班子成员和各局委的负责人开始捐款。管冠南捂着胸口，步履踉跄地捐了款，又步履踉跄地回到自己的座位，他又喝了几口热水。等捐款结束后，他开始讲话："今天，我讲三点：一、向英雄模范学习。一个时期以来，甲型 H1N1 流感的阴影笼罩着沙颖大地，我们广大党员干部勇敢地站在这场斗争的最前线，忠实地履行自己的职责，涌现了许多可歌可泣的事迹，树立了新时期共产党人的光辉形象。赵建华、王松年同志就是这方面的代表，他们连续奋战在抗击流感的第一线，急人民之所急，想人民之所想，直至献出自己的生命。市委、市政府要求全市所有共产党员、全体干部都要以他们为榜样，在各自的工作岗位上，出色完成任务，以实际行动展现新时期共产党人的精神风貌。二、打持久战。各级领导干部一定要充分认识防治甲型 H1N1 流感工作的艰巨性、复杂性和反复性，再接再厉，毫不松懈，巩固成果，防止反复，把困难考虑得严重些，把问题考虑得复杂些，安排工作周密些。这一段，许多同志的精力、体力消耗得比较大，在这种情况下，要特别发扬不怕疲劳和连续作战的精神，咬紧牙关，坚持到底，有位伟人说过，胜利往往取决于再坚持一下的努力之中。三、明确责任。各级领导、各有关部门都要明白，为人民服务是我们党一贯倡导的宗旨，在人民群众生命受到严重威胁的情况下，我们每个领导人身上的责任重于泰山……"

管冠南讲着讲着，汗流不止，一头仆在桌子上，会场一片混乱……

管冠南醒来时，已是夜里十一点半。他睁开眼，长长地出了口气，说了声"今天睡得真痛快"，在病房里守候的市四大班子领导这才放下一颗悬起的心。文珈说："还痛快呢，我们都急死了。"管冠南这才发现自己躺在病床上，还输着液，便说："我这是老毛病了，不碍事，你们都回去休息吧。文珈同杨炳华留一会儿，等输完水就行了。"四大班子领导谁也不愿先回去，管冠南见状说："大家不回去，我也不输液了。"说着要去拔插在手背上的针管。文珈连忙拦着，对四大班子成员说："你们先回去吧，不要紧的，有事我再通知你们。"

大家都离开了，病房里只剩下文珈、杨炳华和司机小贾他们四人。杨炳华问："管市长，您想吃点啥，我帮你弄。"管冠南想了想说："到卖狗肉的小店买一个狗肚，弄些白胡椒研成末，把狗肚烤一些趁热拿来，再弄半斤生花生。这是我治胃病的偏方。”杨炳华说：“这时狗肉估计不好找，这一段街上的小吃店早就关门啦。如果弄不到，还要啥？”管冠南说：“猪肚也行，估计沙颖宾馆里就有。要是你去沙颖宾馆的话，麻烦那里的大师傅给我弄点油炸姜片。”杨炳华与小贾一起离去了。文珈说：“冠南哥，你把我们吓坏了。”管冠南看了看文珈说：“怎么，你哭过？眼圈都红了。”文珈不好意思地说：“那还不是急的。”管冠南说：“不要紧，主要是这段时间没有休息好，这几天，我平均每天睡不到三个小时，有时刚睡着，电话就响了。我包里有烟，给我递过来。”文珈说：“都病成这样了，还吸！医院有规定，病房不准抽烟。”管冠南见文珈不拿，口气软了下来：“好妹妹，行行好，给我拿来吧，哪怕抽半支也行。”文珈见他可怜兮兮的样子，像个做了错事求情的孩子，只好给他把烟拿了过来，又笨拙地给他点着了火。管冠南猛吸一口，半天才吐出来，赞叹着：“真香啊！”文珈仿佛一下子回到了三十多年前，她父亲在被审查时，她给父亲递烟，父亲贪婪地吸烟的情形一下子回到了脑海中。管冠南说：“你怎么不说话？”文珈说：“我想起‘文革’中父亲有一次抽烟的情形。”管冠南说：“看来我这个文家的女婿没白当，还有长辈与我一样是烟神。”文珈说：“父亲戒烟已经三十年啦，他‘文革’后一恢复工作就戒了烟。”管冠南说：“抽烟队伍里的叛将，这不好，我要将抽烟进行到底。”文珈说：“你不准备戒烟？”管冠南说：“我先断气，后断烟。其实，你不知道，抽烟人爱咳嗽，这咳嗽最锻炼人，全身运动。”文珈笑道：“奇谈怪论。”这时，管冠南的手机响了，他忙从枕边拿起来接听：“什么，沈州县？啥时候发现的？好，我马上就去。”管冠南放下电话说：“沈城发现一个感染病人，快去喊医生，把针拔了。”文珈说：“我去就行啦。”管冠南说：“别啰唆，快叫医生！”说完拿起电话，拨通了司机小贾：“快回来，有急事！”守在门外的院长、医生、护士忙跑了进来。管冠南对文珈说：“通知市卫生局谢局长，咱们一块儿去。”文珈忙给刚出去吃饭的谢局长打电话。她放下电话后心想，他要是像刚才抽烟的时候多好，这会儿像个凶神恶煞似的。

其实，她不知道，管冠南到沈城以后，比凶神恶煞还凶神恶煞，简直是大闹天宫的孙悟空。

二十七．沙颖市天塌了，有姓管的顶住

隔离的第一天，周治平和曲颖并没感到不适，反倒觉得相悦嫌日短。下午六点钟，他们差不多同时醒来，相互对视一笑。曲颖说：“我先起来吧，给你弄点吃的，你消耗太大。”周治平说：“别急，再睡一会儿吧。你准备做点啥？”“家里都有啥？”“鸡鸭鱼肉、海鲜都有。”“有虾吗？”“当然有。”周治平这一天多来，恢复了青年时的激情，这会儿，他又来了些想法，就用下身蹭着曲颖说：“我给你讲个和尚吃虾的故事吧：一个和尚，偷偷地买虾回来煮着吃，虾在锅里活蹦乱跳。和尚双手合十，低声说，阿弥陀佛，耐心点，一会儿煮红了就不痛了。”曲颖说：“你真坏，不和你玩了。你先歇着吧，我去给你做饭。”“做枸杞银杏鸡吧。”周治平说：“好，你就吃枸—杞—银—杏—鸡—吧。”曲颖在欢笑中起身。周治平刚想起床，觉得浑身关节有些酸沉，他心里叹道，看来不服老是不行了，一边想着一边翻了个身又躺了下去。

曲颖哼着流行歌曲，在厨房里忙碌着。她觉得现在真好，没有眼前这隔离，她无论如何都不可能与自己心仪的男人心安理得地在一起吃饭、睡觉、聊天，那和尚吃虾的故事讲得也耐人寻味。她知道周治平的血压有些高，她听一个老中医说银杏甘、苦、涩而性平，归肺经，有敛肺平喘、化痰止喘的功能，适用于肺虚咳喘、高血脂、高血压，而且，听说每次只要六克左右就可以。她认真地数了十八个，然后又抓了一把枸杞放到锅里。

周治平起来到卫生间一看，面盆上放着两对新牙具，他这才想起，中午太紧张，他们居然没有洗漱。同时他也暗叹曲颖的心细，连牙具都给他准备好了。想想尉悦这两年犯病丢三落四，对比之下，他从心底里觉得被细致的照顾真好。洗漱完毕，他来到客厅，打开电视，发现电视里正播放总理到医院去看望工作在一线的医护人员，便想起给管冠南打个电话，谁知手机没电了。他不想用曲颖家里的电话打，怕引出什么不必要的麻烦，只好又坐下来看电视。曲颖把做好的四菜一汤端了上来，整个客厅都飘着浓浓的鸡汤的香味，引得周治平连连称赞："这个汤鲜，实在鲜。"曲颖从酒柜里取出一瓶"人头马"说："今晚稍喝点，别像中午那样喝得啥事都做不成。"周治平指着一碟凉菜说："这是啥？"曲颖瞥了他一眼："三鞭：驴鞭、牛鞭、狗鞭，我特意从沙颖带来的，明知故问。"周治平说："你想让我给你做驴、做牛、做狗。"曲颖说："我想把你当成我怀里的小哈巴狗，汪汪汪……"周治平笑着与曲颖碰着杯。

曲颖站起来给周治平倒了杯水，说："现在，管冠南在沙颖像疯子一样在干事情，我真没见过这样的市长。我只怕他这一折腾会影响你。"周治平说："影响肯定会有，但不要紧。我父亲说过，成事者有三戒：气胜者偾，神浮者疏，言多者力不挚。故君子有不为，为必成；有不成，成必固。"周治平见曲颖一副不解而又虔诚的样子，就解释道："这话的意思是说，事情成功有三种情况应当警戒：心气过盛就会招致灭亡；用高远的志向作为目标，神情不用约定就会收敛；踏踏实实做事以身作则，言语不用约定就会囊括无遗。因此，君子不干则已，干就一定要干出名堂；假若不成功就算了，成功了必然会巩固。"

曲颖赞叹道："你解释得真好！老爷子也真有学问，我真羡慕你有这样的好父亲。"说着便作出一副小鸟依人状，周治平顿时感到自己伟大了起来。曲颖明白，聪明的女人在男人面前最好能装扮成学生，这样才能更好地俘虏男人的心。她含情脉脉地说："在这良辰美景中，就我们两个人，谈他管冠南干什么？平，我真的很爱你，真的。"她望着周治平的眼神，问道："你爱我吗？"周治平把曲颖揽在怀里，点着头，把自己的酒杯递到曲颖嘴边。曲颖顺势将胳膊交叉，同时也把自己手里的酒杯贴上他的嘴唇……

其后的几天里，周治平和曲颖在这套颇为豪华的房子里，继续着他们的浪漫。反正买菜有人去买，只要写清买什么就行了。曲颖拿出浑身解数，每顿饭都变着花样，让周治平吃得舒舒服服的。周治平说："这几天是我一生中吃得最舒服的日子，洋参乳鸽、当归排骨汤、松鼠鳜鱼、啤酒猪肘，就连开水白菜也比我去大店里吃得好。"第三天晚上，周治平说："天天让你做菜给我吃，这不公平，我做菜不行，但我可以给你讲有关吃的奇闻逸事。今天是什么菜？"曲颖说："红烧狗肉。"周治平说："那我给你讲个郑板桥吃狗肉的故事吧。"曲颖拍手叫好。周治平说："郑板桥出生在鱼米之乡的苏北兴化，这里地处大江之北、淮河之南，县城四面环水。郑板桥既爱家乡的水土物产，更爱家乡的小吃。他在山东做官时写过一首诗：臣家江淮间，虾螺鱼藕乡。山东驴虽好，狗肉断人肠。有一个富商非常想弄到郑板桥的字画，但郑板桥不给他。这位富商就不惜重金到郑板桥家的旁边修筑了一座特别雅致的庭院，聘请了高明的厨师和一个熟读诗书的老先生，每天在这儿烹煮狗肉。有一天，郑板桥闻着阵阵狗肉香味走了进去，那位老先生便起身相迎，两人吃着狗肉喝着酒。酒足饭饱后，郑板桥画兴大发，当场画了两幅画送给长者。过了几天，有人告诉郑板桥这件事的原委，郑板桥气得要命，发誓三年不吃狗肉。"

曲颖说："我做狗肉可不是骗字画啊。"周治平说："你比那个富商更坏，你是想要我这个人。"曲颖撒娇道："就要你这个人，就要你这个人，谁叫你这么招人爱。"

两人嘻嘻哈哈吃完饭，趁着曲颖收拾碗筷的当儿，周治平说："我给管冠南打个电话，问问防 H1N1 流感的情况。我的手机没电了，把你的手机拿来，给我换换卡。"周治平换好卡后，拨了两次，都没拨通。周治平说："怪事，他的手机从来不关机啊，咋回事？"曲颖说："管他呢，现在沙颖市天塌了，有姓管的顶住。亲爱的，咱们上床吧。"

到了第五天的上午，都快中午了，两人还在床上躺着呢。周治平和曲颖这几天折腾下来，都感到极度的疲倦，无聊之际，他们拖拖拉拉地起床后，闷闷不乐地躺在沙发上看着电视。电视里传递的信息更让人紧张，北京的各大超市都在抢购，果真困在这里，束手待毙，连出去抢购的机会都没有。曲颖打电话问保安买到东西了没有。保安说，只买了两袋方便面和两箱火腿肠。曲颖怕丢了东西似的，忙说："我这就下去拿。"说着便冲下楼去。曲颖回来后，带来了更坏的消息，说隔离的时间可能会延长。周治平听后心情格外沉重，他在屋里走来走去，犹如困兽一般。曲颖也没有了往日的平和，她开始给北京的朋友们打电话，请他们来把她接走，不过，大家一听说她在隔离区，都没有人答应。无奈之下，她要到沙颖籍的一位在武警部队的大校的联系方式，告诉他请速派车把周书记接走。大校惊讶地喊道："啊，周书记在你那里呀？！可出大事啦！周书记的爱人到党校找他找不到，沙颖来的人找周书记也找不到。大家都急翻天了。"曲颖一听，急得催促道："请你亲自开车过来吧，要快啊，咱们见了面再说。"

放下电话，曲颖向周治平叙述了那位大校的话。周治平连声说："糟糕，糟糕。"他托着腮想了半天说："这套房子是以谁的名义买的？"曲颖说："是深圳那个骗我的浑蛋，后来转到我的名下了。"周治平说："只有请他给我们作证了，就说我们来看他，不巧被隔离在这里了。"曲颖说："不行，他人在美国，咋能飞回来呢？"周治平又问："这个楼上有熟人没有？"曲颖说："和对面的住户打过几次交道，但那个男人一副色迷迷的样子，我一见他就烦。"周治平说："管不了那么多了，你把他叫来，我同他谈。争取叫他给我们作个证明，就说我们是来看他的。"曲颖无奈，只得听从周治平的安排去隔壁敲门，可是敲了半天，门也没有敲开，又怏怏地走了回来。周治平说："这个事你落实吧，无论想啥办法，哪怕破点财，能消灾就行。"曲颖点头答应。周治平又问："他叫什么名字？干啥的？"曲颖回答说："叫郎亦群，听说是开广告公司的。"周治平"哦"了一声说："我知道了。都怪我们疏忽啊。我的手机没电了，你的手机开着就好啦。"

说话间，那位大校打来了电话，说再有二十分钟，车就到了，请他们收拾一下东西赶快下楼。曲颖说："知道了。"然后，她长长地出了一口气。周治平却高兴不起来，他知道，尉悦到党校找他的事非同小可，不通情理的尉悦不是三言两语就能打发掉的。他急忙给岳父打电话询问情况。岳父说，这段时间以来，尉悦的情绪非常不稳定。听岳父的话音，貌似没有过多的埋怨，于是，他沉住气对岳父说，沙颖来了一批人跑项目，他这几天一直在陪着，没顾上尉悦，他晚上到疗养院去看她。岳父说，这个时候，跑什么项目。尉悦在家里，你直接到家吧。

二十八．我看你就是个浑蛋官

管冠南听说沈城出现了一例甲型 H1N1 流感病例后，心急如焚，立即带着文珈、杨炳华、谢岐山等人连夜朝沈城赶去。路上，杨炳华说："没买到狗肚，我在沙颖宾馆加工了一点猪肚和油炸姜片。管市长，您趁热吃吧。"管冠南接过杨炳华递来的纸包，捏了些姜片嚼了嚼，连吃几片后，他感觉胃舒服多了，接着又吃了几块猪肚。整个人的精神头渐渐恢复过来了。

"管市长，您的胃怎么样了，还疼吗？"坐在副驾驶位置上的杨炳华问道。管冠南轻轻地点了点头，突然问道："炳华，我上次来，记得沈城古县街有副对联，这会儿我想不起来了。你还记得吗？""是那副在三堂前楹柱上的吗？""对。""得一官不荣，失一官不辱，勿说一官无用，地方全靠一官；吃百姓之饭，穿百姓之衣，莫道百姓可欺，自己也是百姓。"管冠南说："古人写得好啊，你同白沙金联系了没有？"杨炳华说："联系了，手机响没有接，我们先去哪儿？"管冠南说："县委。"

沈城的城区一片沉寂，连个人影都找不到，只有两排昏黄的路灯给这沉寂增添了些许生气。车到县委，杨炳华喊了关天，门卫才不情愿地把门打开。管冠南一行来到县委值班室，见有两个值班人员在下象棋。管冠南问："你们白书记呢？"值班人员一看是管冠南进来了，忙收拾起桌上的象棋，说："在休息，我们马上联系他。"值班人员举着手机打了半天电话，急得额头都冒汗了，对方还是无人接听。值班人员望着管冠南阴沉着的脸，小声说："手机通着，没人接，我去看看。"管冠南说："把你们今天带班的县领导也找来。"两个值班人员像受惊的兔子一样飞速跑了出去。管冠南转头安排道："炳华，你到机要局值班室，把他们县委常委会的记录本拿来。"

管冠南叹着气对文珈和谢岐山说："没想到，我们居然沦落成了沈城县委的值班人员了。"

沈城县委书记白沙金这会儿没在沈城，这天下午，他与一帮诗人正在张颖刚装饰好的"颖怡茶吧"畅谈他的诗集《白沙镕金》研讨会的事。白沙金先前在省文联工作，后来调到省委宣传部文明办公室做副主任，四年前到沈城代职锻炼。在此期间，整个沙颖地区的年度"三优杯"检查，他都作出了不少贡献，再加上他口若悬河，常常把死蛤蟆说得乱蹦，因而使周治平以及前任地委书记都对他印象不错，再加上他的一个表哥在北京一个要害部门工作，所以，半年前他轻松地就任沈城县委书记。今天上午，同是沙颖老乡的一位省作协副主席和省报社文艺处一位处长来到沙颖。张颖便知会了白沙金一声，让他抓住这个机会和人家拉拉关系。白沙金虽说在省宣传文化部门工作多年，但是只发表过一些通讯、影评、短诗，常常被圈内人排挤。这几年，他在县城与当地的一些文学青年神侃，连迸发激情带剽窃居然攒下了几百首诗，三个月前整理了一下，最近弄出个集子，名曰《白沙镕金》。他想借机得到省作协、省报的肯定，然后炒作一下，为他这个县委书记再戴上顶著名诗人的桂冠。于是，他连夜带了两箱茅台和两套名牌衣服，兴冲冲地来到张颖的"颖怡茶吧"。

地方大员的到来，使两位省城文艺界的大腕儿也礼贤下士起来。他俩摒弃先前的偏见，饶有兴致地听白沙金背诵着他的大作——《感谢太阳》："我是一棵小树 / 也要在山巅茁壮成长 / 我是一朵小花 / 也要在大地弥漫芳香 / 虽然曾经过早春的严寒 / 虽然曾经过晚秋的风霜 / 我依然张开双臂 / 拥抱那火辣辣的希望 / 我要纵情高歌 / 感谢金灿灿的太阳。"作协副主席喝着茅台，连声赞道："写得好，激情澎湃。"白沙金喜上眉梢，又背诵着《我热恋着你》："我热恋着你 / 就像露珠热恋盛开的月季 / 我热恋着你 / 就像垂柳热恋延伸的河堤 / 那孩提的痴迷 / 青春的寻觅 / 使我爱你爱你亲亲昵昵 / 啊，每一个夜里都有一道亮丽 / 每一天我都企盼着

惊喜的晨曦 / 你就是我的梦 / 你是我永远也猜不透的谜。”文艺处长晃着喝得晕晕乎乎的脑袋说：“露珠恋月季，垂柳恋河堤，白书记，太形象、太生动了。”白沙金说：“其实，民间有许多题材呢，有些民间小调更有味，我给你们唱一曲平东道情《包饺子儿》吧：人逢喜事长精神儿 / 大年三十包饺子儿 / 公公想吃羊肉馅儿 / 婆婆想吃鸡蛋皮儿 / 娃娃扯着衣裳襟儿 / 嚷着要吃蘑菇泥儿 / 就数老公最挑刺儿 / 偏要尝尝芝麻叶儿 / 哎哟哟，哎哟哟儿 / 掰着指头算一遍儿 / 馅子要拌三四碟儿……”作协副主席说：“有风味，有民族味，凡是民族的都是世界的。白书记，这几年不见，你让我割双眼皮儿啊。”

这时，菜都上齐了。张颖走过来张罗说：“白书记，菜好啦，咱们一起喝几杯吧。”文友在一起，自然轻松，大家说着、唱着、喝着、闹着。作协副主席说：“白书记，你放心，研讨会我包了，请宣传部部长、文联主席、省文联各协会理事以上级别的人，呃，三百人的规模如何？”白沙金说：“好，为了这个研讨会，我个人准备拿出二十万元经费，另外再给你俩每人五万的辛苦费怎么样？”作协副主席说：“好，一言为定。”文艺处长说：“我安排文艺版用整版面，综合报道宣传。另外，我想给你们弄个项目如何？”白沙金说：“太欢迎啦，啥项目？”文艺处长说：“你那是不是有个宋代县衙？而且你们没有投资、包装过？我北京的一个亲戚，准备买断那块地五十年的经营权，怎么样？”白沙金一点头：“行，价钱好说。喝酒！”就这样，你一杯、他一碗，白沙金喝得烂醉如泥。

当白沙金被司机从梦里叫醒，扶上车赶回沈城县委时，已是凌晨四点。管冠南已经从县医院查看过救治情况了，而且，还把县长狠狠地训了一顿。尚在醉中的白沙金看到管冠南在县委常委会议室黑着脸，还不明就里，笑呵呵地迎上前去，说：“管市长，这么晚了，你还不休息？”管冠南说：“休息个屁！你说，你去哪儿了？”白沙金说：“我，我下乡检查去了。”白沙金说着就朝管冠南的身边凑过去，管冠南闻着他的一身酒气，不高兴地说：“坐远点，坐远点。”白沙金一脸醉相：“靠近领导，靠近领导好进步。”管冠南猛地站起来，把坐的椅子一摔：“我叫你进步！我问你，你们县委是怎么布置安排防疫工作的？”白沙金见管冠南生真气了，顿时酒醒了一大半，忙说：“我开了常委会，全面安排布置下去了。”“胡说，”管冠南把手中的常委会议记录本一摔，“所有的常委会记录中，只有两次提到过防疫工作，还是在安排其他工作时顺便提到的，直到目前没有召开过一次专题会议。我到你们沈城，沿途没有一个检查站，简直如入无人之境。我问你，今天，不，昨天你们县发现了一例感染患者，你知道他叫什么名字吗？你知道他是从哪里回来的吗？”白沙金哑口无言，想了一下说：“他不是正在医院治疗吗……”管冠南逼问道：“医院，哪个医院？他去过几个医院，到了几个地方，遇见过哪些人，同哪些人有过亲密接触？”白沙金嘟囔道：“全县这么多人，我哪能都跟着。”“浑蛋！我看你就是个浑蛋官，居然拿百万老百姓的生命开玩笑。我告诉你，这个病人叫李彪，在北京地坛医院做护工。五月一日从北京地坛医院偷着跑回来的，坐京九线的火车，从相邻的安徽省下的火车，然后乘公共汽车于五月二日早晨到沈城，当天上午坐三轮车回到家里，与父亲、母亲、妻子见了面，夜里同妻子在一起睡的觉。五月三日早晨，觉得发烧，到村卫生室开了退烧药，然后回家吃早饭。中午感觉不行，就到乡卫生院。乡卫生院检查后，建议他到县医院检查。他到县城后，找到其在县医院当护士的妹妹，妹妹给他量了体温后，觉得可疑，就把他领到县医院。县医院与市医院的专家通过会诊，初步定为疑似病人。昨天下午，省专家组经过会诊，于十一点确定其为感染甲型H1N1流感的病人。你知道这些吗？你是怎么组织的？我说你渎职是轻的，你这种行为应该叫做犯罪，啥叫犯罪你知道吗？我告诉你，你现在就给我组织力量，对他那个村隔离，把所有同他接触过的人员都隔离，一个个排查，有一个漏掉的，我撤你的职。另外，如果因为这事，沈城防疫工作不能有效控制，我还要把你送进监狱！”白沙金吓得手一哆嗦，手里的茶杯掉到了地上，“啪”的一声摔碎了。管冠南误以为是白沙金因对自己的批评不满而摔杯子，他转身把手中的杯子猛地一摔：“你不满怎么着？杨炳华，立即通知在家的市委常委到沈城召开紧急会议，研究沈城的班子问题。现在你给我戴罪立功，立即组织力量落实我刚才说的隔离意见。现在，你白沙金是共产党员，是县委书记，你要听命令！”

白沙金彻底醒酒了，他忙领着在场的沈城县委、政府的班子成员匆匆离开。管冠南又急又气，一下子倒在地上，文珈和谢岐山手忙脚乱地赶紧组织抢救。

管冠南终于被闻讯赶来的市委常委们摇醒了，他双眼无神地看着周围熟悉的面孔，有气无力地说：“对不起，同志们，让你们这个时候来，我实在是不得已。

我现在给治平书记打电话，向他汇报。”他拨了周治平的手机，半晌才放下，苦笑了一下说：“没有通，麻烦文珈市长把沈城的情况向在座的常委同志们汇报一下吧。”文珈把沈城的情况简述了一遍，大家讨论后，形成了如下决议：一、撤销白沙金的中共沈城县委书记职务，由县长暂时主持沈城县的全面工作。二、由市委副书记吴晓莉同志任工作组组长，进驻沈城督导工作。

二十九．终于联系上周治平了

沈城县首例甲型 H1N1 流感病例发现后的两天内，全县共排查出与病人李彪直接和间接接触的人共二百六十八名。管冠南一直在沈城县委常委会议室里输着液守候，等人全部隔离后，他才离开沈城，回到沙颖宾馆的临时指挥部。文路和李瘦石分别给他打了好几次电话，告诉他有五个项目都有了眉目，其中有华龙集团二期工程的三十亿元、西气东输的发电项目五十亿元、地方铁路改建的十二亿元、沙颖河综合治理的十亿元、艾滋病药剂生产项目的三亿元。文路说，他这几天一直同周治平联系，都没有联系上。中央党校的一个朋友说，周治平离开党校已经五天了，一点消息都没有。有些部委领导要见沙颖的党政主要负责人。

管冠南想了想，说："沙颖防疫形势目前非常严峻，这几天我肯定脱不开身，你和李市长多辛苦一下，无论如何都要找到周治平。"另外，管冠南又询问了一下北京那边的防疫情况。文路回答说，依然严峻，人心惶惶，现在副食品供应紧张得很。管冠南一听，忙说："那我赶紧组织下面准备好蔬菜和火腿肠，弄几个专列到北京，你和李市长在北京联系一下销路吧。"

放下电话后，他又想起了鹿荣集团的班子问题。郑顺昌的"双规"尚未解除，即便解除也不可能再主政了。因为一是年龄大，二是的确需要换将了。周治平不在家，要不还是以工作组的形式让郑治业先进驻过去？不过，这样一来，鹿荣的县长位置就空出来没人挑担子了。通过这一段时间的接触，他觉得杨炳华是个思路清晰、敢想敢干的人，如果到鹿城锻炼几年，以后会有更大作为的。但他毕竟是自己身边的工作人员，这样安排会有负面影响的……实在不行，让他担任鹿城县委副书记、常务副县长，主持鹿城县政府的工作，这样，工作的难度相对小一些。随即，他又否定了这个想法，还是不动吧，等七月份周治平从中央党校回来再定，先让郑治业以市政府企业改制工作组组长的名义进驻鹿荣集团，把消息先发布出去，把鹿荣的股票炒起来后再定，不然全市的气氛都会紧张起来。想到这里，他拨通了市委副书记赵玉龙的电话，向他通报了北京的项目情况和他对鹿荣集团领导层的初步设想。赵玉龙说，管市长，我觉得你这个意见很好，我同意。你要注意身体，这段时间你的身体太虚，不如在沙颖找个地方休息几天，日常工作我们负责，你遥控指挥就行了。

管冠南又打电话询问沙碧君这几天股票的情况。沙碧君汇报道，疫情发生以来，股指大跌，现在鹿荣股份不足三元，我们总共吃进了一亿六千万股，占流通股的百分之四十，均价三块多一点。管冠南吩咐他说，好，再吃进四千万，我们往外发布五个利好消息。沙碧君忙说，哪五个利好消息？管冠南说："一是债转股，把所欠银行的资金进行剥离。二是鹿荣换将，把郑顺昌拿下。三是中外合作建立生物工程项目。四是最近组织几个专列的产品到北京去，拓展京城市场。五是返还企业的部分所得税。注意这几条消息发布的时间和节奏，力争一个月内把股价拉至八元以上。"沙碧君说："我明白了。放心吧，管市长。不过，你一定要注意身体，我们都非常为您担心。"管冠南笑道："不要紧，我这点毛病自己清楚，休息几天就行了。下午我可能要召集几家银行和鹿荣的负责人开会，你就等着具体通知吧。"

管冠南又打电话安排分管财贸的孙副市长，让他在一个星期内组织一个专列的火腿肠、两个专列的蔬菜，运往北京，同时派商业局的同志先到北京，找李副市长一起联系销路。孙副市长说，听说北京的蔬菜比我们贵三倍，要真是这个价，商业系统今年的日子就好过了。管冠南点头道："以后也要紧守北京这个阵地。"

中午，管冠南正要去餐厅吃饭，杨炳华跑过来说，文老爷子过来了，主要是来看看管冠南最近的状态，老人家太担心他的身体状态了。另外，老爷子还是带着市社科联主席胡玮一起过来的。管冠南心想，老爷子不会平白无故地带人来见自己，肯定是这个后生有才华，想让自己给他安排个合适的位置。也好，鹿城正缺人手呢。

等到了餐厅才发现，都是自家人，张明宽也特意赶了过来，大家都太担心管冠南的身体状况了。席间，管冠南用心观察胡玮，觉得还真的是一个可造之才，心里越发感激岳父了。吃罢饭，管冠南叫司机送文冶秋回家时，文冶秋说："冠南，身体要是撑不住，就回家住两天。"管冠南点着头，和张明宽一起把文冶秋扶上车。看着车开走后，管冠南对张明宽说："老领导，你知道不，那天白沙金是同张颖在一起喝的酒。"张明宽一听就火了，骂道："小兔崽子！看我怎么收拾他！"

管冠南回到指挥部的办公室，准备给周治平打个电话，通报一下近期情况，谁知还是关机。无奈之下，他斜倚在沙发上，顺手拿过一本书慢慢翻着，渐渐地，一股倦意袭来，他的头一歪，进入了梦乡。

不知过了多久，一阵急促的电话铃声把管冠南从梦中惊醒，他接过一听，是周治平的声音，忙说："周书记，我给你打了十多个电话，都没有拨通过。你……你那边咋啦？"周治平说："这几天我去看朋友，不想被隔离了，手机没电了。对了，咱们沙颖的防疫情况怎么样？"管冠南把沈城的情况以及处理意见向他讲了一遍。周治平说："既然已经开过常委会了，就按你的意见办吧，不过别的班子不要乱动。这一个月里，你已经处理了两个县委书记了，影响很大，非常不利于班子建设，其他的情况等我暑假回去再说。"管冠南说："我同意你的意见，鹿荣集团的郑顺昌已经被'双规'了，企业不能无主。我的意见是让郑治业先兼着干一段，你看怎么样？"周治平说："一时没有合适人选，就让他兼几个月吧。别的地方一定不要再动人了，不然组织部门有意见。"管冠南明白了，肯定是汪金生又打小报告了，要不，周治平不会主动给他打电话。管冠南闷声说："行。"

三十．干部问题要慎重

日常工作会议结束后，管冠南对张明宽说："共青团的工作很有意思，有人推荐让张颖做团市委副书记，你看怎样？"张明宽说："恐怕这孩子志不在此。"管冠南说："猴不上树多敲几遍锣，怎么，你做了一辈子的思想政治工作，还怕说服不了他？"张明宽叹气道："儿大不由爹，我试试吧。对了，张颖在郊区装修了一家茶馆，这会儿没事，咱们去看看吧。他从小就听你的，你也去跟他谈谈心。"管冠南看看表，想着反正上午也干不成什么事了，去看看吧。他把手头的事情安排给杨炳华负责处理，然后，就在张明宽的带领下朝郊区驶去。

张颖见父亲和管冠南驾到，忙跑过来迎接，然后，领着他们好好参观了一番。三个人躲到一个清静的雅间里，管冠南苦口婆心地劝张颖出来从政，做些实事，也为他分忧。说到动情处，管冠南几度声音哽咽，张颖也不禁动容。

晚上，管冠南接到了文玟打来的电话，告诉他姐姐病得很重。管冠南说，我明天回去。

挂掉电话，文玟想，那天哥哥文珞告诉她要抓紧买鹿荣股票，她拿出两千万现金购进了鹿荣的股票，但是，她没有问文珞该什么时候卖出。总之，听哥哥的肯定没错。如果将来效益翻番，自己的账户上一下子就变成五千万了，加上周治平答应的中介费一千万，范有国答应的百分之十的股份。天哪，自己的账户上可就一下子成了一个亿。不过，拿着这些钱在国内是不可能为所欲为的，有老爸在，有管冠南在，自己不可能那么自由。不过，一旦去了国外，在一个无人知晓的地方，谁能干涉她的生活？所以，移民的手续要尽快办下来，对了，还要带着郑治业。他知冷知热，是个很不错的伴侣。想到这里，她给郑治业发了个信息，很快就收到了郑治业的回答：明天与管市长一起到省城。

管冠南在去往省城的路上，隔着车窗把目光投向大路两旁，只见树木葱郁，麦穗昂着半尺来长的头，心里着实高兴。夏季丰收在望已成定局。让他高兴的远不只眼前的这些。在这个项目启动月中，全市共有亿元以上的项目十六个、五千万元以上的项目七十八个，千万元以上的项目更如雨后春笋般涌现出来。他心中粗略地估算了一下，全市有近百亿的投资将在今年年底产生效益。通过这几个月的工作，全市干部工作疲怠的作风已明显好转，可以说是令行禁止。他相信，只要坚持下去，沙颍的整体面貌在短期内不难改变。更让他高兴的是，昨天下午，市城建、土地、规划部的同志经过两个月努力，已经初步与省会的十大房地产集团达成协议，拟将市委、市政府和老城区的千亩土地出让。他觉得这是个大动作，昨天夜里召开了四大家班子联席会议，基本通过了这个意向。今天，他带着有关单位的负责人准备参加明天上午在省会举行的土地拍卖会。会后再到各有关厅局跑跑，把前一段各县市争取的项目再作进一步的落实。早晨一起来，他就给省委书记的秘书小郭打了个电话，请他安排见书记的时间，小郭请示后说下午四点。他决定上午先回去看看妻子，一想到妻子，他就感到愧疚，这段时间以来，他忙于工作，连问候的电话都很少打。今天中午，无论如何都要找家好饭店和妻子一起吃顿饭。想到这里，他忙掏出手机给家里打电话，没人接。他又打给文玟，文玟说，她和姐姐正在省人民医院呢。管冠南一听，忙说："我还有一个小时就到，你们在那儿等着。"说完，管冠南扭头对杨炳华说："文珺住院的事千万要保密，你通知各局委和各县来的同志，让他们今天各自行动，看看他们的顶头上司，今天夜里在沙颍驻省会办事处碰头。我上午到医院，下午找省委书记汇报。"

到了省人民医院文珺住的病房，管冠南一看到正在输液的满脸憔悴的妻子，心中一阵酸楚。文珺有气无力地说："你这么忙，还专门回来看我……"管冠南听后，心中越发难过。他坐在文珺的床头，双手握住妻子的手，问："还是心脏病？”文珺说：“嗯。吃药、打针总不见好，文玟请了几位专家，输完液后会诊。”管冠南说：“早就应该会诊了。”文珺说：“我觉得应该是老毛病，不想这次这么长时间也不见好。”管冠南问：“小莹呢？”文珺说：“刚走，筹备她的画展去了，下个星期在北京的中华世纪坛展出。我想去看看。”管冠南说：“好，咱们一块儿去。”文珺说：“冠南，我这一辈子都没到过北京，没想到去次北京还是去看女儿的画展。”管冠南说：“都怪我不好，没有尽到当丈夫的责任啊。”

说话间，文玟领着六位穿白大褂的医生走了进来，并把管冠南介绍给这些医生。管冠南连声说：“谢谢专家，谢谢专家。”专家们详细询问了文珺的病史后，又对她进行了常规检查，然后与文玟一起出去了。管冠南问妻子中午想吃些什么。文珺说，家里炖着鸡汤呢。管冠南跟妻子说，今天咱们去吃海鲜吧，到那个“一分利”海鲜酒楼。文珺不愿去，嫌太贵。管冠南说：“吃，一定吃，再贵也要吃，穷一年不穷一顿。”正说着，郑治业打来电话，说中午请省工商行赵行长吃饭，谈以股抵债的事，看来有眉目，赵行长一定要你参加。管冠南忙问在哪儿？郑治业说，想在“天天渔港”吃海鲜。管冠南说，那你就再安排一小桌吧，钱我付。接完电话，管冠南对妻子说，你看，咱们一家在一起吃顿团圆饭都不安生，我先去应付他们一下，马上和你们会合。

管冠南把文珺、文玟、管莹安排在“天天渔港”的一个小包间后，便先到三楼的那个“香港”厅去作陪。省工商行的三个行长、郑治业和沙颍市工行行长正在打牌，一看管冠南过来，都放下了手中的扑克。大家寒暄着，依次坐下。工行赵行长说：“管市长，您不知道，我也是沙颖人，老家在龙湖，你是我们的父母官，今天我们工行请您。”管冠南说：“沙颖再穷，也不在乎一顿饭，还是我们请你们。”赵行长说：“回沙颖您再请我们吧。”管冠南说：“那也好，我再给你喊一位父母官来。龙湖的张晓东也在省城，我给他打个电话。”管冠南知道，这几个行长中午喝酒不会放过他，让张晓东来肯定能替自己抵挡一阵子，便赶紧拨通了张晓东的电话。刚跟张晓东交代完，便关了手机。因为有老乡这层关系，债转股的事谈得很顺利。赵行长说：“我们工行这次差不多要动用十个亿的资金，这么大的数目，还需要省委、省政府的领导出面找总行和证监会啊。”管冠南笑道：“没问题，我已约好下午就去见省委书记。其实呢，这是件双赢的事。如果解决不好，鹿荣股份一退市，我们宣布破产，大家日子都不好过。你看，我们现在换的郑治业就是一个很有潜力的年轻人，人家县长都当得挺好的，还搞不好一个鹿荣集团？只要你们省工行一带头，其他银行就都好说了。”谈笑中，管冠南张罗大家都举起杯，痛痛快快地喝了起来。等张晓东一到，管冠南忙找了个借口溜了出来。

等他走到楼下的小包房里时，发现文珺、文玟、管莹正在吃蛏子，忙问：“怎么没点龙虾？服务员，要只龙虾，再来个炖龟汤。”点完菜，管冠南对文珺说：“来点红酒吧，美容养颜呢。刚才，我在楼上解决了一个十亿元的大项目问题，心情很好啊。来，咱们一家子好好团聚一下。”吃饭间，文玟悄悄地对管冠南说：“我姐的病不乐观，需要到北京做心脏搭桥手术。”

“中午喝酒了吧？”省委书记微笑着问管冠南。

管冠南心里一怔，消息怎么这么快，连中午喝酒的事省委书记都知道了。他认真地看着书记，发现对方似乎没有责备的意思，就点点头说：“有个外事活动，喝了几杯。”书记笑了笑，问他：“这么急匆匆地找我，啥事？”

管冠南把这几个月的工作都简要地汇报了一遍。书记说：“你去沙颖的时间不长，工作做得也不错，算是初步打开了局面。省委是了解的，也是肯定的。长期以来，沙颖整体情况一直都很落后，肯定需要重点调整改革。尤其是干部作风问题，但是，也不能头疼医头、脚疼医脚，要拿出个整体的东西来才好。”

接着，书记又同管冠南一起就城市化问题展开了深入探讨。管冠南向书记汇报了未来几年沙颖的城市化规划思路，得到了书记的肯定。

谈兴正浓时，管冠南话锋一转，说道：“明天，我们有个市区土地拍卖会，您要是有空，我想请您参加一下。”

书记说：“怎么？想拉我的大旗作虎皮？省委明确规定我们不能参加各种剪彩活动。”管冠南说：“那您就当一次观众吧，只要您一坐镇，我们市区的这块地肯定能升两个亿。算我和沙颖一千万老百姓求您啦。这是拍卖会，又不是剪彩。”书记说：“可以考虑。但话说前头，我一不表态，二不讲话，只作为一名观众参加。”管冠南忙说：“那谢谢书记啦。另外，还有两个事儿……”“你说。”管冠南望着书记，清清喉咙，说道："沙颖只有一家上市公司，是生产火腿肠的。现在资金出现了问题，各个银行催逼贷款，我们搞了个债转股的方案，因为数目较大，想通过书记找几家银行疏通一下。"书记说："这个情况我在内参上已经看到了，这几天我可能到北京开会，可以帮你们说说。另外一件事儿呢？"

管冠南接着说道："最近，我们派人在北京跑项目，落实下来的已经有五十多个亿了。这段时间，北京因为防疫工作，副食品供应紧张。我准备发一个专列的蔬菜和火腿肠过去，表达一下平原人民的爱心，同时也想借此机会和有关部委的领导见见面，必要时想请您也帮着通融一下。"书记说："好事啊，我支持。"看到书记抬头看表，管冠南知道自己该走了，便问："书记有啥指示？"书记思考片刻后，轻声说："干部问题要慎重，要与治平同志多通气。"

从书记办公室出来后，管冠南不停地琢磨书记说的那两句话："干部问题要慎重，要与治平同志多通气。"觉得这一定不会是空穴来风，肯定是周治平又在书记面前吹过什么风了，或者是沙颖的某班子成员在省里吹过什么风了。哼，背后告刁状，实在不磊落。不过，郑顺昌"双规"的事以及张明宽儿子的事书记没都提，看来问题不会很严重，要不书记肯定会透点风。另外，给周治平打个电话吧，把明天拍卖会的事向他通报一下，否则，又要出问题了。电话通了，管冠南简要通报了一下市里四个班子的意见和拍卖会的情况。谁知周治平隔着话筒发起了牢骚，说既然你们已经形成了决议，还问我干什么？要是没钱，你干脆把市委、市政府的公章也拿出去拍卖算了。管冠南忍住气说："几个职能部门运作这事的时候，我同意，但没想到这么快。我几次给你打电话，你都关机。这不，我刚向省委书记汇报了，他也很支持，而且，明天还要亲自参加拍卖会。你如果能回来，就尽量回来一下吧。"周治平这才想起前几天自己被隔离的事，没有再说什么，就关了手机。管冠南一看对方这个态度，也是一肚子闷气。

在管冠南的精心策划下，土地拍卖会非常成功。由于省委书记的参加，一千亩的市中心土地拍出了十八个亿的高价，创下了全省大宗土地拍卖的最高纪录。连省委书记都感叹说，沙颖在全省范围内开创了高价拿地的先河。

这几天，管冠南回到了沙颖，下面已经组织好了三个专列，准备到京城卖菜造势，顺便发布招商引资新闻。他预感到，这次到京城，一定会取得比省会更大的成绩。前天，女儿和文珺、文玟已经赶到北京去了，妻子去看病，女儿忙着布置画展。他想，如果文珺的病能治好，管莹的画展又成功了，自己的招商引资又有巨大收获，该多好啊。这样想着，心情格外爽快起来。

周治平前天就听到了沙颖在省会拍卖土地的情况，他后悔那天同管冠南发脾气，也后悔自己没有接受管冠南的邀请回省会参加拍卖会，结果让他管冠南出了大风头。这几天，他没敢太怠慢李瘦石一行在北京跑项目的人员，借助岳父的影响找了几位在职的上层人物，大家都答应帮沙颖建几个大项目。昨天夜里陪国家发改委的一位领导吃过饭后，他没有回党校，而是去了空军的一家宾馆住下，这家宾馆的副总是曲颖的表哥。睡到后半夜，曲颖来到他的房间，两人自然少不了一阵温存。事毕，周治平问起前几天隔离的事，生怕惹出事端。曲颖安抚他说，都已经安排好了，没事的。

管冠南的电话把周治平从晨梦中惊醒："怎么，冠南哪，你要来北京？正好，今晚有个银行的头头要约见我们，有你这'管一瓶'，我就不是单枪匹马当先锋啦。"

管冠南到达北京时，还不到下午三点。他先去探视了文珺，然后又找到女儿管莹，询问了一下画展的情况。等天快黑的时候，管冠南才打电话约周治平见面。两人谈了近两个小时，对于那些心知肚明的事，大家都没有提及，话题一直围绕着即将在京召开的项目发布会。

随后，管冠南随周治平来到"京宫大酒楼"，设宴款待几位银行方面和电视台方面的负责人。吃完饭，文珞和管冠南坐上了一辆车。一上车，文珞就问管冠南："你对你们那位女秘书长印象如何？"管冠南斜躺在文珞的奔驰车松软的皮靠垫上，漫不经心地回答说："接触不多，但耳闻不少。她这样的女人，要融进沙颖的圈子，没有手段是不行的。"文珞说："你能认识到这些就很不错，但我提醒你，你一定要小心提防。这女人不简单，她同周治平的关系非同一般。前几天，她与周治平在一起被隔离了好几天，周治平的老婆还到党校闹了一场，听说后来也给曲颖抹平了。"管冠南问："隔离在一起？你有证据吗？"文珞说："沙颖有人在武警当大校，是他把周治平接出来的。"管冠南点点头："我知道了。这两天，你安排个时间让我请大伯吃顿饭吧，我也该尽点孝心了，到时再拉几个沙颖籍的一起热闹一下。对了，请一下刚才你说的那位大校吧。”

一大早，一阵急促的电话铃声就把管冠南从梦中惊醒了，话筒里传来李瘦石的声音：“管市长，听说文珺在北京住院，大家都想去看看，她在哪个医院啊？”管冠南说：“没有的事，你从哪儿听来的小道消息？文珺现在还在省城住院呢，只是说准备来北京，还没过来呢。”李瘦石说：“你可别骗我。”管冠南说：“我骗你干啥，快忙你该忙的去吧。”

第七章 换届

三十一．一个收钱，一个退钱

吃罢晚饭，周治平刚躺到床上看电视，门铃就响了。他猜可能是服务员来送水，便下床开门，结果，一阵香风扑面而来，原来是曲颖。曲颖今天打扮得非常妩媚，一见到周治平，她就急急地说："快穿上外衣，过一会儿有人来看你。""谁？""市棉办的徐主任。他说了好些日子了，非要到党校去见你，我只好把他领到这儿来了。"

周治平知道市棉办这个徐主任，他还兼着市棉麻公司经理的职务。沙颍是产棉大区，棉办主任兼棉麻公司经理是官商合一，是个副处级的肥差。徐主任年轻，头脑活，把棉麻公司经营得有声有色，去年上了个三十万锭的纱厂，秋天便可投产。"他有啥事？"周治平穿好衣服，边走边问。曲颖说："真是贵人多忘事，他不是想进一格，到县里工作吗？上次已经考核过了。"周治平说："哦，我想起来了。"正说话间，门铃响了，曲颖忙上前开门："是徐主任啊，快请进，周书记正看电视呢。"

徐主任探进身子，一看到周治平，立刻飞奔过来，握住周治平的手说："周书记，你可把我们想坏了，纱厂建设进展良好，您放心。我这次来，就是想汇报一下棉麻公司的下一步改革方案。"周治平笑道："坐下说。"徐主任说："市里去年虽然成立了棉麻集团，但各县公司都是独立法人，各自为战，业务、行政、财力各方面，市里很难控制。我们为了集约经营，拿出了一套方案，想集中力量形成拳头对外出击，创造自己的品牌。”周治平说：“这恐怕不符合改革的方向，如今国家都在搞市场化，你再搞这种翻牌公司怎么行，这是逆潮流的方案。”徐主任一听便有些泄气，说：“现在市公司没有优势，市一级又不生产棉花……”曲颖怕徐主任再说下去会破坏周治平的情绪，便打住他说：“徐主任，你们的纱厂不是经营得很好吗？再说了，在基层锻炼也挺好的，你有年龄优势啊。”徐主任笑了笑说：“对，对。方案的事咱就不提啦，周书记，我给你带来一样东西，你看看。”他说着就朝门外走去，“我把东西寄存在服务台了。我马上拿来。”

等他出去后，周治平问曲颖：“什么东西啊？你要时刻注意把握分寸，咱们千万不要出事。有些东西，不该伸手就千万不要伸，知道吗？”曲颖点点头。这时，徐主任拎着一个皮箱走了进来。他笑嘻嘻地打开箱子，取出一个黄缎锦盒，再轻轻打开盒盖，里面是一座通体碧绿、玲珑剔透的翡翠玉香炉。那香炉四周雕着夔龙图案，双耳是展翅飞起的凤，内有两个活环。还有一份证书，写着：清康熙翠玉活环凤耳三足炉，标价是三十五万元。上面还盖着古玩鉴定会的印章。周治平仔细看完，想了一下，说：“东西是好东西，你保存着吧。”徐主任说：“我这是专门给您带来的，您收下吧。”周治平说：“你的事，曲颖同我说过，我记下了，东西你一定要带走。曲颖，你负责这事儿啊！”曲颖用手轻轻推了徐主任一下，徐主任会意，也就不再坚持了。临走时，徐主任悄悄地朝沙发上放了一个信封。

一小时后，曲颖回到周治平的房间，说：“都办妥了。这小子还把香炉的来历给我说了一遍呢，你听不听？”周治平呵呵笑着说：“还传承有继呢，说出来让我长长见识。”曲颖说：“这香炉是吴三桂在云南做藩王时，怕康熙削藩，专门请能工巧匠精心打造后送给康熙的。一直在清宫存放。后来，慈禧太后为了笼络袁世凯，把香炉送给了袁。袁世凯有个姨太太是沙颖人，袁死后，姨太太就把香炉运回沙颖了。而这个姨太太就是小徐主任的表太姑奶奶。”周治平说：“这么说来，还真是个好东西，那绝对不止三十五万。”曲颖说：“他是在省城找人鉴定的，省城人哪见过这好东西，价格自然会被低估。明天我再找人看看，我估计，最少也值一百万。”曲颖说着，从沙发上拿起小徐主任放下的信封，数了数里面的美金后，又说：“这个傻蛋，又扔下了一万美金。”

周治平想了一会儿说："看来这事必须给他办好，不然不好交代啊。这样吧，现在的几个位置管冠南肯定盯得很死。我打算七八月时，咱们搞个县处级干部公开选拔。咱们提早拟好试题，提前跟靠得住的人打好招呼。到时我们实行公选，他管冠南就算浑身是嘴也说不出反对意见的。这个关一过，市委常委会就好说啦。"曲颖拍着手说："聪明，你的想法总是那么棒！我这就回去操作。以后，一些副职岗位也公选，这样，咱们就能名正言顺地用自己的人啦。"周治平不想在这个问题上再谈下去了，就说："累了，咱们早点休息吧。"说着，两人就相拥着躺到了床上。

这天，沙颖市委、市政府精心筹备的"让沙颖走向世界"的新闻发布会开得非常成功，还配上了管冠南带来的几个专列的食品、蔬菜。第二天，各大报纸都刊发了很大版面的宣传报道，管冠南在省城驻京办事处房间里的电话响个不停。除了李瘦石带来的十个项目得到了中央有关部委的支持外，又争取了四个公益事业方面的项目。鹿荣集团的债转股得到国家有关银行方面和证监会的批准，重组方案也在讨论之中。还有一些民营高科技企业的老总开始对沙颖感兴趣，觉得当地领导很有魄力，了不起。

昨天下午，文珺顺利地做了心脏搭桥手术。管冠南的心也放了下来，他给周治平打了个电话，说自己明天就要回去了，今晚最好见一面。周治平答应说，当然可以，不过，李瘦石和曲颖今天下午也要回去，咱们把他们送走后，再一起坐坐吧。放下电话，管冠南看看表，觉得时间还早，赶紧赶到医院去看望文珺。

夫妻俩还没说上几句，文玟就推门进来了，一见管冠南在，忙问："冠南哥，你的手机咋没开，大哥都急死了。他中午约了证监会的一帮人，说是谈鹿荣集团的重组方案，怎么也找不到你。"管冠南忙打开手机拨通了文珞，通完电话后，对文珺说："我马上要过去，晚上还要去周书记那商量点事，明天一早就要赶回去了……我，我真想多陪你一会儿，原谅我吧……对了，你有啥事没有？"文珺说："我的病暂时不要告诉父亲。"管冠南点点头，正要离开房间时，文珺从床底下拿出了一个包："这是这几天人们送来的，人名和钱数我都写好放在里面了，你回去后退给人家吧。"管冠南默默地接了过来。

三十二．我要移民了

管冠南刚从北京回到自己在沙颖的办公室，沙碧君就推门进来了，她兴奋地跟管冠南汇报说："前天你在北京把鹿荣债转股和重组的事透露后，昨天和今天已拉了两个涨停板。"管冠南问："现在共吃进了多少股票？"沙碧君说："已经吃进了一亿八千万股，我分摊在十个营业部里。"管冠南叮嘱道："拉在十元左右出货，注意不要太贪。"沙碧君点点头。

文玟在省会自己的住处，漫不经心地看着电视。她昨天接到范有国的电话，说施工方面有些急事等她去处理，她安置好姐姐的护工，又找周治平喝了次酒，把中介费的事情谈妥。她趁周治平酒醉的当儿，哄着周治平在她的报告上签了字。周治平也算够意思，很中肯地写着："请财政局按照市委招商引资奖惩意见的规定，解决中介费问题。"文玟高兴得心里直呼"万岁"，然后，她又在香格里拉开了个总统套房，找了两位美女朋友陪周治平吃了个消夜。今天回到省会后，她没有立即赶回沙颖，她想先缓一天，让"沙颖苑"的事态再发展一下，这样才能显示出她的重要性。她给郑治业打了电话，让他快点赶到省城约会，可已经过去三个小时了，还没见郑治业的影子，她渐渐地有点不耐烦了。

门铃终于响了，她打开门，一看到郑治业就埋怨道："怎么现在才来？"郑治业说："我到街上去转了转，给你买了些礼物。"文玟问："什么宝贝？"郑治业一脸坏笑着说："药和光碟，够给力吧。"文玟瞥了他一眼："瞧你那点出息！"郑治业一把搂过文玟，说："我告诉你一个好消息，鹿荣的股票涨了，连续四个涨停板了。"文玟一听，心里直乐，不过，嘴上却说："那你高兴啥，你又没买？"郑治业说："宝贝，告诉你吧，我买了十万股呢。我到鹿荣集团任职时就买了，现在卖了可以赚十多万呢。过几天我就出手，给你买点喜欢的东西。"文玟说："先别卖，等等吧，我又不缺你那几个小钱。"郑治业说："那是我的心意。"文玟笑着给了他一个吻，然后说："我也有个喜事，你猜？"郑治业想了想说："是不是出国手续办好了？"文玟说："你现在越来越像我肚子里的蛔虫了。这事前天就办好了，是加拿大，投资移民。我打算一个月后先到加拿大一趟，把房子买好，公司注册好。以后，咱俩好好合作。不过，这事一定要保密，不要对任何人说。"郑治业说："我敬你一杯，加国公民。等你去加拿大后，我再给你一个头衔：鹿荣集团驻加拿大办事处主任，全权代理鹿荣集团在加拿大的一切事务。"

三十三．要扭转眼前的被动局面

管冠南继续大刀阔斧地力行改革，自然免不了触动了沙颖方方面面的利益，不停地有人给周治平打电话告状。周治平心想：让他折腾去吧。玩火者必自焚。可是，慢慢的，下面带回来的消息居然渐渐地发生着变化，称赞管冠南的声音似乎越来越多了。周治平觉得，自己不能老在北京这边了，应该尽快回去看看。暑假一到，周治平立刻动身返回沙颖了。

刚进沙颖市区，周治平就看到眼前呈现出一派热气腾腾的建设场面，好像沙颖就是一个巨大的建筑工地一样。而且，四处都悬挂着横幅："一年一变样，五年大变样"。他像不认识似的看着眼前这一切，感到新奇，感到迷惑。他不清楚管冠南究竟从哪儿弄来了这么多钱，铺开了如此巨大的全面开花的建设摊子。他打电话告诉曲颖，自己已经回来了，但晚饭不在一起吃，他要到市区转一圈；晚上已约好汪金生在一起吃饭，了解些情况，谈一些事，然后去找她。他还告诉她，在沙颖，还是注意些影响好。

曲颖听到周治平的话后，心里有一丝不快。今天，自己本来要到机场去接他，他不同意。回来后不见自己，而是满街乱转，连晚饭也不和自己一起吃，当真是想和自己保持距离？再一想，她又觉得周治平做得对，毕竟他是这个市的一把手，自己这么不清不白地同他黏糊在一起，难免会授人以柄。他不是晚上见自己吗？干脆叫他晚上到自己家里算了，在他那里，人多眼杂也不方便。她边给周治平准备这一段需要看的文件，边联系了几个人，约好晚上在一起吃饭，进一步磋商扳倒管冠南的事。

扳倒管冠南是曲颖一直以来惦记的大事，她通过各种途径搜集到一些对管冠南不利的证据，哪怕是传言她都用心搜集。另外，一些被管冠南处理过的人她都千方百计拉拢，一直琢磨着写检举信告倒管冠南，让他赶快离开沙颖。

曲颖的豪宅位于沙颖河大闸边原市水利工程处一个废弃的地方，先前杂草丛生，一片瓦砾狼藉。前几年，她深圳的一个朋友决定投资沙颖宾馆时，同时也花了近三百万在这里建了幢小楼，本来是打算作为他与曲颖在这里偷情的住处。不料豪宅刚就，公子命薄，在一次车祸中魂归西天，把这幢豪宅留给了曲颖。周治平来到曲颖的别墅时，已带有些许的醉意。曲颖最喜欢看到周治平微醉的状态，两人见面后，自然又是一番缠绵。

第二天，周治平一到办公室，就给管冠南打了个电话，说："冠南啊，我昨晚回来了，你先处理下手头的事务，咱们十点后开个书记办公会吧。"随后，周治平又依次跟赵玉龙、郑守京和吴晓莉打了招呼。

昨天回来后见到的建设场面，让他不得不承认管冠南搞经济建设确实是一把好手，看来这几个月管冠南占了先机。按汪金生的话说，现在沙颖的现状是言必称管市长。汪金生建议他要借目前形势，把招商引资的口号喊得响一些，反正两个月后他还要到中央党校学习，到时候，趁机把这些压力甩给管冠南。他觉得汪金生说得有道理，除此之外，防疫工作总结表彰、廉政建设、项目建设，以及其他各项工作都要大张旗鼓地开展起来，争取造成更大的气势，以换回上半年输掉的局面。另外，干部调整也要在这两个月完成，不然，沙颖的人气不会聚集到市委方面来，自然也不会聚到他周治平这儿来。他一边想着，一边在笔记本上列着议事的提纲。

提纲写完后，他看了看表，才九点半，他觉得自己应该给省委书记打个电话，汇报一下自己的想法。他拨通了省委书记的电话，说自己昨天已回到沙颖，现在沙颖经济发展势头非常好，自己正准备借防疫工作总结表彰会，把招商引资和项目建设再推进一步，等忙过这一段后再到省里向他汇报。省委书记说："管冠南搞经济是有一套的，你要珍惜这个来之不易的局面，我支持你的这个设想。

我准备月底去一趟沙颍，同你们好好聊聊。”周治平听了，非常高兴，这次自己总算抢了个先机。他觉得有了省委书记的支持，这两个月一定会扭转眼前的被动局面。他看看表，快到十点了，便收拾好东西朝三楼小会议室走去。

周治平微笑着同已来到会议室的管冠南、赵玉龙、郑守京和吴晓莉打过招呼后，说：“开会吧。这几个月来，同志们都很辛苦，也取得了很大成绩。今天的书记办公会，请各位通报一下各自分管的工作情况，然后，我们研究一下今年下半年的工作要点。”

管冠南他们依次汇报完毕后，周治平说：“听了大家的发言，我觉得大家提出的意见都很好，归纳起来，我觉得下半年有这么几项工作要做：一、加大招商引资工作的力度。今年上半年，全市招商引资只有二百亿，按说也不算少了，但是还不够，要把步子迈得更快一些，下半年要力争弄到三百亿，全年要落实五百亿的招商引资任务。要把这个任务分解到市直各单位，分解到各县市区，完不成任务的，黄牌警告，末位淘汰。二、关于企业改制问题。要坚决按照中央的相关精神和国家相关政策，建立健全现代企业制度，实现真正意义上的改制，绝不能换汤不换药，继续搞翻牌公司。这件事市政府要下大力气，方案由市长办公会拿。有关事宜不要再拿到常委会、四大班子会上来。三、关于政治体制改革，目前要着重抓好县乡政府体制改革，干部实行去劣存优，并有计划地分流干部到沿海、到发达地区锻炼成长。四、积极筹备姓氏文化节，把这个文化节办成招商节，促进全市的经济腾飞。五、关于干部调整工作，我们准备拿出一百个职位在全区范围内公开选拔，请组织部拿具体意见。六、关于近期工作，一是召开防疫工作总结表彰大会，动员招商引资；二是开展上半年工作检查，分类排序，末位进行诫勉谈话，年终一票否决。大家还有啥想法？”

这下轮到管冠南他们惊愕了：这个周治平怎么一反常态，表现出如此果断的态度？莫非真的通过在中央党校的洗脑，变成了另外一个人？

见大家没有再发言的意思，周治平说：“如果没有别的意见，下午召开常委会，大家再议议。后天开全市干部大会，乡镇党委书记一级都要参加。散会！”

管冠南说：“周书记，中午你要是没有别的安排，我们几个给你接风吧。”赵玉龙说：“对，让管市长请客！”周治平说：“可以。曲颖，你安排吧，反正是管市长出钱，再叫上杨庭凯和张明宽，不然我们几个不够桌。”

中午的接风酒喝得很畅快，大家推杯换盏，其乐融融。不多一会儿，周治平就有些不胜酒力了，话也说得多了起来。他说：“这段时间，我想开了，当一把手就要放开些，咱们沙颍哪个方面取得成绩不是市委的？你们放心大胆地干吧。我是坚决支持你们的。我支持，支持你们可不是叫你们犯错误，犯了错误，不管大小，都是你们自己的。你摸石头过河，摔倒了，碰伤了，疼还是你自己的。我在党校学习，可顾不上救你们啊。喝，喝，人生难得一回醉。”郑守京碰了碰管冠南，小心地说：“看清了吧，大市长，这才是他的真心话。”管冠南笑着说：“管他呢，只要是支持咱们，不从中使绊子就行。”张明宽也小声地对管冠南说：“你要小心，恐怕周治平的背后有高人支招呢。”管冠南笑着点点头。

文玟在文珞的指点下，卖掉了一个多月前购买的鹿荣股票，这次抛出后净赚了一千二百万。她觉得这钱也来得太快了。正高兴时，郑治业打来电话，说他要到省城去办鹿荣的债转股手续，问她有空没有。她连声说：“有空，有空，正好我也要回省城，现在在龙湖的家里呢，你来接我吧。”说完，换了身衣服，然后化着妆同父亲说着话，她告诉父亲：“省团校办有一个搞家政的专业，毕业的学生素质很高，能做家务、做饭，还粗通琴棋书画，我准备给家里物色一个。”文冶秋问：“那工资待遇一定要求很高吧？”文玟说：“不高，现在中专生分配难，我们给她工资，还管吃管住，另给她发奖金，估计一年一万块钱就能打发了。”文冶秋没有吱声，她觉得父亲是担心钱，就说：“钱的问题你别管，我给您一百万，足够您找个保姆的。”文冶秋说：“你咋那么多钱？来路正吗？”文玟说：“我的钱一分一厘都正得很。这几天，我跟文珞哥做了笔生意，净赚了好几百万呢。”她觉得没有必要同父亲说得太细，便赶紧转移话题：“爸，以后咱家可是不会缺钱的。像你女儿这么有本事的人，这社会上还少呢。”文冶秋说：“小玟，你挣的钱只要来路正，咋花我都不管，可你得想着你姐呀。她身体不好，你冠南哥又是个清官，没几个钱……”文玟说：“我知道，我最近准备以管莹的名义给他们存二百万备用呢。”

三十四．公选出问题了

这一阵子，管冠南带队去南方考察了，周治平在沙颖慢慢地找回了感觉，一些疏远他的人开始陆续向他套近乎、表忠心，那些先前保持密切联系的人，这段时间跟他走得更近了。公选处级干部的工作也在有条不紊地进行着，省委组织部部长亲自就此事打来电话说：“一下子拿出这么多职位，而且还是这么多重要的岗位进行全市公选，这在全省是第一个。你们要认真组织，总结经验，将来好在全省甚至全国推广。”

他觉得更舒心的是，这段时间，他和曲颖的关系也摆得很妥帖。白天，他是市委书记，她在他面前唯唯诺诺。晚上，她把他当做丈夫，伺候得无微不至。到平原五年了，他第一次发自内心地感受到“家庭”的温馨。

这会儿，曲颖正躺在他怀里告诉他，这段时间，为了公选，不少人排队来送礼呢。不过，等公选的名单大致定下来后，她准备象征性地退掉几个人的，然后舆论上宣传一下。周治平点点头，顺手捏了捏曲颖的脸蛋，表示对她的赞赏。曲颖嘿嘿一笑，接着说：“暑假后再到北京上学时，多带些钱，把各方面的关系都尽可能地利用好，争取短期内再升半格，不然明年就五十岁了，再不弄个副省级，以后进中央就没优势了。还有，老爷子那里你要多走走，送些他喜欢的东西，关键时候还得老爷子说话。”这番话说得周治平很感动，他情不自禁地搂紧曲颖说：“颖，你真好！”

曲颖提醒周治平说："公选的初选人员名单，最好明天能定下来，不然，管冠南回来后，怕会节外生枝。"周治平说："眼下不能定呀，赵玉龙在省里开会，郑守京和吴晓莉跟着管冠南去南方考察了，连个书记办公会都开不成，在家的常委还不到半数。"曲颖出主意说："那就把面试提前，等他回来后，面试都结束了，定下的人员还不是圈内的？"周治平想了一下，觉得可行，立马打电话给汪金生，让他抓紧安排。

市计生委主任张康生来到管冠南的办公室，汇报完自己手头的工作后，问管冠南："管市长，关于这次公选笔试，您听到啥风声没有？"管冠南说："我昨晚刚回来啊，没有听说。怎么？有内幕消息？"张康生说："我听说漏题了。有的参考人员是带着答案进考场的。现在，群众的议论很多啊。"管冠南说："不会是别有用心的人背后造谣生事吧？"张康生说："不会！我家一个亲戚考试前就花一千块钱买到了一份试卷，进考场后发现果然是真的。不过，他没有进入最后的面试圈子，觉得亏，这才来我这儿检举揭发了。他本人愿意为此写证明。我个人觉得，这事背后肯定有隐情，这样弄下去，迟早会出大问题的。"管冠南绷着脸说："让你那个亲戚尽快写个材料，中午十二点前交给我。我马上处理一下这事！"

张康生走后，管冠南皱着眉头想了一会儿，觉得公选这事一旦真的出了问题，绝对会成为沙颍地区最大的政治丑闻，这件事绝不能含糊，要尽快查清。他立刻给郑守京打电话，叫郑守京马上放下手里的工作，到他办公室来一趟。管冠南把张康生所说的公选的事跟郑守京说了一遍，然后说："这可是大事啊，咱们千万不要闹出什么全国性的政治丑闻，必须查！马上查！"郑守京说："岂止是丑闻，这简直是在践踏党纪国法！"管冠南叮嘱道："此事暂时不宜公开，咱们暗地里查查清楚再说。"郑守京说："您放心，我知道孰轻孰重。"这时，张明宽打来电话，说："冠南啊，我这两天听说公选不公啊。我手头收集了一些材料，我回头给你送过去吧。"刚挂掉张明宽的电话，周治平的电话就打过来了，通知管冠南下午开书记办公会，商讨一下文化节筹备和公选的事情。

会上，周治平对汪金生说："今天书记办公会想听一下公选的情况，你把公选的面试名单向大家通报一下吧。"汪金生说："这次公选工作，我们在周书记的直接领导下，本着公开、公平、公正的原则，对报名参与公选的一千七百名对象，按公选政策进行了资格审查，并成功地进行了笔试。考试后，我们对招录的一百个岗位，拟以一比五的比例按分数高低选择五百人参加面试，面试后按一比二点五的比例选择二百五十人进行考核。现在笔试刚刚结束，确定的面试人员名单我带来了。”他把名单发给大家后，继续说：“我们这次公选，得到了省委组织部领导的高度评价，他们认为我们开辟了干部任用的新路，准备总结我们的经验进行全省推广呢。”

郑守京冷冷地说：“汪部长，我们这次笔试没有漏题吧？”汪金生一怔，忙反问：“你这是什么意思？”郑守京说：“我听说，好多人是带着答案进考场的。”周治平说：“守京同志，你这不是开玩笑吧，说这话是要负责任的！”汪金生猛地站起身，把桌子一拍，说：“你说这话要有证据，拿不出证据，我跟你没完！”管冠南说：“有理不在声高，你拍桌子干啥？坐下！”然后，他转头对周治平说：“周书记，公选是好事，千万不要让个别老鼠屎搅坏一锅汤啊！”

周治平冷哼一声：“管市长，你不要跟着人云亦云，说话还是要凭证据的。”

管冠南笑道：“周书记，你想想看，没有证据，我能说出这种话吗？”

周治平暗自盘算，如果管冠南、郑守京没有掌握充分的证据，是不会在书记办公会上公开发难的，这里面肯定是出了问题。于是，他宣布会议结束。会后，他叮嘱汪金生和曲颖，赶快去查清到底出了什么问题，赶紧弥补。

汪金生和曲颖商量了半天，达成了两条共识：第一，假如查清是哪个环节出了问题，请周治平出面挽回。第二，抓紧组织人去告管冠南，赶快把他挤出沙颍。

三十五．玩火者必自焚

曲颖给周治平递上一块冰镇的白兰瓜："我组织一些人写好了告状信，已经寄到中纪委和省委各常委那里啦，共列了十八条罪状呢。我明天再把他平常讲话里的漏洞扒拉一遍，再列几条。什么职工下岗是社会进步，什么土地零转让等，把他的猫腻都揭出来。还有他的小姨子，现在已经畏罪潜逃到美国了。"

周治平说："怎么？文玟到美国了？"曲颖说："人家管冠南不像你，后路早就留好了。"说着，她把头伏在周治平的肩上说："你明天到省城后，去见见省委书记，最好什么都不要说，单纯地跟他告个别。到党校后，抓紧联系在北京工作的事，沙颖这平原不是你这个外地人的天下。"周治平说："管冠南抓住公选漏题的事不撒手怎么办？"曲颖说："我来应付吧。随机应变。"

快下班时，管冠南接到了省委书记的电话。省委书记说："冠南啊，我向你通报个情况。最近你们沙颖有几封实名举报信，是针对你的，中纪委那边也催着要结果，我们只好照规矩办了。你要正确对待这件事啊，有些事情查查也好，澄清以后对你有好处。"管冠南一愣，忙问："需要我离岗回避吗？"省委书记说："我是相信你的。在此期间，你的工作照常开展，要一如既往，干得更出色才行。"管冠南问."他们什么时候来？"省委书记迟疑了一下说."最近几天吧，你心里有个数。"

调查组进驻沙颖后，政治空气空前紧张起来。很多相关人员都被叫去协助了解相关情况，不过，随着调查的深入，管冠南的问题倒是越来越清晰了，而关于周治平的各种传闻反倒多了起来。

一个月后，调查组离开了沙颍。管冠南清者自清，不仅把问题都说清楚了，而且，随着调查的一步步深入，人们更加清晰地认识了他的为人，他赢得了上上下下的一片称赞声。不过，调查组离开的一个星期后，沙颍又进驻了一个工作组，这次调查的对象是周治平。曲颖一听说来查周治平，当时就慌了神。她三次紧急赴京与周治平商量对策，并将所收的款项一一退还了行贿人，还把全部责任都揽到了自己身上。有病乱投医的周治平找到老岳父说情，不想岳父发现了他与曲颖的奸情。岳父气得把他大骂了一顿，然后，再也不过问女婿的事了。知道了底细的沙颍人编了个顺口溜：“周治平，真不行，沙颍河畔抱曲颖。本想岳父能相救，谁料岳父绝了情。”

周治平被带走了，一去不复返，再也不会回沙颍了，等待他的是党纪国法的严惩。曲颖和汪金生犹如热锅里的蚂蚁，坐立不宁，上蹿下跳了一番，终究抵不过天网恢恢，都被请去“喝咖啡”了。

文珈挂职锻炼结束时，中组部经过考核，认为她在招商引资、防治疫情、卫生体制改革方面作出了突出成就。她被任命为平原省副省长，分管科教文卫。管冠南专门给她举行了送行宴会，一向矜持的她喝得大醉。她握住管冠南的手不松，动情地说道：“我知道自己的分量，我咋能胜任副省长啊？冠南哥，不，管市长，我要是能胜任副省长，你就能胜任副总理。要是你做这个副省长，比我称职啊。”管冠南忙打住话头说：“别乱说，你这个年龄就当了副省长，没准儿以后还能往更高处走呢。不管到啥时候，别忘了咱沙颍啊。”文珈说：“我永远是你的副市长，只要你一句话，我绝对照办。”管冠南笑道：“那我可就代表沙颍一千多万老百姓先谢谢你文副省长啦。”

不过，管冠南这个市长可做不成了。下午，他被省委召了回去。省委书记说：“冠南啊，你去沙颍不到一年，成绩很显著。但由此引来的争议也很多，譬如举报信里反映的那些问题，有一部分暂时无法界定，这样很不利于你在沙颍工作。为保护你起见，我初步考虑将你调回省里，担任省国资委党组书记、常务副主任，你觉得如何？”

管冠南问：“常委会定了？”书记说：“还没有，我先向你通个气。”管冠南一脸不悦地说道：“我到哪里工作都无所谓，省里安排吧！”

第二天，管冠南还没起床，迷迷糊糊的接到了文珈打来的电话，说是今天上午省委准备开常委会研究干部工作问题。昨天夜里，省委常委和副省长们都收到了由张明宽、张晓东和龚颖华等近百名沙颖干部签名的联名信，强烈要求由管冠南担任市委书记兼市长。如果省委不答应，这些干部将集体辞职。管冠南一下子就醒了神，吼道：“胡闹，哪有这样要挟省委的？还有一点党性和组织原则没有？”挂掉电话，管冠南忙起床收拾妥当，想着怎么劝说张明宽他们，让他们收回意见，别给省委添乱。

省委常委会在平原省的大河迎宾馆六楼会议室举行，这天的议题是沙颖等三个市的领导班子组建问题。其他两个市的班子组建上午就达成了一致意见，但在研究沙颖市的领导班子问题时，大家出现了重大分歧。按照省长的提议，沙颖的市委书记由管冠南接任，而以省委副书记为代表的几位常委的意见是，应该另择新人出任沙颖的一把手。

省长的理由是，管冠南在沙颖工作的一年中，采取了一系列改革措施，拉大城市框架，膨胀城市经济。他制定了一系列优惠政策，营造资本洼地，引来了三十亿资金建了沙颖温州城，同时还引来了百亿以上的建设资金。在改革的实践中，他像管理企业一样管理政府，在政府系统实施效能革命，把矛头对准那些有令不行、有法不依的单位和个人。这些，在别的市，甚至在省直单位都没有先例。省长最后说：“所以，我认为，管冠南同志是个能干事、敢干事、能干成大事的人。如果让他在沙颖主政几年，沙颖的明天会更好！”

那位副书记说话永远都是不急不躁：“我同意省长对管冠南同志的评价。但是，在我们坚持科学发展观、建设和谐社会的大背景下，用这么一个人主政，我实在是有些担忧啊。短短的一年里，他就撤了两个县委书记，请同志们注意，我说的是撤字——这在我们平原省恐怕没有先例吧。我最担心的是，沙颖是个大市，是个传统农区，情况复杂，稳定是沙颖的第一要务，千万不能出乱子啊。当然，我并不是不支持沙颖的发展我认为沙颖的发展应该建立在不引起混乱的和谐发展基础上。我们在座的，大概谁都不希望有个在噪音中发展的地市吧。”

会议室静极了，静得能听到中央空调送凉风的轻微声音。针对两种截然不同的意见，省委书记陷入深深的思考。平心而论，两种观点都有道理。管冠南在沙颖工作的一年里，政绩是突出的。在疫情肆虐的年度里，不少市的经济发展出现滑坡，而沙颖以两位数的发展速度增长，这在全省亦不多见。在撤掉周治平的这段日子里，他先后两次带领省委工作组到沙颖调研，有关管冠南的各种表扬自然听到了不少。只是管冠南的很多另类做法，譬如投资股票，譬如零地价转让一些土地，其中不乏违纪违规的因素。如果让管冠南担任市委书记，难保他不会做出更令人匪夷所思的事情来。想到这里，他站起身来说：“时间不早了，中午吃饭时大家再思考一下，下午三点半我们在这里继续议。”

在下午的常委会上，大家经过激烈争论，最后，省委书记和省长一致表态，同意管冠南出任沙颖市委书记一职，副书记没有再坚持自己的意见，但提出让省政府副秘书长、省政府法制办主任吴寅担任市长。他的理由是，吴寅长期在政府机关工作，原则性强，政策水平高，由他与管冠南共事，对管冠南也是一种约束。最后，会议达成共识：管冠南任沙颖市市委书记，吴寅任沙颖市市委副书记、市长。沙颖市其他的几个主要市委常委人员也都一一定了下来。

管冠南接到去大河迎宾馆谈话的通知时，正在家里练字，放下电话，他急忙安排司机赶了过去。肯定是自己工作的安排问题，上次和书记的谈话不欢而散后，自己心里打了半天的鼓。他一心想回沙颖，一心想在那片热土上干出一番成绩，不知道省委能不能体会到自己那颗炽热的心。

大河迎宾馆始建于上世纪五十年代，北靠黄河，西邻邙山，先后接待过中国四代领导人和外国政要。在平原省人的眼里，这里一直是个神秘的地方。管冠南沿着外环路、迎宾路，一直到达迎宾馆的东门。进门后，管冠南下了车，让司机把车开到停车场，自己缓步前行，这是他多年的习惯。刚到“大老板”办公的六号楼前，秘书小郭就拦住了他。小郭说：“管市长，书记让你去楼后边的林荫路那儿找他。”管冠南问：“老板找我干啥？”小郭笑道：“我可不知道。过一会儿你就一清二楚了，还是快过去吧。”傍晚，林间树丛中斜透进缕缕阳光，如梦如幻。省委书记正在那伸着懒腰，比画着不规则的太极拳。管冠南看到这个景象，心里一下子莫名的轻松了起来。省委书记笑呵呵地招呼他过来，指着旁边的一棵水杉对管冠南说："冠南啊，你知道不，这水杉是远古时代留下的稀有树种，是植物活化石。水杉种植多的地方，氧气含量比一般的地方高三四倍，有氧吧之称。"

管冠南此刻有些心不在焉，怎么，这么急找我来，总不至于是来谈水杉的吧？

省委书记接着说："水杉幼树为夹塔形，老树为椭圆形，树姿优美，树干挺拔，叶形秀丽、飘逸，叶色多变，是很好的观赏树。置身于这般美景中休息养神，或品书阅报，或博弈棋牌，当是人生快事。"

管冠南心里开始飞速盘算，怎么，这是委婉的劝自己退隐林泉？

省委书记似乎根本不在意他的情绪变化，接着说："沙颖，那可是中国文化的活化石啊，羲皇文化、老庄文化……那块土地蕴藏的古老文化博大精深，源远流长啊！"

管冠南这时似乎才有些明白，但心里没有把握，不禁试探道："您的意思是想让我继续留在沙颖？"

省委书记说："咱们再转转，边走边聊。"

说话间，他们来到了梅园。书记又感叹道："梅花；它不畏严寒，无私地将芬芳绽放于百花之先，因此才特别珍贵啊。"

管冠南跟在书记身后，脑子一刻都没闲着，使劲揣测着书记每句话的言外之意。

转眼，他们来到了樱花园。书记说："虽然樱花是日本的国花，但实际上它原产于我国的长江流域，后来，逐步北移至我国的东北，后来又到了朝鲜、日本。樱花开得集中，败得干脆，不拖泥带水。每当樱花盛开时，日本那里是万人空巷，举家同游，大家一起欣赏樱花，同时会晤至交宾朋。樱花花开满树，花大艳丽，这是集体力量的表现，这种精神也是现代管理制度所崇尚的团队精神。可惜，我们来晚了，要是一个月前，我们就可以重睹樱花的芳颜了。"

管冠南终于明白了，省委书记这是在暗喻自己要关注传统文化，要发扬团队精神，用心良苦啊。看来，省里还是决定把自己留在沙颖了。

两人走到路边的一座小亭子里，书记招呼管冠南坐下，说："开了两天会，说了半天话，弄得我十分疲惫啊，谢谢你今天陪我转了这么一大圈。刚才光听我说了，你也谈谈自己对今后工作的想法。"

管冠南望着书记，一脸认真地说道："这段时间，我自己经常总结、反思工作的得失，也知道在目前的工作中，的确存在很多需要改进的地方。可是，对于沙颖，我确实是有一种非常强烈的愿望在支撑着自己，想干出一番成绩来。工作开展到这个阶段，总有一种兴犹未尽的感觉，自己的很多规划、想法还没有完全实现，很多举措也都没有展开。如果这个时候回省城，不瞒您说，我真是觉得有许多遗憾。"

省委书记笑道："我清楚你的心思，省委也知道你想在沙颍干下去的决心。经过这段时间的反复沟通和研究，我们觉得还是由你主政沙颍合适些。"接着，书记把常委会研究的意见向管冠南通报了一遍。

管冠南难以抑制住自己心里的高兴劲儿，脸上顿时乐开了花。他激动地站起来，握住书记的手说："谢谢省委的信任，也谢谢您对我的信任。我一定要加倍努力工作，不辜负省委和您对我的期望。"

省委书记说："不要先急着说感谢的话，我们都等着看你的成绩呢。把沙颍交给你，你要好好干啊。"

管冠南说："当然，当然。不过，我有个请求，呵呵，不知此刻当讲不当讲？"

"言者无罪，有什么当不当的？"省委书记鼓励他说，"连你管冠南都对我有所保留，那我就需要三省吾身了。说吧。"

管冠南说："我请求省委在适当的时候给沙颍一条政策，那就是，允许沙颍市在不违背国家政策法规的前提下，可以采取更灵活的政策和做法，探索加快发展的新路子。"

省委书记思考了一会儿，说："可以考虑。冠南啊，说实在的，我从来不怀疑你主政一方的能力和魄力，但是……"省委书记停住话头，转眼望着夕阳下静谧的迎宾馆，像是自言自语似的说，"一把手，作为地方一把手，首要任务是保持地方的稳定啊。中央要求我们以经济建设为中心，但是，你要记住，也要求我们建设和谐社会啊。作为一把手，一定要团结多数同志，要最大限度地发挥班子整体的积极性。不能强调个人英雄主义，弄到孤家寡人的地步啊。”

在静谧的林荫道上，省委书记和管冠南一路走一路说，书记对管冠南反复强调班子团结的问题。最后，书记送给管冠南两句话：“惜团结是大聪明，会团结是真本事。”

第八章 换届

三十六．美色当前，进退两难

接到省委组织部通知时，省政府副秘书长兼省法制办主任吴寅正在老家蓼城。他应家乡所在市的邀请，参加了当地正在举办的全国性茶叶发展高层论坛会。会后，他趁机回蓼城看望久病的父亲。

父亲的身体一直不好，这成了远在省城的吴寅的一桩心病。吴寅这次回来，半公半私，本想多陪老父亲几天，无奈接到省委组织部要他今天必须赶回省城的通知。多年的官场经验告诉他，很可能是自己的工作岗位有变动，不然，组织部是不会火急火燎地让他这个副秘书长当天赶回省城的。

此刻，望着在临窗的写字台前边咳边伏案赶写县志的父亲，吴寅欲言又止，父亲说："你有事就说吧。"吴寅说："我马上要走，组织部刚打电话催得很紧。很可能是我的工作有变动。"

父亲停下手里的笔，望着吴寅："工作变动是你要求的吗？咱们不能给组织找麻烦，更不能跑官要官啊。我觉得你现在做副秘书长就很好，这个职务似官非官，又稳当又保险。现在做官的，有几个能做到一辈子清廉的？后半生为了几个钱进监狱的，每年都有一批人哪，不值得。再说，做官责任重大，现在像什么社会稳定啊、信访啊、安全生产啊，这些工作多难做啊。"说着说着，他又剧烈地咳嗽起来。缓过气来后，他接过儿子递过来的一杯水，喝了一口，望着吴寅，接着说道："还是做办公室主任好啊，许多做办公室主任的人，都练就了不卑不亢、不温不火、处事稳健、处变不惊的素质。这点本事是历练出来的，需要时间啊。你今年才四十二岁，先磨个几年再去主政也不迟啊。”吴寅解释说：“现在还没有确切消息说是让我到哪一个地方主政。”父亲微微一笑：“这不是明摆着的事吗？你是省副秘书长又兼着法制办主任，如果不让你主政，难道还会安排到别的厅局？”

这时，吴寅的手机响了。他刚一接听，郁萌的大嗓门就传了过来：“大秘书长，你现在在哪儿呢？还稳坐钓鱼台呀？我们又要到一起工作了，还真有缘分哪！”

吴寅语调平静地对郁萌说：“我现在在老家，耳目闭塞，消息不灵通，请你详细说说。”郁萌便把省委常委会公布的沙颍党政班子的配备情况向吴寅详细介绍了一遍，语气里洋溢着一股兴奋之情，大声说道：“大秘书长，你在市级岗位上过渡几年，以后那可是前途光辉灿烂哪，老兄以后可要多关照小妹我啊。”

吴寅听完，略加思索后对郁萌说：“我听说管冠南这个人不太好相处，你了解不？这样吧，我今晚赶回去，请你喝咖啡，咱们坐一块儿好好聊聊。另外，代我向伯父问好，好久没去看望他老人家了。”

三十年前，曾任省政府秘书长的郁道轩被下放到蓼城当县委副书记，和时任县委办事员的吴建国建立了比较深厚的交情。自此，两家人的关系一直非常亲近。到了郁萌和吴寅这一代，两家走动频繁，关系更是密切。

当晚，郁萌和吴寅两人在咖啡厅谈了很久。最后，他们对于即将到沙颍赴任达成共识：步调上一定要保持一致，先观察管冠南的各方面情况，了解对方的底细，然后，随时沟通情况，商量对策，一定要在沙颍站稳脚跟。

管冠南任沙颍市市委书记的消息，常务副市长李瘦石第一时间就知道了，准确地说是在省委常委会还没结束时，就有人打电话“知会”他了。自周治平被带走后，由他主持市政府工作的这段日子以来，他一直关注着市委书记、市长这俩位置，尤其是市长的位置。他是恢复高考制度后的第一届大学生，做过县委办公室秘书、乡长、乡党委书记、副县长、县委副书记、县长、县委书记、副市长、常务副市长，九个台阶，每个不多不少两年半左右，只是在常务副市长的位置上稍长了点，已经快五年了。他今年四十九岁，据省里内部人说，一超过五十这条线，就不会再作为市长人选被提名，他一想起这事就特别窝心。

去年开始与管冠南合作共事后，他时时感到力不从心，对管冠南的工作风格，他感觉很难适应。去年年底听说管冠南要调走，他感到如释重负。后来，管冠南回省城的一段日子里，由他主持市政府工作，他觉得如果这段时间能把工作维持好，沙颍市长的帽子必将戴到他的头上。谁知道主持工作这个活不是好干的，管冠南在沙颍全城铺下了一大堆工地，拆迁、水电、项目资金、上访……弄得他成天焦头烂额。他也清楚，现在的官场很复杂，调动职务更是难上加难。这段时间里，为了谋求市长的位置，他曾上北京跑省会，找了不少人，送了不少礼，也花了不少钱，这些年他精心收藏的精品字画都送了出去，没想到却落了个竹篮子打水一场空。

想到这儿，李瘦石忍不住有些焦躁，他站起来给自己的茶杯里又添了些水，然后又坐到自己宽大的办公桌前。他想，早知道管冠南能当市委书记，自己也应该在张明宽他们的挽留信上一起跟着签个字。现在的结果是，让死保管冠南的那些人抢占了先机。多年的从政经验告诉他，一个地方的一把手和二把手、三把手是有极大差别的，疾恶如仇的管冠南对他的看法足以影响他的后半生，自己无论如何都要重新构建同管冠南的关系。他望着杯中绿莹莹的飘荡的茶叶，认真地思考着。

“有办法了！”李瘦石心中猛地闪过一个念头，自己可以先到龙湖文冶秋家去一趟，趁机和老先生拉近一些关系，以后在管冠南面前，也有点退身步。文老先生和自己的父亲原是同窗，彼此间多有走动，父亲为自己说话也方便。只是给这位老先生带些什么礼物好呢？文老先生在古玩字画圈子里品味甚高，一般的物件他是看不上的。他记得父亲还存有一幅民国时期徐世昌下野后抄录的《红楼梦》诗词卷，只是不知父亲是否会舍得忍痛割爱，为了儿子的前程，为了以后不让自己在管冠南面前穿小鞋，把这宝贝拿出来。

李瘦石正踌躇间，桌上的电话响了。他接起来一听，原来是干儿子栗勇，栗勇说他半小时后就到，要他无论如何都要在办公室等着。李瘦石听到这话，心里立刻犯起怵来。他知道，栗勇这次是为那只“黄地珐琅彩牡丹唐草纹碗”而来，来者不善哪。春节后，栗勇找到他说，如今官都是要“跑”的，干爸你不能坐等从天上掉下肉饼来，需要花钱你尽管说。我有的是，二三百万的都是小意思，咱无所谓，说着就从包里拿出一只碗。李瘦石接过来一看，见上面印着“康熙御制”的字样。他知道这是好东西，肯定价值不菲，便推脱谢绝。不料后来让做市人事局副局长的老婆尹淑芳收下了，之后尹淑芳又逼着他到省城去送了人。临送人前，他找了位专家给看了看，专家说，市值最低也能达到五十万元。东西送出去了，事却没有办成。昨天，栗勇就打电话想要回这个宝贝，这可叫他到哪里去找啊！

这个栗勇，是李瘦石原先在乡里当一般干部时，所在乡时任党委书记的儿子，学习不怎么努力，但很聪明。他没有考上大学，直接当了兵，复员后通过李瘦石的老婆，安排到当时的地区人事局培训中心。人事局的培训中心是个烂摊子，人员都是有背景的，栗勇为人大方，把一些调皮捣蛋的主儿整治得服服帖帖，很快就做了培训中心的副主任。早几年时兴干部下海经商时，栗勇又找到李瘦石的爱人，软磨硬泡当上了市人事局机关服务中心的主任，在汽车站附近租了幢小楼，开始倒腾起生意来。小到柴油、化肥、种子，大到汽车修理、网络工程、建筑工程，没有栗勇不介入的。几年下来，栗勇的账上捞进了不下一千万，而妻子尹淑芳也从中得了不少好处。栗勇对妻子的称呼也由尹局长、尹阿姨变成了“干妈”，李瘦石自然成了“干爸”。这几年，他直接或间接地给干儿子介绍了不少工程项目。

想到这里，李瘦石觉得有些释然。他觉得自己给栗勇介绍的工程少说也让他挣了四五百万，这样算起来，栗勇拿出五十万给自己弄只康熙年代的珐琅碗也算不得什么。况且栗勇的目的也是非常明显的，他就是想让自己当上市长，以便日后利用自己攫获更多更大的利益。不过，这个栗勇也不是好惹的，前一段因为货运市场的事，栗勇大打出手，组织人把对方打成了重伤。要是这个混球对自己来点什么，那后果将不堪设想。

正在李瘦石胡思乱想间，门外传来敲门声，随着李瘦石一声“请进”，栗勇推门晃了进来：“干爸！”

李瘦石镇定了一下情绪，慢慢抬起头，低声说：“哦，是你？有事吗？以后在这里不要喊我干爸，要注意场合！”

一看李瘦石绷起了脸，栗勇心里便怯了三分，他小声说：“知道您这两天心情不好，我特意在咱家的酒店里给您准备了一对熊掌，请您过去品尝。这熊掌可是我托人从东北寻来的，正宗货。”

李瘦石本来不想吃什么熊掌，尤其是在栗勇的大白宫酒店，影响不好。但因为那只珐琅碗的缘故，他不好驳栗勇的面子，便淡淡地答应了。只是，他还貌似无意地问了一句：“寻到这么好的东西，你还请了谁啊？”

“没有别人，就您和市法院的柳院长，您看是不是还要请下谁？”

“吃个饭找那么多人干啥？”李瘦石说着，站起身收拾起桌上的文件，问道：“带车没，你带车过来了，我就不要车了。”

“带了，还是那辆旧奔驰。”栗勇回答道。

“还说是旧车，贪心不足的东西！”李瘦石心里暗骂道。这辆车可是市棉麻公司要债抵来的，栗勇求着自己用不到三分之一的车价弄到手的。想到这里，李瘦石的心里更加坦然了。

栗勇的白宫大酒店在整个沙颍市也是数一数二的，这不仅是因为白宫的建筑风格别具一格，更因为其中的野味以及附设的洗浴中心的豪华程度在省内都是首屈一指的。京城和省会的一些要人来沙颍时，常被安排住到这里。白宫大酒店的大餐厅装饰得相当豪华，餐具都是纯银的：银酒杯、银筷子、银汤勺、银托盘……

李瘦石与栗勇刚刚坐定，市法院的女副院长柳莺与白宫前厅经理肖莉便款款走来。栗勇说：“今天，俺干爸，也就是咱李市长在百忙之中光临这里，我特意请柳院长和肖经理过来作陪。大家都不是外人，一定要开怀畅饮，尽兴而归啊。”

肖莉娇滴滴地说：“老板啊，我们还没有拿筷子呢，你就让我们尽兴而归，啥意思哟！”说着站起身，拿起珍藏三十年的精品茅台酒，挨个儿给大家斟满了杯子。此时的肖莉，穿的薄如蝉翼，该露的地方，肤如凝脂，不该露的地方，若隐若现，特别是那对丰满的乳房，像对小兔子一样在李瘦石身边蹦来蹦去，蹦得李瘦石忍不住想入非非。

栗勇看在眼里，喜在心里。他忙着张罗大家说：“看我这张嘴，就是不会说话。大家别见怪。上菜，上菜。”

六个凉菜上完后，大家喝着酒，说着客气话。待几杯酒下肚，端上凤翅熊掌时，栗勇的话多了起来：“干爸，这道菜，可是我专门跑到山东请孔府的厨师做的啊。色泽红亮，香味浓郁，酥烂味醇，造型美观。大家快尝尝。”

大家动起银筷，品尝后都忍不住连声说：“不错，不错。”

见大家都夸赞开来，栗勇有些得意，又指着一盘刚端来的菜说：“这是红烧鹿筋，汁浓味醇，鲜香味美，快尝尝。”

大家吃着喝着，酒酣耳热时，栗勇佯装醉态，大声说：“柳院长，柳莺，你只比我大一岁，是我的小姐，不，是小大姐；肖莉，你是我的小妹，不，小小妹。李市长是我的干爸，也是你们的干爸。来，咱们敬干爸一杯。”他说着，一仰脖子，干了一杯，又倒上满满一杯，晃晃悠悠走到李瘦石面前，双膝朝地上一跪：“干爸，您不喝，我就不站起来！”

李瘦石没有想到栗勇会有如此举动，忙接过酒杯，说：“快站起来，站起来，别这样，别这样。”说着把栗勇拉起来，把酒喝了下去。

栗勇回头招呼道：“肖莉，柳莺，快敬干爸！”

肖莉和柳莺见状，忙端起酒杯，一起站起来，异口同声地说：“敬干爸一杯！”

见李瘦石把她俩敬的酒都喝完，栗勇说：“这个房间的音响不错，咱们给干爸唱几首歌吧。”说着打开了卡拉OK，点了两首歌——《真的好想你》、《久别的人》，然后，使眼色让肖莉把麦克风拿了过去。

肖莉扭捏了一下，娇滴滴地说：“那我就抛砖引玉吧，献给干爸一首《真的好想你》。”说着，她靠近李瘦石坐下，轻轻地唱了起来。

在肖莉的歌声中，栗勇挽起柳莺的腰，两人跳起舞来。肖莉唱着唱着，就伸出胳膊挽起李瘦石，像个孩子似的把头靠在李瘦石的肩上。一曲唱罢，肖莉把麦克风递给了柳莺。在柳莺唱歌的时候，栗勇趁大家不注意，把一包药倒进了李瘦石的酒杯中。等柳莺唱完，栗勇端起杯子说：“二位唱得真好，来，咱们干了这杯。”

李瘦石喝醉了。

朦胧中，他记得自己是被人搀扶到白宫大酒店的总统套间里的。然后是浑身的燥热，再之后，是肖莉帮他脱去衣服的。他很想拒绝，却又无力抗拒，只能由着她把自己脱得光光的。

肖莉望着赤身裸体的李瘦石，不由得感慨真是造化弄人啊，昨天还在主席台上衣冠楚楚的副市长，眼下竟像条死狗似的躺在自己身边。人生如梦啊，要不是栗勇的精心安排，自己是无论如何都不可能与炙手可热的副市长同床共枕的。总之，搭上了李瘦石，自己后半生就算有了保障，有了今天，自己一定会有更美好的明天。

黎明时分，李瘦石在肖莉的撩拨下渐渐清醒了过来。看到躺在自己旁边的一丝不挂的肖莉，李瘦石先是吓了一跳。当肖莉红着眼圈趴在自己怀里的时候，他还是忍不住把自己的手搭在了她身上，摸到肖莉光滑细嫩肌肤的一刹那，李瘦石再也忍不住了，他开始兴奋起来，翻身把肖莉压在了身下……

当李瘦石喘着粗气躺下来的时候，肖莉面色潮红着喃喃地说道："你可真行，棒极了！"

李瘦石笑着，把她搂到了怀里。

原本，李瘦石还算是个相对本分的领导干部，在女色方面他虽然有时想想，但终归只是脑子里过过瘾而已，并没有干过什么过火的事情。偶尔他也在一些场合同别的女人唱唱歌跳跳舞，但从来没有越过上床的大限。今天，他与一个在年龄上可以做自己女儿的女人同枕共眠，这将带来什么后果？妻子的怨恨，后院起火，同事的议论，职位不保，晚节不保，方方面面，自己又该如何面对？

肖莉见李瘦石闭着眼睛沉默不语，以为他仍沉浸在刚才的欢愉中，便将自己湿润的舌头伸进他的嘴里，用力地亲吻着。她的温柔消去了他的惧怕，过了一会儿，他又紧紧地搂住她："有这天生的尤物，还管那么多干啥！"李瘦石心一横，又趴到了肖莉身上。

又缠绵了一阵子后，肖莉说："昨天，栗总走时留下了一个报告，要您走时带着。"

李瘦石一听这话，顿时有种被愚弄的感觉，心里非常不舒服，但此时此刻又不便发作，便问道："这个浑小子在哪儿呢？"

肖莉一努嘴："在隔壁的房间里，可能正与柳莺快活呢。"

李瘦石问："他什么时候同柳莺勾搭上的？"

肖莉说："恐怕有好长时间了，我刚来白宫大酒店时，就发现他们的关系不一般。况且，我来这里已经快两年了，他们可不只这点时间了。"

李瘦石"哦"了一声再没言语，心里却打起了自己的小算盘。

三十七. 博士副市长的心思

管冠南坐在市委办公楼那间原本属于周治平的办公室里，心里颇有些感慨。去年年初，他坐进周治平的办公室里，还和周治平一起沟通工作的事，如今，时光荏苒，物是人非，一切都变了，就跟唱戏似的。

他记得自己曾到过这间办公室几次，那几次他总有些客人的感觉。此刻，他心里暗暗告诉自己，也告诉这间办公室，今天，这间屋子属于我，我才是这里的主人！今天，无论谁他都不想接见，他准备找找感觉，好好调整一下自己的思路，静下心来规划一下沙颍未来的发展方向。

他点燃一支烟，呷了口茶，身体尽可能地往巨大的老板椅的后靠背躺去。望着天花板上的菱形水晶灯，他开始慢慢地理顺自己的思路：就自己去年的观察和了解来看，沙颍同全省乃至全国的所有落后地区一样，都有着共同的制约瓶颈，思想上的、观念上的、资金上的、技术上的、人才上的、管理上的……总之，不发达的地方是相似的，发达的地方各有各的绝招。那么，在沙颍，究竟该如何运用政治手段推进经济尽快发展，赶上发达地区呢？对于去年自己的诸多做法，他现在想来，是不太满意的，毕竟当时自己不是方丈，只是个临时住持，就工作讲工作，就项目说项目，没有一个整体的能贯穿始终的纲领性的东西。即便不是像美国宪法那些几百年不变，至少也要有一个能震撼且鼓舞人心的方案，然后将这个方案用制度巩固下来。经过一代人甚至几代人的共同努力，让沙颍奔向辉煌的未来。想到这里，他觉得应该在去年人代会上形成的发展纲要基础上，再用一个月的时间调研、讨论，然后归纳整理出一个更加宏伟的中长期发展规划。至于近期工作，他觉得最好还是用老办法，压上一个中心工作，让全市干部、全市人民明白市委市政府在干什么。那么，什么才是近期能成为牛鼻子的中心工作呢？他又点了一支烟，继续认真地思考着，想了一阵子，他觉得还是以项目推进会的形式为好，把大家的积极性集中到经济建设上来。在会上，出台一些引进项目的政策，给大家分配任务，加压负重，变压力为动力，形成积极态势，鼓励大家做好当前的工作。

这时，天突然暗了下来。他看了眼墙上的挂钟，还不到五点呢，怎么天这么黑？他正疑惑间，狂风大作，暴雨骤至。真是好雨知时节啊，昨天他沿途看到沙颖大地的庄稼在夏日的酷热中已有些枯蔫，现在正是严重缺水时节，真是天助我也！这场雨如果能下透，全区的抗旱费就能节省好几千万。

想到这里，他踱到窗前，向下俯视路上的行人。显然，那些人都被突如其来的暴雨惊得四下奔跑，寻找避雨的地方。管冠南心想，人生也是这样变化无常啊，昨天也许还腰缠万贯，出入庭台楼榭中潇洒，今天可能就身无分文，为生计四处奔波了。昨天也许还在主席台上发号施令，今天就有可能身陷囹圄，成为阶下囚。自己前天不是还觉得前途茫茫，准备到省国资委上班吗？今天却坐在这沙颍的首脑机关充当核心人物，自己也经历了一次人生的暴风骤雨啊。他觉得，自己已经习惯了人间的暴风骤雨，天要下雨娘要嫁人，该来的注定要来。想到这儿，他拉开窗户，让外面的雨淋进来，冲刷着自己。他喜欢这种被风雨冲淋的感觉，只有此刻他才能深切地体会到什么叫淋漓尽致、斗志昂扬。面对狂风暴雨，有些人会选择退缩，会被狂风暴雨吓倒，会委靡不振，这是为人不齿的。其实，勇敢地面对了，体会了，才知道那突如其来的风雨是短暂的，风雨过后才会有彩虹。也许狂风暴雨会有些许凉、些许痛、些许心冷，但那是瞬间，瞬间很快就会过去的。想到这里，他甚至想大声地喊一句：让暴风雨来得更猛烈些吧！

这时，杨炳华推门进来了："管市长，不，管书记……"

管冠南被杨炳华逗笑了："炳华，你可是把我由'管市长'变成了'不管书记'啊。"

杨炳华自嘲道："您看我这个笨嘴，咋也吐不出象牙。我这是老称呼叫惯了，急不择词。"

"说吧，什么事？"管冠南问。

杨炳华说："这场雨下得很大，仅半个小时，市里就下了四十五毫米。刚才商城县打来电话，他们县的回龙镇发生了龙卷风，卷倒了一所小学，有几百名学生被砸在里边了。"

"快，通知郁部长、田副市长、农委、教育、民政、卫生等有关局的局长立即到商城，请公安武警组织抢救。你让郁部长、田副市长坐我的车，马上走！"管冠南厉声对杨炳华吩咐道。

"好！"杨炳华答应着，准备出去。

"你等下，那个，吴市长知道不？"管冠南问道。

"他在宾馆看地方志呢，说不让人打扰他，我们没有告诉他。"杨炳华回答道。

管冠南想了想说："那就不告诉他了，咱们走吧。"

外边的雨下得很大，整个大地一片白茫茫的。管冠南坐在车里不停地抽烟，呛得郁萌不停地捂着嘴咳嗽。她见管冠南铁青着脸，也就没敢多说话。

看来，今天不论从哪个高度讲，带着郁萌和田颖生都是对的，毕竟，这俩新调来的市委班子成员没在基层一线工作过。想到这里，管冠南问道："田市长在美国读博士前是干什么的啊？"

田颖生说："在家种地。我初中毕业后当过两年大队民兵营长，后来被推荐到省农大读了三年大学，之后又考上了农大的研究生。"

管冠南说："真是人不可貌相。我看你这文质彬彬的眼镜先生，说着满口的京韵，还以为是哪个大城市长大的呢，没想到与我一样都当过农民。你今年好像该四十五岁了吧？"

"四十六周岁。"田颖生回答完，再没有多言语。田颖生心想，这可不是在美国读书的时候，如今的中国官场，官大一级压死人，自己说话办事，还是小心些好。

管冠南回想起省委书记在介绍田颖生时说的话，据说，这个田颖生是省民盟副主席。按照惯例，他将来是要进省政府或省人大、省政协的。田颖生年轻，又是留美博士，也是国家乃至国际上小麦转基因方面的专家，在沙颖锻炼两年，可能很快就会回到省里。像这样的苗子留在基层锻炼，就是需要在政府管理方面锻炼，看来，要给他压些担子才行。

汽车在暴雨中行进着，突然车熄火了。司机连续发动了几次，也没有打着火。最后，司机无奈地说："没办法，水太深，淹了排气管了。"

"离回龙镇还有多远？"管冠南问道。

"六七里路。"司机回答说。

"下车，我们步行。"管冠南说着，伸手一把就拉开了车门，跨了下来。路上的水已经过膝了，车门一开，水一下子就灌进了车厢。

还是管冠南经验丰富，他穿着球鞋和大雨衣，任凭风雨肆虐，依然大步向前。可田颖生和郁萌拿的是雨伞，滂沱的风雨天气里，撑伞极不容易，他俩很快就累得气喘吁吁的。尤其郁萌还穿着高跟鞋，走起来一瘸一拐的，根本站不稳脚跟。大家正朝前走着，就听郁萌喊了声"糟糕"。

管冠南回头望了一下，问："怎么回事？"

郁萌说："我的鞋跟掉了。"

管冠南说："我当什么事呢，既然掉了就扔掉呗。"

听到管冠南说扔掉，郁萌心里有些不高兴："不是你的鞋，你不心疼，哼！"她心里真舍不得扔掉这双鞋，不仅是因为这双彩钻饰面的女士中跟凉鞋是她最喜欢的，更重要的是，这双鞋可是花了她一个月的工资才买来的。但是，在抢险的紧急关头，自己穿着一双断跟的凉鞋一瘸一拐地跟在大家身后，实在是掉链子。她不想让市委书记和同僚们看出自己娇弱，就一步一晃狼狈地跟着大家，咬牙坚持着。

到了傍晚，大家好不容易才赶到目的地。现场情况惨不忍睹，在断壁残垣中，伤的、死的学生躺满一地，哭声、喊叫声与风雨声交织，人们已然乱作一团。管冠南见状，立即把县、乡领导和市直的负责人叫来，让每个单位负责抢救一间倒塌的房屋。紊乱的秩序开始有条不紊起来。

按照分工，田颖生与鹿城县政府组成的抢险队负责小学校舍主建筑的房屋抢救工作。在忙乱中，田颖生的眼镜掉了，他顾不得在浑浊的雨水中把眼镜摸出来，只得在一片朦胧的视野中继续和大家拆梁拉椽，汗水和雨水一并朝下流，他脑子里除了救人还是救人。突然，他感到眼前划过一缕刺眼的光亮，霎时间耳边又“轰隆隆”地响起几声巨雷。然后，他觉得自己的背上被人猛击了一掌，他踉跄了好几步，还是控制不住一头栽倒在地。这时，他听到人们喊着“夏县长，夏县长”，冲自己背后跑去。田颖生忙爬起来，凑到人群中去看发生了什么状况。原来在田颖生拉椽之际，一根房梁在闪电中正往下落。鹿城的副县长夏玉河发现后，猛地把田颖生推倒在一边，自己却被房梁砸倒了。人们拼命搬着房梁和掉下来的瓦屑，抢救受了伤的夏玉河。

半夜时分，雨终于停了，抢救工作也告一段落。经清查，连同夏玉河在内，当场死亡的有二十三人，重伤者三十人，轻伤的有七十人。

望着眼前的惨状，管冠南心里非常沉重。他安慰着死难者的亲属，眼里流着泪，心里在滴血。

一直到天亮，好容易才做好了死难者家属的思想工作。坐在汽车上时，他望着田颖生身上青一块紫一块的模样，关切地问：“田市长，你身上好像也有伤，要紧不？”

田颖生苦笑了一下说：“没什么，没什么。”

其实，田颖生的苦笑是发自内心的无奈。在抢险中，他虽然非常尽力，也险些被倒下的房梁砸倒，但身上的伤不是在抢险中造成的，而是前天晚上被他老婆尹晓红打的。他只要一想起被妻子打的事就感到窝心，他后悔自己的婚事不该太草率，实在不该同尹晓红结什么浑蛋婚。就为了那个女人照顾了自己的爹娘，自己就被她以此要挟了。而且，妻子有外遇，还被当场捉奸在床。这份羞辱真是让自己连想死的心都有。

大家回到市里后，等坐在市政府自己的办公室时，田颖生望着自己被尹晓红打得青一块紫一块的伤痕，不禁感慨万千。他想，这个家是完了，女人一旦淫荡起来，覆水难收。他实在弄不清楚，这一切到底是怎么发生的。事先一点风声都没有，自己却结结实实地戴上了绿帽子，像头磨道的驴一样被蒙上了眼睛。自己每个月发的工资，都一分不留地交给尹晓红，每个月所挣的外快，他也没有留下过一分一厘，就连给父亲的钱都是他从外出讲学的课时费中暗暗扣下的，自己抽烟的钱还是自己的那帮学生孝敬的。

想到这里，他不禁感伤起来。

这时，门外传来敲门声。田颖生迅速调整了一下自己的情绪，说了声：“请进。”

门轻轻地被推开了，伴随着清脆的高跟鞋声，一位三十来岁、身材窈窕、眉清目秀的女人怀抱着文件夹走了进来。她说：“田市长，我叫夏可，是市政府办公室三科的科长，今后为您服务，请多关照。这是昨天的灾情汇报情况，管书记要您拿出救灾意见。”

望着夏可近在咫尺额白唇红的面孔，听着她那略带磁性的女中音，田颖生一时愣住了，他从来没有如此近距离地见过一个这么俊俏动人的女人！他和夏可对视了一眼，忙伸手接过文件，埋头看起了材料，以此来掩饰内心的骚动。

夏可没有得到田颖生的回话，站也不是，坐也不是，只好默默地把一只玉手轻轻地按在桌子上，静静地看着田颖生翻阅汇报材料。屋子里静极了，只有田颖生偶尔翻阅材料时发生的响声。望着田颖生白皙的皮肤和高耸的鼻梁上架着的金丝边眼镜，夏可从心底里对这位留美博士市长有一种难以抑制的倾慕之情。

眼见田颖生快把材料看完了，夏可轻轻地端起了田颖生桌子上的茶杯，走到饮水机前续满了水，然后轻轻地提醒说：“田市长，是不是通知农办和救灾办的主任来，大家商量一下，好向管书记汇报。”

田颖生知道，夏可了解自己没有在地方政府工作的阅历，才善意提醒自己找几个相关部门的负责人商量一下对策，这当然很有必要。田颖生笑着对夏可说：“你去通知吧，让他们快来。我马上打电话给管书记，约一下向他汇报的时间。”

夏可答应着，对田颖生灿烂一笑，说：“我在办公室已经好几年了，情况比较了解，以后您工作、生活上有什么需要，请尽管吩咐。”说完，转身离去了，身后留下淡淡的香水味和依旧清脆的脚步声。

田颖生痴痴地看着夏可的背影，感到有些怅然，过了一会儿，才想起打电话与管冠南约定见面时间的事。

三十八．沙颖，是经不起地震的

管冠南这时正在办公室与张明宽谈着话，两人都是大烟枪，偌大的办公室里烟雾弥漫。此前，他们好像发生了争论，这会儿，俩人像是比赛抽烟似的，只是一直低头抽着烟，没有说话。

过了一会儿，张明宽掐灭了烟蒂，好像下了很大决心似的对管冠南说："冠南，我再重复一下我的观点，不管你听得进听不进，我都要说，而且必须说。冠南啊，我觉得当一把手和二把手是有区别的。你现在的主要任务是把握大局，像个航海的舵手一样，沿着既定方向不偏离就行了。而不是另辟蹊径，重建航线，那样会触礁的。去年在人代会上制定的目标，我看就很不错，别再折腾什么新思路了。况且，去年制定的发展目标也是以你为主搞出来的。"

管冠南说："老领导，我何尝不明白您的心情和意见，您这是为我好。但是，去年制定目标的时候，我刚到沙颖，情况也不是很了解。而且，那时有周治平，在我看来，那个方案根本就不是改革，充其量是个比较中庸的改良方案。"

张明宽说："我还是那句话，去年提出的'一年一变样，五年大变样'已经深入人心了。现在最重要的是重塑沙颖的精神，进行理想教育、道德教育，建立诚信沙颖、和谐沙颖。过去沙颖历届班子留下了不少后遗症，但主流是好的，你刚才提出的'倡三实'——'想实事，干实事，干成实事'的口号我赞成。但反'三贪'这个口号，我觉得太重了，'贪权，贪钱，贪色'的干部，在沙颖固然有，我想肯定也不是个小数目，但公开提出‘三反’，会给沙颖的政坛带来地震的。我这可绝不是危言耸听啊！沙颖，再也经不起地震了。”

管冠南说：“老领导，这怎么能是政坛地震呢？中央提出的反腐倡廉，咱们一直在抓，为什么屡禁不止、屡抓不断呢？条例定得也挺多，但是都不具体。旗帜鲜明地提出‘三反’的目的，我觉得至少可以实现两个效果：一是真抓一批贪权、贪钱、贪色的腐败分子；二是震慑一些想搞三种腐败的干部。一定要让大家过一下‘三反’的关，这样，才能把气候搞好。哪怕是警钟长鸣也好啊！”

张明宽听到外边的敲门声响起，就说：“我可能一时说服不了你，但我仍然建议你三思而后行。要注意得到绝大多数人的拥护，尤其是绝大多数干部的拥护才行。”

管冠南说：“咱们现在的社会腐败到了什么程度，恐怕你比我更清楚。乱世用重典，慈不掌兵啊！如今，人们对公务员的看法有了很大改变，大家认为当了官、当了大官不算是什么大事，当了官并且能平安熬到退休才是大本事。如同飞机起飞，飞上天不算什么，安全着陆才是真本事。现在，连经济也讲软着陆，硬着陆是会崩盘的。这也是为那些想腐败的人着想啊，咱们这是帮了大家一把。”管冠南说着拉开了房门，见是田颖生和农业口的几个负责人，便说：“是你们啊，快进来，快坐！”

张明宽说：“我先走了，你们谈。”

管冠南说：“是商量救灾的事，一块儿听听吧。”

张明宽只好又坐了下来。

管冠南正在办公室思考市党政班子的人员分工时，接到了文珞的电话。文珞说，他刚从机场把国内最大的股份制银行的副总裁接到了沙颖，先到颖怡茶吧喝茶，中午到侍郎府的办公地吃饭，请管冠南尽快到颖怡茶吧。管冠南知道，这次文珞要从那家银行拆借二十个亿给沙颖发展银行，如果合作愉快，以后会更多，于是便欣然答应了。

半年没来，管冠南觉得颖怡茶吧又变了样。在先前的蟹池边，又建了一座古色古香的独立小楼。管冠南走进一看，只见茶楼里雕梁画柱，装饰豪华，现代却又不失古色古香，尊贵典雅，里边摆设的都是红木家具。四壁林林总总挂满了名人字画，正中是岳父文冶秋所书的《三国演义》开篇词“滚滚长江东逝水……”整张八尺，气势不凡。管冠南走进来后，一位身材高挑、穿白底蓝花绸旗袍的姑娘，对他鞠了一躬，说：“管书记，文总在二楼牡丹厅等您呢。”

由于是半晌午，茶楼里边的人不多，稀稀落落地散坐在一楼大厅的茶座上，人们都小声静气地说着话，似乎怕破坏了这里的清幽气氛。管冠南随那位迎宾员走进了牡丹厅。那位叫徐总的银行副总裁穿着一身银灰色西装，显得特别精神，见管冠南进来，没等文珞介绍便站起身，自我介绍道：“徐勃生，勃勃生机的勃生二字。”

管冠南说：“好名字啊。生机勃勃，好，好。欢迎你光临沙颖指导工作。”管冠南说着，趋身向前握住了徐勃生的手。

文珞忙招呼茶艺小姐：“快上茶，特级信阳毛尖。徐总是茶仙，今天我们要最好的。”

管冠南说：“信阳毛尖是茶中精品，它有三大特点：鸦雀嘴、绿豆汤、板栗香。泡好的新茶，喝上一口后，即便是在呼吸空气，感觉也是甜丝丝的。信阳毛尖的极品，应采摘在谷雨节以前，不知道他们上的这茶，是不是也是谷雨前采摘的。”

文珞说：“冠南，你有所不知，徐总祖籍信阳，说起信阳毛尖，他可不陌生啊。”

管冠南忙说：“班门弄斧了，见笑，见笑。”

大家谈笑了一会儿，文珞把话引入了主题说：“这次请徐总来，是想请徐总为沙颖发展银行出招，搞金融管理，我是半路出家。这几个月弄得我头大，在资金调度上显得捉襟见肘。徐总是大家，需要他化腐朽为神奇啊。”

徐勃生说：“新来乍到，不便下车伊始，就指手画脚。我和文董是老朋友了，朋友有难，自然应当两肋插刀予以支持。另外，我还被沙颖厚重的文化和管书记的魅力吸引住了，再加上文董 ‘忽悠’，我就跑来了，哈哈。”

说话间，茶艺小姐表演了一阵茶艺。大家望着面前透明的玻璃杯，只见一股开水注入后，细小的绿色毛尖上下翻滚，那些密密麻麻跳跃着的茶叶，宛如绿色纱裙的舞者，清透的水，无瑕的绿，吸引了大家的目光，引发着大家的茶欲和联想。之后，众人谈兴更浓了。

看合作的事谈得差不多了，文珞说："到我的写字间共进午餐吧，为了这顿饭，我可是足足准备了整整三天呢。"

管冠南说："哦？那我们可要去看看了，我们文董准备了些什么稀奇玩意儿，居然准备了三天，哈哈。"

文珞说："你去了就知道了。"

管冠南是第一次到侍郎府。下车后，文珞介绍道："我买这房子时，只有一处正房和门面房，厢房和其他建筑都没有，而且正方和门面房都破烂不堪。我今年年初盖了东西厢房，又把院子整理了一下，才弄成这个样子。"

管冠南和徐总随文珞转了一圈，感觉文珞的这处集住宅、吃、住、办公于一体的宅子，比岳父文冶秋的宅子豪华多了，便问道："这一通弄下来花了多少钱？"

文珞说："四五百万吧，在沙颖显得有点多，在北京的话，这根本不算什么。"说着把管冠南、徐总请进客厅。

客厅设在东厢房，这里有五间大的格局，餐桌、卡拉 OK 设备占了三大间，靠北的一间是卫生间，靠南的一间是按摩室。管冠南说："真够气派的，比我们去年去的北京的那个京宫大酒楼气派多了。这些钱要是援助了失学儿童，啧啧，作用会更大。"

文珞说："这是两个概念，有这些东西才能激发我更大的创造欲，去赚更多的银子，然后支援社会事业的发展。另外，我的管书记，你可别忘了，今年春上，我捐了一百万给市里的希望工程呢。怎么，你又来勒索我啊？"一席话说的众人都笑了起来。

管冠南没有料到，他们刚在餐厅坐下，市委组织部部长徐勃青就从卫生间走了出来。正在管冠南诧异时，文珞忙介绍说："你不知道吧，徐部长是徐总的大哥，我今天邀他一起参加，陪咱们边吃边聊。"

管冠南心里尽管有一百个不满意，但脸上依然撑着笑，说道："来，坐，坐我身边。"

徐勃青靠近管冠南坐下，见管冠南从兜里掏出烟来，他立马拿出打火机给管冠南点上烟，动作麻利且熟练。“哼！溜须拍马之徒！”管冠南暗想道。他深吸了一口烟，然后徐徐吐出，顿时感到浑身畅快，他扭头问文珞：“有什么大菜，快上来。”

喝酒的凉菜先上来了，四荤四素八个精致的大盘：焖糟鱼、酱驴肠、卤狗肉、汴京桶子鸡、油炸花生米、酱蒲菜、凉拌荆芥和放着几种菜蔬的农家大丰收，除桶子鸡外都是沙颍的特产。

文珞举杯说道：“人们说人生有四喜，其中一句是他乡遇故知。今天在我的祖居地迎来了徐总极其漂亮的李秘书李小姐，我深感荣幸。我特意邀请了家乡的父母官管书记、徐部长作陪，更觉得蓬荜生辉，薄酒小菜，略表心意。我提议，为徐总的到来，干杯！”

几杯酒下肚后，气氛热烈起来。管冠南问徐勃生：“徐总，中央今年加大了对房地产的调控力度，你估计这对宏观经济的发展会有什么样的影响？”

徐勃生从房地产发展的现状谈起，历数了近十年来房地产业的发展形势后说：“房地产界官商勾结似乎已经成为潜规则，因而形成了暴利集团。房价日益飙升，引起了大多数百姓的强烈不满，因而也引起了中央的关注。一个时代的结束，必然是另一个时代的开始。相信今后会促使一部分执政者或商人更加关注民生。”

徐勃青听到这里，在桌下踢了踢弟弟徐勃生，说：“中央的调控是宏观的，咱们沙颍是加速发展不是调控。管书记有句名言，说‘有时候上级不叫干啥咱干啥，说不定是个良好的发展机会’。”

徐勃生听后明白了大哥的意思，文珞在这里仅房地产一项就投资了十来个亿，不是靠管冠南吗？自己真是聪明一世，糊涂一时。他忙举起杯说：“管书记，这次到沙颍来，我真觉得这里一半是海水一半是火焰啊。先前的旧城区，正在被新楼盘取代，这是管书记执政有方啊，我敬你一杯。”话音一落，他自己举起杯来一饮而尽。

管冠南知道他们兄弟俩有些顾左右而言他，就装着不在意的样子说：“变是正常的，不变是不正常的，只是我们发展得太慢了。”

吃了一阵，酒足饭饱后，管冠南说："沙颖有厚重的传统文化，徐总可以多住几天，好好看看。徐部长这几天代表我全陪，临走时我再摆个摊饯行。"说完，大家寒暄了几句，就分手道别了。

管冠南坐在车里，想着刚才徐勃青那谦恭的表现，心里不禁一阵感叹。

管冠南回到住处午休了两个小时后，就回到了自己的办公室。他给自己倒了一杯水，点燃了一支芒果烟，开始整理自己对下步工作的思路。

从这几天了解的情况看，这半年来沙颖的工作简直糟透了。他从省统计局对上半年的经济运行的排序中发现，沙颖在全省十八个地级市的排名位置竟然又沦落成倒数第一了。财政增幅和固定资金投入均处于下游状态，这半年来，李瘦石是怎么主持工作的？竟然这么糟糕！去年开展的环城路工程、沙颖明苑、世界名人苑、市中心改造和电厂工期工程，基本上都处于停滞状态。那个费了好大劲才弄到沙颖的"温州工业园"现在也处于搁浅状态。特别是去年计划生育工作中开展的"五查一落实"，说是要处理一批违纪违规的党员干部，也没有任何进展，大家都在等待和观望中无所事事。那些告状的人，仍在大肆散布流言飞语。管冠南觉得现在沙颖的局势很严重，困难重重的现实状况远远超出自己的预料，该从哪里入手整顿呢？他吸着烟，站在挂着沙颖地图的墙边冥思苦想着。

对，应该是先聚人气，让全市老百姓的精气神都集中到干事创业上来。提出一个振奋人心的奋斗目标，摆上几件急需拓展的工作，兑现去年已经承诺的干部职工应得的福利，安排好救灾，同时抓紧整治以乱收费为标志的坑农、坑商事件。想到这里，管冠南觉得自己心里已经形成了一个明确，清晰的思路，便通知办公室，明天上午八点半召开四大班子联席会议，研究近期工作。

刚安排完，门外就传来敲门声，管冠南说了声："请进。"徐勃青推门走了进来。管冠南欠了欠身，说了句"坐吧"，然后，伸手递给徐勃青一支烟。

徐勃青摆了摆手："管书记，我这一段咳嗽得厉害，戒了。"

管冠南说："我就佩服能够戒掉烟的人，我戒了许多次，都没有成功。"他看到徐勃青从文件袋里拿出一摞文件，摆出一副要汇报的样子，忙调整了一下坐姿，等着徐勃青汇报工作。

徐勃青说："在您被调查的那段日子里，我说了您工作中的很多坏话，但是，这次班子调整，您还是把我留下了，感谢您的信任。过去在不少地方，实在对不起您。”

管冠南知道，一向对他存有芥蒂的徐勃青说出这样的话已属不易，听到他刚才的表态，管冠南心里很高兴。管冠南说：“过去的事，咱们一阵风吹了。我这个人毛病不少，性子急，也不太讲究方式方法。咱们能够在一起合作共事是缘分，我们都是五十多岁的人了，都要珍惜这个机会。”

徐勃青连连点头：“那是，那是。这几天勃生同我谈了几次，有些话是他从省里听到的。本来我想让勃生同省领导说说，安排我到省直某个单位去养老，可没有想到您还是向省委推荐我进了班子，一想起我之前的一些行为，就从心里感到惭愧。”

这时，秘书走了进来，递上一份材料说：“管书记，这是你安排的关于救灾工作的文件，请您签发。”

管冠南接过来看了一遍后说：“安排得不具体。”说着提笔在文件上写道：“这次龙卷风造成的危害是严重的，市委、市政府要求各县（市、区）党委、政府一定要对辖区居民的居住情况进行一次地毯式的排查，发现危房户要及时转移安置，杜绝因工作疏漏而造成伤亡。现在主汛期已经来临，各有关部门要关注雨情、汛情和其他重大灾情，切实做好重大灾情的预警工作，及时启动灾情预案，确保各项救灾工作措施及时到位，把损失降低到最低程度。灾情发生后，灾区各级救灾职能部门要尽快到达救灾一线，检查灾情，慰问灾民，开展救助工作。要努力做到灾后十二小时内救助措施基本落实到位，使灾区群众有饭吃，有干净水喝，有衣穿，有住处，有病能及时医治，基本生活能得到保证。”写完这些，管冠南仍有些意犹未尽，吩咐秘书说：“你们根据我的这些意思，重新起草。记住，今后行文一定要简洁、具体、到位，不要泛泛议论，言之无物。”

秘书听后，红着脸，低头离开了。

管冠南回过身来对徐勃青说：“你把这一大摞资料先放我这儿吧，咱们好好聊聊。”

徐勃青说：“这是这半年来中央和省里关于干部制度改革的有关精神，还有几个关于用人制度改革论坛中的一些资料。有些观点比较新，您有空看看。”

管冠南又问："你择稠的捞，现在最重要的动态是啥？"

徐勃青说："我们现行的干部人事制度条例已经远远不能适应现在形势发展的需要了。现在，无论是中央还是省委，都要求我们能创造一个公开、公平、公正、择优的用人环境，建立民主推荐、民意测验、民主评议、双推双考等多种形式，在公开化和透明程度上下工夫，让更多的人参与选拔干部的全过程。"

管冠南说："好哇，过去我们用干部往往是少数人尤其是个别人决定，带来了一系列弊端，也有不少人因为这个落马。我觉得，我们应该在三个方面突破，一是在思想观念上突破，二是在决定主体上突破，三是在选举方式上突破。"

说到这里，管冠南看到徐勃青掏出笔记本正准备记录，便说："随便聊聊，不要记。"说着，又点了一根烟，冲徐勃青娓娓道来："具体说，深化干部人事制度改革，关键在于解放思想，创新观念，由伯乐相马转向赛场选马。市场经济带来了民主、平等、公开、竞争等原则，这对我们来说是带来了新的挑战，只有走群众路线，选出群众公认的有政绩的干部，群众才能拥护。当前，我们的政治体制改革相对滞后，我们要在决定主体上突破，由少数人选人变成多数人选人，我们可以试行由常委票决为全委票决，必要时聘请专家和群众代表票决。在选举方式上，我们也要力图改变以往党政一把手由组织任命的做法，让人民群众参与选拔的全过程，从提名、考察到推荐都实行差额选举，公推公选，普遍引入竞争机制，先搞些乡镇直选的试点，然后公开选拔县委书记、县长。"

徐勃青说："管书记，您的想法太好了，很符合目前中央和省里的有关精神。我回去就把您的指示整理一下，按照这个思路开展下一步干部人事工作。管书记，我感到，在咱们沙颖，要发展经济很不容易，但是在政治改革上出彩，就会容易得多。"

管冠南心里很不赞成徐勃青说的'政治改革出彩'的论调，他低头想了一下后说："我这不是什么指示，只是一些不成熟的想法，我们可以在这个问题上继续探讨、商榷。"

于是，两人像久别重逢的老友一样，亲密地交谈起来，一直谈到文珞打电话喊他们去吃晚饭才结束。

第二天上午八点半，四大班子联席会在市委六楼的会议室召开。刚过八点，大家就陆续赶来了。这个时候，也是杨庭凯和李瘦石他们一帮老沙颖开玩笑、插科打诨的时间。

这时，管冠南和吴寅一起走了进来。管冠南一看大家有说有笑的，就说："气氛好热烈啊，看来今天的会一定会开得很成功。"

管冠南见人员都已经到齐了，便开始主持会议："同志们，今天是继上次省委宣布班子后，我们召开的第一次会议。我和吴市长商量过，今天这会准备开一天的时间。上午由党政班子成员汇报一下各自分管的工作现状和下一步的打算，请人大、政协的同志提出意见，下午讨论三个小时，然后我和吴寅市长分别代表市委、市政府作个总结。开始吧。"

大家按照程序开始依次汇报，尽管每个人汇报的时间都有些长，内容也有些枯燥，可管冠南一直都听得非常认真，还不时地作着记录。

一直到下午六点，会议才结束。管冠南最后布置任务说："当前最重要的工作就是救灾。然后，进行城镇卫生大检查。这两项工作力争在半个月内落实好。"

张晓东得知管冠南亲率农村发展调研组到的第一站就是龙湖的消息后，便要求县委、县政府的副职立即赶到示范点布置安排，自己和区长亲自到龙湖区界迎接。对于要看的那几个点，他心里有数，相信管冠南也一定会满意的。

其实，这会儿管冠南的心情十分不好，他与田颖生一行刚上中巴车时，就接到了妻妹文玟的电话，说妻子文珺的心脏病又犯了，而且比去年更严重了。管冠南清楚，去年妻子刚在北京做了心脏搭桥手术，正常的话维持个三五年没有多大问题，但是如果再犯病，则凶多吉少。但昨天自己刚布置下工作，今天就赶回省城，显然有些不妥。于是，他委托文玟小心伺候妻子，答应这两天自己一定抽空回去。说完，他又给省人民医院的院长打了电话，求院长看在曾是党校同学的面上，对妻子多加关照。没想到他被这位院长同学骂了一通："管冠南啊，你个没人性的家伙，还想做大官啊，连老婆的死活都置之度外了，你是哪路英雄？"管冠南只得在电话里苦笑了一下，说："人在江湖，身不由己啊，拜托了，老兄！我回去后请你喝酒。"管冠南说完，便挂了手机，一直阴沉着脸，没有再说话。大家见状，都不敢言语了。

按照市委的统一安排，代市长吴寅带领的是城市经济调研组，成员有市人大常委会主任以及市政府办公室、发改委、经贸委、几家银行、城建、土地等有关方面的负责人，共二十多人，阵容相当庞大。他们去的第一站是鹿荣集团，这是沙颖市唯一的上市公司。五年前，吴寅作为刚上任的省政府办公厅副主任，曾陪着即将卸任的常务副省长郁道轩来这里视察过，因为此前鹿荣公司在深圳挂牌上市，郁道轩下了很大力气，所以郁老对鹿荣也非常关心。

提起郁道轩，吴寅就想起了来沙颖上任前去拜见郁老的情形。郁道轩把女儿郁萌支开，语重心长地对吴寅说："现在从政，说难也难，说易也易，难易之间，存乎于心。虽然你是做市长，但终究是个二把手，况且是给有名的'刺头'管冠南做副手，更是不易。我送你十二个字吧：多观察，少表态，早请示，晚汇报。你跟我多年了，我从心里早就把你当成自己的孩子了，你一定要好自为之，静以待变。我给你写几个字带在身边吧。"

郁道轩说着，展纸提笔，写下了八个大字："神思方远，敏事讷言。"并在边上写了两行小字："观念决定思路，思路决定出路，好的思维决策运筹，才会有好的结果。"写完后，两人又谈起沙颖新组建的班子的情况，最后郁道轩叮嘱吴寅说："郁萌年轻气盛，你这个当兄长的，要多提醒她，别让她太随心所欲了。"

说话间，调研组一行人来到了鹿荣集团。在鹿荣集团董事长郑治业的陪同下，吴寅一行参观考察了鹿荣低温屠宰生产线、肉制品生产线、PVDC 生产线、生化制药和饲料加工等作业间。听着郑治业的介绍，他深切地感觉到，现在的鹿荣集团较过去大多了，设备也先进多了，心里很高兴。本来不想讲话的他，最后在鹿荣集团的会议室忍不住侃侃而谈起来。

吴寅说："看了鹿荣的现状，我感到很振奋。这个原先小小的肉联厂，经过几十年的努力，发展成为在全国肉类加工企业中举足轻重的骨干企业，厂里的领导班子和全体职工功不可没。如果我们全市每个县都有一两家这样的企业，我们现在财政上捉襟见肘的情况就不会再出现了。因此，我代表市委、市政府感谢鹿荣集团的领导班子和全体职工！"

参加座谈的鹿荣集团的中层以上的干部热烈地鼓起掌来，而随团的市政府各有关部门的负责人却感到愕然，因为鹿荣集团的前老总郑顺昌还在"双规"期间，而且，管冠南对这个鹿荣集团似乎从来没有满意过。

吴寅不明就里，听到掌声后，有些兴奋，继续说道："今天在这里，我想重点谈谈在经济发展中，如何正确地树立科学发展观的问题。我认为一个领导班子，首先要树立正确的科学发展观，解决我们为谁发展、如何发展的问题。也就是说，我们一切发展的目的，是为了我们这个地方的人民群众生活水平的提高、收入的增加。我们以人为本的发展理念，要求我们具体落实这样的发展观。所以，今后我们必须按照以人为本的发展要求，树立科学发展观，坚持为沙颖的整体发展、和谐发展而努力。"

"其次，"吴寅说，"要规范我们的行为。在科学发展观的基础上，我们必须注意防止思想上不正确的认识，以及行动上不正确的做法。比如，要多做打基础的事情，多做长远的工作，而不是急功近利，做表面文章，搞政绩工程。在这方面，我们过去的教训太多了，留下了许多难以弥补的缺憾。这种现象再也不能继续下去了。"

"第三，"吴寅接着说道，"要落实好科学的发展观，必须构建一个能够长期发展的科学机制，这个机制要有正确的决策系统，这就叫科学决策、民主决策、依法决策。我们在实施重大项目过程中，在研究发展工作目标的时候，必须真正做到集思广益，听取人民群众的意见和呼声，尊重专家的研究成果。按照民主集中的原则，集思广益，决不能做那种拍脑袋、想当然的事情。要结合我们沙颖的实际，保证作出正确的决策，作出正确的选择。"

"最后，"吴寅说，"就是要建立一个科学的、正确的政绩评估机制。我们不仅要重视经济发展的目标，更要注重社会和谐的目标；不仅要重视GDP的增长速度，也要重视人民群众收入水平的提高程度。要用目标管理的方式，促使人们树立科学的发展观。做到既以经济建设为中心，又重视和谐社会建设，把着力点建立在真正的'和谐'二字上来。"

吴寅的这番讲话只得到了一些稀稀落落的掌声，没有先前那么热烈了。吴寅有些纳闷，可是不明白自己到底有哪儿说得不合适了。

就在大家都不留意时，杨庭凯先走了一步。

午饭是在鹿荣集团的多功能宴会厅里进行的，吴寅觉得，这个宴会厅比省城的国际饭店的宴会厅都不差。硕大的圆桌是电动的，在就餐者不知不觉中沿着顺时针方向慢慢转动着，把菜依次送到大家面前。大玻璃桌面下，随着轻音乐不断地闪着霓虹灯，而且，这个大圆桌一下子就能坐满三十六个人。

望着桌上的美味佳肴，吴寅对郑治业说："这不好吧，太丰盛了。"

郑治业说："您作为市长是第一次来我们这个地方。再说了，几位银行行长是中央企业的负责人，平时我们请都请不到，各位都是贵客，我们招待有些简陋，各位都不要在意。今天的酒是沙颍大曲，是我用塑料桶接来的原装酒，大家都尝尝吧。"

吴寅听完后，觉得也在理，便说："好，来吧，小酌怡情，我们全当接待中央企业的领导了。"说着举起杯，同大家碰了起来。这时，吴寅的手机响了，他一看号码，知道是郁道轩打来的，便站起身来，朝洗手间方向走去。

刚一接听，手机里就传来了郁道轩的声音："小吴，你到鹿荣集团了？"

吴寅答道："是的。"

郁道轩："听说还发表了一大通议论？"

吴寅说："我即席讲了些意见。"

郁道轩："我都听说了。你讲的都不错，完全符合中央目前的指示精神。但是，你知道吗？你的讲话与沙颍目前的大势极不相符，沙颍是一个新的管冠南时代，干部群众的热情被他煽动了起来。从这个角度说，你的这番讲话显得很不合时宜。再说，郑顺昌目前正在被'双规'，你怎么能说鹿荣的成绩是与他分不开的呢？这个时候说这些话，是政治上不成熟的表现。"

吴寅"嗯，嗯"地应答着，没有反驳。

郁道轩在电话里又说："还有，你说的有关什么急功近利啊，不能凭拍脑袋、想当然就决定的话也是欠考虑的，人们会把你的讲话与管冠南的工作风格连起来去想。这样，你一个新上任的市长，就会因这通不负责任的讲话而陷入被动局面。"

吴寅的脸色一下子沉重起来，他更加认真地听着郁道轩的训诫。

郁道轩又说："看来，我应该再给你写八个字，这就是：大智若愚，讷言慎行！"

吴寅连忙表态，同意老领导的教诲，并表示决不辜负老领导的希望。挂断郁道轩的电话后，吴寅在卫生间愣了半天神，才回到餐桌上。众人本来都嘻嘻哈哈的，一直兴致很高，不明白吴寅为何去了趟卫生间，就阴沉着脸回来了。大家你看看我，我看看你，一时没有了言语，都默默地喝起了闷酒。

下午又看了两家企业，吴寅一句表态的话也没有讲。他一直在想，是谁这么快就把自己的讲话告诉郁道轩了呢？这个地方，到底藏着多少耳目，又都是谁的耳目呢？

一个星期的调研结束后，管冠南对目前沙颖的农村经济现状和发展有了更明晰的思路。他觉得，现在的沙颖，已经渐现农业现代化的雏形，在发展好的地方，往往有一个好的带头人。建设社会主义新农村，要靠“五个一”，也就是要有“一个好的带头人，一个好的领导班子，一个好的思路，一个好的创业氛围，一套好的扶持政策”。

这排在首位的好的带头人从何而来呢？他点了一根烟，深深地吸了一口，继续冥思苦想着。先前的优秀村干部、成功的农民企业家、乡镇干部职工、县直干部职工、刚毕业的大中专毕业生……他掰着手指头，一个个地数，觉得必须在下半年的村级换届时，认真筹划好这件事。

这时，杨炳华轻轻推门进来，递上了一个文件夹，并小声说：“商城的李书记想见您，不知您有没有时间？”

管冠南看了看手表说：“让他进来吧，给他半个小时的时间。”管冠南原本当市长时，就对商城的县委书记李木松没有什么好印象，这次到县区调研就没有到商城，但如今他作为市委书记，总不能不接见辖区内的县委书记吧。这时，传来轻轻的敲门声，管冠南低头翻看着文件，很威严地说了句：“进来。”

李木松进来好一会儿了，见管冠南一直没有抬头，自觉气势上矮了三分，忙招呼说：“管书记，您忙啊！”

管冠南抬起头，望了李木松一眼，说：“噢，坐吧。”说着，从桌上拿起一根烟扔给了李木松。

李木松接过烟，从口袋里掏出打火机先给管冠南点上，然后自己也吸上了，这才在管冠南的对面坐了下来，说：“我是来请示的，您啥时候到俺们商城去啊，我好准备准备。”

管冠南说："原本打算把全市各县区都转一遍，后来市里有接待任务，只好往后拖一拖了。"

李木松原以为是管冠南对自己有意见才没有到商城去，听管冠南这么一说，才放下心来，便说："管书记，去年白沙金他们告您时，找了我，我没有参加。天地良心，我李木松可没有做一点对不起您的事。"

管冠南心想，既然白沙金能找到你，说明你们之间有共同语言，苍蝇不叮无缝的蛋，说明你还是有问题。管冠南心里这么想着，嘴上却说："告也没啥，我能担任市委书记已经足以说明一切了。至于什么对得起我对不起我，也没有啥。我觉得你要是能把商城的工作都做好，就是对我最大的支持了。"

李木松觉得只要向管冠南表白没参与告他后，一定会得到管冠南的夸奖，没想到管冠南这样回应他，态度不阴不阳的。李木松一时间拿捏不好管冠南的想法，连忙表态道："我一定在管书记的麾下当好马前卒，肝脑涂地，在所不惜。"

管冠南对李木松这种赤裸裸的表态很是反感，但嘴里却说："你有什么事，说吧。"

李木松说："其实，也没有什么大事。"说着，他从文件包里掏出一份材料，说："这是市政府发的简报，不知你看过没有。我总觉得，吴市长的这个讲话，有不少是冲着你来的。"

管冠南接过李木松递上的材料，匆匆扫了一眼后，感觉吴寅不少讲话确实跟自己的思路相左，让人心里有些别拗。不过，管冠南正色且严肃地对李木松说："木松同志，我劝你换个思路，别在书记和市长中间搞选择、挑问题。这些讲话有什么问题？科学发展观是中央提出来的，放之四海而皆准。你是个县委书记，要集中精力把你商城的事情做好。"说着又把眼睛瞅向杨炳华送来的文件上。

李木松讨了个没趣，心里有些茫然，愣了好一阵，才从文件包里又掏出一个信封，毕恭毕敬地递到管冠南面前，说："管书记，这是我从北京托人弄到的启功的一幅字，相信您一定喜欢。我去年就想送给你，一直没有抽出时间。"

一提起去年，管冠南心里就像吃了只苍蝇似的腻歪，便说："我不喜欢书法，我的字是'文革'时期练的，革命体，造反派。再说，我欣赏不了启老的字，你还是带回去吧。谢谢你的好意。"说着伸手推开了李木松的信封。

正在这时，又传来了敲门声，管冠南说："进来。"李木松这才慌忙把信封又装进了自己的文件包。

进来的是市长吴寅，管冠南说："吴市长啊，请坐。"然后，他回头对李木松说："回去下力气把商城的工作好好抓抓，我与吴市长有事商量，你先走吧。"

李木松只得怅然离去。

管冠南从柜子里取出了一只玻璃茶杯，先用纯净水冲了冲，又放进一大撮信阳毛尖，然后倒入开水。管冠南把茶杯递给吴寅说："正宗的信阳毛尖，怎么样？不错吧？"

吴寅端起茶杯放在鼻子前嗅了嗅，觉得清香扑鼻，忙说："好茶，好茶。"

管冠南对吴寅说："这是谈话那天省委书记送给我的，正宗特级品呢。"

吴寅说："那是，谁敢给省委书记送冒牌的假茶叶呀。"

管冠南问："你到下面的企业转了一圈，感觉咋样？"

吴寅说："总体感觉不错，只是觉得好的、大的企业少了些。"

管冠南说："沙颍是'文革'前区划调整才建立的。自建国以后，别说是国家级重点项目，就是省级的重点项目也没有一个。现在为数不多的企业都是滚雪球滚出来的，求大、求公的观念一直占主导地位。"

吴寅想了想说："我看鹿荣集团还是不错的。"

管冠南说："那是鳖子的腿——干撑着，金玉在外，败絮其中。去年，我在对鹿荣集团专项调研的基础上，总结出了它陷入的四大陷阱。"

"噢，请管书记指教。"吴寅说。

管冠南说："别客气。我觉得它掉入了做大陷阱、多元化陷阱、多地化陷阱、两权不清陷阱。具体说来，就是原先的老总郑顺昌是创业元老，看到企业发展顺利，便膨胀起来，发誓在他的带领下，使企业尽快进入世界五百强。这谈何容易，我觉得不仅是沙颍，就是全国的企业也是很难进入世界五百强的。外部的信用情况、职业经理人的责任、法制环境以及企业的管理水平等等，都难以支持把企业做大。"

"其次，"管冠南说，"鹿荣陷入了多元化的陷阱，一个企业如果在专业化的前提下做大，很有可能会像广东的格兰仕一样发展起来。那里的企业职工虽然有两万人之多，规模也很大，但企业的发展很健康，因为前十年只做一个产品，就是微波炉，把微波炉做透了，再增加一种产品，也就是空调。虽然大，但很专，在管理上委托和代理的链子并不长，父子俩就能管得住。而鹿荣集团涉足房地产业、养殖业、酒店业、运输业以及公路建设等十几个领域。巴菲特有一句名言，要是你有四十位妻子，你永远都不可能熟悉她们每个人。巴菲特讲的是做投资，做股票。其实，咱们做企业也应该是这样，在不熟悉的行业中，做多了更麻烦。道理很简单，企业的各种资源有限，企业领导人的能力、精力有限，一个人不可能是神仙，不可能什么都懂。”

“第三，”管冠南接着说道，“鹿荣集团陷入了多地化陷阱。大前年鹿荣集团在全国一下子铺了上千家冷鲜肉连锁店，遍地开花，每个店找一个委托人，但这些委托人中有不少是想捞一把就走的。再加上地域因素，各地的投资环境不同，有的地方爱商、敬商、护商，也有不少地方开门招商，关门打狗。在一个地方投资，需要拿出不少精力和感情投入当地的人际关系沟通中，关系不到位，事情很难做成。”

“第四，”管冠南又说，“鹿荣集团还陷入了两权不清的陷阱。鹿荣虽然是上市公司，但大股东是鹿城县政府，县政府把企业当成自己的提款机，财政一有困难就向鹿荣伸手，几年间先后从企业拿走了近五个亿。这样势必给企业造成资金断链。一个企业哪怕是掉入一个陷阱，就很难全身而退，更何况鹿荣集团遭受了风雨雷电四个沉重打击。去年，新华社内参有篇关于鹿荣集团资金黑洞的文章，不知你看过没有？”

吴寅想了想说：“没有印象，每天省政府里的文件、材料太多了。”

管冠南说：“去年，我让市建设投资公司在鹿荣的股票上操作了几下，动了动手脚，轻松赚了六个亿，给鹿荣补贴了两个亿，现在鹿荣才能勉强维持生产，我还被人告了一状。好在《证券法》没有明确界定，问题还在那里挂着呢。”

听到这里，吴寅这才发现，管冠南真是不简单，不仅经济工作熟稔，而且善打擦边球。先前，他只是听说管冠南涉嫌操纵股市谋私利，没想到管冠南是以公谋公。但为了本地方、本部门的经济发展就葬送自己的政治前程，值得吗？心里尽管这样想，但吴寅嘴里说：“管书记，以前只知道您懂经济，没想到您还能操控证券市场。以后您要收下我这个徒弟，让我跟您学几招。”

管冠南说：“别客气，我们以后在一个锅里搅勺子，彼此彼此。你年轻，政策水平高，未来的沙颍、未来的平原都是你们的。我们可以互相学习，取长补短。噢，对了，现在的世界变化很快，信息更新也快。我有个想法，那就是以后市委组织学习的时间要多些，除必学的中央文件外，多增加一些讲座。四大班子成员每人要轮流结合自己的工作学习心得办讲座，邀请市直各局委的负责人参加，打造学校型政府。”

吴寅说：“这个创意好，最好能每周一次，固定下来，以后形成风气。”

接着，两人又交谈起沙颍的经济发展、新农村建设、城市改造和社会稳定等等。管冠南侃侃而谈，吴寅更像一个用心的小学生一样，在一旁静静地洗耳恭听。

傍晚时，管冠南的电话响了，是女儿管莹打来的。管莹告诉他，自己是上午从北京赶回家里的，妈妈现在的病情不容乐观，希望他抓紧时间回来一趟，最后管莹撂了一句话：“爸，你说，是我妈重要，还是你那个破官重要？”

听到这话，管冠南觉得无言以对。他下县调研以前，文玫就给他打了个电话，说了文珺的病情，他也只是当时给省人民医院的院长打了个电话。这几天一忙，竟然连个电话都没有往家里打，他暗自埋怨自己：“真该死！”

吴寅见状，知道是管冠南的家里出现了难题，便试探地问道：“管书记，是不是家里……”

管冠南说：“我爱人病得很严重，情况不妙，要我赶快回去一趟。这样吧，正好咱们有几件事要到省里去汇报、协调。我就先回省城两天，市里边的事你招呼着。”

吴寅关切地问：“要不要我给卫生厅厅长打个招呼，我同他挺熟的。”

管冠南说：“不用，谢谢你了。省人民医院的院长是我在党校时的同学，我已经同他联系过了。对了，这事你不要对外讲，咱们沙颍的风气不正，如果传出去的话，肯定有不少人会到医院去看。如果有人问，就说我到省里开会去了。另外，最近市里的年中经济工作会要开，准备工作要抓紧进行，结合这次调研的情况，赶紧把文件起草好，把措施定到位。同时，要把我代表市委所做的工作报告在互联网上发出去，争取社会各界的关心支持。”

吴寅答应道：“您放心，我一定安排好。”说完，同管冠南握了握手便离开了。

这几天早晨起来，文冶秋一改去龙湖边散步的习惯，改为在自家小院踱步。

“老兄，这么一副聚精会神的样子，是不是在看蚂蚁上树啊！”李叔道提着酒和一个小包站在文冶秋身后问。

文冶秋转身一看是李叔道，笑道：“怎么一大早就跑来了，是不是被小弟妹踹下床的？”

李叔道五年前死了妻子，三年前因病住院后认识了寡居多年的护士长，然后不顾儿子李瘦石的反对，时髦般闪婚了。他最怕其他儿女和李瘦石一起反对他，怕不能如愿娶到年轻貌美的护士长，于是，六十多岁的人也学小年轻，来了一次闪婚。女护士长比李瘦石小十来岁，十分善良温柔。李叔道鹤发遇红颜，心里总是甜滋滋的。听文冶秋打趣自己，便笑着回应说：“她心疼我都来不及，还舍得踹？她起早包了一锅粽子，非让我给你送来呢。”

“那你还掂酒干啥？咱早上又不能喝酒。再说了，家里有的是酒。”文冶秋说道。

“早上不喝，咱们中午喝，”李叔道说，“咱们哥俩这几年很少开怀畅饮了。”

文冶秋说：“那还不是因为你老牛吃嫩草。过去我们三天一小宴，五天一大宴，多自在多舒服。现在你自己个儿泡在温柔乡里，早把老哥们抛到九霄云外了，典型的重色轻友。不过你要注意身体啊，人家是四十如虎，你今年可是六十八岁了。”

李叔道知道斗嘴的话，不是文冶秋的对手，只好求饶：“你放过我吧，伸手不打送礼人，我好歹也是给你掂着东西来的，你就不能口下留情？”

“对不起喽，哈哈，进屋说，进屋说。”文冶秋说着把李叔道让进客厅，然后自己准备去洗漱。刚走两步，又回头问：“你吃过早饭没有，要没有的话，我去加两个菜。”

李叔道连连摆手：“吃过了，吃过了，我到书房看看你的字画，等你吃了饭，咱们再叙。”说完，径直朝文冶秋的书房走去。

文冶秋的书房里，挂满了文冶秋自己画的中国历史文化名人像。李叔道感到老同学可真是了不起，这些画用笔写意都非常到位，简洁中见生动秀逸，墨色清润淡雅，准确地表现了历代文人的精神风骨和道德品质。而且题词准确，一语中的，颇有文徵明的遗风。

过了一会儿，吃罢早饭的文冶秋走进书房，说：“叔道，小弟妹的粽子包得真好吃，香甜可口，你的口福和艳福真不浅啊。”

李叔道说：“羡慕吧？不过话说回来，有个年轻的老婆是真不错。自己呢，也增加活力，提高生活质量。哎，这么多年了，你为啥不续弦？”

文冶秋说：“我可不能和你比，我没你那么多心思了。”

李叔道说：“那是你没往这方面想过，你回头好好想一下，没准儿就改主意了。”

文冶秋转换话题说：“一大早地跑到我这里，肯定是有事，说吧，啥事？”

李叔道说：“事当然有，不过，要把你续弦的事扯透，你到底有没有考虑过？”

文冶秋说：“良人难遇啊。另外，我可不像你，生病生的是时候，还趁机弄回来个媳妇。行了，咱们别扯这个了，说正事。”

李叔道说：“也不是什么大事，我最近弄了幅启功的字，据说是绝笔，今天带来，准备送给你。”

文冶秋说：“受之有愧，但看看饱饱眼福倒无防。”他接过李叔道递来的字，展开一看，是启功生前自撰的《墓志铭》：“中学生，副教授。博不精，专不透。名虽扬，实不够。高不成，低不就。瘫趋左，派曾右。面微圆，皮欠厚。妻已亡，并无后。表犹新，病照旧。六十六，非不寿。八宝山，渐相凑。计平生，谥曰陋。身与名，一齐臭。”

文冶秋看后，扭头对李叔道说：“人家启功先生可是没有续弦啊！”李叔道听后笑了起来，说：“看来你并非心如止水，怎么还在惦记着续弦的事，哈哈。”一阵说笑过后，李叔道把话引入了正题：“我今天来有两件事，一件是我最近写了篇《略论宋词的发展》，想请你拨冗斧正。第二件事是，犬子瘦石与令婿一起供职，希望冠南多提携他啊。”

文冶秋说：“咱们老弟兄相处几十年了，谁跟谁啊，我女婿也是你女婿，你儿子也是我儿子。”

李叔道说：“痛快，痛快，快叫你家小保姆多弄几个菜，咱们中午喝几杯。”

文冶秋说：“那还用说，中午肯定不会放过你，不喝个一醉方休是不会放你走的。”

三十九．文珺病重了

管冠南回到省城时，已是凌晨一点，他连口水都没顾上喝，就急匆匆赶到了省人民医院的干部病房。见文珺和管莹已经睡着了，他便放轻脚步走到文珺的床前，慢慢地坐了下来。

在微弱的灯光下，他看到妻子文珺更瘦了，眼皮朝内凹着，似乎非常费力才能把那双大眼睛包住。因为瘦，脸上的皱纹格外深，再加上连续化疗，先前的满头黑发现在显得稀疏枯黄。看着妻子的样子，管冠南心里酸楚起来，她只有五十三岁啊！

管冠南记得，文珺那双美丽的大眼睛过去是那么迷人，似乎会说话一般。当初谈恋爱时，管冠南天不怕地不怕，却从来不敢正眼看她的大眼睛。

这时，管莹把盖在身上的毛巾被蹬掉在地上。他走到女儿陪护的床边，拾起毛巾被，习惯性地抖了几下，又盖在了女儿身上。不想这一抖，竟把文珺给惊醒了。

文珺睁开眼睛，见是管冠南，挣扎着自己瘦弱的身体坐起身来，说："你回来了，啥时候到的？"

管冠南轻声说："刚回来，你感觉怎样？"

文珺说："感觉很不好，胸闷得厉害，浑身无力，这次我恐怕很难挺过去了。"

管冠南说："千万别胡思乱想，过去病得那么厉害，不也挺过来了吗？"

文珺说："我有预感，这次和以往不一样。这次，我总感觉特别累，特别难受。正好你回来了，有些事我向你交代一下。"

管冠南坐到文珺的床边，双手抓住妻子的手，静静地听妻子说。

文珺说："这么多年来，你不理家务，家里的钱你也不知道有多少。咱家房改时买房花了将近十万，装修花了五万多，现在剩了九万多。这笔钱在建行紫荆山路分行存着，有五万是五年定期，四万多是活期，放在你书柜里那套二十四史的第一卷里，密码是你的生日。"

听着妻子气喘吁吁的话，管冠南心里很难受。这么多年来，他在家里一直是甩手掌柜，衣来伸手，饭来张口，从没有在家里拖过地洗过碗做过饭，早些年用煤气罐的时候，都是妻子用瘦弱的双手拎上楼的，自己欠妻子的太多了。

文珺说："我还有三件事求你。"

管冠南说："咱们都老夫老妻了，有啥话直说吧。啥求不求的。别说三件，就是三十件、三百件，只要我能做到的，我答应一定去做，并且一定做好。"

文珺说："头一件就是，我死后，你要把我的骨灰埋到嵩山去，埋到父母的坟旁。我活着没能给早逝的公婆尽孝，死后让我在他们身边尽尽儿媳妇的义务……"

管冠南的眼睛湿润了，他把文珺的手捏得紧紧的，点着头说："我一定做到，一定做到。"

文珺说："第二件是关于你的。你一心只想工作，从来不会照顾自己。我死后，你一定要续弦，要找一个温柔善良的女人替我伺候你，不然，我在九泉之下也不会瞑目的。"

管冠南说："别胡说，千万别胡说。别说你健在，就是你死后一百年，我都不会找什么人的。我……"

"冠南，我求求你了，"文珺说，"这么多年了，我还不了解你吗？你是一个心里除了工作还是工作的人，平常连双袜子都不会洗。我求你在我死后一定要找个人，别管这个人年龄大小，只要能照顾好你我就满足了。冠南，答应我，你一定要答应我，不然我死不瞑目！"

管冠南觉得要是在这个话题上继续说下去，一定不会有什么结果，于是赶紧转移话题，跟妻子说起了最近工作上遇到的新鲜事儿。

过了一会儿，文珺又拉回话题，接着说："冠南，我已经同小玟说了，我请她在我死后照顾你。"

管冠南说："谁，小玟，你搞错没有？那匹小野马，谁能降住她啊。"

"也不见得。"文珺说，"其实，你是不了解她，她是一直没有遇到合适的，不然不会这么漂着。前天，我已经同她说过了。"

管冠南一惊："你同她说过了？说过什么了？"

文珺说："说过让她今后照顾你，她没有反对。我知道，她一直都很崇拜你。"

"乱弹琴！简直是胡闹。"管冠南说，"你别瞎想了，你这叫我今后怎么见人啊？"

"咋不能见人？"文珺说，"姐妹易嫁，古已有之。况且，大家都是知根知底的，亲上加亲，有什么不好？"

管冠南觉得应该赶紧再换一个话题，便问道："你想说的第三件事是什么？"

文珺说："这第三件事，就是咱们家的小莹，她年龄也不小了，今年已经二十三岁了，后年博士毕业后就二十五了，也到谈婚论嫁的时候了。对于未来的女婿，我只有一个要求，就是不要找从政的。一个女性，在当今社会嫁给一个正直有良心的官员，付出的是青春和生命，得到的却是担惊受怕和风险。要是遇到贪官，陪着坐牢，更是不值当。你千万不要让女儿走我这条路。"

管冠南知道，这么多年来，自己带给文珺的，多是精神上的担惊受怕。自从在管城当县委书记起，一系列调查组就从没有断过，流言飞语、匿名电话、恐吓信更是没有断过。去年在沙颍搞计划生育清查时，就有人给文珺寄过子弹。除此之外，自己这么多年来与妻子聚少离多，家里的大小活，柴米油盐酱醋茶，一切都是文珺用她那病弱的身体支撑起来的。对此，她从来表现出的都是无怨无悔，从未有过"悔教夫婿觅封侯"的怨言。今天，通过对女儿择婿的话语，终于表达出了压抑在心里多年的愤懑。人之将死，其言也善。若不是多年的积怨，她断然不会出此言的。想到这里，管冠南说："珺，实在对不起，这么多年来，我对你的关心实在不够，你这辈子跟我后悔吗？”

文珺又是凄然一笑：“后悔有什么用呢？不后悔。如果有来生，我还愿做你的女人。只是，你必须答应我，不要让女儿找个从政的做终身伴侣。最好是找个理工科的，搞技术工作的人，凭本事吃饭，别学官场上那些尔虞我诈。我死后，等女儿谈朋友时，你一定要把我这番话亲口告诉她，供她参考，让她选择，给她拿主意！”

“妈！”管莹不知什么时候醒来了，哭着扑向文珺。一家三口，泪流一团。直到天快亮时，文珺说：“时间不早了，休息一会儿吧。等我上午输完水后，咱们一家三口坐文玟的车，回嵩山老家一趟，我要亲眼看看自己的墓地。”

管冠南一时不知说什么好，吩咐管莹睡到妈妈脚边，自己则躺在了管莹陪护妈妈的床上。

三天后，文珺怀着对人世的眷恋和对管冠南父女的担心，离开了人世。管冠南料理完妻子的丧事，又急匆匆赶回了沙颖。

原定于这几天召开的年中经济工作会议，因为省委书记要来视察而临时改变了。管冠南与吴寅等人在认真研究了视察的路线及食宿安排方案后，觉得没有多大问题，就散会了。管冠南回到自己的办公室后，发现办公桌上放着十几封群众来信。他拆开一封，只见上面写道：

管书记：

您好！

我是五年前来沙颍投资的客商。2006 年从沙颍市公路段买了一辆二手小吊车，用于厂内吊送货物。前几天，沙颍市交通规划稽查处的稽查人员来到厂里，开出了一张罚单，上面写着：小吊车从 2006 年 2 月 1 日至今，应缴纳养路费本金 59040 元，滞纳金 389894 元，罚金 177120 元，还应缴本金附加费本金 22960 元，滞纳金 75813 元，以及运管费本金 7872 元、滞纳金 25993 元、罚款 1000 元，合计共约 76 万元。这还不包括对报废车辆上路费处以三倍漏税额的罚款。这就说明，该车仅滞纳金就达到 49 万元。

管书记，这辆车是我买的二手车，总共才花了八万多元，而且只在厂里使用，从未上路，一下子交这么多钱合法吗？我们不要车了行吗？我们浙商撤走好吗？”

看到这里，管冠南不禁勃然大怒。他拿起笔，在信上写道：“咄咄怪事，千古奇闻！滞纳金就开出了49万，居然是银行利率的五百多倍！请《沙颍日报》、市电视台将此信公开发表。请郁萌部长就此事亲自布置大讨论，同时请市纪委立即着手进行行风整顿，净化沙颍的发展环境。”写完后，他气犹未消，抓起电话对秘书说：“通知交通局局长，叫他马上过来见我。”

就在管冠南看第二封信的时候，市交通局局长王国昱气喘吁吁地赶到了管冠南的办公室。

管冠南连招呼都没跟王国昱打一个，直接把信往他脸面上一甩，说：“你看看吧。”

王国昱根本就没顾上擦脸上的汗，一口气把信读完，然后思考了一下，说：“管书记，车辆欠交养路费，一旦被查实就收取滞纳金，这是根据国家计委、经委、交通部和财政部联合发布的《公路养路费征收管理规定》执行的，这个罚单是有据可查的。”

管冠南说：“嗬，你倒还有理了。我问你，人家买的是公路段的二手车，当初公路段交没交费？人家在厂区内使用，没有上路为什么要交养路费？我看你亲民、爱民的本事没学会，剋民、伤民的条文背得倒精。”

“管书记，”王国昱辩解道，“这是国家明文规定的，你我都没有不执行国家政策的权利。”

管冠南说：“国家的政策都是合情合理的？连发件的国家计委、国家经委都不存在了，还能继续执行他们上个世纪的文件？车辆规费征稽处与车主的关系从法律上讲，是平等的民事主体之间的关系，它有什么权利进行罚款呢？我觉得你应该换个角度想问题，如果当事人是你的父母、你的三姑四姨，你能忍心开出这张高达49万的罚单吗？”

“管书记，”王国昱不满意起来，“你不要侮辱人，谁是我的父母？你这样说话很不妥。”

“是吗？”管冠南讥笑道，“人民是我们的父母，纳税人是我们的衣食父母，连邓小平都说他是中国人民的儿子呢。你连这个常识都不懂，你还是共产党员吗？我再告诉你，你去年同曲颖到省交通厅行贿的账，我还没有找你算呢。”

一听这话，王国昱立即像泄了气的皮球，再也没有了言语。管冠南说：“一个干部，特别是一个领导干部，心中要装着人民，一心一意为人民服务。你得罪了人民，人们就会像拉屎一样把你拉出来。”

这时，市长吴寅推门进来了：“管书记，省委书记已经从省会出发了，我们快到市界去接吧。”

“马上走。”管冠南回答道，他又望了王国昱一眼说：“你回去好好想想，要从灵魂深处反思，把为人民服务真正作为你思想行动的座右铭。”说完，狠狠地关上了办公室的门，与吴寅一起离开了办公楼。

在市委大院里，管冠南说：“上我的车吧，有些事要和你交换一下意见。”他把那封信递给了吴寅。然后，一同上了车。

吴寅在车上认真地看了来信和管冠南的批示后说：“管书记，我完全同意您的意见，像这样只考虑部门利益、不顾百姓感受的事，不能再任其继续发展下去了。”

于是，一个书记、一个市长，兴致勃勃地谈着沙颖的发展规划，不知不觉中来到了市界。车刚一停稳，管冠南就说：“赶紧找个地方方便一下，早晨喝了一肚子稀饭，快憋不住了。”说着匆匆跑向了路沟。

待管冠南上来，吴寅递上了一瓶矿泉水，说：“快洗洗手，不然怎么和省委书记握手啊。”

管冠南接过矿泉水，往手上冲了冲，说道：“球，说不定他也刚刚方便过。”说完，两人相视大笑起来。

终于，大家等来了省委书记的中巴车。他们与随行的市党政班子成员忙走过去，一起迎接省委书记一行。

省委书记把管冠南、吴寅邀上了自己的中巴车，说：“冠南啊，人们都说你上任后会放三把火，怎么快一个月了，还没有动静啊？”

管冠南说：“这些日子，我和吴市长以及班子成员分别带着五个工作组围绕农村经济、工业化建设、城镇化建设等方面进行了调研，初步形成了一整套发展思路。”他说着，拿出了早已准备好的汇报材料，递给了省委书记。

省委书记翻了翻材料说：“准备得挺认真，不过，我先不看，先听你说说。”

管冠南说：“这个发展思路简称‘12345 工程’，就是构建一座中心城市，提高财政和人均两大收入，调整产业、所有制、城乡三大结构，实现招商引资、城市化建设、工业化建设、市场化建设四大突破，实施强市富民、特色工业、城市联动、科教兴市、全民开放五大战略。力争在五到十年里，构建一个百万人以上的平原省东部的中心城市。”

省委书记说：“不错，不错。沙颖要迎头赶上全省的发展速度，难度不小啊。建国后，不要说国家，就是省里也没有把重点项目放到过沙颖。我们对不起沙颖人民啊。促进沙颖开放发展，要筹划大项目，积极跟踪世界上的大企业、大财团的发展战略，有针对性地筹划一些大项目，引进一些能够振奋人心、独一无二的大项目。冠南，这件事，我不知道你有没有考虑过？”

管冠南说：“书记，我曾通过加州华人联谊会找过加州州长，他们对在平原建省加州工业园很感兴趣。”

省委书记大笑起来，他说：“我就知道你鬼，这不，省外办已经接到了美国驻华大使馆传来的加州州长来考察的传真电报。我们这次来，就是想考察一下沙颖的投资环境啊。”

管冠南听后心里十分高兴，但表面上按捺着自己的情绪说：“如果加州在平原建工业园，放在哪个市还不是书记您一句话！”

省委书记说：“你别跟我耍心眼。我告诉你，我和省长初选了三个市，但最终放在哪儿，还要看你们的软硬件环境和美方的态度。这次你们抽三天时间陪我们转转，临走时咱们再开个座谈会好好沟通一下。”

这之后的三天，省委书记一行在管冠南、吴寅的陪同下，考察了沙颖的农村、工厂、企业、学校和城建。第四天上午，按时召开了由市四大班子成员参加的座谈会。在会上，管冠南在全面汇报了沙颖近期的工作安排和下一步打算后，省委书记在大家的掌声中讲了话。

省委书记说：“今年以来，沙颖是我考察次数最多的市。这次来，有不少新的感受。我觉得，沙颍在变，沙颍需要突破，要坚持对外开放走出低谷。这几年，我们平原省发展的势头很不错，粮食产量全国第一，综合实力在全国排在第六位。但是，全省各市之间发展很不平衡。沙颍的发展一直牵动着省委、省政府的心。我们觉得，坚持区域协调发展，重点在沙颍；提高人民的生活水平，难点在沙颍；落实发展第一要务，焦点在沙颍。实现沙颍突破发展，是省委、省政府落实科学发展观的一项重要决策，是广大人民群众的迫切愿望，是中部崛起的客观要求。各级党委、政府要抓住西部开放和建设社会主义新农村的机遇，利用当前的有利时机，带领广大群众共同推动沙颍的突破发展。

"沙颍的突破发展必须立足于富民，让老百姓的日子过得殷实一点；必须立足于促进县域经济的快速发展，为区域经济社会的发展提供强力支撑；必须立足于实现市级财政收入的增加和带动县城发展能力的提高。沙颍突破的要害是农业产业化，根本在产业，关键在规模。因此要依托沙颍的优势，多元化发展，规模化做大，标准化提升，产业化推进，生态化保证。

"要做到这'五化'，就要实现五大突破，就是要在思想观念、基础设施、产业发展、项目、对外开放五个方面突破。思想观念的突破，实质上是一直跨越和飞跃，就是要攻坚克难，敢想、敢做、敢闯、敢干，敢于做过去没有做过的事，敢于做前人没有做过的事，敢于做前任没有做过的事，敢于发展产业经济、工业经济、规模经济和开放经济。基础设施的突破，是沙颍实现工业化、城市化的基本前提，希望沙颍能在高速公路、铁路建设的同时，为沙颍河通航作出积极的努力，使沙颍河成为内陆联结外界的黄金水道，进一步突破交通和水利发展的瓶颈。产业突破是沙颍由滞后发展走向全面振兴的重要途径，要借助最具优势的资源，比如说我们的农产品资源，发展大产业，引进大项目，培养大企业，促进从优势资源到优势主导产业的升级。同时，要按照一乡一品的要求，实现农村种养业的标准化、规模化、产业化；按照一县一业的要求，把县域内的主导产业做大做强；在市一级要重点发展火电、食品加工、中药生产、生态旅游等产业。项目的突破是沙颍非常重要的载体，要一方面抓好以交通、电力为主的基础建设项目，另一方面要筛选出资源覆盖面广、产业链条长、广普性好的产业化项目，争取在国家和省里的支持下，尽快启动，创造新的契机。沙颍的突破发展，从某种意义上说取决于沙颖的开放程度，要更大程度地对外开放，走出沙颖，走出黄土地，尽快融入华东经济圈、省会经济圈。在这里，我告诉你们一个好消息，最近将要落户我省的加州工业园，我和省长商量了一下，打算放在沙颖。”

这时，会场上爆发出热烈的掌声。省委书记继续说：“冠南同志在上任时，向省委提出优惠政策问题。这次到沙颖前，省委常委专题集体研究了有关沙颖发展的问题，决定成立沙颖发展协调领导小组，由文珈副省长任组长，发改委、国资委、财政厅、银行、交通等部门的负责人参加，每三个月召开一次会议，研究吸收制定促进沙颖发展的政策措施，在交通、项目、资金等方面加大力度。同时，省委常委还研究出这样一句话：允许和支持沙颖市在不违背国家政策法规的前提下，采取更灵活的做法，探索加快发展的新路子。这句话要写进即将召开的省委十届四次全会文件。”

在管冠南的带领下，会场上又一次响起热烈的掌声。掌声过后，管冠南讲了话，他说：“同志们，刚才书记代表省委省政府，为我们沙颖的发展描绘了宏伟的蓝图。我的理解是，在书记的重要讲话中，始终贯穿着突破、发展、改革开放的主线，他提出的‘三个立足于’、‘五化要求’、‘五大突破’和‘八敢’精神，将是当前和今后一个时期内沙颖发展的指路明灯和最高指示。特别是省委给了我们最优惠的政策：‘允许和支持沙颖市在不违背国家政策法规的前提下，采取更灵活的做法，探索加快发展的新路子’，这真是字字千钧、价值连城啊。这是省委对我们沙颖的最大支持、最大鼓励、最大鞭策。我们一定要认真落实省委和书记的讲话精神，切实转变作风，放下架子，扑下身子，迈出步子，真抓实干，决不辜负省委和书记的希望，以实际行动向省委和全市人民交出满意的答卷！”

全市经济工作会议终于召开了，这个经过一个多月才精心准备好的会议，规模相当大。乡镇党委书记以上的干部都集中在市人民礼堂，各村支书集中在各县市区礼堂的分会场，一起参加了这次会议。这次会议的内容十分广泛：出台了《沙颖市经济发展若干意见》、《沙颖市招商引资奖惩意见》、《沙颖市转变干部作风的有关规定》等一系列文件。市长吴寅代表市委市政府作了主题报告？还对各县市区委主要负责人的工作汇报进行了点评。先进乡镇介绍经验，落后乡镇表态发言。

在要求每人不超过三十分钟的各县市区委主要负责人的汇报中，不少县市区委主要负责人被管冠南点评得汗流浃背。

鹿城县县委书记生病了，由县长郑治业在会上汇报工作。当郑治业读到鹿城县上半年的财政收入为一点六个亿时，管冠南打断了郑治业的汇报，说："县长同志，你的数字准确吗？这一点六亿中间，有多少是鹿荣集团的？你们县政府这么多年来一直都把鹿荣集团当做提款机，提走的不下四个亿吧？你现在兼任着鹿荣集团的董事长，你有没有把握为鹿荣集团讨回两个亿，哪怕是讨回一个亿呢？"

郑治业说："没有把握。"

"没有把握怎么行呢？"管冠南说，"要想办法，要国退民进。你县政府拿走了鹿荣那么多钱，你必须想办法吸引战略投资者，必须吸引民间资金，这是你们的方向。同志们，观念决定思路，思路决定出路，好的思维决策运筹才会带来好的结果。我们各级领导，不能以其昏昏，使人昭昭，要学会抓住机遇，扩大资本市场的规模。当前资本市场的环境明显改善，股权分置改革已经奠定了资本市场运行转换的基础。各县市区要结合本地实际，近期要突出抓好企业上市的攻坚战，尽快启动再融资程序，没有资金作后盾，经济大跨度发展只能是空话。"

龙湖县委书记张晓东汇报时，刚说到"我区的开发区已经引进了二十多个项目，建设工地正如火如荼展开"时，管冠南说："晓东同志，你们的开发区建设不是如火如荼，是如水如荼。文珞的那个'世界名人苑'为什么冷冷清清？这里边不是资金问题，文老板的钱多多的、大大的。据说是因为批地的手续问题，你们要落实清楚，那块地究竟有多少荒地，有多少可耕地，先利用荒地，再逐级报批可耕地。不想办法怎么能行，活人不能叫尿憋死啊。还有，我前几天到你的那个开发区去了一趟，我觉得你们的排水系统没有处理好，地处三条河流的交汇处。不首先解决好排水问题，将来洪水一来，工厂泡进水里，损失就惨重了。还有，你们开发区的景观建设，形式有点单调，要请高人设计一下，争取三十年不落后才行。"

最难堪的是商城县委书记李木松，他在汇报中说："去年以来，我们引进了三十多个项目，其中亿元以上的有十个，我们的生物制药项目总投资在十亿以上，项目建成后，每年可以实现利税三个亿。”

管冠南听到这里，把手中的笔一放，说：“李木松书记，我看你官不大，僚不小。你的三十多个项目开工了几个，资金落实了多少？据我所知，开工的只有四个，其中三个是光盖好了围墙，没有任何动静。尤其是你那个生物制药项目，据我了解，在瑞典只完成了中试，根本就没有进行工业化生产。这样的项目，上起来风险极大。我听说，你们这个项目是用县财政局下面的投资公司担保的，这样做危险更多，到时候，干部职工都找你李木松要工资，要饭吃，你怎么办？我看你到那时就是跳楼也无济于事。还有，我听说你们县里的艾滋病人的‘五个一’工程项目直到现在都没有完成。这是什么行为？一个领导干部应该是感情充沛的，对人民群众没有感情，没有亲情，漠不关心，麻木不仁，这绝对不是一个好领导。我们要建立一套亲民的制度，到人民群众中间去。”

管冠南喝了口水后又说：“好的制度在于落实，不落实等于零。要将制度公开，责任公开，任务公开，让群众关心我们各级领导的作为。要敢于负责任，对那些对上级决定顶着不办的人，对那些互相推诿、互相扯皮、延误发展的人，对那些拆别人的台、自己发展不了的人，应该严厉批评，直至作组织处理。”

整个会上，管冠南对整个县市区的工作一一进行点评，弄得县委书记们一个个如坐针毡，感到惶恐不安。而全市的一般干部则觉得“早就该治治这帮县委书记了”，管冠南这门迫击炮，猛轰了县区领导的官气，大家感到非常畅快。

会议紧紧张张地开了两天半，第三天下午，管冠南在会上作了《加压奋进突破沙颖》的主题报告。在大家雷鸣般的掌声中，在庄严的《国际歌》声中，沙颖市经济工作会议落下了帷幕。

根据管冠南的提议，田颖生在市政府的分工是：主管农业局、水利局、林业局、农机局、农业综合开发办公室、气象局、粮食局、供销社、商务局，再加上最近要筹建的美国加州工业园，还把招商局和市开发区也交给了他。

本来，沙颖是个传统的农业大市，仅农业、流通这两大块就够他这个博士副市长忙活的了，再加上招商和开发区，他天天弄得筋疲力尽，感到分身乏术。

人工作着的状态是美丽的，但谁也不能天天只有工作啊，他感到烦心的事多着呢。他上任后的第二个星期，也就是他与管冠南到鹿城抢险后的第三天，妻子尹晓红就来到了沙颍。她一到市政府，便扭着肥胖的身体到各位市长和市政府办公室各科转了一圈，自我介绍道："我叫尹晓红，是田市长的妻子。田市长初来乍到，希望大家多帮忙啊。哎呀，他这个人哪，除了看书写文章啥都不会，在家里连自己的裤头都不洗。你们以后要多担待他啊。"这事把田颖生恶心得像嘴里噙了个大苍蝇。

他耐着性子处理了半个多小时文件，这才站起身来走出办公室，走到自己的那辆黑色奥迪车前，熟练地打开了车门，开出了市政府大院，朝位于沙颍河北岸的锦凤山庄驶去。

锦凤山庄的女娲阁里，鹿城县副县长夏玉河和他的妹妹夏可正谈论着田颖生。夏可说："田市长的老婆真要命，五大三粗不说，还满嘴的大蒜味，嘴唇涂得看起来血淋淋的，一个洋博士居然娶了个这样的女人。"

夏玉河说："我听说田市长是个孝子，他是为了父母才娶了这个女人。现在这社会，孝子不多了。我听说管书记对他很是器重呢，不知真假。"

"管书记确实对他很好，他写的《坚持科学发展观，建设沙颍新农村》的论文受到了管书记的称赞，正准备印发全市学习呢。"

"小妹，你要多接近他啊，机不可失，时不再来。我可听省里有人说，他将来是副省长的后备人选呢。"夏玉河说。

"哥，看你……"夏可脸上出现了一片绯红。

兄妹俩正说话间，田颖生走了进来。他望着夏可，只见她穿着一身天蓝色的连衣裙，丰乳尖臀，该鼓的鼓，该凸的凸。峰洼分明的魔鬼身材，再加上瀑布似的黑发，杨柳一样依依垂肩而落，他觉得夏可简直就是西施转世。

他愣了一下，忙问："你怎么也在这儿？"

夏可笑道："我哥请客，能不请他的小妹？"

田颖生这才恍然大悟，他看着这兄妹俩，笑道："噢，原来你们是兄妹啊，看起来还真挺像呢。"

夏玉河说："田市长，请坐，请上坐。"

田颖生说："现在是八小时以外，不要叫市长了，就叫我老兄吧。再说，你还是我的救命恩人呢。”田颖生说着就坐了上席，又问：“还请了谁？”

夏玉河说：“没有了，都是咱们自家人，小聚小酌。我点了六菜两汤，不够咱再要。”

“够了够了，这里的菜量很大，咱们别浪费。”田颖生见桌子上摆的是茅台，便说：“我车里有五粮液。夏可，你去掂，这是车钥匙。我不喜欢茅台的酱香味。”

夏可接过车钥匙，用她那美丽的大眼睛瞥了一下田颖生，四目相对，恍惚间他们发现，相互间原本就没有距离。

夏玉河说：“田市长，我正准备读您的研究生，您觉得行吗？”

田颖生说：“我的专业是育种、遗传基因方面的，挺专业的。我觉得你如果想读的话，不如学农经，而且不必脱产。这方面的导师我挺熟，可以给你帮忙。”

“那太谢谢您了。”

说话间，夏可提着五粮液走了进来。随后，服务员也端来了四个菜：凉拌海蜇、凉拌牛百叶、凉拌黄瓜、凉拌荆芥。

夏玉河倒满了三杯说：“早就想给田市长接风了，因为受伤住院，今天才了却心愿。来，干杯！”

三个人的酒杯碰到了一起。

酒过三巡，田颖生提议道：“这样大杯喝酒容易醉，咱们聊点别的，喝慢些。”

夏玉河兄妹自然应承。于是，三人边喝边聊，越说越亲近，越来越像一家人了。

四十．李木松的霸气

李木松自从上次在全市经济工作会议上被管冠南诘问后，觉得很没有面子。回到商城后，他天天喝酒，酒醉后就发火，弄得周围的工作人员像躲瘟神一样躲着他。

商城县长李树建与李木松是同乡，都是蔡城人，按辈分应该叫李木松为叔。别人能躲，他无论如何都不能躲啊。眼下，需要立即贯彻市委经济工作会议精神不说，沙颍河商城段的治理工作，省水利厅已经批复下来了，现在急需把二十六个标段的招标工作都做完，待秋末冬初要全部动工，明年春汛前要完成任务。现在，省水利厅一天一个电话，催要招标方案及招标的进展情况。

李树建知道，李木松很霸道，常委会上都是他一个人说了算。但现在的问题是常委会必须开，这个工程一定不能再拖下去了。自从李木松被管冠南公开批评后，一些乡党委书记和县直的局长都对他说，你的机会来了，你不能再软下去了，跟李木松对着干吧。弄出点成绩才对得起商城的父老乡亲，也对得起自己的县长位置，弄得好了，说不定您还能接替李木松呢。这些话直说得李树建心旌荡漾，于是，他一反常态地主动拨通了李木松的电话："李书记，我是树建，水利工程的事需要开常委会定一下。"

李木松酒醉心不醉，他觉得自己县委书记的地位遭到了挑战，便说："县长办公会你想什么时候开就什么时候开吧。不过，开常委会还轮不到你这个县委副书记来说！”

李树建遭了抢白，气势上自然矮了三分。他想了想，又说：“这件事是大事，省水利厅三天两头催进展，这事按惯例是应该由常委会定，不是县长办公会能定的啊。”

李木松说：“那就开吧，我不信在常委会上能翻天。”

开常委会时，李木松朝主席的位置上一坐，眼神威严地瞅了一圈在座的各县委常委，说：“前几天在市里的会上，管书记批评了我几句，有人就认为我不行了，有些干部就开始蠢蠢欲动了。这算什么？县委书记在市委书记面前就是儿子，老子打儿子骂儿子是应该的，打是亲，骂是爱，不打不骂萝卜菜，你们还没有这个挨批评的机会呢！我告诉你们，管书记的岳父是我表大伯，省委的贾副书记是我大学恩师的儿子。我十六岁当民兵营长，十八岁当大队支书，这三十多年来，我什么风浪没有经过？清查‘三种人’大家知道吧，那时恁厉害也没有整倒我。哼！别一个个的不知道自己姓什么了！对了，树建，你不是说有个工程吗？你先说说。”

李树建忍着一肚子的火，说道：“沙颍河商城段的治理，经过县政府的多年努力，在市水利局、省水利厅的大力支持下，国家淮委会终于批准了这个项目。这项目投资一点二亿，其中国家拨款四千万元，以工代赈八千万元。这就相当于说，在治理沙颍河商城段时，不需要我们县财政和老百姓出一分钱。”李树建说到这里时，停下来喝了一口水，常委们开始窃窃细语，看得出大家都认为这是件大好事。看到这里，李树建觉得自己这两年的辛劳没有白费，不自觉中表现出一些得意，说：“这两年，县政府成立了领导小组，由我任组长，管农业的田副县长亲自抓落实，跑省城进北京，终于把项目给弄回来了。”

李木松说：“别扯恁远，这不是庆功会。”

李树建先是一愣，继而恢复了常态：“因为不让我们投钱，省里对这个项目非常重视。他们建议这项工程在全省公开招标，邀请全省有工程资质、有实力的单位竞标，争取最大限度地把工程造价降低，把工程质量提高。”

李木松听到这里，不屑地说：“你一个毛头孩子，知道什么？异想天开！哪儿有又要马儿跑，又要马儿不吃草的好事。这样吧，为了加强领导，这个工程由县委主抓，成立领导小组，我任组长。这件事你就不用管了。大家有什么意见没有？”

李树建又是一愣，大部分常委面面相觑，只有常务副县长说了一句“没意见”，接着，其他常委只得挨个儿表态说“没意见”。

会议结束后，县长李树建大病了一场。而李木松抢得了头彩，他让县电视台专题宣传沙颍河治理工程，宣传他任组长时发出的县委文件。渐渐地，李木松又恢复了在商城的霸气。

这天上午，李木松接到一个信息：“哥，我乘飞机下午四点到省城，安琪。”

李木松一看是安琪，立刻神采飞扬起来。他与安琪那刻骨铭心的一幕幕，浮现在眼前。

想着安琪发的信息，想着安琪美妙的胴体，李木松觉得自己应该亲自到机场去接她。同时让省水利工程公司在商城建个办事处，由安琪当主任，把沙颍河商城段改造的工程接下来，肥水无论如何都不能流入外人田。

全市民营企业家表彰会在沙颍人民会堂举行。为开好这个会，管冠南和市政协主席张明宽没少动脑子，几乎把在外地的沙颍籍成功企业家都找了回来，其中资产上十亿的有四个，上亿的有四十六个，五千万以上的有两百多个，千万以上的有一千多个，所涉及的行业众多，门类齐全。会议的开法颇新颖，除第一天有个简短的开幕式外，与会人员自由行动，或打牌，或侃大山，或约会亲朋好友。富有沙颍特色的自助餐随意吃，沙颍大曲敞开肚皮随便喝，直吃喝得这些大亨直犯嘀咕：市委市政府这是怎么啦，吃着流水席，唱的是哪出戏?

这三天，管冠南可是一点都没有闲着，他在不同场合单独会见了近四十位优秀民营企业家。这四十位企业家来自不同的行业，有着不同的经历，都作出了很大的成就。通过与他们的会谈，管冠南受益匪浅。近距离的接触远远比在主席台上坐着讲话人性化多了，那些优秀的民营企业家通过与管冠南的直接接触，觉得这位父母官比传说中的还神。那些没有受到管冠南接见的民营企业家则暗暗下决心，再加把劲，明年争取让管书记接见。

最后一天，大家坐在一起召开了一个座谈会。企业代表发言，颁奖。主持会议的吴寅宣读了市委市政府关于促进民营企业家在沙颖落户的决定后，接着说道：“现在请市委书记管冠南发表重要讲话。大家欢迎。”

一阵掌声后，管冠南站起身来，给大家鞠了一躬，然后咳了一声，清了清嗓子，说：“讲话是要讲的，但不一定重要。本来想与大家都单独沟通一下，但因为咱们沙颖的优秀人才实在太多了，时间不允许，只好在这里与大家聊聊天，把近来与大家接触后的所思所想说给大家。”

在热烈的掌声中，管冠南结束了讲话。谁也没有注意到，文珞没有鼓掌。

吃罢晚饭，看完了《新闻联播》，管冠南坐到他那宽大的皮转椅上，开始处理上级的来文。他看到其中一份是省纪委关于处理张明宽儿子去年结婚时请客的通报：“事实清楚，影响极坏。鉴于张明宽事发后及时退还礼款，认错态度较好，经研究给予党内严重警告处分。”管冠南知道，这是去年张明宽等人联名上书挽留，引起了省里部分人的不满，他们想借此机会整张明宽一下。毕竟张明宽在这个问题上是个有缝的鸡蛋，自己也不好袒护。他想了想，在通报上飞快地写着：“请市委常委各同志阅，请人大杨主任、政协张主席阅，请大家共同记取教训。”写完后，他长长地出了口气，点燃了一根烟。这时，门外传来了敲门声。

管冠南说了声：“请进。”门被轻轻地推开了，他抬头望去，见是沙碧君和一个不认识的中年人。他慢慢站起身来，说：“沙总，请坐，这几个月光知道你出国了，不知道为啥待那么久。我想，我们的沙总不至于弃明投暗了吧。”

“管书记，”沙碧君说，“这是我表弟，山泉集团的董事长。”

“噢，山泉集团，在省内名气很大呀，请坐，请坐。”管冠南说着，同他们俩一起坐到沙发上。

沙碧君说：“五个月前，我丈夫在美国因车祸去世了。我在那儿处理了些遗留问题，耽误了不少时间。这其间听说您就任了市委书记，想打电话祝贺一下，可总也没抽出时间来，管书记不会怪罪吧。”

“哎呀，你中年丧偶，人生之大不幸。我真是官僚，居然一无所知，更没有片语吊唁，实在惭愧。”管冠南说着站起身来，给他俩倒水。

“谢谢，”沙碧君接过水杯说，“我表弟今天听了您的报告后，决定回咱们沙颖投资，让我领着他来见您。”

管冠南说："大名鼎鼎的山泉集团要落户沙颍，我们求之不得啊。不知刘董带回来的是什么项目？"

刘山泉说："代烟品。"

管冠南听后，有些不解："代烟品？"

刘山泉说："是。"说着，他从包里拿出一包类似香烟的产品，说："这是我们研制的天工仙烟。"他说着，撕开封皮，抽出了一支点上，室内果然没有香烟的呛人味，反倒弥漫着一股淡淡的艾草香味儿。

刘山泉说："据不完全统计，中国有近两亿烟民，每年死于吸烟的人不少于五十万。我研制的天工仙烟全部用中草药制成，既能让人过烟瘾，又对身体无害，而且有养目提神的功效。目前，这个产品已经通过了国家有关部门的一系列检测，生产批号什么的也都拿到了，正准备大规模生产上市呢。"

"果真如此？"管冠南从茶几上拿起天工仙烟，抽出一支，给自己点上，小心地吸了一口，一股清凉立即沁入心脾，他望着刘山泉说："我可是有着三十多年烟龄的老烟枪啊。"

刘山泉说："天工仙烟是新型的、健康的绿色保健品。这个产品是以银杏、艾叶为主要原料，科学配伍多种名贵香草，运用高科技工艺技术制作而成的一种健康保健品。它具有清咽祛痰、提神醒脑的功效，能帮助吸烟者改变吸食有尼古丁含量的烟草的习惯，减少吸烟对人体健康的危害，具有预防口腔、呼吸道疾病的特殊功能。人类戒烟是一个循序渐进的过程，创造天工仙烟……"

管冠南见刘山泉一副滔滔不绝的样子，觉得他很可爱，心想，大概对认定的事物很执著的人，都是这种状态吧。他与沙碧君交换了一下眼神，沙碧君正要制止刘山泉的长篇大论，被管冠南摇头阻止了。只听刘山泉继续说："吸食天工仙烟，人的气管、肺部再也不会受到损害，人类将不再因吸烟生病，也不会因此而付出巨额的医药费了。吸食大工仙烟，不会再受到家人的埋怨。天工仙烟的烟雾，具有杀菌、清新空气、散发香味的功能，可沉浸在氤氲的香气之中，给人以美的享受。天工仙烟追求的价值就是：尊重人的生命，尊重个人追求的偏好，引导人们彻底摆脱香烟的奴役和毒害。天工仙烟倡导的生活理念是：健康美丽，张扬个性，崇尚自由、自在、潇洒地生活……"

"哎，老弟，你怎么在管书记面前作起广告来了？管书记可是日理万机呀！"沙碧君实在忍不住了，赶紧打断了刘山泉的话。

"对不起，管书记。"刘山泉说，"我这个人一激动就得意忘形，您别介意。"

管冠南说："反正现在事情也不多，咱们好好聊聊吧。你创办山泉集团前是干啥的？"

刘山泉说："一九九二年以前，我在省经济研究中心下面的《决策参考》杂志社当副主编。一九九二年那阵子响应邓大人的号召，下海了，搞的是食品加工。后来发展到包括食品加工、生物制药在内的二十家小企业，去年产值有八个亿，利税一点五亿元。"

管冠南说："企业的个头还真不小，生产天工仙烟需要投资多少钱？"

刘山泉说："占地需两百亩，资金需要大约两千万，设备购置需要三千万，厂房建设需要两千万，还要有五千万的流动资金，估计有一点二亿元就足够了。"

管冠南问："资金有困难没有？"

刘山泉说："有点，但不大。等我把厂房盖好后，可以抵押给银行，申请流动资金，问题不大。当然，如果能在沙颖工业园内弄到点零价地皮，问题就解决了。这是我们的可行性报告。"

管冠南接过报告后，大致翻了翻，对他说："我看后再说吧，对于你将落户沙颖的事情，我代表市委市政府，先感谢你的支持和信任。"

送走了刘山泉他们后，管冠南点燃一根烟，身子朝皮转椅上一躺，闭目思考起来。

他觉得，近期公款吃喝之风在沙颖是个大问题，要赶紧解决一下。而造成公款吃喝屡禁不止的根本原因，首先在于党风问题没有根本好转，艰苦朴素的工作作风、勤俭节约的生活作风，没有根本落实到各级干部的行动中去。而从深层次上看，我们现有的体制性弊端也助长了公款吃喝风的蔓延。财政的约束体制太软，财政支出随意性很大，支出不支出常常就是一些领导干部的一句话。管冠南记得，我们国家某市长邀请美国的一位市长到中国时，对方说，不能成行了，因为今年的财政预算没有安排这块项目资金。而我们的市长说，资金不成问题，我们来解决。一座中国的城市，财政能比一座美国的城市财政更好吗？自己先前长期在政府部门工作，对招待之类的事关注不够，总觉得为了争取资金争取项目，花些钱是应该的。看来，自己的指导思想也有误。以后，这方面应该注意一下了，从自身做起，好好整顿一下公款吃喝的作风。自己这个“管一瓶”再也不能继续发展下去了。

“冠南啊，你在想什么？”

管冠南睁眼一看，原来是张明宽走到了办公桌前，他连忙站起来说：“张主席，老领导，快坐，坐。”

然后，管冠南把关于张颖结婚大操大办的那份处理通报递给了张明宽。张明宽认真看了一遍后，对管冠南说：“冠南，通报我的处分，你怎么能仅签给常委们、杨庭凯和我呢，不往下发了吗？这个范围太小了。”

管冠南有些不解，问道：“老领导，您的意思是？”

张明宽说：“省里有些人是借我来算计你，你应该把这个通报广泛传达下去，别给那帮人口实。另外，咱们沙颍的不正之风盛行，你不妨借这个机会整整干部的吃喝风，以及红白事的大操大办风。不然的话，经济发展了，社会风气搞坏了，还是不行啊。”

“咱俩想到一起去了，我刚才一直在思考这个问题呢。如果继续这样下去，岂止是社会风气搞坏了，大家都沉迷于迎来送往，谁还有心思搞建设？一喝就醉，一醉就睡，云天雾地，天天迷迷瞪瞪的，以其昏昏，怎么使人昭昭？”管冠南说，“您知道，我过去对那些为项目建设去请客喝酒的事从不反对，而且我自己也喜欢喝上几杯，现在的确应该反思了。”

“冠南，你正好可以借我这个处分大做文章，拿上几条过硬措施，搞些禁酒令，搞些禁止婚丧嫁娶大操大办的规定，彻底扭转沙颍党政干部的不正之风。我抓经济工作不在行，配合你做这些事还是可以的。”

望着两鬓斑白的张明宽，管冠南沉默了。想当年，管冠南任大队支书，是时任公社革委副主任的张明宽力排众议，把他选拔为公社干部。后来张明宽当了县革委副主任，又把管冠南提拔为公社副书记。管冠南率领青年突击队在嵩山植树六年，获得了全国劳模的称号，时任县委书记的张明宽又把他提拔为公社书记、县委常委、常务副县长。考中央党校时，又是张明宽给了他三个月的时间，让他脱产复习，最终自己才如愿以偿，到中央党校脱产学习了两年。之后，张明宽又推荐他到管城任县委书记。在沙颖的这一年多里，张明宽对自己工作上支持、生活上关心，并冒着政治风险上书省委挽留自己。他知道，再过一年，张明宽将面临退休，一个在政坛上沉浮多年的人，谁不想保持晚节呢？谁不像鸟爱惜自己的羽毛一样爱惜自己的名声呢？把张明宽作为箭垛让人放矢，管冠南无论从理智上还是感情上都是不能接受的。

“你怎么不说话？”张明宽说，“这可不是你管冠南的性格呀。我老了，无所谓了，你还年轻，还有许多重要的事情等着你去做。你要多为自己的政治前途想想，现在这社会需要你这样的人啊。”

“老领导，”管冠南诚恳地说，“你是知道的，即便有人想整我，靠这种小事也难整倒我。用你作为靶子，我做不到。”

“冠南啊，想不到你居然如此糊涂。”张明宽说，“在沙颖这个地方，要想刹不正之风，必须用重典，必须打个头大的老虎来表明市委的决心，打几只苍蝇根本无济于事。”

“老领导，您别再说了。我会有办法来处理这事的，但我决不会再伤害你，也不允许别人来伤害你。我知道，去年张颖的事与你没有多少关系。事先您是反对大操大办的，事后您凭着一个老共产党员的政治觉悟和政治敏感，提前退还了礼金。对这样一位令人敬重的老共产党员，我怎么能忍心在您的伤口再抹盐呢？”管冠南急切地说。

张明宽想了想后说：“不管怎么说，狠刹不正之风的事，市委必须下大决心。今天晚上，你嫂子包了韭菜馅饺子，等你去吃，另外张莎也回来了。咱们快去吧，他们该等急了。”

“行！”管冠南爽快地答应了。

到了张明宽家，张莎、张颖都在客厅等着。张明宽的妻子陈茜见管冠南与张明宽一道回来了，便说：“管书记，你当市长时第一天就到家里来喝酒了，这次当书记都快两个多月了，才第一次到家里来，要不是明宽去请你，你就把我们这个家忘了。”

“别胡说，”张明宽说，“冠南最近忙得焦头烂额的，你还不知道？”他瞅了一眼手表，问道："怎么，晓东还没到？"

"早到了，在书房呢，我去叫。"陈茜说。

张莎和张颖几乎同时喊："管书记好！"

"大家好。"管冠南应着，随意扫了一下满桌的菜，问，"这是谁的手艺？做了这么多。"

张莎说："这是我妈做的，昨天就开始准备了。"

张晓东从书房出来后，一见管冠南，忙跨上前说："管书记，我也是刚到。听说二叔去请您，我也就凑个数过来陪您了。"

管冠南心想，为了这顿饭，张晓东不知筹划了多少日子了，肯定不会是凑巧刚到。不过，管冠南嘴上却说："反正你二叔也不缺多一双筷子，多二两酒。正好，我也正有事同你商量呢。"

大家落座后，陈茜先说了话："过去，老张总是羡慕人家杨主任家的老曲，说老曲对老杨照顾得如何如何好，饭菜做得如何可口之类，说得我的耳朵都快听出茧子了。今天，我宣布，我以后要超过老曲。"

管冠南有些不解，问道："怎么回事？"

陈茜说："去年，你被调查期间，我的市妇联主任职务被人家撸了。"

张明宽说："别胡说，你的年龄到了，该下台了，什么被人家撸了！冠南，别理她，她的退休手续两个月前已经正式办下来了。她呀，就是一下子不工作了，心里有些失落。"

"开个玩笑罢了，失啥落啊。"陈茜说，"老张早就想让我退休了。不过，退了也真好，儿女大了，不用教，相夫的时间多了。我今天的菜全是用药膳做的：天麻蒸银鳕鱼，什锦淮山药，花旗参炖鹌鹑，藕饼拼莲子，党参炒虾球，甘草红枣炖甲鱼，山药煨柴鸡……"

管冠南说："士别三日当刮目相看，嫂子，我真得去美容院割双眼皮了。老兄告诉我的是，你只给我包了韭菜馅饺子。"

"哈哈，少不了你的韭菜饺子，但你们要喝我给你们泡的药酒。我泡了人参枸杞酒、八珍酒等五种药酒呢，你们喝人参枸杞酒吧。它的功能是大补元气、安神固眠、滋肝明目，适用于……"陈茜正要兴致勃勃地说下去，不料被张明宽打断了："老陈，行行好，你别再说了，我和冠南还是喝那种二十年的沙颖大曲。来，冠南，干杯！"

管冠南喝了一杯沙颖大曲后，把杯子递给陈茜说："嫂子，我喝你的人参枸杞酒，这大补的药酒不喝白不喝。"

陈茜本来正在生张明宽的气，听管冠南这么一说，脸上立即绽开了笑容，她乐滋滋地给管冠南斟满了一杯药酒。

管冠南接过一尝，赞叹道："不错，不错。"说完，扭头望着张晓东问："晓东，现在吃喝风很厉害，你作为区委书记有什么想法？"

张晓东没想到管冠南会在饭桌上提出这样的问题，他思考了一会儿后，说："吃喝风由来已久，早在'文革'前，我党就反对多吃多占。随着形势的发展，这种不正之风却愈演愈烈，一顿饭一头猪、一顿饭一头牛、一顿饭两头猪再加两头牛的现象都有。我觉得这股风气应该刹刹，因为这种现象已经严重影响了我们党和政府的形象。"

管冠南说："你对工作中的那些应酬有什么体会？"

张晓东说："我可以说是天天泡在饭局里，每天都有几场酒。除了早饭在家里吃以外，中午和晚上几乎总是在酒店里解决。凡是请我的，身份都不一般，不是社会知名人士、权力人物，就是社会贤达、能人精英。为了不驳那些人的面子，我常常采取变通的方法，把一顿饭分为两场，甚至更多。这边刚寒暄一阵，喝上几杯酒，就得连忙道歉说另有应酬，好不容易奔到另一个饭局，又是道歉。除这些人外，最要命的是市直的局长们。人家到区里后，直接指名说：叫张晓东过来！好像我不参加就不够档次一样，不参加就得罪人，九次参加、一次不参加也得罪人，谁先谁后也得罪人。有一段，我的胃喝坏了，弄得我天天躲在家里不敢出去吃饭。老婆孩子都很诧异，问我是不是犯了错误，怎么没有人请你吃饭啊？还有几次，出去吃饭时没有喝醉，老婆也觉得异常，还问我是不是今天酒不好？弄得我常常无言以对。管书记，你说我们区委书记吃喝都到这个份儿上，还有什么形象可言？"

管冠南说："说得不错，继续谈。"

张晓东接着说道："现在的饭局已经成为表达和增进友谊最有效的方式了。

生人一见面，经别人一介绍，就认识了，也就成了场面上的朋友。酒桌上你敬我一杯，我敬你两杯，边喝边聊，感情自然升温。有个词叫‘关系网’，其实，这张网往往就是在酒桌上结的。一个人想做成事，如果没有这张关系网，就难以成功啊。即使像我这样有点权力的人，也需要关系网才行呀。先前我不明白这个，在推荐市级后备干部的时候，我总是排在后面。管书记，我们龙湖的工作怎样，您心里是最清楚的。我在团委当书记时就是后备干部，现在都十年了，还是在正处级的岗位上作贡献呢，可那些会喝酒、会应酬、会编织关系网的主儿，如今都往上提了。”

张明宽打断他说：“这是两回事，不要把自己的升迁与喝酒联系在一起。”

张晓东也觉得自己失言了，便说：“为了应付酒场，我在选区委办公室副主任时，还专门选了一个既年轻又能喝的小伙子，让他专门跟着我替我喝酒。这样一来，我躲过了许多次酒场上的灭顶之灾。”

管冠南说：“最近，市委准备在刹不正之风上用重典，你敢不敢把刚才的话整理一下在会上说说？”

“敢！”张晓东说，“只要能够使党风彻底好转，我张晓东有什么好怕的？”

管冠南又对陈茜说：“嫂子，我觉得你还应该再发挥些余热，不然闷在家里会憋坏的。”

陈茜笑着说：“嫂子老了，不中用了，就是做小姐，也没人要了。”

管冠南哈哈笑着说：“我真想起一件事来。咱们沙颍的下岗纺织女工多，你可以把她们组织起来，搞家政，搞服务业。”

陈茜说：“这是个好主意，我最近弄个方案送给你吧。”

大家热热闹闹地吃完晚饭，管冠南就高高兴兴地回住所了。

第九章 换届

四十一．经济适用房找哪个开发商来建呢

沙颖夏末的清晨，气候是很宜人的。尤其是昨夜下了场小雨，这时空气里湿漉漉的。管冠南与文珞一起在文珞的“世界名人苑”里散步。

管冠南笑道：“老兄啊，看来你只了解中国国情，但不了解沙颖市情啊。在沙颖，最高领导的一句话就是圣旨，人们会盲从领导的奇谈怪论，会以为你知识渊博，会对你敬畏。如果光念文件，他就会以为你思想僵化，你就镇不住他们。这些我心里有数。”

文珞说：“我倒不是非要劝你说话办事循规蹈矩，而是说，你作为这个地方的一把手，该注意的地方要注意，该小心的地方也要小心。小心驶得万年船嘛。不过，你刚才的说法我不认同。如果说在沙颖，领导的一句话就是圣旨，那我的楼盘怎么销售得这么慢呢？”

管冠南想了想说：“这里边恐怕有这么几层原因：一是定位问题。当初你开工时，就定位为高档别墅，这个定位并不错，但忽略了大部分中等收入的人群，高收入的人们一般都有房子，他们并不急于入住，他们要等待观望，想着等房价合理的时候再出手。二是你的配套设施没有跟上，综合服务楼尚未竣工，绿化尚未进行，整个楼盘给人的印象还不太好。三是今年以来，国务院有关部委陆续下发了大量关于压缩房地产发展的文件，大家都觉得房价要降，都在等待观望，怎么能奢望一夜间就将房子售罄呢？”

文珞觉得管冠南说得很有道理，便问："我现在确实有点急，资金链问题不能不重视啊。请问书记大人，能否开一两剂良方，解我的燃眉之急呢？"

管冠南说："办法是有的，但我有个条件，你必须先答应下来。对你来说，这点事可能只是举手之劳，而对我们沙颖来说，则是大之又大的事。"

"说说看，"文珞说，"我知道你的性格，为私事你是不会张口的，为沙颖，你会狮子大开口。"

管冠南说："我们准备搞一家燃气电厂。这个项目对沙颖来说，至关重要。电厂建成后，不仅能彻底解决沙颖的用电问题，还可以改善和优化全省的电源结构，有效提高全省电网的调峰能力。"

"总投资需要多少钱？"文珞问。

"四十个亿左右吧。"管冠南回答道。

文珞想了想说："这四十亿资金，你准备怎么落实？"

管冠南说："前天小玟打电话说，加拿大的一家投资公司很感兴趣，说如果能控股，他们可以投二十五亿到三十亿。这样一来，剩下的十几个亿我就好想办法了。"

文珞说："如果加拿大那边能投资二十五个亿的话，剩下的钱咱们沙颖发展银行可以解决。如果资金有着落，国家发改委和电力总公司那里我可以去沟通一下，我有几个同学都在那里主事呢。"

管冠南说："好，那我先代表沙颖人民感谢你了，今天我请你吃沙颖最好的饭。"

"得了吧，我还不知道你的抠门劲儿，还是我请你吧。"文珞又想了一下，觉得有些不对，说："你不是给我支招吗？怎么倒让我做了你的用人？"

管冠南笑道："你这事很容易啊。你拿出两个亿在这附近盖中档居民区，房子的利润控制在百分之十以内，盖两千套，把它定位为沙颖公务员小区，这样一来，全市公务员都要感谢你，人气自然也就上来了。与全市公务员毗邻，那别墅群还不好销？另外，你把电厂项目争取回来，我把厂址放在别墅的下端。到那时，这儿不就变成抢手货了？"

"冠南，真有你的，把我算计到底了。"文珞想了想说，"我那两百亩地按成本价开盘，但是，将来建电厂的时候，你要给我补回来。”

“好说，好说。”管冠南说，“只要沙颖那些公务员感谢你，别的都好说。不过，盖公务员小区的事，你要同吴市长沟通一下。”

文珞说：“我同他不熟，怕不好说。”

管冠南说：“活人还叫尿憋死？郁副省长你不知道？听说他当过你父亲的秘书。还有郁萌，这关系你也可以利用。市委宣传部经费紧张，你赞助郁萌一点钱就可以了。她的胃口不会太大。”

文珞说：“还让我给你们宣传部捐款呀，亏你想得出来。不过，这个小妹挺有意思的，花几个小钱认识认识也不错。你通知她，今天中午我请客，在侍郎府，顺道叫上沙碧君，把这一段沙颖发展银行的情况向你这位大书记汇报一下。”

“好，好。”管冠南说，“我早饭还没吃呢，你不会让我两顿饭变成一顿吃吧。”

“哪能啊，早饭我已经在侍郎府给你准备好了，咱们走吧。”说着，两人就一起上了汽车。

这三个月，田颖生觉得收获很多。沙颖是农业大市，他这个分管农业的副市长就比其他几位副市长显得重要得多。他又分管招商，招商又是这一时期市委、市政府的重头戏，他因此特别忙。他虽然从小生活在农村，但自从上大学后，一直在学校和科研单位工作，即使这两年做了农牧厅的副厅长，也只是偶尔下次县，很少接触实际。而现在下乡时，带着农、林、水的局长们，前呼后拥地接待投资商时，发改委、财政局、规划局、土地局和商务局的大员们唯他马首是瞻。还有市电视台、日报社的记者们忙着记录，抢镜头，这些都使他找到了当官的感觉。

他感到更欣慰的是，自己可以暂时摆脱掉尹晓红的纠缠。想起尹晓红，他就反胃。那肥胖的躯体、粗鲁的言语、满嘴的臭蒜气、笨鸭式的举止，以及她那种在床上像一堆扭动的烂肉的样子，都令他时不时作呕。虽然这几个月来，尹晓红来过两趟，也时不时在电话里把他臭骂一通，但绝大多数日子里，他是自由的，这种自由的感觉，真是太爽了。

这三个多月来，他庆幸自己认识了夏可。自那次与夏玉河、夏可在锦凤山庄吃饭后，田颖生与夏可的关系又进了一步。真是名如其人啊，夏可的“可”字叫得真好。每当他来到办公室，夏可便立即给他倒上一杯热茶，每天还早早地把空调打开。他刚一坐下，夏可就立马递上当天该处理的文件，然后两人相视一笑，夏可就悄然离开了。每当他下县检查工作时，夏可总是给他端着茶杯、提着包，默默地跟在他的身后；每当他开完会听完汇报后，夏可又第一时间整理出汇报资料交给他。总之，这女人给人的感觉就是处处贴心。

想到这里，田颖生心里不由得泛起一阵甜意。但从那次桃园相会后，田颖生每次见到夏可又有些不自然，下乡、开会、接待外宾，总是既想带她又不想带她。一个星期前，省农业厅沼气办到沙颖的商城县搞沼气示范点，来的是他的老熟人，他准备今天去看看，正犹豫带不带夏可时，夏玉河和夏可一起推门进来了。

夏玉河说：“田市长，省沼气办的主任来了一个星期了，我们县的李书记让我来请你，同时把沙颖河工程招标的事定下来。”

“再不去就对不起老朋友了，我正准备去呢。”田颖生说着，就动手开始收拾桌上的文件。

夏可端起田颖生的茶杯，拎过田颖生的公文包，先下楼了。

既然这样，就没得选择了，带着夏可一块儿去吧。然后，夏玉河的车在前，田颖生的车在后，缓缓驶出了市政府大院。

商城县委书记李木松带领县委、县政府两套班子成员在商城县界边等候着，旁边还停了辆警车。这阵势是田颖生没有见过的，他觉得自己下乡的阵势真是太气派了，感觉真是太好了。李木松同田颖生见面后，便挤到田颖生的车上，恭维道：“田市长，我们可把你盼来了。我文凭不高，只是个地质专业的大专生。您是留洋博士，还带着研究生，我给你当学生都不够格啊，以后你当了省长，可别忘了我们啊！”

在沼气村和沙颖河的工程段，李木松又是点烟，又是开矿泉水，又是削苹果，又是恭维话，直捧得田颖生感觉没早来商城是欠了他李木松什么似的。在丰盛的晚宴上，李木松直把田颖生灌醉才肯罢休。

平常，李木松在县里的宾馆里长期占着一套豪华包房。吃完饭后，李木松与夏玉河兄妹一起把田颖生扶到了这套房子里，嘱咐夏氏兄妹一定要照顾好田颖生，自己则去找情人安琪了。

夏玉河见李木松离去，便小声对夏可说："以后的时间是你的，我先走了。"说完，也离开了这里。

夏可把门锁都仔细检查了一遍，然后才放心地走进了套间。她见醉得不省人事的田颖生狼狈得不成样子，不由得从心头生出深深的怜爱之情。她小心脱去田颖生的衣裤，用热毛巾轻轻地把他从上到下擦了一遍，然后到卫生间认真地洗了个澡。当她只裹着浴巾睡到田颖生身边时，烂醉如泥的田颖生还是一点反应都没有。

天快亮时，田颖生终于醒过来了。迷糊中，他感到自己的下身贴着一双温润的手。他睁开眼睛，见是夏可，就立马翻身上去，把她紧紧地搂在了怀里……

而这一切都被李木松看得清清楚楚。原来，李木松在这套豪华包房里安了监视器，有不少在这个房间里睡过的权贵都给李木松留下了一幕幕场景。

吴寅在没有接见文珞和郁萌之前，就已经接到了副省长文珈的电话。这位分管科教文卫、计划生育和法制建设的副省长，先是关切地询问了一下吴寅的工作、生活情况，然后又说："我哥哥文珞在沙颖搞房地产开发，他想给沙颖的公务员建个小区，利润控制在百分之十以内，我觉得是件好事，请你方便时约他谈谈。"

吴寅觉得，如果文珞真能把利润控制在百分之十以内，这对沙颖的公务员来说，不啻是个天大的好事。因为他知道，现在全国的房地产业毛利率都在百分之三十左右。而且，上级政府提倡搞安居工程，建经济适用房，解决困难市民的住房问题，但沙颖的房地产开发商总感到利润太低，都没有积极性，直到目前，这项工作仍是空白。如果文珞能借此机会盖些经济适用房，这样对上对下都能有个交代，自己也算为沙颖老百姓做了件实事。

上午十点整，文珞和郁萌如约来到了吴寅的办公室。一阵寒暄后，吴寅把文珞让到沙发的上首，自己和郁萌分坐在两旁。没等郁萌介绍，吴寅便说："文董，我已经接到文珈省长的电话了，她把您的想法告诉我了。我觉得这是个好事，无论是对政府，还是对公务员都有利，只是我觉得这会让您损失太多。如果您有什么想法随时可以和我沟通，政府甚至可以给您些补偿，做到双赢。”

文珞说：“吴市长，假如政府能再给我提供一些政策和方便，我自然是求之不得的。但是我想，我也是沙颖人，为沙颖的经济发展、为沙颖的干部群众做些力所能及的事情，也是我的责任和义务。我算了一下账，如果这两千套公务员住房，纯利润保持在百分之八，那么一套房我就能挣一万八千元，两千套就是三千六百万。我虽然从来没有开发过利润如此低的楼盘，但这个项目毕竟还是有利润的。再说了，吴市长是知道的，我现在不在乎钱。”

吴寅说：“这我知道，文董的资产总额在国内屈指可数。我代表沙颖的公务员先感谢您了，听了您刚才的话，我又想，文董何不把好事做到底呢？”

文珞一听，心里直嘀咕，这位市长怪不得答应得如此顺利，原来是有想法的，便试探地问：“不知吴市长有何见教？”

吴寅：“现在市政府正为一件事犯愁。这事对您来说不算什么，但对我们来讲，事关重大啊。”

郁萌说：“吴市长别再卖关子了，文董又不是外人，有话直说呗。只要文董能做到的，他一定会做的。”

吴寅知道，郁萌这话一语双关，让文珞不答应都不行。吴寅笑着望了郁萌一眼，又望着文珞说道：“事情是这样的，这几年，中央和省里一直在提倡搞安居工程，号召各地方大力兴建经济适用房。咱们沙颖财政穷，拿不出钱。沙颖的房地产商们又觉得没有多少油水，也不愿意做。到目前为止，咱们市的经济适用房没有建成一幢，昨天省政府还通报批评了我们。因此，我想请文董在不为难的情况下，为沙颖的下岗职工和困难户们着想着想，把这个项目承担下来，为市委市政府分点忧。”

文珞听得很认真。他觉得，盖经济适用房利润的确很低，他在北京从来就没有经营过此事。但他知道，这事虽然利润低，但毕竟是利国利民的大好事，与政府合作是不会吃亏的。而且，经济适用房毕竟还有百分之五的纯利润，怎么算自己也赔不了钱，充其量少赚一些罢了。想到这儿，文珞说：“为沙颖老百姓服务，我当然义不容辞，只是我开工的项目有些多，手头上的资金有些紧啊。”

吴寅说：“我考虑过这些，我看这样，如果你答应做这个项目，除给老百姓的征地补偿外，土地出让金等费用可以缓交，待房子销售后再补也行。另外，市里几家银行的工作我可以出面去做。”

郁萌提醒说：“吴大市长，你别忘了，文董还是沙颖发展银行的董事呢，银行还会缺钱？”

吴寅一听这话，恍然大悟，后悔自己把优惠的价码开得太高了，随即又想，只要能把事情做成，对上对下都好交代。想到这儿，他忙问：“文董，怎么样？”

“好，我接受市长大人的任务。”文珞爽快地答应了。

吴寅看了看手表说：“十一点了，今天中午我请客。郁萌，你安排一下，同时把文老爷子也请来，我来这么长时间了，还没去拜望过他老人家呢。郁萌，你就代表我亲自去请老人家一趟吧。我和文董再聊会儿，我想请文董做老师，给我这个学生讲讲房地产方面的专业知识。”

郁萌走后，吴寅给文珞续了一杯水，谦虚地说道：“文董，在房地产业发展方面，尚盼你能不吝赐教啊。”

文珞说：“吴市长太谦虚了。您是研究政策法规的，这方面你比我懂，我不过就是个具体干事执行的。”文珞见吴寅一副谦恭状，知道推托不过，就只好说：“那我就班门弄斧了。其实，房地产业同中国的其他行业一样，都有着强烈的中国特色。一放就活，一管就死。本来，居者有其房是每个老百姓的基本要求，正因为有需求空间，有利润空间，大家才一哄而起，手里有点资金的都干起了房地产。现在的一线大城市，面临着高档楼盘供应过剩的局面。一方面是高档住宅闲置，一方面是老百姓买不起房。因此，从这个角度说，国家这次对房地产业的政策调整是正确的，是房地产业健康发展的政策保证。前几年，我们公司的利润以每年百分之五十的速度发展，赚钱快得让我这个老板都害怕起来。一个从事经营的人都害怕钱赚得太快了，这是什么样的现实局面啊。”

吴寅给文珞递上一根烟，文珞摆摆手，继续说：“其实，中国的房地产业仍处于高速发展期，它的价格还会攀升。伴随着人类历史上最大规模的中国城市化运动，数以亿计的农村人口即将转入城市，从而带来的对楼盘的需求，是十分旺盛的。而且，中国正涌现出一个庞大的、多元化需求的、具有不同购房需求的消费群体。没房的想买房，有房的想买大房，有大房的想买别墅，这样一个房屋需求链是客观存在的。美国的房地产模式与香港不同，与我们更不同。美国模式是定位在中产阶层，中产阶层是他们的消费主流。”

“噢，我明白了，”吴寅说，“怪不得你想开发沙颍公务员小区呢，原来你是把沙颍的公务员也作为中产阶层了啊。”

“吴市长是个睿智的人，一眼就看出了文某的心思。佩服，佩服。”文珞说，“只是冠南那里还请您多斡旋，您不会介意吧。”

“只要是把经济适用房也加上，我相信管书记是不会有异议的。”吴寅说。

这时，吴寅桌上的电话响了。吴寅拿起电话说了几句，便扭头对文珞说：“郁萌已经将文老爷子接来了，咱们去吃饭吧。”

市社科联主席胡玮这段时间一直在思考怎样接近吴寅，今天机会终于来了。先前胡玮曾服务过的老地委书记，离开沙颍后到省政府担任了秘书长，后来又担任了人大的秘书长，昨天他带领省人大代表视察组来沙颍了。胡玮清楚，昨天一定是市委市政府的主要领导接待，轮不到他。于是，胡玮便安排今天晚上在锦凤山庄请老领导作陪，并邀请了市长吴寅。因为老地委书记担任省政府秘书长时，吴寅是省政府办公厅的秘书处长，所以吴寅愉快地答应了这件事。

胡玮去年为了接触管冠南，曾经花费了不少心思，看望文冶秋，陪文珞到太清宫，主动请缨承办姓氏文化节……他一直都希望能在这些活动过程中感动管冠南，让管冠南开恩，放一任书记或县长给他当当，现在看来，这事基本上不靠谱了。最近管冠南提出对县委书记和县长的职位进行公推公选，自己肯定不够资格。因为他第一学历是中专，这些年虽然读了省委党校的本科，但属于函授性质，另外，他真正用心读的书也不多，理论知识也欠缺很大一块，自己基本上没有任何优势去和人家竞争。因此，他想接近吴寅，并趁机告诉这位市长，即便是公推公选，也要把门槛设置得高些，把有些条件往上提一提，譬如竞争者副处应该干够若干年，正处职位应该干够若干年等等，这样才会对自己有利些。

这几个月来，胡玮听过好几次吴寅的讲话，总觉得吴寅相当老练，非常有城府，与管冠南不是一路人。现在虽然是管规吴随，但他判断，这种政治局面不会持续太久。最终的结果，一定会是吴寅取管冠南而代之，成为沙颖的市委书记。因为吴寅无论是从年龄、人脉还是处事方法上，都有着管冠南没有的优势。而且，管冠南性格中的那种冲动劲，那种只求结果不在乎过程的行为，难保日后不出大问题。这次省委让管冠南任市委书记，又派了一位虽然年轻却老成持重的吴寅来搭班子，可谓是用心良苦。现在，自己搭上吴寅，就等于搭上了未来的沙颖市委书记。现在的官场上，一把手是个决定干部生死的关键人物，而跟对人，往往起到事半功倍的效果。

今天一早，胡玮就跑出去买茅台酒了，是那种七两装的三十年陈酿，他知道老书记最喜欢喝的就是陈年茅台。用老书记的话说，茅台酱香突出，幽雅细腻，酒体醇厚，回味悠长，空杯留香，冠益群芳，喝后口不干、舌不燥、不上头。然后，他又到市烟草局，特批了六条极品“黄鹤楼”。虽然光烟酒就花了一万多，但他觉得很值，自然也掏得痛苦。且不说去年跟着文珞干时，他就在自己的腰包里揣了三十万元，已经足够日后这些应酬了。另外，去年他承办姓氏文化节，自己私自扣下了七位数的进项。买完烟酒后，他又到栗勇的歌舞厅订了一个豪华的多功能厅，准备饭后和大家一块儿吼两嗓子。

下午，胡玮又跑到一位退休的老文化局长家，买了一幅明代唐世贞的《静夜相思图》，虽然又花费了十万元，但他觉得为了自己的政治前程，这点钱不算什么。

七点钟开始的晚宴，应邀的人都如约而至：老地委书记、吴寅、郁萌，外加自己，共四个人，三男一女。“像‘四人帮’似的”，胡玮脑子里不知怎的冒出了这个念头，他赶紧摇摇头，暗自告诫自己不要胡思乱想，今天要把事办漂亮才行，不然对不起自己扔出去的银子。大家依次坐好后，胡玮说：“老领导重回沙颖，是我们的荣幸，请吴市长致祝酒词。”

吴寅说：“秘书长是前辈，而且，还做过一任沙颖地委书记，半客半主，祝酒词非老领导莫属。”

老地委书记说：“那我就当仁不让了。在老朽面前，你们都是后起之秀，来，为你们再铸辉煌干杯！”说着站起身来，一一同三位碰杯。

酒过三巡，老地委书记说：“我想给大家讲个故事。三国时候，蜀国突然发生了一次严重的旱灾。汉中王刘备下了一道命令：让全国上下禁止酿酒，以节约粮米。同时，凡是查出有酿酒用具的人，与制酒者同罚，不得轻易饶恕。民众对毁弃酒具这件事很有意见。他们认为，旱灾是暂时的，在暂时的旱灾中，可以不再酿酒，但大可不必毁掉酿酒工具。酿酒工具的保存并不能证明有违令酿酒的行为啊，只不过是等灾年过后再来酿酒罢了。如果把保存酿酒工具的人与私自酿酒的人同样论处，法令未免太苛刻了，但是谁也不敢提出反对意见。简雍是蜀国才思敏捷的一位大臣，有一天，他陪着刘备出宫闲游时，简雍指着一对同行的男女说：“这两个人在一起走，犯了通奸罪，应该抓起来问罪。”刘备不解此意，问道：“你怎么知道他俩要相淫？这两个人不过是在一起走路啊，怎么能按通奸罪抓起来呢？”简雍笑着回答：“他俩都长着性器呀！难道不应该按通奸罪抓起来吗？这和朝中所规定的有酿酒器具的人要和酿酒者同样治罪，是一个道理啊！”刘备听后，恍然大悟，回宫后马上下令，对那些家中有酿酒器具的人不再追究责任了。”

说到这里，老地委书记与大家又碰了一杯酒后，说：“咱们沙颍，文化底蕴深厚，主要是中庸之道盛行，它的好处就在于不偏不倚。若矫枉过正，恐怕欲速则不达啊。”

吴寅觉得老秘书长的故事是在告诫大家，管冠南的工作思路和工作方式有失偏颇。他觉得老秘书长是位智者。智者的过人之处，就是用叙家常的方式，使人明白很多道理。所以，说话要有技巧，有的人夸夸其谈，滔滔不绝，却不着边际；有的人短短数语，却发人深省。但是，怎样才能纠正管冠南的偏激呢？有郁萌和胡玮在场，他不便直接请教，便说：“秘书长，我敬您一杯。”

又喝了一会儿酒，胡玮站起身来，拿出了那幅明代唐世贞的画，说：“老领导，吴市长知道您喜欢收藏字画，特意给您准备了一幅。您老给批讲批讲，让我们长长见识。”说着，展开了画卷。

吴寅一愣，自己什么时候让他准备这些东西了啊？不过，看胡玮一副很自然的样子，自己也就坦然了，看来这是胡玮在和自己套近乎啊。

老地委书记看时，眼睛一亮，连说：“好画，好画，配诗也好。”

吴寅见老秘书长很高兴，便说："区区小画，不成敬意，还望秘书长笑纳。"

老地委书记平生收藏字画无数，自然知道这幅画的分量，便推辞道："礼太重了，不好意思，还是你们留下吧。"

推辞一番后，老地委书记说："既然这样，就先放我那里玩一阵吧。不过，我要回赠给你们每个人一幅名家的书法作品。"

酒足饭饱后，大家皆大欢喜。吴寅说："秘书长累一天了，咱们找个地方放松放松吧。"

胡玮说："我已经安排好了，咱们走吧。"

老地委书记执意要坐郁萌的车，吴寅便让胡玮坐在了自己的车上。上车后，吴寅对胡玮说："今天给秘书长送画的事，办得不错。但是，下不为例，你这样搞弄得我很被动。"

胡玮知道，吴寅虽然嘴里这样说，心里还是很高兴的。过了一会儿，胡玮说："吴市长，您来沙颖的时间不长，但处级干部们对您的评价都很高，大家觉得在您手下工作，真是三生有幸。不过……"

"不过什么？"吴寅问道。

"管书记的工作方式弄得人人自危，大家敢怒不敢言。大家倒是希望您能站出来，带领大家实事求是地开展工作……"胡玮依仗着酒劲，倾诉着心思。

吴寅没有说话，只是静静地听胡玮说着。

第二天，市委市政府召开了招商引资工作推进会，会议由副市长田颖生主持。吴寅讲道："……针对目前我市招商引资的实际情况，我认为我们的招商工作应该在以下五个方面进行改进。一是要改坐等上门为主动引资，要扩大招商引资规模，必须继续发扬主动、积极、进取的精神。二是要改'你出资我获利'的模式为'双方互利共赢'的目标。只考虑自己挣钱，不让人家赢利，谁愿意来投资？现在我们正处在发展的初级阶段，各方面的条件比沿海地区都要差一点，只有互利共赢，才能吸引包括外资、社会资金在内的各类资金到沙颖来。三是要改'单纯管理'模式为'管理加服务'模式。要把搞好服务放在招商引资的重要位置，树立服务至上的理念，增强服务意识，提高服务水平。四是要改'全民招商’为‘专业招商’。‘全民招商’的路子是不切实际的，也是行不通的。真正有发展潜力的项目、有市场前景的产品，不是喝两杯酒、拍两下肩膀就能解决问题的。提高招商引资的水平，必须培养一批专业型人才，开展专业招商，使招商引资工作走专业化、规范化的路子。五是要改‘兼收并蓄’为‘择优引资’。在发展的起步阶段和开放的初期，不管什么项目，只要发展有利，都可以引进，这叫‘兼收并蓄’。但是，目前我们沙颖的发展已经进入了一个新的阶段，我们要改变观念，坚持择优引资，把宝贵的土地资源、项目指标，提供给符合产业政策和环保政策，技术含量高、成长性强、经济效益好，同时又是低污染、低成本的企业和项目，坚决杜绝引进那些不符合产业政策，高能耗、高污染、效益差的项目。”

听到吴寅讲第四点、第五点时，管冠南的眉头就皱了起来。待吴寅讲完后，他立马发言：“我原则上同意吴市长的讲话，招商引资工作是我们沙颖经济工作中的头等大事，我们要珍惜目前已经形成的大好的招商工作局面，不管白猫黑猫，抓着老鼠就是好猫。这是当年我们改革开放的总设计师提出来的。我们要按市委、市政府提出的‘年年都是工业突破年，月月都是招商引资月，天天都是项目推进天’的要求，始终把招商引资作为压倒一切的战略任务，紧抓不放，强力推进招商引资工作尽快迈上一个新台阶。”

管冠南接着说：“在前一段的市委工作会议上，市委提出了增强大项目，精塑软环境，以招商引资大推进，奏响工业新突破的最强音的要求。市党政领导干部作为全市的领导核心，作为各项工作的领导者、组织者和推动者，只有持之以恒地实施党政领导带头、带领、带动招商，才能在全市形成一心一意谋招商、全力以赴抓招商的局面。今后，市级各党政领导干部要继续坚持领导带头招商，强化领导带领招商，加大招商工作的力度，紧盯着大客商，寻求大项目，突破大项目，在招大引强上发挥表率作用。”

“项目落户只是招商成功的一半，”管冠南说，“必须把精心服务贯穿于招商过程的始终。当前，随着招商引资竞争的日趋激烈，依靠优惠政策为主的招商引资优势正在弱化，招商引资的竞争更多地已成为投资软环境的竞争。哪里的软环境好，项目、资金、人才、信息就往哪里流动，就会形成吸引客商集聚的‘洼地效应’；哪里的软环境不好，不但外地客商望而却步，就是本地的企业家也会

‘孔雀东南飞’，这种事情在我们沙颖过去的历史上屡见不鲜。今后，哪个县市区再发生这种现象，别怪我管冠南无情。你走了一个千万元的企业，我就叫你停职；你放跑一个亿元企业，我就开除你的党籍，断送你的政治生命。因此，我们要持之以恒地实施诚心、精心、细心的服务，牢固树立‘领导就是服务，抓软环境建设就是抓项目，我与沙颖共兴衰’的观念，确保今年招商任务的完成。”

管冠南最后说：“要完成市委市政府确定的下半年目标任务，仅靠一般性的号召是不行的，仅靠一两个工作会部署任务也是不行的。我们沙颖干部的惰性都很大，推一推动一动，不推不动。因此，我们必须加强招商引资的工作力度，必须持之以恒地实施有力、得力、强力的督查，确保招商引资的成效。要坚持鲜明的考核导向，各县市的招商任务完成情况要在电视上、报纸上公布，把市县两级党政班子所联系的招商项目的进展情况公布于众，让沙颖人民来了解我们，观察我们，鞭策我们。要严格执行招商引资工作的五项规定，做到动真碰硬，不打和牌，以强有力的措施推进招商引资工作的开展。要坚持有效的督查考核，在十月底，要坚决严格兑现奖惩措施，责令招商引资工作没有取得实质性进展的一把手离岗招商。坚持严格的考核标准，对达不到考核标准和不符合考核要求的项目，坚决不予认定，并及时通报批评；对排在倒数第一位的县市区委一把手实行末位淘汰，把只占茅坑不拉屎的干部坚决拿下来！”

上午的会议结束了，细心的与会者都听出了其中的蹊跷之处，管冠南和吴寅发出的分明就是两种不同的声音。

下午，会议继续进行，先由各市区汇报。这些县太爷汇报时爱穿靴戴帽，生怕埋没了本地招商引资的成绩，故意把时间拖得很长。等三个县长汇报完后，管冠南忍不住插话说：“同志们，在汇报时主要说三点就可以了：一是引进项目情况，二是资金到位情况，三是项目进展情况。别的就不要多说了，我们心里有数。”管冠南这么一说，之后大家的发言就简洁多了。不到一个小时，剩下的几个县市区就都汇报完了。

这时，商城的李木松才赶到会场。管冠南看了他一眼，又抬手看了看手表，冷冷地说：“哦，李大书记，迟到了一个多小时，就罚你站一个小时吧，接下来的会议继续进行。李木松同志，请到旁边去站着，别影响别的同志开会。”

与会人员都把目光投向李木松，李木松尴尬无比，一扫过去那种满不在乎的神气。

会议继续进行，市发改委主任和招商局局长分别汇报了全市的项目进展情况和招商引资情况，田颖生代表市委市政府讲了参加中部投资博览会的要求，然后由管冠南作总结发言。

管冠南说："这次，国家十几个部委在长沙举办了中部地区投资博览会，这会开得很有必要啊，这就为我们沙颖在经贸、投资、文化等方面的交流提供了一个很好的平台。我们将本着'你投资我兴市，你赚钱我发展'的主题，隆重推出两百个亿元以上的大项目。希望同志们要以这次投博会为契机，把一个物华天宝、充满魅力的沙颖，一个百业待兴、商机遍地的沙颖，一个更加开放、走向世界的沙颖，一个蓄势待飞、正在崛起的沙颖展示在中外客商的面前，力争招商引资超百亿。这次中部投资博览会的规格很高，除了国家十几个部委外，全国各省市、香港、澳门、台湾，以及日本、东南亚、美国都将组团参加，人数将超过两万人。这对我们沙颖来说是一次难得的机遇。我们的组团规格也要高，市里我参加，吴市长、颖生市长都参加，各县的书记、常务副县长、工商副县长也要参加，大家一块儿去。请大家切记，一定要想方设法，把项目招回来；排除万难，把项目抢回来。对亿万以上的大项目，各县市区一定要特事特办，快事快办，用保姆式的服务为投资商服务好，必须把项目落实好，千万不能像狗熊掰棒子一样，掰一个扔一个，大家要竭尽全力，尽多签约，逢签必成。"

安琪见李木松回来后满脸晦气，一言不发的样子，知道他遇到了不顺心的事，便赶紧跑过去接过了他的公文包，然后给他倒上一杯热茶，挽着他的胳膊，把他扶到沙发上，甜甜地说："亲爱的，你一定是遇到了什么不顺心的事，说说吧，说了心里舒坦些，别老憋在心里。"

望着身边这个风情万种的漂亮女人，李木松下午挨训的气消了大半，于是，他气哼哼地把下午被管冠南罚站的事说了一遍。

听了李木松的叙述，安琪说："这个管冠南真不像话，依仗着自己官大侮辱别人人格，简直就是军阀做派！现在都什么年代了，居然搞侵犯别人人权的事。

咱们坚决不能饶他。”

李木松一手摸着安琪丰满的乳房，一手捻着安琪的耳垂说：“宝贝，没事，真的。我以后绝不会放过这个阎王。”

安琪被他揉搓得实在难以自持，便紧紧搂住了李木松的腰，李木松也同样紧紧地抱住了安琪，两人又滚到床上去了。

一阵缠绵过后，安琪对李木松说：“松，我这次回来，除了完成你安排的水利工程外，还有一件事。原先我不想说，怕影响你的政治前途，现在管冠南要求招商引资，我觉得是个机会，一来可以给你带来政绩，二来可以借机捞点外快。”

李木松说：“什么事情，快说！”

安琪说：“南方不少地方的县城里时兴搞商贸城，都是在市中心的繁华地带建设，房子卖得快，利润也很大。咱们要是在商城的十字街也建设一座商贸城的话，肯定能赚大钱。”

李木松说：“这个项目，恐怕先期投资不会少吧。”

安琪说：“前几天，常务副市长李瘦石的干儿子栗勇找到我，说前期资金由他提供。他同李市长算一份，咱们算一份。正巧李瘦石的对应点是商城，你不妨与李市长商量一下。”

李木松说：“好。”说着，立马拿起手机拨通了李瘦石的电话，把安琪的话说了一遍。李瘦石在电话里说：“正巧我和栗勇在一起吃饭呢，你们快过来吧。”

原来，下午招商会以后，李瘦石一回到办公室，就收到了一条短信。他打开一看，见手机上写着：“秋已至，气转凉，鸿雁群飞翔。红花谢，绿林黄，寒雾涨，莫忘添加厚衣裳。若惆怅，看菊黄，百媚千姿万样。迎风行，菊散香，送吉祥，白宫殿里有人想。”他知道，这是肖莉发来的，看完短消息后，心里不免有种异样的感觉。

这几个月，李瘦石与肖莉又亲密接触了好几次，每次都会增强那种恋恋不舍的感觉。他感觉与肖莉在一起，自己也仿佛年轻了好多。尤其是肖莉不像自己的老婆那样，整天大事小事有事没事在自己面前喋喋不休。肖莉在自己面前，总是那样乖巧，那样小鸟依人，那样善解人意。他正想着肖莉那可人的身体时，又接到了肖莉的一条信息：“有人给我发了条信息，觉得有趣，转发给您。题茅坑联：

天下英雄豪杰，到此低头屈膝；世间贞女节妇，进来解带宽裙。横批：天地正气。晚上有空否？”

李瘦石正思考着如何给肖莉回信息时，他桌上的电话响了，拿起来一听，是栗勇打来的。栗勇在电话里说：“今天是星期五，我和柳莺想请您吃饭，对了，我已经约了肖莉。”他一听说有肖莉，立即爽快地答应了。

李瘦石、栗勇、柳莺、肖莉正喝得酣畅时，就接到了李木松的电话。李瘦石在电话里说完叫李木松来后，对栗勇说：“一会儿李木松要来，咱们喝慢些。今天管冠南把李木松弄得很难堪，大家可以安慰他一下，好歹人家也是个万户侯。”

大家正说笑间，李木松带着安琪过来了。

四十二．为了搭上市长，不惜借花献佛

市长吴寅在省里参加环保会议期间，副省长郁道轩在招待平原籍的某大报副总编时，约他作陪。酒席间，郁道轩提出让吴寅上一次大报的网站，全面推介一下沙颖，让吴寅在全国亮亮相。那位副总编爽快地答应了，并顺利地把日期定在这个星期。

事情是好事，吴寅却犯了愁，在国家级的媒体上露面，对沙颖来说是个大事，但这事一定要让管冠南知道。这出头露面的事应该是市委书记的事，他不愿意出这个风头。但是，在中央级的媒体上露面，是个千载难逢的机会啊，况且，又是自己联系的，如果失去，也实在可惜。为此，昨天夜里他差不多一夜都在琢磨这件事，彻夜未眠。

今天上午，吴寅在赶回沙颖的路上，接到了郁萌的电话，说管冠南因胃出血住进了医院，市委市政府的班子成员按惯例应该去探望，问他有什么安排。吴寅在电话里对她说："我正在回沙颖的路上，你告诉四大班子成员，让大家都抽空去看望管书记。我现在直接去医院。"

吴寅赶到管冠南的病房时，管冠南正输着液愣神，见吴寅来了，他忙用手势示意吴寅坐下。

吴寅握着管冠南的手，用低沉的语调说："管书记，我们都知道了，你这都是为沙颖累病的啊，请一定保重好身体。沙颖的事有我们呢，请你放心，安心养病。"

管冠南说："谢谢，辛苦你们了。"

过了一会儿，吴寅又说："管书记，大众网邀请我们沙颖去做客，有一个访谈节目，时间挺紧的，您能不能去？"

管冠南说："我现在这个样子，咋能到北京去呢？还是你去吧，你好好准备准备，顺便带上郁萌，她在中央媒体那边的熟人挺多的，你们要借机好好宣传宣传沙颖。"

吴寅没有想到，自己担心无法开口的话，管冠南三言两语就搞定了。他此刻着实感到，自己实在没有管冠南大气，不觉有些羞愧。他向值班医生询问了一下管冠南的病情，值班医生说："结果还没有出来呢，现在需要输血、输液，静养。"

这时，吴寅的手机响了，是郁道轩打来的。吴寅挂断电话后，从口袋里掏出一个信封，对管冠南说："郁省长找我有些事，我马上要去一趟。我来得匆忙，没买什么东西，这里有几个小钱，您随便买些补品吧。"说完，把装有两千块钱的一个信封塞到管冠南的枕头下，就匆匆离去了。

正在输液的管冠南没法推让，只好目送吴寅离去。

三天后，吴寅与郁萌一起到了北京，做客大众网，谈新农村建设和发展旅游强市的话题。

吴寅在和网友互动时，即兴发表了热情洋溢的讲话："感谢各位网友对沙颖工作的关心、重视和支持。中央提出中部崛起以来，尽管沙颖有过不少变化，但我觉得还是低水平的发展。我们市委、市政府正在全面落实科学发展观，'举旗帜、抓班子、带队伍、促发展'，按照市委市政府提出的'12345'发展战略，力争在五年内，打造出一个平原东部的中等城市，为中部崛起而努力。"

做客大众网的活动结束后，吴寅松了一口气。谁知刚走出演播室，一打开手机便接到了沙颖市政府办公室打来的电话：沙颖卫生系统的一部分职工到北京告状来了，国家信访局请他去接人。

吴寅忙拉着郁萌说："快，到国家信访局接人去！"

管冠南在医院打了几天吊瓶后，自我感觉身体好了很多，于是，他执意要去长沙参加中部六省的投资洽谈会。文玫劝了半天都不管用，最后，只好说："那你就去吧，我陪着你一起去，盯着你吃药，盯着你输液，万一你再病倒的话，旁边也多个人照顾不是。"管冠南想了一下，觉得也不错，便答应了。

初秋的平原大地，清晨已有了些凉意。管冠南在田颖生、杨炳华、文玫、沙碧君、夏可等人的陪同下，登上了沙颍市委的那辆宇通旅行车。

上车后，随同的医生立即给管冠南打上了点滴。文玫从小坤包里掏出一盘光盘，插入了录放机里，车厢里立即飘荡起腾格尔演唱的《天堂》。大家都知道，这是管冠南最喜欢听的一首歌。

宇通旅行车在京珠高速上飞速地行驶着，管冠南闭着眼睛听着音乐，大家都静悄悄的，谁也没有说话。

约莫过了半个多小时，管冠南睁开眼睛，问身边的田颖生："田市长，你觉得现在农村发展的最大瓶颈是什么？"

田颖生说："税费改革后，取消了农业税，农民种田的积极性有了很大提高。但是我们市人均耕地只有一亩多一点，一个四口之家，种五亩地，劳动力资源简直就是浪费，出去打工又顾不了这几亩地，因此很难形成农业产业化。现在最大的问题是解决土地流转事宜，让土地向种田能手手里集中。"

管冠南说："十年前，我在管城当县委书记的时候，曾经搞过一个试点，拍卖土地使用权，一亩地一年三百元，七十年就是两万多。一户五亩地，可拍出十几万元，用这个钱当做农民进城的本钱，农民很欢迎，种田能手也高兴。可惜没来得及推广，我就被调离了。现在想起来很遗憾哪。"

田颖生说："针对农业产业化推进难、传统经营模式改革难、农业渠道增产农民增收难的问题，龙湖区张晓东他们按照'自愿、依法、有偿、规范'的原则，大力引导农民按照市场机制，进行土地使用权流转，加快推进农业生产规模化、经营企业化、产业特色化，走出了一条发展现代农业的成功之路。目前，全县已经出现了有五分之一流转土地的可喜局面，建成了十五万亩绿色农产品基地，引发了农业和农村经济发展的一场新的革命。"

管冠南说："噢，我怎么不知道，这个张晓东，做事真鬼。你详细说说。"

田颖生说："我让市政府办公室的夏科长他们搞了份调查报告，还没来得及向您汇报呢。夏科长，你挑主要的内容念给管书记听听。”

夏可拿着材料走到管冠南身旁，认真地把龙湖区土地流转的事情详细地向管冠南汇报起来。田颖生看到夏可有些口干舌燥，便扭身打开了一瓶矿泉水，递给她说：“喝口水润润嗓子，别急，慢慢跟管书记说，路还长呢。”

夏可接过矿泉水，深情地望了田颖生一眼，甜甜地说了声“谢谢”，便赶紧连喝了几口。夏可和田颖生都没有想到，他们彼此传递的深情的目光，被管冠南看得清清楚楚。

投洽会会址设在风景秀美的岳麓山下的长沙“世界之窗”。管冠南一到长沙，根本顾不上欣赏岳麓山的大好风光，立即忙碌起来。他把沙颖的参会人员召集到爱晚亭，宣布了中部投洽会的活动安排：欢迎晚宴，中部放歌文艺晚会，中部博览会开馆仪式，促进中部崛起高峰论坛，现代流通与中部崛起高层论坛，跨国采购洽谈会，加工贸易梯度转移研讨会，外商投资企业中部再投资论坛，东西部国家级经济开发区携手共同发展论坛，中部国际会展业论坛，中部旅游投资暨旅行商洽谈会等，管冠南都安排了相关人员参加。管冠南说：“这可是一个千载难逢的好机会，希望与会人员都遵守会议纪律，该去参加的会议必须去，而且要有成果，大家及时沟通情况。”

说到这里，管冠南觉得胃里又是一阵痉挛，头上豆大的汗珠直往下落，他努力坚持着说完最后一段话：“同志们，除此之外，我们的任务还很艰巨，还要组织一个沙颖推介会和一个沙颖投资签字仪式。希望同志们这几天夜以继日、马不停蹄，用诚心换来对沙颖的投资。具体安排请田市长讲，我实在坚持不住了，我要回宾馆休息。”

到了宾馆，随行医生和文玟又是一阵忙碌，给管冠南量血压，吃药，打点滴。管冠南望着这几天跟自己一起着急受累，有些憔悴的文玟说：“你也累了，快休息去吧，你们都走，也让我休息一会儿。”

文玟和医生走后，管冠南觉得胃里好多了。正迷迷糊糊地想睡一会儿，省委书记笑着走了进来。

管冠南一看是省委书记，忙挣扎着起身：“我还没有来得及向您去汇报呢，您却来看我了。”

省委书记说："冠南啊，你身体不好的事，我们都知道了。本来我想和省长到医院里去看望你，不想你已经坐车出发了。我今天下了飞机就直接赶到这里来看你了。你这身体都是让工作累的，省领导心里都清楚。你要好好养病，别的事不要想，先把身体养好再说。"

"谢谢书记。"管冠南说。

"你的精神让我和省委省政府的同志们都很感动，如果各市的领导班子主要成员都像你这么干，何愁平原不崛起，何愁平原不复兴？"

"这都是我应该做的。"管冠南说，"我们除了按要求参加会议上的所有活动外，还准备开一个沙颍项目推介会和项目签约会，到时请您一定参加。不知道您能否拨冗，给我撑撑台面？"

"拨啥冗啊？就冲你管冠南这种拼命三郎的精神，我一定会参加，到时省长及文珈副省长也都要来参加。"省委书记说，"不过，会议结束后，你不要急着回去。这里有家医院的条件在国内外都非常知名，我和省长要求你在这里治一个月的病。有关住院事宜，我请湖南省委帮助安排。这是一个政治任务，你必须完成！我先去开会了，以后咱们再谈。"省委书记说完，同管冠南握了握手，离开了管冠南的房间。

望着省委书记匆匆离去的背影，管冠南的眼睛湿润了。他觉得，省委书记虽然看他的时间不长，但给了他无穷的力量，身上的病痛似乎没有了。今天会议安排的晚宴他不参加了，但会议开幕式和大型文艺晚会他一定要去参加。

当晚，管冠南没有吃饭，挣扎着爬起来，在杨炳华、文玟和沙碧君的搀扶下，赶到了中部投洽会开幕式的现场。麓山脚下，华灯璀璨；湘浙江畔，嘉宾云集，整个长沙"世界之窗"流光溢彩，鼓乐震天，五洲大剧场人声鼎沸，群情激昂。一些党和国家领导人、中央有关部委的负责人聚集一堂，为中部崛起的第一个盛会助威呐喊。

火树银花，流光溢彩。晚八时，由主办单位举办的"浙江之夜"大型音乐烟火晚会在星城上空激情绽放。晚会汇集了浏阳花炮的精华，包括冷光环保烟花、高空礼花弹、水上烟花等重要项目，结合着中部投洽会的主题，分为"中部放歌""中部起舞""中部崛起"和"中部辉煌"四个乐章，烟火在橘子洲头上空燃放。

国务院领导宣布开幕，五彩缤纷的烟火晚会立即进入了主题：促进中部崛起，成就中国辉煌。

管冠南从来没有见过如此庞大的阵势，也从来没有参加过类似的晚会，他被这具有强大阵势的晚会震撼了，似乎完全忘掉了自己身体的不适，更加坚定了做大做强沙颖的信心和决心。

第二天，沙颖市的项目推介会在湖南大学会议室隆重召开。中部六省的近百个地级市，除了沙颖，没有一个市召开项目推介会。省委书记、省长、文珈以及国家有关部委的负责人都参加了这次会议。会议由文珈副省长主持，省委书记讲了话。

省委书记说："按照会议的统一安排，明天我们平原省要召开项目推介会。为什么我们今天都要来参加这个市级的项目推介会呢？那是因为我们参会的各位省级干部，都被沙颖市市委书记管冠南同志感动了，喏——"省委书记把手指向管冠南，继续说，"正在输液的那位，他因为患有严重的胃病，现在还在输液。"会场上立即传来一阵欷歔声。

省委书记继续说："同志们也许还不知道，就在不久前，管冠南同志相濡以沫的妻子因病去世了。他擦干眼泪，不顾自己重病在身，急匆匆地来到了这个投洽会上，力图把沙颖推介出去。同志们，把项目投向沙颖，投给管冠南和他领导的一千多万人民手里，难道大家会不放心吗？"

"放心。"会场上响起热烈的掌声。

省委书记说："下面，让我们再次以热烈的掌声请管冠南同志讲话。"

管冠南说："各位领导，各位来宾，刚才省委书记对我的溢美之词，我实在不敢当，我觉得我只是做了一个共产党员应该做的事。这次，我们沙颖代表团带来了三类项目，一是即将落户沙颖的美国加州工业园项目，二是沙颖的新兴工业项目，三是生态旅游业项目，共计一百个单项，有关这些项目的详细情况，一会儿请留美博士、田颖生副市长介绍。我在这里简单地介绍一下沙颖，沙颖地处黄淮海平原，那里地大物博，人杰地灵。大家都知道中国有伏羲文化、龙文化、道家文化，而这三种文化的起源地就是沙颖。因此，从某种意义上说，沙颖是我们中国人的根据地。"

说到这里，管冠南感到自己的体力实在有些支撑不住了，便草草收场："我们市委市政府和全市一千多万勤劳淳朴的人民，热烈欢迎大家到沙颍投资兴业，共同发展。"

沙颍举办的项目推介会取得了空前的成功，仅仅一天时间，就达成了八十多个合作意向，还有不少知名外企慕名联络。管冠南十分高兴，病情也好了很多。两天后，他的精神渐渐恢复了。这天，他吃过晚饭后，约文玟一起登岳麓山去爱晚亭。

当文玟听到管冠南约自己登爱晚亭时，她的心里立即波涛汹涌起来。姐姐文珺去世前，曾多次提议让自己嫁给姐夫，她心里一直都对这个提议惶恐不安。她对姐夫太熟悉了，熟悉得就像是面对自己的亲哥哥一样。她也知道自己同他不是一路人，对人生的理解，对事业的追求方式，对世界观的认识，都像是两条平行线。但现实情况又不容她置管冠南的生活于不顾，她知道管冠南是个工作狂，从来不会照顾自己的身体和自己的生活，作息没规律，从不讲究生活细节，也不计较日常小节。况且，他现在已经查出是胃癌早期，虽然是早期，及早做手术还比较容易恢复，但如果身边没有个知冷知热的女人，谁也不能保证他能活多久。

文玟如约来到爱晚亭等管冠南，没想到，管冠南一句关于续弦的话都没有，反倒是一再声明，既然文珺已经去了，自己以后就独自过后半生了。既然话已挑明，文玟心里自然就有了路数，彻底放弃了一直纠结于心的想法。

下山时，管冠南对文玟说："最近，沙颍要组建广电集团。我想请你带队去考察一下湖南卫视集团，请你在沙颍出山，帮助我们一起把这个项目建设起来，你觉得怎么样？"

文玟说："别的事以后再说，带队考察湖南卫视的事，我倒是可以考虑。"

四十三．你们这些礼金我就不退了

田颖生这两天也为投洽会取得的成果高兴。他知道，这是管冠南造势带来的，在全国的市级项目会上，市委书记输着液参加会议，实属独一无二。另外，省委书记又在会场借势煽情，把沙颖这个名字在中部六省喊响。截至现在，沙颖一个市达成的意向，就占平原省所签总项目的三分之一。吃罢晚饭，他去看望过管冠南后，约夏可到一家咖啡屋去坐坐。

田颖生和夏可来到这里时，已是华灯初上时分。他们选择了一间靠窗的房间坐了下来，望着窗外车水马龙与不停闪烁的七彩霓虹，听着若有若无的萨克斯演奏，他们心里感到十分惬意。田颖生叫来了服务生，点了些小西点，又要了一份蓝莓味咖啡混饮和一份果汁味咖啡混饮。如今，自己不管走到哪里，心里眼里装的都是夏可，都是这女人带给自己的甜蜜。只要有一点时间，他就想和这个女人浪漫地度过。

吃罢早饭，吴寅本打算先看一下上午到文庙祭孔的祭文，但怎么也看不下去。五天前，他做客大众网，谈完沙颖旅游和新农村建设后，又到国家信访局去接沙颖卫生系统的上访人员。他和郁萌费了九牛二虎之力，答应医改暂缓后，好不容易才把这批上访人员劝了回来。

昨天夜里，他打电话询问田颖生有关湖南投洽会的情况，田颖生把省委书记对管冠南的赞誉以及由此带来的招商成果汇报了一遍。吴寅听后，心里不免“咯噔”一下。卫生、教育体制改革是管冠南力促的，如今，自己为了把那些去北京上访的人弄回来，贸然答应医改暂停，无论怎么说自己的做法都是不妥当的。况且，省委书记这次又给了管冠南这么高的评价，而自己呢，置市委决定于不顾，在管冠南不在沙颍的时候，对重大决策临时拍板。以管冠南的工作风格和脾气性格来看，将来自己和他肯定会发生大的工作冲突。

他心中乱作一团，急得理不出头绪。慌乱中忙打电话给郁道轩，向老领导请教这些问题该如何处置。郁道轩还是建议他，以后凡事都要多观察、少表态、以静制动，不管怎样，省里还有自己给他撑腰呢，不必太过紧张。吴寅听完这话，这才觉得心里有了底气，情绪慢慢稳定下来。

李木松在商城县每次召集开常委会时，从来没有提前两个小时通知过，最多只是提前一个小时让办公室打电话知会大家一圈。待通知完后，他坐在自己的办公室里，悠闲地吸着烟、喝着水，等人到齐后再由秘书请他上三楼的会议室开会。假如碰到一两个因接通知晚而迟到的常委，他就会立即大发雷霆，当众把人家骂个狗血淋头。

李木松正优哉游哉地喝着茶时，秘书敲门进来了，说：“李书记，时间到了。”说完，拎过李木松的公文包，端着李木松的水杯，跟在李木松屁股后，慢慢地从二楼往三楼走去。

李木松在自己的位置上坐定后，眼神威严地扫了会场一圈，又用命令式的口吻说道：“开会了。今天就一个议题：商贸城的拆迁问题。在常务副市长李瘦石同志的直接指导下，经过近一段时期的努力，我们已经原则上争取到了全国小商品示范城的试点项目，吸引了北京方面两个亿的建设资金。北京这家公司是很有实力的投资企业，具体建设是由市颖辉建筑总公司承建。下面先由分管副县长夏玉河介绍基本情况，由颖辉公司的栗总介绍拆迁的有关事宜。最后大家讨论一下，尽快把事情定下来。时间是金钱嘛。”

夏玉河说：“经过一个月的努力，我们在李书记的直接领导下，采取招商引资的办法，从北京谈来了两个亿的建设资金，现在已经到账的有两千万元，在县建行里存着呢。根据建设项目的安排，需要在县十字街以东、县公安局以南、县财政局以西、县土地局以北，划拨一百亩土地，建成一座大型的现代化百货市场。按照李书记的指示，我们必须于十月二十日动工，明年五一节开业。时间紧，任务重，李书记要求边拆迁，边规划，边报批，边施工。”

李木松补充说：“中部崛起是党中央赋予我们的光荣任务，时不我待，我们一定要抓住机遇，加快发展。栗勇，你谈谈如何具体实施拆迁计划吧。”

栗勇说：“我已经组织了一支五百人的拆迁队，铲车十台，挖掘机十台，运输车三十辆。只要政府一声令下，我们立即奔赴战场，保证半个月内完成拆迁。”

县长李树建说：“我觉得这个事需要从长计议。我们先前的这块土地是居民区，没有规划成商业用地，如需改用，需要报批。再说，拆迁户有七百多户，补偿费尚未到位就急着拆迁，到时候出了事怎么办？我们不能不考虑。另外，小商品示范城只是国家有关行业协会的口头意见，并没有正式形文，到时候批不下来怎么办？”

李木松一听，立即火冒三丈。他把桌子一拍，瞪着眼睛吼道：“你怎么这么多怎么办，你现在是县长，想当家等你当了县委书记再说。你小小年纪，懂得什么屎香屁臭？”

李树建一听，气得满脸通红，低着头一个劲地猛抽烟，压抑着自己愤怒的情绪，再也没有说话。

李木松正准备再训李树建几句时，手机里传来了短信的声音。他拿出手机一看，见上面写着：“商贸城建设是咱们的大事，盼圆满成功。我已将你爱吃的三鞭汤炖好了，盼你回来吃。想你的琪。”看到安琪发来的信息，李木松立即心花怒放，也就没有再理会李树建。

李木松清了清嗓子，望了大家一眼，威严地说道：“为了搞好拆迁，要以县委县政府的名义下文件，要明确规定四包两停的工作责任制。四包就是指：凡是在政府有公职的人，在规定的时间内，包做好亲属的补偿评估，包签订相关的协议，包在规定期限内腾房并提交各种证件，包做好妥善安置工作。两停是指：谁没有完成四包，就停止原单位的工作，停发工资。我们要响亮地提出这样一个口号：谁影响我发展一阵子，我就影响他一辈子！要动用一切宣传工具，把我们的文件、口号铺天盖地地宣传出去！做到家喻户晓，人人皆知。大家有没有意见？”

见大家都不说话，李木松就说："不说话就等于全体同意，散会！"

李树建说："我保留意见！"

李木松说："你保留也是白搭，以后你不要再参加常委会了，免得你总是在这里发出噪音。"

李树建说："那好，李书记，正巧我最近身体有些不舒服，我今天就在这向你请假了，我要到省城去看几天病。麻烦你替我给市委市政府的领导们请个假吧。"

李木松鼻子里哼了一声说："这好办，你放心去看病吧。商城离了你照样转！"

散会后，李木松回到和安琪居住的那套房子时，还不到十二点。李木松说："琪呀，今天开会的效果真不错。我原以为这个会怎么也得磨到下午一两点才能结束，没想到把李树建的那门炮一放，事情很快就解决了。"

安琪说："你们刚散会时，夏玉河就在电话里对我说了这事儿了。他还说，李书记真有魄力，几句话就把李县长给镇住了，弄得李县长只敢喘气不敢说话了，哈哈。"

李木松说："在沙颖，咱不敢吹。在商城县，别人都得靠边。"

安琪说："我知道俺老公的魄力，在咱们商城，谁敢跟咱们较真啊。对了，老公，我告诉你，今天上午，沙颖河治理项目的二十六个标段，有十五个都过来送礼了。"

"都送了多少？"李木松问。

"每个标段二十万。"安琪回答道。

"才二十万？"李木松一瞪眼，"我算过账了，每个标段的利润都在他妈的五十万以上。就是对半分，我们也应该拿二十五万才是呀！"

安琪说："那怎么办呀，他们送来后我都收下了。而且，每个标段除了送来二十万现金外，他们还给我送了些首饰呢。"安琪说着，扭身回屋拿出了一堆琳琅满目的首饰。

"首饰值几个钱啊！你这真是头发长见识短。首饰可能有假，但人民币不会有假啊。剩下的标段每个三十万，少一个子也不行！过了这个村，就没有那个店了。"

"好，我听你的。我今天除了做三鞭汤，还弄了几个咱们沙颖的地方菜。你别发火了，咱们先吃点饭吧。"安琪说完，忙从柜子里拿出一瓶十五年的茅台，给李木松和自己倒了满满一杯，凑到李木松身边说："来，亲爱的，咱们喝个交杯酒。"

两人喝过交杯酒后，安琪说："今天，我大概算了一下，这个商贸城建成后，我们可以赚一个多亿呢。木松，这关系到咱俩后半生的幸福以及以后孩子的前程，你一定要努力实现目标啊。"

李木松又喝了一口酒说："你放心，我知道孰轻孰重，这个机会我一定会抓紧抓牢的。我们要利用这次发财的机会给我们未来的孩子存上足够的教育基金，让他以后去英国留学去美国生活，永远不要再回这里了，哈哈。"

早上，李瘦石几乎与柳莺一起醒来。昨天夜里，他与栗勇、柳莺、肖莉一起喝了酒，唱了歌，相互约定今天到省城去玩玩。

上午九点，栗勇开着他的那辆奔驰，行驶在通往省会的高速路上。李瘦石、柳莺、肖莉三人各想着各的心事。

李瘦石是应郁道轩的邀请来省会的。作为省政府前常务副省长，郁道轩对李瘦石印象很好，也曾经为李瘦石当市长的事呼吁过。无奈各市的党政一把手位置都被省委书记攥得紧紧的，那时他虽是常委，可惜手中只有一票，难以起到决定性的作用。郁道轩家里放着不少李瘦石逢年过节时送的各种礼物，所以郁道轩不能不时刻关心着李瘦石。前几天，省委书记就农科院党委书记的人选征求过郁道轩的意见，郁道轩推荐了李瘦石。省委书记虽然没有表态，但也没有反对。郁道轩便打电话让李瘦石来一趟省会，想办法再找找别的领导，尽快把事情定下来。

李瘦石得知这个消息后，立即从侧面了解了一下省农科院的情况，了解过后，他觉得那个单位还真是个很不错的地方呢。原来，省农科院在省会北郊有近千亩土地。这几年随着省城的东扩西移，那些土地竟成了省会城市的另一个中心，通过置换，省农科院净得了二十个亿的资金和上万亩黄河滩地。下一步准备在黄河边建一个最大的黄河生态植物园。农科院院长是个技术型的专业人才，搞这种建设力不从心，因此省委决定从下面的市里调一个懂管理的副职来担任党委书记，把这个在全国都有影响的项目建设好。李瘦石觉得如果能当上这个党委书记，至少有三个好处：一是可以提拔为正厅级干部，许多人干了几十年副厅，就是过不了这个坎，通过这次工作调整，可以轻而易举地把级别问题解决掉。二是可以安排好肖莉的去处，沙颍毕竟太小了，自己总是这样下去，迟早会东窗事发的。三是可以摆脱掉栗勇，李瘦石常常觉得栗勇就是自己身边的一颗定时炸弹，不定什么时候，自己会被这个小子给毁了。

柳莺到省会去也是跑官的，通过栗勇，她知道李瘦石与郁道轩的关系很好。她想要的官位是沙颖政协副主席。按有关规定，那位担任政协副主席的农工党负责人年龄已经到站了，她想借郁道轩的力量争取到这个位置。她知道郁道轩喜欢古玩字画，特意让栗勇准备了一幅徐悲鸿的真品。上一届竞争的时候是因为她的资历太浅，现在她在市法院副院长的位置上已经坐了三年，应该到去竞争一把的时候了。现在的社会，没有谁让着谁，只有谁挤着谁，大挤小，强挤弱，都是必然的，官帽不会从天上掉下来。

相形之下，肖莉的心思就简单多了。昨天晚上，李瘦石对她说，省会郊区雁鸣湖里的大闸蟹非常便宜，也非常好吃。那里的风景也非常好，水面有好几千亩，生态环境美不胜收。湖内是水鸟的天堂、蒲苇的故乡，五十多种鸟类在此栖息繁衍，数百亩蒲苇绵延于碧波之中，沙鸥翔集，灰鹤列队，自在鸳鸯耳鬓厮磨，诉说衷肠。而且，那里还是平原省最大的垂钓中心，几千亩鱼塘环湖排开，可以尽情垂钓；可以任凭小舟飘飘荡荡，怡然自乐；可以乘情侣船独步伊甸园，体验一下苇荡寻鹤、荡舟采莲的新奇；还可以乘兴踏上摩托快艇，在浪花飞溅中挑战极限。肖莉听得魂牵梦萦，恨不得插翅飞到雁鸣湖。此刻，她情不自禁地望了李瘦石一眼，不料恰好遇到正在注视她的李瘦石的目光。她那含情脉脉的目光，那嫣然一笑的神情，那仪态万方的举止，那楚楚动人的面容，在李瘦石看来，此处无声胜有声。

汽车在雁鸣湖畔的一间农舍旁停下了。李瘦石、栗勇、柳莺、肖莉先后走下车。几个人站在那里四处望了望，觉得风景果然不错，大家的心情都格外好了起来。这时，李瘦石忙掏出手机，给在附近垂钓的郁道轩打电话。

不大一会儿，手提鱼笼的郁道轩走了过来。

“郁省长，”李瘦石接过鱼笼说，“您老今天战果辉煌啊！这些鱼恐怕有三四十斤吧。您技术真高！”

“不是我钓技好，是鱼太多了。”郁道轩边说边走进屋。

农舍里整洁干净，李瘦石一看里边的装饰，觉得不像是普通的农家，便问道："这房子是……"

郁道轩回答说："这是我们几个退下来的老家伙集资盖的，平时谁想来谁来，雇了一个人在这里照看鱼塘和房子。"

"真不错，在这里钓鱼、下棋肯定延年益寿。"柳莺说。

李瘦石见郁道轩望着柳莺，忙介绍道："柳莺，市法院副院长。这是栗勇，市建筑公司的老总。这是肖莉，沙颖白宫大酒店的副总。"

郁道轩说："白宫大酒店啊，我去过，有点特色。"

李瘦石说："柳院长知道郁省长喜欢字画，特地从北京淘了一幅徐悲鸿的真迹，只是尺寸小了点，不知您能不能笑纳。"

柳莺听李瘦石这么一说，忙拿出徐悲鸿的画，连同自己的简历一起，双手递给了郁道轩。

郁道轩接过来一看，连声说："好，好，只是这礼物太贵重了，我受之有愧，却之不恭。这样吧，先放我这里保存一段时间，待我大饱眼福之后再奉还。"

柳莺说："还啥子呀。我们是俗人，放家里也是明珠暗投，放在老省长这儿也算是找到了归宿。"

郁道轩说："我这里没什么东西值得回赠，咋办？"

李瘦石看了看桌上的文房四宝后说："郁省长是有名的书法大师，给我们留几幅墨宝吧。我看见吴市长办公室挂的到处都是，眼馋得直发绿呢。"

"也罢，"郁道轩说，"那我就献丑了。"说着抻纸蘸墨，龙飞凤舞起来。

管冠南按照省委书记的指示，投洽会结束后没有立即回沙颖，而是到当地那家有名的医院去进行了一次全面检查。

当知道自己是胃癌早期后，他执意要回沙颖去。他觉得现在住在医院里不仅无济于事，而且还会耽误自己去处理很多该干的事。

回到沙颖的当天夜里，管冠南就组织召开了四大家班子会议，讨论了大半夜，形成了沙颖市委《关于反腐倡廉的决定》，并且决定在第二天下午召开全市各级党政领导干部大会。

"同志们，"管冠南在会上说，"在我妻子文珺病重和去世期间，在座的不少人曾到医院去看望过她，还参加了她的追悼会，我在此表示感谢。可是，在这期间，我们沙颖居然借此给我送来了巨款，数额高达一百二十万之多！我这里有份礼单，各位的尊姓大名都在这里写着呢！今天为了大家的面子，我就不一一念出来了。我在此声明一下，这个钱我是不会退掉的。我要把它捐到我们即将组建的沙颖大学去，也算是诸位给未来的沙颖大学的见面礼吧。”

管冠南最后说：“反腐倡廉，应警钟长鸣。至于有关工作，市委已作出决定，希望同志们认真学习，狠抓落实，尽快掀起全市的廉政风暴。在这里，我想向同志们通报一件事，就是有关我的病情。我患了胃癌，是初期，手术将在沙颖做。我准备了一封在我住院期间给所有探视者的公开信，现在给大家念一下：衷心感谢您亲自来看望我，本应立即亲聆教诲，无奈因胃疾尚未痊愈，且有复发危险，特遵医嘱，暂停会客。现将《病情简介》送上，不劳亲自光临。另外，希望各位遵循本人制定的五不收原则：一不收慰问金，二不收保健品，三不收大盆鲜花，四不收熟食，五不收贵重、进口水果。谢谢。”

田颖生接到管冠南的电话时，正在全市沼气建设现场会上讲话。发言完毕后，田颖生匆匆忙忙收拾好文件，对主持会议的市农业局局长说：“管书记有急事找我，先走一步了。”说完便与夏可一起坐上汽车，迅速离开了会场。

田颖生赶到管冠南住的病房时，管冠南刚把上午的吊瓶输完。

管冠南说：“颖生，我最近接到不少举报，说商城的李木松在沙颖河改造工程承包中玩了猫腻，私吞了不少公款。你负责水利，赶紧去了解一下情况。另外，颖生啊，你同夏可的关系也要多注意些，有不少人在我面前告了你的状呢。”

田颖生红着脸解释说：“管书记，我和夏可那是没影的事。我们只是在一起工作的机会多了点而已，如果由此产生了不好的影响，我建议换一下市政府办公室三科的科长。”

管冠南说：“颖生，别紧张。有则改之，无则加勉。我只是说说而已，权作于无吧。不过，你年轻，前途一片光明，自己处处要更小心谨慎才是。”

四十四. 一步错，步步错

李木松这几天一直在商贸城的拆迁现场忙活着，他觉得干点实事真的挺有意思的，看到一幢幢民房在挖掘机的轰鸣声中轰然倒地变成瓦砾，他不由得产生出巨大的快意。想想去省城养病的县长，他觉得那小子实在是嫩了点。在官场中选择逃避就意味着失败，只要进入权力这个旋涡，就不得不面对欺骗、拉拢、金钱、美色、结党营私，一切一切权谋都是为了利益服务，权力场的枪林弹雨不比战场上少。

他计算着商贸城给他带来的利润，觉得除了分给李瘦石和栗勇的那部分外，少说也能剩下五千多万，想到这儿，他心里高兴得乐开了花。晚上，他在县委招待所请栗勇大喝了一顿，没想到栗勇酒气豪酒量少，三下五除二就被他灌晕了。他觉得兴犹未尽，便一个人拔脚上了五楼，到咖啡厅去坐坐。

在似有若无的音乐声中，李木松找了他常坐的靠窗的位置，漂亮的女领班立即跑上来，给他端上四个小菜、一瓶干红，然后熟练地给他倒了一杯，说了句："李书记，还需要什么，您尽管吩咐。"

李木松朝她点点头说："没什么事了，你先去吧，我自己待一会儿。"

"李书记，怎么就您一个人在这里啊？"一个清脆悦耳的声音传到李木松的耳中。李木松顺着声音望过去，只见一位清丽女子来到了他身旁。那女子最多二十一二岁，在咖啡厅昏暗的灯光下，她的脸庞线条柔和而饱满，高挺的鼻子，白皙美丽的脸蛋，虽然眼前的一切不那么清晰，却让人感到一种朦胧的美，尤其是那双眼睛，迷迷离离的，像早春二月的江南一样富有柔情。

李木松微微一笑，邀请女孩坐在他的对面。女孩身上那淡淡的似兰似麝的香气撩拨得他头顶一阵酥麻。看着杯里的红酒，望着身旁的清秀佳丽，李木松觉得男人真应该努力追求权力和金钱，因为在现实生活中，权力和金钱能给男人带来无与伦比的自信、自尊、权威、享受和快感。

他说："你认识我？"

"李书记大名鼎鼎，在商城县谁不认识？我天天在电视上看见您。"女孩笑了笑，"早就想当面聆听书记的教诲了。"

"小姐喝点什么？"此情此景，让李木松表现出极大的柔情。

"随意吧。"女孩的声音依旧是那么细、那么软，清纯干净，不像平时在歌舞厅里遇到的那种故作娇媚的女子。

李木松晃动着手中的酒杯，红色的酒液以一种富有旋律的轨迹转动着。他笑着对那女子说："那就喝点红酒吧。喝红酒的男人是绅士，喝红酒的女人是淑女，窈窕淑女，君子好逑呀！"

"好的，谢谢李书记。"女孩的声音依然很轻很柔、很朦胧，也很耐听。这对已有几分醉意的李木松来说，具有极大的诱惑和杀伤力。

"谢谢有你来陪。"李木松给女孩倒了一杯酒，说，"来，干杯！"

女孩优雅地同李木松碰着杯，然后抿了一小口，对着李木松笑了一下，两腮立即现出一对浅浅的酒窝。

李木松马上被女孩迷人的笑打动了，他打量着对面的女孩，只见她两眼秋波流盼，樱唇含贝，鼻挺眉秀，雪肤玉肌，虽然不是安琪那样的绝代尤物，却比安琪青春涌动，活脱儿出尘仙子般楚楚动人。哪个男人面对涉世未深又本色清纯的女孩会不产生冲动呢？他感到浑身有种燥热在涌动。

女孩依旧优雅地同李木松碰着杯，他看得出来，女孩的姿态十分标准，显然是受过这方面的礼仪训练。她是干什么的？按理说这样的女孩应该养在深闺，受尽人间宠爱才是，她怎么能随意出入这咖啡厅？带着疑问，李木松说："小姐在哪里高就？怎么称呼？"

“我叫李丽颖，现在上海工作，咱们沙颖的那位国际名模是我表姐。听说县里搞商贸城建设，我爸才让我回来的，回来差不多有一个星期的时间了吧。”女孩说着，用筷子给李木松夹了两颗开心果。

望着李丽颖白皙柔嫩的玉手，李木松心里又是一颤，那手十指纤纤，柔若无骨。他记得有人对他说过一句话：柔若无骨的女人的手最性感，你握她时只要她不反抗，这个女人就是你的了，因为有这样手的女人对性更渴望。想到这里，他说：“你的戒指不错啊，让我看看。”说着一把拉过李丽颖的手，认真地把玩着。

李丽颖说：“李书记，这里人多，我有话想到您办公室去说。”

“好，好。”李木松高兴得心跳加速，忙站起来，做了个“请”的姿势。

李丽颖慢慢地站起来，收拾着自己的坤包。李木松看她几乎与自己一样高，心想，乖乖，有一米七八吧，便问了一句：“你身材真好，有一米七八吧？”

“不穿鞋一米七，比我表姐矮两厘米。”李丽颖说，“就这两厘米就成了天壤之别，人家是国际名模，我只能在办公室做文秘。”

“文秘最好，”李木松说，“女孩还是当白领好。”

李木松的办公室就在招待所隔壁的院子里，不大工夫，两人就进了屋。一进门，李木松立即打开灯，并顺手把房门关上，说：“你有何事找我？说吧，只要我能办到的，都没问题。”一进他的办公室，李木松自然感到牛气了许多，并放言道：“在商城，没有我办不到的事。”

李丽颖说：“对您李书记来说，我这些事就是小菜一碟。我家在商贸城有幢临街的三层小楼，三百多平方吧，要拆迁了。这楼是我向表姐借钱盖的，这一拆，我就没法还表姐钱了……”

李木松清楚，那位国际名模在上层的背景很深，自己是无论如何都得罪不起的。

不过，他佯装无事地问：“你借了她多少钱啊？”

“六十万吧。”李丽颖说，“我父母都是小学教师，收入低。李书记，你帮帮我吧，只要你能帮，我会感激您一辈子的。”她说着从坤包里拿出一个信封，说：“这儿有两万，别嫌少，我求您了。”

李木松看到李丽颖凄婉的样子，心里油然而生一股爱怜之意。他一把搂过李丽颖，说："我帮，我帮，小乖乖，我一定帮。"说着，两只手开始在李丽颖娇嫩的身体上游移，李丽颖半推半就地迎合着。

李木松拉上窗帘，把李丽颖抱到了里屋的床上。

田颖生从管冠南的病房里出来后，再没有心思考虑别的事情了。管冠南当面挑明他与夏可的关系需要注意时，几乎像晴天霹雳一样把他震蒙了。他原先以为自己与夏可的关系是最隐秘的，最多也就夏玉河知道而已。没想到这事儿居然都传到市委书记耳朵里了，看来自己真的应该注意一下了。

第二天吃罢早饭，他破例没有带夏可，让司机拉着他一个人到了商城，连分管农业的商城副县长夏玉河也没有通知。到了商城后，他让司机直接开车沿着河堤去沙颖河治理的工地现场。

田颖生觉得他离不开夏可了。这几个月来，亲密无间的肌肤之亲，举手投足间两人的默契，他做梦也没有想到，自己会在不惑之年有这样的艳遇。想到这里，他忍不住拿起手机给夏可发了一条信息：想你了。

很快，田颖生就收到了夏可发来的信息："你在哪儿呢？"

"商城，管书记安排了一件急事。我必须马上处理一下。"

"为什么不带我去？"

"不方便。"

"通知县政府了吗？"

"不方便。"

"那也应该告诉我哥啊，他又不是外人，让他晚上给你安排食宿。"

田颖生考虑了一下，回道："可以，但我的行踪要严格保密，不然，恐有麻烦。"

"田市长，前边就到工地了。"司机对田颖生说。

"你把车停到这里等我吧，我去找施工单位的人了解一些情况。"田颖生说着，信步朝正搭建工棚的人群中走去。

田颖生沿着河堤步行了四个标段，通过实地考察走访，得出一个结论：目前工地上的这些施工队，都是从省水利工程公司项目部分包下来的，每个标段除了上交管理费外，另交了二十多万的信息中介费，那些钱都交给了一个叫安琪的项目部女经理。问题弄清楚后，他感到很开心，明天同李木松谈就有证据了。心情一好，他觉得周围的景物都那么温和纯净，简直与天上的景象无异，温煦、恬淡、银光闪闪，好个秋日的沙颖河岸。

这时，田颖生的手机响了，他一看号码，知道是夏玉河打来的。夏玉河在电话里说："今晚吃住都在杨庭凯的橄榄园里，那里很静。我准备了很多野味……"

没等夏玉河说完，田颖生的手机就"嘀嘀"地响了起来。他知道，是自己的手机快没电了。于是，他扭头问司机："你知道市人大杨主任的农场在哪儿吗？"

司机说："知道个大致方向，没事儿，能摸到地方，离这儿不太远。"

二十分钟后，汽车载着田颖生来到了橄榄园。一听外面汽车响，夏玉河忙小跑着出来迎接，说："我和小可在做饭呢。"

"夏可也来了？"田颖生问。

"怎么，不欢迎啊？"夏可走上来说，"我可是给你报喜来的。"

"有啥可喜的，天天忙得焦头烂额的。"田颖生说。

"你的那部关于小麦基因培植的书，荣获了国家自然科学一等奖，省里下午通知到市政府的。再说了，今天可是八月十五呀！"

"真的？"夏玉河说，"我都忙昏头了，那咱们今天非得喝他个一醉方休不可。"

田颖生知道今晚与夏可有好戏，便对司机说："晚上不用车，你就多喝点吧。来，我先敬你一杯，跟着我跑农业跑招商，辛苦了。"

酒过三巡，司机已渐渐不支，两眼发直。夏玉河又同他碰了几杯，司机便趴在桌子上不言语了。见司机已醉，田颖生小声问："玉河，你分管农林水。你老实说，在沙颖河的改建工程中，你得了多少好处？"

夏玉河这才明白，田颖生轻装简从，原来是受管冠南之托来查工程猫腻的，他急切地说："只收了些烟酒之类的。"

"一个标段上供了二十多万，二十六个标段，七百多万。你真的只收了些烟酒？鬼才相信呢。"田颖生说。

"天地良心，我要是收了钱，天打五雷轰。我是工程的常务副总指挥不假，但李木松才是总指挥啊。中标的单位是省水建公司，李木松的情妇安琪是项目经理，我有天大的胆子也不敢虎口拔牙啊！”

“李木松是什么样的人，你还不知道？”夏可一旁说着。

田颖生说：“只要你没有收就好办。以工代赈的工程款，动了会坐牢、杀头的。”

“快吃点菜吧，别喝酒了。”夏可说，“吃完后咱们去享受中秋明月，别辜负了上天的一片心意。”

三人大嚼了一阵野味，最后又碰了一杯酒。夏玉河说：“你俩去转转吧，我有些头晕，先休息了。”说着就离开了餐桌，朝厢房走去。

田颖生对夏可说：“走吧，咱们出去转转，别误了这良辰美景。”

两个人挽着手，朝不远处的鱼塘边走去。

过了一会儿，田颖生说：“小可，以后我们要联系得少一些，注意一下影响。现在，咱俩的事儿都传到管冠南耳朵里啦。”

“噢，给你惹麻烦了，真对不起。”夏可说。

“哪能怪你呢，这是我自愿的。”田颖生说。

好久没有下雨了，谁知道竟下起连阴雨来。这场连续的秋雨，一步步把天气引向深秋。雨中的空气里，隐约闻到了雨的寒气。田颖生站在办公室的窗前，任凭窗外的秋风和秋雨飘向自己。望着外面的细雨，时而如同屏挂的丝帘，时而又摇曳起舞，时而又显得极不情愿似的从天空坠向大地，一切都显得那样无奈。

此刻，田颖生的心情也像这秋风和秋雨，有着许多惆怅、许多沉闷、许多压抑。他甚至感到，连空气也像是被秋雨秋风打得令人窒息。

田颖生的这种坏心情是那天在商城县因李木松引起的。那天，田颖生自感已经掌握了李木松在工程上的猫腻，兴冲冲地去找李木松谈话，希望李木松能知错改错，以免陷入僵局。不料，他们的谈话从一开始就陷入了僵局。

李木松说：“这是诬陷，我这项工程发包的一切程序都是合法的。省水利工程总公司的资质在全省是最高的，由他们承揽质量最有保证。这是那些没有中标的单位的谣言。”

田颖生说："李书记，有人说不少钱是安琪收的，而安琪同你的关系大家都清楚。"

李木松说："这是造谣！谁说这话，谁断子绝孙！"

田颖生一听这话，把桌子一拍："你放肆！是管书记让我来了解情况的。"

"哼，我放肆，你等着！"李木松说罢，气冲冲地摔门出去了，留下田颖生坐在那儿生闷气。他觉得今天这个话不该由他来谈，管冠南只是让他来了解情况，并没有委托他来谈话。而且违纪的事应该由纪检部门来查，轮不到他这个党外副市长。再说，各县区党政一把手谁完全听命于一个副市长呢？他觉得自己政治上太幼稚了，不该自以为与李木松关系不错，就自作多情地想让李木松退钱免灾。何况劝赌不劝娼，怎么能当面提李木松与安琪的关系呢？

过了一会儿，李木松抱着一台录放机和一个包走了过来。李木松说："我想请市长大人看一段录像。"说着插上电源，接通了电视机，屏幕上立即出现了那次田颖生酒醉后在商城宾馆，在李木松那套房间里的事，田颖生的醉态，夏可为田颖生脱衣服的场景，夏可与田颖生做爱的场景都一点点地放映出来。

田颖生这才发现李木松的歹毒用心，原先他对自己毕恭毕敬的假象里面，还包藏着如此祸心。他气急败坏地指着李木松骂道："你浑蛋，你流氓，你下三烂！"

"哈哈，我浑蛋，我流氓？"李木松说，"我比这电视画面还下三烂？田市长，本来我打算等你当上副省长时再还给你，没想到提前了。现在摆在你面前的有两个选择：一是逼我到省纪检委，然后，把自己的真人版录像带呈上；二是咱们继续合作，我这里给你准备了二十万，作为合作的第一笔分红。何去何从，请市长大人斟酌。"

田颖生脑子"轰"的一声，汗也开始从头顶往外渗。他明白这两种选择的结局：如果逼疯了李木松这条癞皮狗，他一定会将录像带寄到省纪委或者中纪委。有了这个污点，自己别说当副省长，就连眼下这个副市长也当不成了。与李木松合作，更是如临深渊。他能使出录像带这样的损招，还有什么使不出来的！自己一个堂堂的副市长，一个留美博士，难道后半生就将永远受制于这个政治流氓？他心里清楚，这两条路都是不归路。

李木松说："田市长，我知道你的处境，你很孝顺，但有一个貌丑心恶的河东狮子。你很爱夏可，但又无法迎娶夏可。我知道，你缺钱啊。想你既不能为父母尽孝，又不能为心爱的女人购置些她喜欢的物品，这日子过得有啥意思？干吗不想办法挣些钱呢？只要能与我合作，钱将源源不断地流入你的怀抱，你将成为孝顺的儿子，成为善解人意的情夫。这样吧，这二十万你先拿着，过几天我再拿三十万到省城去给夏可买套房子，那时你就可以金屋藏娇了。你是绩优股，将来可是要当省长的。为了你，这个险我冒定了。"

田颖生想，在沙颍，他有幸遇到夏可，天上掉下个林妹妹，终于遇到了一个能理解自己、能读懂自己的人，自己应该珍惜，应该呵护，也不枉知己一场。"夏可，为了你，我就铤而走险了！"他心里想着，默默地拿过了那二十万。

那天中午，他与李木松都喝得酩酊大醉。

回来后的这几天，每当他想起那天的荒唐，他就感到烦躁，感到郁闷，感到可怕，感到无助。他没有把这件事告诉夏可，也没有精力去关注夏可成天痴情的眼神，弄得夏可莫名其妙。他觉得自己是男人，应该独自承揽这一切，不能让自己心爱的女人为此担忧。有时，他又有些矛盾，他觉得，红颜知己应该是一个与自己精神上相通、灵魂上相融，并能够达成深刻共鸣的女伴，不必在她面前藏着掖着，应该让她知道，得到她的思想共鸣，倾听她的意见，接受她的安抚。

这时，田颖生的手机响了，他接后一听，是李木松打来的。李木松说："田市长，今天是周末，我想请你和李市长到白宫大酒店小酌。别忘了带着夏可，我也会带着你的小嫂子。"

田颖生想了想，觉得还是去一趟比较好。不然，这无赖李木松不知又会设计些啥阴谋诡计捉弄他呢。于是，他便给夏可打了个电话，说："李木松请我们和李市长去白宫大酒店吃饭，走吧。"

于是，他们一前一后走出了办公室，上了田颖生的车。一路上，田颖生到底没有把那天在商城发生的事告诉夏可。

到了白宫大酒店那间最豪华的多功能厅，田颖生一看，李瘦石、李木松、栗勇、柳莺、肖莉、安琪几个人正围着麻将桌打麻将，桌上放着十几堆"老人头"。李瘦石见田颖生与夏可进来了，忙招呼道："博士，快来搓几圈，小赌怡情。我们四位男士上，你们四位女士下跑子。”

田颖生说：“不知道你们在打牌，我没有带钱。”

李木松说：“没事，没事，我给你一万，赢了是你的，输了算我的。”

栗勇说：“我也借给田市长一万，条件与李书记一样。”

李瘦石先前已经收了李木松和栗勇孝敬的各一万块钱，但嘴里却说：“我也是副市长，怎么与田市长不一样的待遇啊？这不公平吧。”

李木松说：“您是常务，管钱；人家田市长是书生，学问多钱少。”

“那你的意思是说我钱多学问少了？”李瘦石说。见李木松发愣，李瘦石忙哈哈一笑，又说：“开玩笑，开玩笑。对了，咱们每人都说一条打麻将的好处，怎么样？田市长，你学问大，你先说。”

田颖生想了想说：“可以激发灵感吧。打麻将的时候，心情时而激昂澎湃，时而心平气和，就像一首内容绝好的诗词、一首旋律美妙的歌曲、一幅笔墨淋漓的画卷。诗人、作家、音乐人由打麻将而引起的灵感举不胜举。”

李木松：“可以刺激男人的斗志。十个男人九个赌，一个不赌是木偶。在麻将桌上一坐，谁都不想输。输了想捞，赢了想再赢，像前线的两军对阵，一心想着把对方打垮才甘心。”

栗勇说：“打麻将可以治拉肚子。有一次我患腹泻，两个小时拉了五次，后来往麻将桌上一坐，五个小时没有拉一次。所以我总结说，打麻将的时候，专心致志，腹泻就会不治而愈。”

李瘦石说：“有道理，我的体会就是，往麻将桌上一坐，咳嗽、气喘、胸闷保证都没有了，打麻将对类风湿关节炎也有好处。对了，你们几位女将，也谈谈吧。”

柳莺说：“打麻将可以协调各种人际关系，自古军营无父子，现在麻将桌上无父子。在这里，不分什么亲戚、同学、朋友、同事，统统称为麻友。在这里可以充分体验现代人的人际关系，认识人性最真实的一面，了解人类最原始的本能！”

夏可说：“打麻将可以提前适应恶劣环境。大家都知道，现在我们的生活环境日益恶化，我们应该作好一切准备，适应新的环境变化。打麻将时，有大量的烟气、雾气，满屋子都是混浊的二氧化碳，最真实地模拟了未来的生活环境。现在身临其境，可以培养免疫力，实现超时代的享受。”

肖莉说：“打麻将可以锻炼手和脑。人年龄大了，身体不灵活了，大脑也开始萎缩。打麻将动手动脑，对锻炼身体很有好处。再说了，打麻将还可以调节情绪，让人忘记忧愁，打发时间，使人进入一种悠闲的状态。”

安琪说：“既然打麻将有这么多好处，那你们赶快开战吧。”

四位男士开始打牌，每人身边都玉立着一个风姿绰约、光彩照人、秀色可餐、仪态万方的女人。四圈下去，李瘦石、田颖生面前的钞票见长，而李木松、栗勇面前的钱则见少。

李瘦石对田颖生小声说：“老弟，我可能要调走了，到农科院去做党委书记，我推荐你做常务副市长呢。”

话音虽然很低，但在场的人都能听到。田颖生也用同样的小声说：“我怎么可能有机会呢？常务都是市委常委，我连中共党员都不是，不可能。”

“怎么不可能，再过一年半载的，你还能当副省长呢。”

这时，田颖生的手机响了。他一接听，便传来一个女人的咆哮声：“田颖生，你个王八蛋，这几个星期你不回家去哪儿鬼混了？快滚回来，老娘等着跟你算账呢！”电话里的声音很大，在场的每个人都听得清清楚楚的，大家知道，这是尹晓红的声音。

郁萌向吴寅汇报完广电集团的筹建方案后，一时无话，眼望着窗外，等待着吴寅发表意见。

这几个月来，郁萌主管的报业集团、广电集团、以及其他工作，都得到了管冠南的鼎力支持。郁萌每次都是先跟管冠南汇报完，然后再与自己通气，这让他感到相当被动。

一想起管冠南，他的心中立即产生出一种复杂的情绪。平心而论，管冠南的工作作风、性格为人，以及勤政廉政方面，都是无可挑剔的。但是，管冠南工作上的许多思路和做法，他觉得不能苟同。直选乡镇党委书记，招商引资分指标，抛开旧城搞城建，文化、教育、卫生、广电搞改革……没有一项不是在天堂与地狱的边缘打擦边球，而采取的方式又是那种强人政治行为。这些年来，“人治”与“法制”的争论不绝于耳，中国的现实也要求按照官场的一套既定规则从事，但绝对不应该是管冠南式的严重侵犯人权的形式。像搞中心广场的拆迁，挖掘机、推土机轰鸣着，警察们颐指气使地指挥着，楼房瓦舍顷刻间灰飞烟灭，这都是非常血腥、非常暴力的场景。现在毕竟已经到了“以人为本”的岁月，时至今日，念着民主的经，干着强权所为的事，迟早是会被历史唾弃的。沙颖虽然穷，但穷地方的人内心深处也不愿意接受强权。按管冠南的说法，发展才是硬道理。但是，稳定也是压倒一切的硬道理啊，难道他管冠南不懂？另外，在管冠南看来，发展仅仅是经济指标上的成绩。殊不知，发展应该是两个文明一起抓，两个拳头都要硬。管冠南的这一套铁腕行为，根本就不能促进民主与法制的发展。

吴寅望了望郁萌，又低头看了看她送来的材料，知道这些内容管冠南一定都已经看过并原则上同意了，而郁萌就是过来征求下自己的意见罢了。既然他们都已经商量定了，自己还能说什么呢？于是，郁萌把材料递还给她，说了句：“按管书记的意思办吧，我没意见。”郁萌拿着文件出去了。吴寅看看时间，已经九点五十分了，马上就到温商座谈会的时间了。于是，他拿起早已准备好的稿子，离开了办公室。管冠南还在医院，这个会管冠南是不会参加的，自己正好借机展示一下市长的魅力。

谁知到了会场，他发现管冠南已经端坐在主席台的位置上了，心中顿时一阵不快，当下便把不满的眼光瞥向主持会议的田颖生。没想到田颖生根本没有在意吴寅的眼神，而是看到大家都到齐了，就说：“管书记抱病来参加这次会议，足以显示市委对这个会议的重视。因为管书记马上还要回医院输液，就先请管书记作重要指示吧。”

“作啥重要指示？我今天是来向温商学习的。”管冠南说，“温商是中国的奇迹，也是世界的奇迹；是中国的骄傲，也是世界的骄傲。你们身上有太多值得我们学习的地方，今天大家就敞开心扉好好谈一谈自己的致富经，让我们这些门外汉都好好学一学。”

参加座谈的这些企业家被管冠南的精神感动了，大家你一言我一语热热闹闹地说个不停。管冠南一高兴，竟要求今天医院的输液暂停一下，自己要与各位温商好好谈一谈，好好取取经。本来想显摆一下的吴寅风头没有抖起来，反倒被大家冷落了。他心里窝着火，脸色愈发难看了。

早上，李木松上班走后，安琪把桌上的碗筷简单地收拾了一下，冲了杯咖啡，走到阳台上，躺到摇椅上晒太阳。阳光很好，安琪的心情也很好。

回沙颖的这三个多月，安琪的腰包鼓了许多。沙颖河改造工程中，李木松捞进了四百多万，交给她三百万让她存起来，剩下的一百万李木松准备上下打点一番，争取将来把职位往上再拱一拱。商贸城建设中，她和李木松至少可以捞到三千万，现在已经有人交了一千多万的预付款，这些真金白银已经牢牢地趴在自己的账上。她庆幸自己当初的好眼光，搭上了有情有义的李木松，不仅给了她真爱，也给了她大笔大笔的金钱。虽然李木松有妻子儿女，而且不想因婚事影响政治前程，一直拖着不离婚！但是，这些她都理解。另外，李木松家里的媳妇也看得很开，只要他照样拿钱回家，只要他不主动提离婚，自己也就不会主动去闹。这样，李木松有了稳定的大后方，自己在前线尽情地张牙舞爪。

田颖生向李木松打电话借钱是经过反复缜密的考虑的。那天，他们几个在白宫大酒店打麻将时，尹晓红其实早就到了沙颖。她来到田颖生在沙颖的住处后，一进门便翻箱倒柜，把田颖生的屋子翻了个底朝天，翻出了李木松给他的二十万元现金和那盘他与夏可在商城宾馆做爱的碟子。

当电视上播放出田颖生与夏可颠鸾覆凤的画面时，尹晓红怒不可遏，把田颖生住处的物品都摔得一塌糊涂。

田颖生醉醺醺地赶到住处时，正赶上尹晓红怒气未消之时，她一见田颖生，便立即抓狂起来。她跑过去，照着田颖生的脸上就是一记猛拳，嘴里还骂道："他妈的，我说你怎么不回家呢，原来外面养着个小的呢，看老娘今天不揍死你！"说着，就朝田颖生拳打脚踢起来。

尹晓红从小在农村劳动，又长得五大三粗，双手能抱起石磙。她这第一拳就把田颖生的门牙打掉了两颗，一阵拳打脚踢后，田颖生立即鼻青脸肿，浑身疼痛。他知道自己打架不是尹晓红的对手，索性抱着头，躺在地上任尹晓红施暴。

打了一阵后，尹晓红发现田颖生躺在地上一动不动，心想，这没用的男人真不禁打，该不会是被自己打死了吧。她朝田颖生鼻子上一摸，摸出了一手血。田颖生昏迷中觉得尹晓红在摸他，索性屏住呼吸，连气也不出了。尹晓红见田颖生没有了呼吸，又满脸是血，便号啕大哭起来："田颖生，你个没良心的。你的良心叫狗吃了，叫老鹰叼了，叫老鳖吸了。我伺候你爹娘，伺候你闺女，伺候你个不要脸的。你居然还在外面跟别的骚女人鬼混……"

田颖生住室的打闹声和哭声，惊醒了这宾馆里住的其他几个干部。他们叫来宾馆的保卫科长，打开了房门，把躺在血泊中的田颖生送进了市中心医院，然后又找了宾馆的两个女领班陪着尹晓红，好好安抚一直要寻死觅活的她。大家一直折腾到天亮才休息。

博士市长挨打的消息传得很快，不到三天就传遍了沙颖市大大小小的机关单位。管冠南决定立即派田颖生到北京去跑项目，然后带个团到美国加州去联系工业城落建事宜。让他出去跑一圈，既可以缓解一下舆论压力，也让这位挨打受气的市长散散心。

昨天下午，田颖生正式向尹晓红提出离婚。尹晓红说："离婚可以，你给我拿一百万，我立马就签字。"无奈之下，田颖生只好向李木松提出借一百万元。李木松根本没问原因，很爽快地答应了，说过些日子就给他转到账上去。

今天，田颖生办完出院手续，安排好了到北京出差的有关事宜，打电话告诉夏可，明天他们俩就可以去北京了，暂时离开沙颖这个恼人的地方。

田颖生在北京的事情办得很顺利，他在美国留学时的同学有好几个都在国家农业部任职，其中还有一个在中央农业领导小组办公室工作。这些热心的同学一出面，把国家发改委、国家财政部农业司的有关人员都叫到一起，一致同意将沙颖定为全国农业沼气示范市，并承诺在未来五年里，为沙颖农户建沼气补贴资金五个亿。另外，他们对农作物秸秆发电也很感兴趣，建议田颖生回去后好好论证论证。

见事情办得很顺利，田颖生便打电话向管冠南和吴寅进行了汇报，书记和市长都很高兴。管冠南在电话里说："既然这样，你就让农业局长先回来吧。你在北京多住几天，与同学们联络联络感情，不要怕花钱。没钱的话，我让财政局长给你汇点过去。"说得田颖生心里很热，油然而生一种士为知己者死的慷慨情怀。

于是，他安排农业局长先回沙颖，自己与夏可和司机留了下来。现在跟着自己的司机是夏可介绍的，是夏可的远房表弟，对田颖生和夏可的亲昵，他不仅睁只眼闭只眼地帮他们掩饰，心里还想着要是田颖生真成了他的表姐夫才好呢。所以，他各方面服务得都特别热情。这样一来，三个人在北京过得更加逍遥自在。一周后，他们就要返回沙颍了。夏可说："我们明天就要回去了，多遗憾！要是一辈子都能像这几天这样过日子就好了。"

田颖生说："我已经提出离婚了，她想要一百万，说钱到手就同意离，我答应了。"

夏可说："你到哪里去给她找一百万呀，这是一个天文数字呀！她就是想拖着咱们。"

田颖生说："办法我已经想好了，你不用操心。等着好消息吧，面包会有的，牛奶也会有的。"

夏可听后，没有再多问，只是把田颖生搂得更紧了。

第二天离开北京时，田颖生说："咱们先不回沙颍，先到我老家去看看吧。这几个月来，我只回去看过父母一次，今天你也跟我一起回去吧，算是看你未来的公婆。"

夏可自然很高兴，便说："嫁鸡随鸡，嫁狗随狗，你走到哪儿我跟到哪儿。"

"啊，在你的眼里，我就等同于鸡狗了。"田颖生大笑起来。

夏可这才恍然大悟，便用纤纤玉手捶打着田颖生说："你真坏，你坏死了，还博士呢。"

汽车上了高速，田颖生说："你知道吗？我老家是有名的花都，是中国最大的花木集散地。"

夏可说："听说了，也曾路过这里几次，但不知你老家那里什么花最好。"

"什么花都比不上你这朵花好，哈哈。"田颖生笑着把夏可搂在怀里，"还有七八公里，马上就到了。"田颖生说到这里，脸色有些暗淡下来，"我父母年老体弱，咱们的家境比周围老百姓差得很远。"

说话间，汽车在田颖生的指点下，下了省级公路，又拐了两条乡间的小柏油路，最后停在一处只有三间矮瓦房的旧房子旁。有两位老人正靠着墙根晒太阳。田颖生说："这就是爸和妈，爸的眼睛瞎了，妈的耳朵有些聋。咱们快下车吧。"

田颖生和夏可提着几包从北京买的礼物走下了车，走到田颖生父母的跟前。田颖生大声说："爸、妈，我们回来了。"

田父说："我听到汽车响，没想到是你回来了。"

田颖生说："妈，这是市政府办公室的夏可，夏科长。"

"啥？夏克张。你妈我姓张，你娶媳妇，姓啥不好，非要娶个克张的？"

夏可被弄得哭笑不得，连忙把口袋里的两千块钱全部掏出来，一把塞到田母的手里。

田母痴痴地望着夏可，又望望田颖生，接着低头看看手中的人民币。她明白，儿子的心已经彻底交给眼前这个姓夏的女人了……

四十五．找人好好教训教训她

肖莉喜欢在天冷的日子里，捧上一杯暖暖的绿茶，细细地品着，既暖手，又暖心。早晨起来时，阳光很好，照进了玻璃窗，也照在她的身上、脸上，让她的心情格外好起来。前天，李瘦石给她打来电话，告诉她自己通过“跑动”，弄到手一个更好的职位，马上就要调到省公路局当局长了，虽然还是副厅级，但位置很重要。这几天移交工作和应酬饭局，可能顾不上她，等他将来到省里安顿好后，就把她弄过去。她知道他说的都是实话，这几年高速公路修得多，修得快，每年省里都要投资几百个亿，即便不大捞一把，从手指头缝里漏一点也足够她肖莉生活一辈子了。她把这个消息告诉了栗勇，栗勇连说：“好事，好事啊。今天中午，咱们就在白宫大酒店的那个总统套房里摆一桌，好好给我干爹庆祝庆祝。另外，把田颖生和李木松他们都叫来，将来这些人都是咱们的财神爷。”

肖莉连忙打电话安排妥中午这顿重要的宴会，又亲自开车买了一箱三十年的茅台。她今天的心情格外的好，这两年来，她从栗勇这里赚了足有五十多万。这些钱彻底改变了她的生活，肖莉更感激的是，栗勇把她介绍给了前途无量的李瘦石。这几个月来，她越来越爱李瘦石了。她觉得李瘦石虽然不是钻石王老五，但却是一块发光的真金。虽然，她有时会幻想李瘦石离婚然后娶她过门，但她又觉得这对于正处在绩优股位置的李瘦石来说是不可能的，没有一个处在黄金年龄的政坛宿将会抛开江山去爱美人的。而且，多年歌厅、餐厅的工作阅历，也让她看透了男人。如今，有钱有权的男人，谁没有几个红颜知己或者二奶、三奶之类的？有一个知根知底、懂你疼你的位高权重的男人能细心体贴地照顾自己，是她这样年龄的女人所企盼的，多少人想搭上这样的船都没机会呢，自己多幸运啊。所以，一定要好好珍惜眼前这一切，好好经营目前来之不易的幸福。

正想着，她的电话响了，接来一听，是栗勇打来的。栗勇在电话里说："快到餐厅来，李市长他们已经过来了。"肖莉忙放下电话，赶紧走了过去，见李瘦石、李木松、田颖生、柳莺、安琪、夏可都已经坐好了，而在李瘦石的旁边留着一个座位，她知道那是属于她的位置。她低头笑了一下，连说了几句"对不起"，忙在李瘦石身边坐下。

几个人高高兴兴地大吃大喝，庆祝李瘦石的升迁。吃喝玩乐一条龙下来，这几个男人各自带着自己的女人回房间了。

管冠南刚输完一瓶液，市纪委书记李阳就闪身进来了。他问候了管冠南的病情后说："管书记，您在生病期间，按说我不应该打扰您，但是，现在有一件很重要的事，我不能不向你汇报。"

管冠南说："说吧，我这病不影响工作。"

李阳说："商城县长李树建和商城的一部分干部反映县委书记的问题，写了份万言书，实名举报信不仅送到了市里，也送到了省里。我看了一下，感到问题非常严重，赶紧过来请示您。"他说着，从背包里拿出一沓材料递给管冠南。

管冠南接过材料仔细看完后，脸色立即变得非常难看。他瞪着眼睛问李阳："李书记，你们纪委平常不掌握这些？怎么会任其发展到这个地步才发现？"

李阳说："我是今年刚调来的，对李木松的情况不了解。之前，我听说他同省里的一些领导关系不错，而且'文革'中曾保护过中央某领导的岳父。我还听说，他同您岳父也是亲戚。要不，我早就安排查处了。"

"李阳同志，你真是太糊涂了。牵涉腐败问题的，别说是省领导，就是中央领导的亲戚也不能姑息啊。另外，我岳父从来就没有李木松这门亲戚。即便是有，我管冠南也不认这壶酒钱。犯了错误的，哪怕是我自己的亲兄弟，我也毫不手软！这样吧，这件事立即立案，组织得力人员组成专案组，赶紧去把他的问题彻底查清。这件事暂时不要向省里通报，等我们掌握了确凿证据后，再按组织程序向省里汇报，省纪委方面我来应付。你们要下大力气把这个案子办成铁案，以此掀起沙颍的廉政风暴。同时，你要记住，这件事你只对我负责，对别人要彻底封锁消息。我就不相信，拿不下他李木松。”

“中，管书记，我马上按您的指示去办。”李阳说。

田颖生回到省城的家里，推门一看，尹晓红正同一帮中年妇女在打麻将。客厅里乱七八糟的，鞋、衣服、饮料瓶、饭碗碟子扔得到处都是。他皱了皱眉头，说了句：“你们就打吧！不务正业！”说完，他气冲冲地回到自己的书房，从包里取出夏可送他的小说，有一搭没一搭地看了起来。

很快，外面传来了那些女人的告别声。等那帮女人走后，尹晓红一脚把书房门踢开，气势汹汹地喊道：“田颖生，你成精了。我打麻将怎么了？你管得着么？我不务正业怎么了？总比你在外面养着狐狸精好吧！”

“你坐下，我有话跟你说。”田颖生压着内心的火说。

“说什么？给老娘送钱来了吗？”尹晓红说着，就从书桌边拽过田颖生刚刚拎回来的那个鼓鼓囊囊的包。

“那里有一百万，你数数吧，在沙颍刚取的，没开封。”田颖生说。

“嘶”的一声，尹晓红把提包的拉链打开，见是一提包钱，眼睛顿时一亮。她认真地数着：“一、二、三……”数完后，连忙抱着提包往外走。

“别急，”田颖生拦住她，“这是离婚协议书，你看看，签字吧。”

尹晓红接过来看了一眼，冷笑着把离婚协议书撕得粉碎：“你还当真呢？告诉你田颖生，老娘是日要钱、夜要人。离婚？做你娘的春梦吧。”

“你怎么可以不讲信用呢？”田颖生说，“你说过离婚的条件是给你一百万，你立马就离。”

尹晓红说：“不讲信用？你他妈的才不讲信用呢，你说谁伺候好你爹娘你就终生娶谁。我伺候了你爹娘，你娶我还没到十年呢。你现在想甩了我去跟那个小狐狸精鬼混，没门！”尹晓红说着，伸出她那双又粗又胖的手，夺过了那装着一百万的包。

田颖生说："你不同意离婚的话，就快把钱给我！"

"给你？没那么容易。老娘的染房里不退白布。"尹晓红冷笑道，"实话告诉你，田颖生，这一百万和上次的二十万，还有以前你受贿的钱，我都记得清清楚楚，你要耍横的话，哼哼，有你好瞧的！我告诉你，别说你想当省长，惹急了我，你这个副市长我也要你干不成！"

田颖生一下子就蒙了。

回到沙颖后，田颖生一直闷闷不乐，他找到夏可，告诉她自己去和尹晓红沟通后的结果。夏可听完后，非常震惊，心里也有些许遗憾，但是一想到田颖生为自己付出了这么多，她心里就觉得特别宽慰。

这天，夏可拉上田颖生去白宫放松放松。当他俩到那儿时，栗勇和柳莺早已在那儿恭候了。因为田颖生有心病，所以虽然一直有说有笑，但是眉头总也展不开，笑起来也很勉强。栗勇见状，忙说："田市长，最近流行一首歌，叫《同床的你》，很搞笑，我和柳莺唱给你听听。"说着，栗勇搂过柳莺，两个人对唱起来：

男：明天你是否会想起，
昨天你我的故事？
明天你是否还惦记，
曾经最爱钱的你？
公安们都已想不起，
看不出问题的你，
我也是偶然在法庭，
才想起同床的你。
女：谁告了多愁善感的你？
谁看了你我的日记？
谁把你的事情泄密？
谁给你做了囚衣？
……

栗勇、柳莺唱完后，两个人美滋滋的，还颇有些沾沾自喜的模样。不料田颖生的脸色更加难看了，夏可忙说："你们唱的这是什么啊，乌七八糟的，多扫兴，怎么不来点喜庆的？"

田颖生说："别唱了，打几圈牌吃饭吧，下午我还有个会。对了，跟大家说一下，我刚才在路上听到个消息——李木松被'双规'了。"

栗勇、柳莺"哦"了一声，都没有再说话。大家都不免有些兔死狐悲之感，不久前，在这里聚会的时候，李木松和安琪还在。今天，物是人非了。

夏可说："那咱们就先玩几圈吧，然后去吃饭。"于是，几个人围在自动麻将桌前，默默地打着牌。

过了一会儿，栗勇豪气地说："田市长，反正咱们都是拴在一根绳上的蚂蚱，咱们不能被动地任人宰割。你有什么难事，就请说。我栗勇虽不才，但当马前卒还是可以的。"

田颖生眼睛一亮，把牌一摊，说："以后还真有需要老弟出面的事。不玩了，喝酒吧。"

这时，一袭青衣的安琪出现在白宫大酒店。她把田颖生拉到二楼的过道上，从包里拿出一张李木松写的纸条交给田颖生。田颖生接过来打开一看，原来是李木松被"双规"后想方设法递出来的求救信。

田市长：

当你看到这封信的时候，我已身陷囹圄，在沙颖只有你的话管冠南才会听。你放心，那一百万的事，我打死也不会说的。我让安琪又给你准备了一百万，供你帮我打通左右关节之用。事成之后，我另有重谢，我李木松的命就交给你了。

李木松敬上

田颖生看后，心里不免有些热。他对安琪说："你放心，我一定会鼎力相助的，李书记与省里几位领导关系一直都挺好的。这个时候，你也要赶快去找找他们。"

安琪说："我马上就去找，安排妥当后，我就远走高飞了。没有我，他们就没有任何实质性证据，木松也就有救了。这是一百万的支票，您收好！”

田颖生说：“不，不！我已经从李书记那里拿过钱了，这笔钱，我无论如何都不能要。你拿着它去求别人吧，这个忙我一定帮。”

见田颖生坚辞不受，安琪心里非常感动。她上前抱住田颖生，在他脸上狠狠地亲吻了一下，说：“田市长，你真好，事成以后，我一定好好地犒劳你。”说罢，把支票朝田颖生手里一塞，就急匆匆地走了。

田颖生回到餐桌，继续与大家喝酒聊天。不大一会儿，巧舌如簧的夏可便把栗勇和柳莺都灌醉了。这时，夏可望着已伏在桌子上的栗勇和柳莺，指着田颖生的脸问：“你那上面是什么？”

田颖生不解地问：“什么？”

“还什么呢，女人的唇印。”夏可讥讽地说，“想不到几分钟的工夫，你都吃上快餐了。”

田颖生只得把刚才的事说了一遍，只是他没有说出自己留下了那一百万，他心里想着要用这一百万去办另一件重要的事。

“你艳福不浅啊。事成之后，你要是敢接受那个女人的‘犒劳’，我绝对不会饶你。”

“行了，行了，时间不早了，我要去开会了。”田颖生打断她说，“你也别瞎想了。对了，说点正事，晚上我请你哥吃饭，就我们俩，你别参加了，别忘了告诉他啊！”

“什么事这么神秘？”夏可有些疑惑。

“他读研究生的事，没别的事。”田颖生说，“咱们走吧。”说着，两人也不管趴在桌上的栗勇和柳莺，忙收拾起自己的物品，跟服务员打了声招呼，就离开了。

晚上，田颖生把夏玉河约到一家幽静的饭店。田颖生说：“李木松被‘双规’了，你各方面都要小心一些。”田颖生说：“我知道。”“那就好，对了，今天咱哥俩以喝酒为主。”田颖生见服务员端上了菜，顺手打开两瓶五粮液，说，“咱们每人一瓶，一醉方休，来，喝！”

夏玉河有些吃惊，他没有想到平时非常斯文的田颖生今天居然如此豪放，便说："来，我奉陪到底。"

田颖生一仰脖子，喝了一大口，然后用湿巾擦了擦嘴唇上的酒，拿起筷子夹了一大块狗肉说："好，大块吃肉，大口喝酒。玉河，每逢这时候，我就想起十几岁在大队当民兵营长的时候，痛快啊！"

夏玉河说："人家梁山好汉还大秤分金银呢，可惜咱们缺一样。"

"不缺，不缺，我等会儿给你分。"田颖生说，"来，喝酒，喝酒。"说着，他拿过酒瓶对着夏玉河手里的酒瓶猛碰了一下说，"喝，喝！"

没过十分钟，两人手里的酒就都已经喝下去了一半。田颖生说："玉河，我田颖生对你怎么样？"

夏玉河说："田市长，您对我很好，很好啊！"

"别什么田市长啦，比着夏可，我应该叫你哥。"田颖生说，"叫你哥，你知道吗？"

夏玉河虽然知道田颖生和夏可的关系，但没有想到此时此刻田颖生突然这样说，他一时觉得无以对答，想了半天才说："老田，你喝多了。"

"不多，不多，"田颖生说，"玉河啊，你别看我当着个副市长好像挺风光，其实，我，我一肚子苦水呀。你看看，我的牙，我这两颗牙是镶上去的，我掉了的牙是被我那个母夜叉老婆给打掉的啊。你再看看我身上的伤。"田颖生说着就脱下自己的外衣，露出后背上的伤，说："这是被我老婆用剪子扎的，还有腿上、屁股上，都有许许多多伤，有板凳砸的，有用拖把打的。玉河，你说我窝囊不窝囊？还是不是个男人？"

夏玉河看着田颖生浑身的伤痕，气愤地说："妈的，世界上还有这么狠毒的女人！太可恶了。"

于是，田颖生便把他这些年与尹晓红一起过日子的情形说了一遍，说到最后，声泪俱下，他对夏玉河说："自从认识了夏可，我才觉得我活得像个人了，才觉得生活有奔头了啊……"

夏玉河被田颖生的话感动得热泪盈眶。

田颖生说："玉河，不瞒你说，我们俩已经在一起了。她从来没有提出要与我结婚，她不是不想，她是体谅我，不想给我制造麻烦。你说，我愧不愧？我应不应该为她考虑？我想了，今天，我找你谈，就想让你帮助我好好教训教训尹晓红，让她能同我离了这婚，以后别三番五次地敲诈我了，你敢不敢干？”

夏玉河说：“老田，为了你，为了小可，也为了我，我没有什么不敢干的。不要说教训尹晓红，就是杀了她我也敢！”

“一言为定？”

“决不食言！”

“好！”田颖生说，“这是一百万的支票，你拿二十万去找栗勇，就说是你请他帮忙。剩下的八十万，你到省城去以夏可的名义买一套房子，装修一下，买些必要的家具。以后这房子，就是我送给小可的。”

“钱，我有，你留着用吧。”夏玉河推辞道。

“千万别见外，这钱你一定要拿着，咱们都是自己人。记着，不要告诉夏可，这是咱们男人的事！”田颖生话题一转，说：“来，喝吧，今天咱们来个一醉方休。明天，我还要找管冠南去汇报工作呢。另外，最近咱们市组织了一个考察团，我准备带夏可到美国去一趟。”

俩人喝到酒酣耳热之时，就告别了。临走时，夏玉河拍着胸脯说：“老田，你放心吧。这事，我指定给你干漂亮了。”田颖生悬在心里的一块石头终于落地了。

第二天，田颖生去找管冠南汇报工作，询问了一番管冠南的病情后，他望着病榻上面容有些憔悴的管冠南说：“管书记，有件事要向您汇报一下，就是赴美国加州考察的人员名单。”说着，田颖生把名单递给管冠南。管冠南看后，说：“应该尽快去啊，早点把项目定下来。人员嘛，绝大多数都合适。只是，市政府办公室让夏可去合适吗？”

田颖生想了一下，鼓起勇气说：“为了减少费用，我们这次到美国不准备另请翻译，夏可的英语底子好，又熟悉情况，她去比较合适。”

管冠南思考了好大一会儿，才说：“按具体情况来看，夏可去是比较合适。但是，颖生同志，有关你与夏可的关系问题，作为市委书记，作为长你几岁的兄长，我奉劝你一定要处理好。沙颖情况很复杂，而你又前途无量，我希望你要正确处理好这个问题，别搅在一摊烂泥中无法自拔啊。”

"行，管书记，我记住了，同时，也谢谢您的一再提醒，我知道怎么做，会做好的，你放心吧。"田颖生待了一会儿又说，"商城的李木松，人还是不错的，成绩也摆在那儿，我们是不是搞错了？"

"李木松的问题，请你不要插手。"管冠南坚决地打断他说，"我正式建议你，不要做说客，要珍惜自己的羽毛。"

一个月后，沙颖市历史上规模最大的反腐败工作会议在市人民广场隆重召开，参加这次会议的有乡镇一把手以上的所有干部。群众可随意列席会议。广场周围架着数十只高音喇叭，停放着数十辆警灯闪烁的警车，一派庄严、肃穆的气氛。

会议开始后，管冠南开始作重要讲话。管冠南说："反腐败是关系到党和国家生死存亡的严重政治斗争，最近中央要求，要把反腐倡廉工作融入政治、经济、文化和社会建设之中。现在在一些地方和部门，违法违纪现象仍然呈多发态势，不少领导干部的违法违纪案件影响极坏。"说到这里，管冠南把话锋一转，说道："比如，在原商城县委书记李木松眼里，官场就是这样一种现象：官不论大小，有钱就卖；钱不管多少，送了就灵。在我们沙颖，出了李木松这样的败类，是我们沙颖的耻辱。我们应该扪心自问，为什么在沙颖会出现李木松这样的人？李木松是怎样当上县委书记的？是谁把李木松提拔到这个岗位上的？我觉得我们市委是有责任的，尤其是我这个市委书记，至少有失察的责任，我也要深刻反省自己。另外，市委研究决定，要借李木松这个反面教材，在沙颖大地上掀起一场反腐倡廉风暴。在座的各位在职领导，希望大家认真地检查梳理自己，保证人人过关，有问题的抓紧投案自首说清楚。天网恢恢，疏而不漏，只要做过违法违纪的事，迟早是会暴露的……"

文玟提着乌鸡元鱼汤来到管冠南的病房时，天已经完全黑了下来。她想，管冠南的那个反腐败工作会早该开完了吧，结果去了一看，发现病房里根本没人。明天就要动手术了，今天还这么拼命地干工作，这种人真是没救了。文玟一边想着，一边坐在沙发上打开电视。临来前，父亲再三叮嘱她，要盯着管冠南喝完汤，吃些安眠药，舒舒服服睡一觉，不许任何人今晚到病房来汇报工作了。可是，这么晚了，姐夫还不回来。看来，临手术前，他可能要安排好更多的工作。

今晚，注定是个不眠夜啊。

凌晨一点多，管冠南终于回来了，带着一脸的疲惫。文玟给他盛了一碗汤，端到他面前问：“干什么去了，现在才回来？你还要不要命啊？”

管冠南说：“夜里又开了个常委会，把下步工作安排了一下。估计手术后，我要静养一段时间，所以提前开个会把事情都安排好，免得以后误事。”

“那也不能不注意身体呀，你看看现在都几点了，来，先吃药。”文玟说着，把药送到管冠南的手里了。

管冠南先喝了口鸡汤，感叹说：“哦，好香。只是医生之前不让吃，不然的话，早就让你送来了。”

“字，我已经签了。”文玟说。

“什么字？”管冠南不解地问。

“做手术都需要家属签字。”文玟说，“这是生死协议啊。你连这个都不懂，哼，脑子里天天的都想什么呢？”

第二天一大早，吴寅就带着市委市政府班子成员赶了过来。郁萌说：“管书记，市直的干部和老百姓知道您今日动手术的消息后，他们现在都不约而同地来到了医院，现在医院已经被围得水泄不通了。市公安局派了二十多名警察在维持秩序。”

吴寅说：“管书记，市委、市政府、人大、政协联合成立了医疗小组，我们也都过来了。”

管冠南说：“怪不得人家老百姓都凑到这里来了，原来是你们在兴师动众。”此时此刻，他觉得不能再责备他们了，便说：“你们来看看就算了，赶快回去吧，各忙各的一摊子事去吧。”

张晓东说：“我们不能走，我们要走，老百姓会骂我们的。你站在窗前看看，外边的阵势能容得我们走吗？”他说着把管冠南拉到窗前。

管冠南从病房三楼的窗户朝外一看，只见医院住院部前的水泥路上、花坛上都挤满了人，还有几条横幅上写着：“管书记，我们需要您！”“康复吧，管书记！”“冠南，您好！”看到这些，管冠南的眼睛湿润了。这片自己深爱的土地啊，这些淳朴的人民啊！为了所有这一切，自己就算累死也值得！

四十六. 人生的新坐标

自从那天田颖生和自己推心置腹地诉过心事之后，夏玉河一直都很感动。先前，夏玉河只是觉得田颖生的婚姻很不幸，很同情田颖生。后来，因为妹妹夏可和田颖生走到了一起，他更觉得田颖生早该结束那段不合适的婚姻了。以田颖生的水平、能力、条件，和自己的妹妹正般配，要是他俩组成家庭，该是多幸福的一对啊。他答应田颖生，一定会找人好好教训一下尹晓红，这不仅是为了姓田的，更是为了妹妹，为了自己。

自接受了田颖生的任务后，夏玉河一直思忖着怎样整治尹晓红。他曾经设计了四套方案：一是在尹晓红上下班的路上，用汽车将其撞死；二是找借口约尹晓红到外地去旅游，从悬崖上把她推下去；三是冒充劫匪进家，将她杀死；四是将尹晓红骗出来，择机杀死。他知道，凭着自己少小练就的功夫，解决尹晓红是没有什么问题的，但是他怎么出面呢？在尹晓红上下班的路上将其撞死，光天化日之下难以脱身。到外地旅游，从悬崖上将其推下去，这件事只有田颖生亲自做才行，因为自己周围的人没有熟悉她的，约不出来啊。但是，如果田颖生亲自出马，尹晓红一旦摔不死，田颖生就会暴露。冒充劫匪到家里去行凶也不合适，因为农牧厅的家属院里处处都有探头，很容易暴露目标，被抓住现行。思来想去，他觉得还是第四套方案好。不过他又想，这件事不宜自己动手，还是雇人比较好，花些钱找个人具体实施行动计划，将来即便出了事，自己也还有退路。那么，找谁呢？他想来想去，觉得栗勇是最佳人选。他试探着跟栗勇一说，没想到那小子立即满口应承了下来。

美国时间下午四点半，飞机停在美国加州的长滩机场。田颖生一行七人下了飞机，坐上中巴来到靠近洛杉矶的一家中国人开的宾馆。在宾馆大厅，田颖生对大家说："今天大家可以好好休息一天，把时差调整过来，明天可以出去随便转转，后天我们就开始同有关部门谈判了。"说完，大家就各奔各的房间了。田颖生刚到房间，口袋里的手机就响了，他一接，里边传来了夏玉河的声音："颖生市长，事情已经办妥了。"

田颖生自然知道是怎么一回事，连忙回答道："谢谢，你们辛苦了。"话音刚落，他的手机里就传来一条信息，他打开一看，只见上面写着："你夫人现在在我们手里，如要活命，请马上准备五十万元。"田颖生的脸上浮现出淡淡的笑意，他兴奋地在屋子里转了一圈，冷静下来后，马上换成另一副面孔，拨通了管冠南的电话："管书记，我家里出事了……"

半个月后，李阳来到医院，向正在康复中心养病的管冠南汇报说："尹晓红的绑架案告破了，凶手是夏玉河和栗勇，这俩人已经被省公安部门控制起来了。"

"夏玉河？"管冠南吃惊道，"是不是商城的那个副县长？"

"正是他，而且现在的案情牵涉到田颖生了。鉴于田颖生尚在美国，省领导建议由您亲自给田颖生打电话，稳住田颖生，让他与夏可按时回国，别出现意外。"

"好，我这就打。"管冠南说完，立即拨通了田颖生的手机。

春节后，省里召开了党代会、人大会、政协会。管冠南因为身体原因，既没有当上省委常委，也没能留在沙颍做市政协主席，而是被选为省政协副主席。沙颍这边的任命也下来了，吴寅接任市委书记，郁萌接任市长，对这个决定，管冠南还算满意，他觉得有郁萌做市长，这几年自己留下的工作思路一定能坚持下去，自己的汗水一定不会白流。要命的是，省委来宣布班子的这天正赶上愚人节。同时，被判处死刑的田颖生也在这天被宣布执行，而李瘦石也在这一天接到了法院的终审判决书……

省委组织部部长宣布了新班子的成员后，代表省委讲了一些勉励的话，然后，新任沙颖市市委书记吴寅按惯例作了表态性的发言。紧接着，新任市长郁萌也讲了话。郁萌讲完后，就是管冠南的告别演说了。管冠南说：“这次组织上调我回省里工作，是对我这些日子以来工作的肯定，同时也对沙颖新班子寄予了厚望，我坚决拥护省委的决定。省委的这次干部调整，不仅是对沙颖工作的支持，也是对我本人的厚爱，我将永远铭记这一切。在沙颖工作的这段日子里，我真诚地感谢全市广大干部的鼎力支持。这段日子，是我人生中最难忘的一段岁月，是我事业发展过程中最宝贵的一段经历，也是我生活中最愉快的一段时光。我衷心地感谢沙颖人民，我真诚地祝愿沙颖的明天更美好！”

会议结束后，管冠南执意要与来宣布班子的省委组织部的同志一起回省城。因为他知道，如果不马上离开，肯定有许多人要请他吃饭，为他送行。当管冠南一行人走出政府办公楼的时候，他看到政府大楼门前的马路上，挤满了前来送行的普通干部、教师、学生、普通市民和从远郊赶来的农民。他们有的手持鲜花，有的提着小米、鸡蛋，有的挥舞着彩旗，还有的扯着横幅，上面写着：“管书记，我们沙颖感谢你”，“冠南，沙颖人民爱你”……

终究还是要离开的，管冠南望着眼前的一切，心中百感交集。在回省城的路上，管冠南想：省政协这个地方，将是自己人生的最后驿站了。那么，自己将为后半生找到一个什么样的坐标呢？

—— 完 ——

品读书系

省委
班子
最具政治智慧的官场生存小说
许开祯/著
畅销30万册 许开祯 巅峰力作
被奉为官场小说第一品牌
全景揭秘省委班子的斗争与权术，谋略与玄机
在这风云变幻、凶险莫测的官场，他为何能像姜太公一样，稳坐着钓鱼台？
凤凰出版传媒集团
江苏文艺出版社

品读书系

许开祯/著
省委班子
最具政治智慧的长篇小说
许开祯/著
省委班子
2
续《省委班子》畅销30万册后
许开祯 再创巅峰 讲透仕途最高层
班子惊险变局，格局全面升级
升任常务副省长的普天成，还能否在一系列政治漩涡中，坐稳钓鱼台？
湖南文艺出版社

图书在版编目（CIP）数据

换届 / 王强著. —长沙：湖南文艺出版社，2011.6
ISBN 978-7-5404-4888-2

Ⅰ.①换⋯　Ⅱ.①王⋯　Ⅲ.①长篇小说—中国—当代
Ⅳ.①I247.5
中国版本图书馆CIP数据核字（2011）第057966号

上架建议：官场小说

换　届

作　　者：王　强
出 版 人：刘清华
责任编辑：朱　莹
策划编辑：张晓杰
版式设计：崔振江
封面设计：将宏设计室
出版发行：湖南文艺出版社
（长沙市雨花区东二环一段508号　邮编：410014）
网　　址：www.hnwy.net
印　　刷：三河市鑫金马印装有限公司
经　　销：新华书店
开　　本：787×1092　1/16
字　　数：250千字
印　　张：19.5
版　　次：2011年6月第1版
印　　次：2011年6月第1次印刷
书　　号：ISBN 978-7-5404-4888-2
定　　价：29.00元
（若有质量问题，请直接与本社出版科联系调换）